Rarita
y
adorable

SARRA MANNING

Rarita y adorable

AMOR, ODIO, ¿QUÉ SERÁ ESTO
QUE NOS ESTÁ PASANDO?

Traducción:
JOFRE HOMEDES BEUTNAGEL

Título original:
ADORKABLE

Diseño e imagen de cubierta: Elsa Suárez / Shutterstock

Fotografía de la autora: Charlie Hopkinson

© SARRA MANNING, 2012
  Publicado originalmente en Gran Bretaña en 2012 por Atom
© de la traducción: JOFRE HOMEDES BEUTNAGEL, 2014
© MAEVA EDICIONES, 2014
  Benito Castro, 6
  28028 MADRID
  emaeva@maeva.es
  www.maevayoung.es

ISBN: 978-84-15532-84-2
Depósito legal: M-7.046-2014

Fotomecánica: Gráficas 4, S.A.
Impresión y encuadernación: Industria Gráfica CAYFOSA, S.A.
Impreso en España / Printed in Spain

Manifiesto de los raros

1. No tenemos nada que declarar aparte de nuestra rareza.
2. Nuestros centros comerciales son los mercadillos.
3. Los moldes son para los pasteles, no para la gente.
4. Sufrir no mejora necesariamente a las personas, pero sí que les da temas para el blog.
5. Experimenta con el Photoshop, los tintes de pelo, los esmaltes de uñas y los sabores de cupcakes, pero nunca con las drogas.
6. No sigas a nadie. Ve en cabeza.
7. La necesidad es la madre de la customización.
8. Con un perrito a tu lado todo es mejor.
9. Las calladas casi nunca hacen historia.
10. No te escudes en tus rarezas, haz gala de ellas.

1

–Tenemos que hablar –me dijo con firmeza Michael Lee cuando salí del probador improvisado del rastrillo de St Jude, un cuadrado de barras con cortinas en el que acicalarse bien ante un espejo sucio.

Yo no le dije nada. Me limité a contemplar su reflejo, porque era Michael Lee. ¡MICHAEL LEE!

Ah, Michael Lee... ¿Por dónde empiezo? Los chicos querían ser él; las chicas, de él. Era la estrella de las aulas, los escenarios y las canchas: suficiente cerebro como para no desentonar entre los empollones, capitán del equipo de fútbol –lo cual le otorgaba la estima de los deportistas–, una falsa cresta y unas Converse gastadas a conciencia para molar a los *indies*. Encima su padre era chino, con el consiguiente rollo exótico euroasiático. Hasta había escrita una oda a sus pómulos en la pared del baño de chicas de la primera planta del instituto.

Ahora que, por mí, podía ser también una bolsa de Triskys. No me molan nada los que se llevan bien con todo el mundo. Ser guay para todos obligaba a Michael Lee a convertirse en la persona menos interesante del instituto: gran mérito, teniendo en cuenta que mi instituto rezuma mediocridad.

Por eso me extrañó tenerlo delante, insistiendo en que habláramos, con la barbilla un poco ladeada para dar el mejor perfil de sus pómulos merecedores de poemas. También se le veían los agujeros de la nariz, porque era altísimo, el tío, algo descomunal.

—Vete —le dije con aburrimiento, mientras señalaba con un gesto lánguido el fondo de la sala parroquial—. Te aseguro que no me interesa nada que puedas decirme.

La mayoría se habría ido con la cola entre las piernas, pero Michael Lee se limitó a mirarme como si lo mío fuera pura pose. Después se atrevió a ponerme una mano en el hombro, para girar mi cuerpo tenso y encogido.

—Mira —dijo. Su aliento en la cara hizo que me encogiese aún más—. A mí esto no me cuadra.

En lo único que pude concentrarme fue en que Michael Lee me hubiera puesto en la clavícula aquella mano *sexy* que jugaba al béisbol y ganaba premios literarios. No estaba bien. Peor: estaba mal, fatal, horrible. Apreté los ojos en acción de protesta y, al abrirlos, vi a Barney, a quien había dejado —con reparos— al frente de mi puesto. Estaba hablando con una chica.

Y no cualquier chica, sino Scarlett Thomas, novia, qué casualidad, de Michael Lee. Yo no le reprochaba que fuera su novia. Lo que le reprochaba era ser una necia y tener una voz tan irritante, una especie de susurro de bebé que me crispaba, como cuando machacan cubitos de hielo. Para colmo, Scarlett tenía una larga melena rubia que se pasaba horas y horas peinando, mimando, acicalando y echando de un lado para el otro, con el resultado de que si estabas detrás de ella en la fila del comedor corrías un gran riesgo de acabar con la boca llena de pelos.

Eso hacía precisamente mientras hablaba con Barney, a golpe de melena y con sonrisa de tonta, a la vez que él, no menos sonriente, bajaba la cabeza como cuando no está cómodo. No fue una imagen que me llenara el corazón de gozo, pero en fin…

—Pues a mí sí que me cuadra —le dije, seca, a Michael Lee—. Solo veo a tu novia hablando con mi novio.

—No lo digo porque hablen.

—¿De ecuaciones de segundo grado, y de todas esas cosas que no entiende Scarlett y que la han hecho suspender el examen final de mates de secundaria y tener que volver a examinarse? —Mi mirada se volvió despiada—. Por eso la señora Clements le ha pedido a Barney que dé clases de refuerzo a Scarlett. ¿No te lo había contado?

—Sí, sí que me lo ha contado. Lo que no me cuadra no es que hablen, es que en realidad no hablan. Están ahí parados, mirándose —observó Michael.

—Qué tonterías dices —respondí.

Aun así lancé una mirada de reojo. Era verdad: Barney y Scarlett se miraban. Saltaba a la vista que si se miraban tanto era por falta de temas de conversación, y que eran miradas incómodas, nerviosas, debidas a la absoluta carencia de cosas en común.

—Aquí no pasa nada, *rien de rien* —añadí, mirando de nuevo a Michael Lee—. Bueno, aparte de que Scarlett y tú hayáis venido a un mercadillo a haceros pasar por pobres. Ahora que lo hemos aclarado, ya puedes seguir con tus ocupaciones.

Michael abrió la boca como si tuviera algo que añadir sobre el hecho del todo decepcionante de que Barney y Scarlett se mirasen con cara de bobos, pero acabó cerrándola. Yo esperaba que se fuese para seguir también con mis ocupaciones, pero en vez de eso se acercó aún más.

–Algo se traen entre manos –me dijo inclinando la cabeza. Sentí otra vez su aliento en la mejilla, y tuve ganas de ahuyentarlo con un gesto de enfado. Él se irguió–. Por cierto, muy bonito el vestido.

Su media sonrisa, casi burlona, me indicó que no lo decía en serio, y me hizo preguntarme si en contra de lo que pensaba el insulso exterior de Michael Lee no encubriría abismos secretos.

Mi fuerte bufido de desprecio acabó de dibujar la sonrisa en sus labios. Después se fue.

–Jeane, cariño, no te lo tomes a mal, pero lo ha dicho con sarcasmo. Este vestido no te queda nada bien –dijo a mi izquierda una voz apenada.

Miré a Marion y Betty, dos voluntarias del comité social de St Jude que llevaban el puesto de pasteles y vigilaban los probadores. Sus miradas severas eran capaces de ahuyentar al más recalcitrante de los pervertidos, y si fallaban aquellas miradas de reproche, seguro que apedrearían a los mirones con galletas.

–Sí, ya sé que lo ha dicho con sarcasmo, pero se equivoca, porque este vestido es flipante –respondí, mientras retrocedía para seguir acicalándome, aunque ya no estuviera concentrada.

Era un vestido negro. Normalmente no me pongo nada negro. ¿Para qué, con la de colores fantásticos que hay en el mundo? El negro es para gente sin imaginación, y para los góticos que aún no se han enterado de que ya no estamos en los noventa. Lo que ocurre es que aquel vestido no era solo negro, tenía un estampado horizontal en amarillo, verde, naranja, azul, rojo, morado y rosa que me mareaba, y me quedaba tan bien que parecía hecho a medida, cosa poco habitual, ya que mi cuerpo es muy raro. Soy bajita, metro cincuenta y pico –casi sin pico–, y tan compacta que me sirven las tallas infantiles, pero al mismo tiempo soy ancha. Mi abuelo siempre decía que le recordaba a un poni de minero –cuando no me decía que las niñas, ver y callar–.

Vaya, que soy ancha, por no decir que soy un retaco. Tengo las piernas francamente musculosas, de ir mucho en bici, y el resto de mi cuerpo también es bastante recio. Sin mi pelo gris –tenía que ser blanco, pero mi amigo Ben solo llevaba dos semanas de prácticas de peluquero y se le fue la mano–, y el pintalabios rojo chillón que siempre llevo, me habrían podido confundir con un niño rechoncho de doce años. Sin embargo, aquel vestido tenía tantos pliegues, pinzas, detallitos y rayas horizontales que al menos daba una sensación de formas. Yo es que la pubertad no la llevé muy bien: en vez de curvas femeninas, me llené de bultos.

–Estarías tan guapa si te pusieras un vestido como Dios manda, y no estos trapos de mercadillo… Ni siquiera sabes de dónde vienen –se lamentó Betty–. Mi nieta tiene mucha ropa que ya no se pone. Podría buscar algo para ti.

–No, gracias –dije con firmeza–. Me encantan los trapos de mercadillo.

–Ya, pues parte de la ropa vieja de mi nieta es de Topshop…

Aunque me costó contenerme, no empecé a despotricar sobre lo malo que es comprarse la ropa en las grandes cadenas, que cada temporada imponen los mismos cinco looks para que todo el mundo se vista igual, con ropa cosida por niños explotados del Tercer Mundo que cobran en vasos de maíz.

—No, Betty, en serio, es que me gusta ponerme cosas que ya no quiere nadie. No es culpa de la ropa haber pasado de moda —insistí—. Además, es mejor reutilizar que reciclar.

Cinco minutos después, el vestido era mío, y luciendo de nuevo mi falda lila de abuela y mi jersey mostaza fui hacia el puesto donde Barney hojeaba una pila de cómics amarillentos. Por suerte no quedaba rastro ni de Scarlett ni de Michael Lee.

—Te traigo un trozo de pastel —le dije.

Mi voz le hizo levantar de golpe la cabeza y tiñó de rosado su piel blanquecina. No conozco a ningún chico que se ponga rojo tantas veces como Barney. De hecho, hasta que lo conocí ni siquiera estaba segura de que los chicos se pudieran poner rojos.

Esta vez no fue por nada en especial, a menos que… No, no pensaba gastar mi valioso tiempo en las descabelladas teorías de Michael Lee. Claro que…

—Oye, ¿qué hacían por aquí Michael Lee y Scarlett Thomas? —pregunté como quien no quiere la cosa—. No les pega mucho ir de mercadillos… Seguro que ahora se están desinfectando del olor a segunda mano.

Barney estaba tan rojo que parecía que le hubieran metido la cabeza en una olla de agua hirviendo. Se encorvó para taparse la cara con una cortina de pelo sedoso, y gruñó algo ininteligible.

–Scarlett y tú –lo animé.

–Eeeh… ¿Qué pasa con Scarlett y conmigo? –preguntó con voz ahogada.

Me encogí de hombros.

–Me estaba probando unos vestidos y acabo de verla por el puesto. Espero que le hayas colocado aquella taza un poco rota que no consigo vender, aquella de «Los jugadores de rugby tienen las pelotas raras».

–Pues no, no he tenido ocasión –reconoció Barney como si confesara algo vergonzoso–. Además, la taza está muy rota.

–Tienes razón, mucha razón. No me sorprende que no lo hayas conseguido –dije, ladeando la cabeza en un gesto que esperé que interpretara como de comprensión–. Se os veía muy compenetrados. ¿De qué hablabais?

Barney empezó a manotear.

–¡De nada! –gritó, justo antes de darse cuenta de que «nada» no era una respuesta adecuada–. Hablábamos de problemas de mates, y de cosas –añadió.

Hasta entonces había estado segura de que entre ellos dos no había nada más que unas cuantas fracciones compuestas, pero su aparente culpabilidad me obligó a replantear mis teorías.

Supe que podía sonsacarle la verdad en cuestión de nanosegundos, y que esa verdad era que a Barney le gustaba Scarlett; como era una chica muy guapa, y no exigía un gran esfuerzo intelectual, estaba bastante cotizada. No tenía sentido enfadarse por eso, aunque yo hubiera educado a Barney para cosas mejores. No valía la pena seguir con el tema, la verdad. Demasiado aburrido.

–Te he traído un trozo de tarta –le recordé.

Vi que movía los ojos de un lado para el otro, como si no supiera muy bien si el cambio súbito de tema ponía punto final a lo de Scarlett o era una estrategia malévola para pillarlo.

Por una vez, no era lo segundo. Le di una porción enorme de tarta, oculta bajo una servilleta. Él la sujetó con precaución.

–Ah, pues gracias –murmuró al destapar el premio.

Vi que su cara pasaba del rosa oscuro al blanco sábana. Barney era tan blanco de piel que le faltaba poco para ser albino. Él odiaba su tez casi tanto como su pelo naranja. En el colegio, los pequeños lo llamaban «el callo pelirrojo», pero Barney no era pelirrojo; en realidad, tenía el pelo de color mermelada de naranja, menos cuando le daba el sol y se convertía en una llama viva, que era la razón de que yo le hubiera prohibido teñirse. Tampoco era ningún callo. Cuando no le tapaba la cara su tupido flequillo, sus facciones eran de una delicadeza casi femenina, y sus ojos, esos que me miraban suplicantes, de un verde acuático. Nunca había conocido a ningún otro chico que se definiera por el blanco, el naranja y el verde. La mayoría eran azules o marrones, pensé (nota mental: profundizar durante la semana en esa teoría cromática y colgarla en mi blog). Después volví a fijarme en Barney, que con una mueca empujó hacia mí la servilleta y lo que contenía.

–¡Es tarta de zanahoria!

Yo asentí con la cabeza.

–Tarta de zanahoria con una capa de queso fresco encima. ¡Mmm!

–De «mmm», nada. Es lo menos «mmm» del mundo. Te había pedido que me trajeras un trozo de tarta. ¡DE TARTA!

Y tú me vienes con algo hecho de zanahoria y queso... Esto de tarta no tiene nada –replicó Barney–; es la anti-tarta con pinta de tarta.

Mi única respuesta fue mirarlo. Ya lo había visto alguna vez de mal humor –casi siempre por mí–, pero nunca tan impertinente.

–Pero si tú comes zanahorias... –me atreví a decir con timidez, expuesta a la ferocidad de su mirada–. Estoy segura de haberte visto comer zanahorias.

–Las como porque me obligan, pero siempre para acompañar carne o patatas.

–Lo siento –dije, tratando de sonar sincera. Barney estaba de un humor imprevisible y no quise desencadenar otra explosión–. Siento haberla fastidiado al elegir la tarta. Está claro que es un tema que tengo que perfeccionar.

–Bueno, supongo que tampoco es culpa tuya –decidió él con magnanimidad. Me miró por debajo del flequillo, con un vago atisbo de sonrisa en los labios–. La verdad es que eres malísima eligiendo tartas, pero da gusto pensar que seas mala en algo. Ya empezaba a extrañarme.

–Soy mala en un montón de cosas –le aseguré, juzgando probable que no fuera peligroso quedarme con él dentro del puesto–. No sé hacer la voltereta lateral. Nunca le he pillado el tranquillo al alemán, ni tengo los músculos faciales lo bastante fuertes como para levantar solo una ceja.

–Eso es genético –dijo Barney–, aunque creo que se puede aprender.

Me levanté la ceja derecha con un dedo.

–Puede que si me la aguanto con celo cada noche, esperando que se active mi memoria muscular...

—Me apuesto lo que quieras a que en Internet hay instrucciones —dijo Barney con entusiasmo: era el típico tema oscuro y casual que le gustaba investigar—. Le aplicaré todo mi Google–fu, ¿vale?

Volvíamos a ser amigos; bueno, novios. Fui a buscarle un trozo de tarta de chocolate, y me pasé el resto de la tarde ampliando la lista de cosas en las que era malísima y haciéndole reír con ellas.

Todo arreglado. Pasamos un buen rato, aunque no entendí que tuviera que rebajarme para que Barney se encontrase a gusto con nuestra relación, siendo yo una feminista de las de tarjeta. Literalmente, ¿eh? En mis tarjetas de visita pone «feminista». Por una vez, no obstante, me incliné por lo más fácil, ya que no podía soportar la idea de tres horas con Barney de morros. Ni siquiera le grité cuando se le cayó el refresco en la funda de punto que había tardado siglos en hacer, una para bolsas de agua caliente donde pone «Rarita y adorable».

2

Odio a Jeane Smith.

Odio ese pelo tan ridículo de color gris, y esa ropa asquerosa de poliéster. Odio que se empeñe en ser lo menos atractiva posible, pero que al mismo tiempo quiera ser el centro de atención. Debería ponerse una camiseta que dijera: «¡Eh, fijaos en mí pero ya!».

Odio que todo lo que diga sea sarcástico, y malévolo, y que todavía suene más sarcástico y malévolo por la inexpresividad con que lo dice, como si fuera muy vulgar expresar emociones o algún tipo de entusiasmo.

Odio que me pusiera en las narices su cara de feto y me clavara un dedo en el pecho para recalcar sus palabras, aunque ahora que lo pienso no estoy seguro de que me lo clavase. Bueno, seguro que hace cosas de ese tipo.

Pero lo que más odio es que sea tan repelente y tan mal bicho que no la aguante ni su novio, que tiene que buscarse una vía de escape. Sobre todo si esa vía de escape es mi novia.

Yo ya sabía que a Barney le gustaba Scarlett. Era una obviedad. Scarlett tenía un cuerpazo. Cada vez que íbamos al centro, en un radio de cincuenta metros a partir de

Topshop empezaban a acosarla los cazatalentos de las agencias de modelos.

Lo que pasaba era que ella nunca iba a las agencias; decía que le faltaban ocho centímetros para poder ser modelo, y que era demasiado tímida. Antes de salir con ella, lo de su timidez me parecía gracioso, pero al cabo de un tiempo deja de ser un detalle entrañable que despierta el instinto de protección y te hace apretar los dientes en secreto por la frustración.

Lo que tiene la timidez es que se parece mucho a la dejadez, como en el caso de Scarlett, que no se esforzaba lo más mínimo en que funcionase nuestra relación. Todo el esfuerzo lo ponía yo llamando cada noche y buscando planes que molasen. Le compraba regalos, le ayudé a configurar su BlackBerry... Fui un novio excelente en todos los sentidos. ¿De qué sirve hacer algo si te quedas a medias, ya sea el fútbol, la física de bachillerato o una novia? Además, no es que quiera parecer un fantasma, pero lo que es salir podría salir con cualquier chica del instituto; mejor dicho, de cualquier instituto de los alrededores. Que yo la hubiera elegido a ella, a Scarlett, debería haberle dado un subidón de confianza. También podría haber demostrado algo de gratitud.

Resumiendo, que verla con Barney me dio una rabia enorme. Yo de Scarlett lo único que recibía eran muchos movimientos de melena y alguna que otra sonrisa lánguida. En cambio, Barney recibía miradas anhelantes y risitas. La verdad es que las risitas no llegué a oírlas, pero me las imaginé como pequeños puñales de plata dirigidos a mi corazón. Y al girar la cabeza vi a una chica baja, cuadrada y con el pelo gris que se arreglaba delante del espejo.

Jeane Smith es la única persona del instituto con quien nunca he hablado. En serio. Las etiquetas, los grupitos y toda esa chorrada de marginar a los que no coinciden con tus gustos musicales, o son fatales en deporte, son cosas que odio. Me gusta poder llevarme bien con todo el mundo y encontrar algún tema de conversación, aunque sea con gente que no mole demasiado.

Jeane Smith no hablaba con nadie excepto con aquel chaval, Barney. De ella, de su asco de ropa y de las discusiones en las que se enzarzaba en todas las clases con los profesores –nunca fallaba–, hablaba todo el mundo, pero con ella propiamente no hablaba nadie, porque si lo intentabas te tocaba aguantar su rollo sarcástico y sus miradas de superioridad.

Y eso fue lo que obtuve cuando traté de explicarle mis sospechas sobre Barney y Scarlett. Aún no había acabado mi primera frase y ya me di cuenta de mi error, pero era demasiado tarde. Estaba decidido a hablar con ella. Por cierto, no sé cómo se puede combinar una mirada inexpresiva con la amenaza de un dolor inconcebible, pero era un arte que tenía dominado. Era como si le hubieran cambiado las retinas por punteros láser.

Empezó a levantar la cabeza y a ponerse borde. De repente los líos que pudieran traerse entre manos Barney y Scarlett importaron menos que tener la última palabra.

–Por cierto, muy bonito el vestido –dije, ladeando la cabeza hacia el trapo de colorines que se estaba probando.

Fue un golpe bajo, totalmente impropio de mí, pero al menos le cerró la boca; aunque después sonrió; era de esas personas capaces de que una sonrisita valiera por mil palabras, ninguna de ellas buena.

Cuando llegué al final de nuestra breve pero desagradable conversación, Scarlett y Barney habían alcanzado el culmen de su coqueteo silencioso, y Scarlett corrió a mi lado con una vitalidad en su cara nunca vista.

–¿Ya nos podemos ir? –me preguntó, como si la idea de ir a un mercadillo lleno de trastos viejos y ropa maloliente, que ni en la tienda benéfica más cutre del mundo habrían aceptado como donativo, fuera mía, cuando la que había querido venir fue ella; y como nunca proponía nada interesante ni divertido para nuestras citas, yo lo había entendido como señal de que nuestra relación mejoraba.

Ahora mi sospecha era que Scarlett solo había querido ir porque estaría Barney. Normalmente habría ido directamente al grano y le habría preguntado qué pasaba, pero hubo algo que me hizo vacilar. ¿En qué lugar quedaba yo, si no conseguía que funcionara lo mío con Scarlett? Pues en el de que ella prefería a un pelirrojo medio tartaja, lo cual… No, no podía ser.

Así que lo único que dije fue lo siguiente:

–Venga, que huele como si se hubiera muerto alguien.

Scarlett murmuró que sí, aunque justo cuando llegamos a la puerta giró la cabeza y miró hacia el rincón donde estaba sentado Barney. La mirada ansiosa de este último no tenía por destinataria a Scarlett, sino a Jeane, quien, a juzgar por su postura, con los brazos en jarras, y la belicosidad de su expresión se las estaba haciendo pasar canutas.

–Pero qué rabia me da esa tía, por Dios… –dijo Scarlett en voz baja y tono asesino.

Yo me la quedé mirando, alucinado. Era la primera vez que oía salir una opinión de su boca.

–Es mala. Una vez me hizo llorar en literatura porque…, pues porque levantó la mano justo cuando estaba leyendo *Sueño de una noche de verano*, para quejarse de cómo leía. Al menos yo no parecía un robot colocado.

–Sí, un poco pesada sí que es…

–No, de un poco nada. Pesada y punto –zanjó Scarlett, glacial.

Aquella tarde me estaba sorprendiendo. Hasta me miró con mala cara cuando le sujeté la puerta, como si fuera el representante de Jeane Smith.

–¿Y por qué te pone tan nerviosa? –pregunté mientras subíamos la calle.

Ya sabía la respuesta: Scarlett odiaba a Jeane porque Jeane salía con Barney. Lo tuve clarísimo.

–Me llamo Jeane Smith –recitó Scarlett con voz mecánica.

Sonreí sin querer, porque aquella Scarlett furibunda era mil veces más graciosa que la Scarlett con quien estaba acostumbrado a salir.

–Tengo un millón de seguidores en Twitter, soy un genio de los blogs y mi ropa asquerosa y mi pelo de vieja son lo más. Si no estás de acuerdo, es que no molas. De hecho, molas tan poco que no puedo ni mirarte, no sea que me infectes con tus repugnantes y vulgares gérmenes de niña bien. ¡Puaj! Es que se lo tiene tan creído…

–¿Tiene un blog? Pues ya ves. Como todo el mundo.

–No te imaginas lo que es –murmuró Scarlett con mal tono–. Mete unos rollos sobre unas cosas… Es increíble.

–Por cierto, ¿cómo es que la ciberespías? –pregunté, con tal voz de pito que se me atragantó la última sílaba.

–¿Yo, espiarla? Para nada. –Scarlett empezó a recuperar su tono susurrante habitual–. Es que si no leo su blog no puedo opinar cuando hablan de ella en el instituto.

–¿Qué pasa, que los de segundo de bachillerato no tenéis otros temas de conversación que Jeane Smith?

En lugar de contestar, miró a ambos lados de la calle y suspiró aliviada.

–Allí está el coche de mi madre. Tengo que irme.

–Creía que íbamos a tomar un café.

–Ya, pero es que mi madre me ha mandado un mensaje diciendo que estaba…, que estaba por aquí. –Scarlett no sabía por dónde salir–. Mientras mirabas por el mercadillo es cuando me ha enviado el mensaje.

Pensé que lo mejor era cortar por lo sano. Aquello, lo nuestro, no iba a ninguna parte. Además, aunque Scarlett me pusiera su carita de bebé foca justo antes de ser asesinada a golpes, que en las últimas semanas había visto tantas veces, ya estaba inmunizado.

–Oye, Scar, estaba yo pensando… –empecé.

Sin embargo, ella ya se alejaba.

–¡Me tengo que ir! –gritó, al mismo tiempo que su madre tocaba la bocina–. Hasta mañana, o cuando sea.

–Vale, hasta entonces –dije yo, pero Scarlett ya corría hacia el Range Rover de su madre, que obstaculizaba el tráfico, y fue imposible que me oyera.

3

No me di ni cuenta y ya eran las cinco. Las hordas del rastrillo empezaban a irse.

Había sido una buena tarde, se habían vendido casi todos los artículos pesados, incluida una mohosa colección de novelas de bolsillo, un cuadro horrible de un payaso, con marco y todo, que solo de mirarlo me daba escalofríos, y una estatuilla *art déco* de un gato negro con una lámpara sobre la cabeza y un cable con su respectivo enchufe en vez de cola.

Por eso no tardamos mucho en desmontar el tenderete y cargar mis cajas de plástico en el todoterreno de Barney, un trasto enorme que chupaba gasolina a espuertas. A diferencia de otras veces, no tuvimos que apilar nada en los asientos traseros. A Barney, que se había sacado el carné de conducir hacía pocos meses, le entraban sudores y temblores no ver nada por la luna de atrás.

Pese a tener completamente despejado su campo de visión, necesitaba el máximo silencio para conducir; lo que ocurrió es que cuando nos aproximábamos a mi casa se empezó a hacer más difícil tener la boca cerrada.

Esperé hasta llegar al primer semáforo en rojo.

–¿Qué, quieres que nos quedemos un ratito en mi casa? –pregunté–. También podríamos ir al cine. Ponen aquella que dijimos, la de Ellen Page. ¿O te apetece más…?

Barney me chistó, molesto porque no me callase en el momento en que el semáforo pasó del rojo al ámbar.

–Perdona –murmuré.

Me repantigué de nuevo en el asiento mientras Barney tensaba toda su musculatura, en previsión del semáforo en verde y de tener que reanudar la marcha sin que se le calase el coche.

Procuré seguir bien quieta y calladita, incluso intenté no respirar con demasiada fuerza hasta que Barney se arrimase con muchísimo cuidado a la acera del edificio rojo de ladrillo de mi apartamento.

–Bueno, qué, ¿te apetece hacer algo? –le pregunté–. Tenemos un par de horas.

–No puedo. Ya sabes que a mi madre le gusta que los domingos por la tarde no salga, para comprobar que haya hecho los deberes, me haya lavado las orejas por detrás, haya afilado los lápices y que tenga bastantes camisetas para toda la semana. –Barney hizo una mueca de asco–. Te apuesto lo que quieras a que cuando vaya a la universidad se pasará algún domingo por la tarde para controlarme.

–Seguro que no –dije, pese a estar convencida de que era exactamente lo que habría hecho la madre de Barney de no ser por la existencia de su hermano pequeño, tan necesitado o más de supervisión que él.

La madre de Barney y yo no sentíamos gran simpatía mutua. Ella me consideraba una mala influencia para su hijo. Le gustaba más la vida de antes, cuando Barney se quedaba en casa y no tenía vida social. De todos modos, era un tema que yo procuraba evitar en presencia de Barney, para no ser de las que se interponen entre los hijos y las madres dominantes.

–Que sí, que te lo digo yo. –Barney se desabrochó el cinturón–. Te ayudo a meterlo todo, pero después me tengo que ir a casa.

Una vez trasladadas las cajas al vestíbulo, y de allí al sexto piso por el viejo ascensor (última etapa antes de llegar a mi recibidor), Barney respiró profundamente y esperó a que colgara mi chaqueta.

Vi reflejada en el espejo del recibidor su cara ansiosa, perfectamente a juego con la mía. Era mi parte odiada, la del beso de despedida.

Di dos pasos, mientras Barney levantaba la cabeza unos centímetros en señal de que estaba preparado. Cuando nuestras narices estuvieron a punto de tocarse, cerró mucho los ojos y apretó los labios hasta que parecieron el culo de un gato. Aparte de la falta de estímulo visual, cuando toqué su boca con mis labios no tuve la impresión de que los suyos se adaptasen al beso. No tenía la boca relajada, ni unos labios suaves y flexibles. Al final, acabó siendo el beso de siempre, un furioso restregar de boca contra boca, como si compensáramos la falta de pasión con nuestro esfuerzo.

De toqueteos y magreos nada. Barney tenía los brazos caídos. Yo le puse una mano en el hombro tímidamente. No hubo absolutamente nada de lengua. La primera vez que se la había intentado introducir, se llevó tal susto que no volví a atreverme. Conté elefantes mentalmente: «un elefante, dos elefantes, tres elefantes…», y al llegar a «cincuenta elefantes» separé suavemente mis labios de los suyos.

–Nos sale cada vez mejor –comentó él, aunque en su cara de tristeza pareciera leerse un gran deseo de borrar la huella de mi boca con el dorso de la mano–. ¿A ti no te lo parece?

–Está clarísimo –corroboré.

Sin embargo, sabíamos que era mentira, al menos yo, y Barney no podía ser tan ingenuo como para pensar que cincuenta segundos restregando bocas supusieran alguna mejoría.

Barney era gracioso y buena persona, y sabía cantidad de cosas útiles sobre informática, pero nuestra química sexual era nula, y yo no estaba muy segura de que se pudiera remediar con prácticas de besos. La química sexual se tiene o no se tiene, y la nuestra era tan inexistente, tanto…

–Bueno, me tengo que ir –dijo y suspiró. Mi ego se consoló algo con el poco entusiasmo que mostró ante la idea de la separación–. He dejado a mi madre haciendo sopa de verduras. Ya sé lo que hay para cenar.

O simplemente es que no quería volver a su casa.

–Seguro que ahora no te suena tan mal la tarta de zanahoria –dije alegremente.

Sonrió.

–Qué suerte tienes de vivir sola, Jeane. Nadie te dice lo que tienes que hacer. Puedes comer lo que quieras y cuando quieras, irte a dormir a la hora que te dé la gana, navegar por Internet hasta que se te canse la vista…

–Y si se rompe o se estropea algo, tengo que encontrar la manera de arreglarlo yo solita. Tengo que limpiarlo todo yo, y cocinar y levantarme sola para ir a clase.

–Venga, no hagas como si fuera tan horrible –se burló Barney–. Lo que es limpiar no limpias mucho, y te alimentas de chuches y de dulces. Piensa en lo que es volver a casa y morirse de agobio con los comentarios de mi madre, mientras me como su porquería de sopa de verduras y un pan casero que es como de chicle. Gris –añadió con un escalofrío al ir hacia la puerta–. Ella dice que es el germen de trigo, pero no puede haber ningún pan comestible de ese color.

Lo acompañé a la puerta, porque siempre se le resistía el cerrojo. Cuando me agaché para darle un besito de amiga en la mejilla, él echó la cabeza hacia atrás como si me hubiera lanzado hacia su boca con la lengua fuera.

–Hasta mañana –dijo efusivamente, para disimular que acababa de apartarse de mis labios como si estuvieran infestados de bacterias devoradoras de carne. Debía de haberse puesto rojo diecisiete veces en un solo día–. ¡Tengo que irme!

Escuché el suave sonido de sus zapatillas en el parqué, y el chirrido de la reja metálica del ascensor, y el zumbido de bajada. Incluso oí cerrarse la puerta de la calle: un portazo rotundo, concluyente.

Después del divorcio de mis padres, la idea de compartir piso con mi hermana mayor, Bethan, me había llenado de entusiasmo. Parecía tan exótico, después de mis primeros quince años en una casa adosada con jardín, garaje, dobles cristales y armarios empotrados…

Vivir en un bloque de pisos que olía a cera de abejas, con baldosas blancas y negras en el suelo del vestíbulo –incluso el hecho de que hubiera vestíbulo–, me hacía sentir como esas chicas con media melena de los libros de la década de 1920, que cuando los hombres les abren la puerta dicen: «¡Caramba, cuánto se lo agradezco!».

Hasta habíamos hablado de hacer un curso de claqué, Bethan y yo, para que nuestros pasos con zapatos especiales –que no sé cómo se llaman– crearan ritmos espléndidos en los pasillos, pero eso fue el año pasado. Ahora Bethan trabaja de médico residente en un hospital pediátrico de Chicago, y yo vivo sola en un bonito apartamento que ya no es tan bonito porque…, porque la vida es demasiado corta para pasar la aspiradora, limpiar el polvo o recoger lo que se deja tirado.

Entre la puerta del piso y el salón, que era de esos diáfanos, se abría un camino relativamente despejado. Pisando revistas y envoltorios de caramelos llegué a la mesa y encendí mi MacBook.

Me costó un esfuerzo enorme no abrir el correo, ni entrar en Twitter o Facebook, pero al final me puse a leer mis apuntes de economía.

Los domingos por la tarde siempre tenía deberes; y no porque fuera una vaga que lo dejase todo para el último momento, sino porque era la tarde más solitaria de toda la semana. Los demás estaban en sus madrigueras, mientras sus madres preparaban comidas y ropa limpia. Hasta mis amigas de verdad, las mayores, decían que el domingo por la noche volvían a tener la sensación de vuelta al cole, y que el único remedio era una película cursi y un tarro entero de helado.

A falta de trajín materno –y paterno, dicho sea de paso–, yo me reservaba siempre los deberes para evitar la tentación de compadecerme a mí misma; la verdad es que introducir datos en hojas de cálculo para los deberes de economía era algo bastante reñido con la autocompasión.

Ni siquiera lo aliviaba el detalle de que la empresa creada para la asignatura fuera mi empresa de verdad. Rarita y adorable era una marca y una agencia de tendencias, en plan friki, que fundé sin darme ni cuenta cuando mi blog –del mismo nombre, Rarita y adorable– empezó a ganar premios y más premios, y empezaron a pedirme artículos para el *Guardian* y a invitarme a las tertulias en Radio 4. Los números del recorta y pega que estaba haciendo entre dos documentos correspondían al dinero real ingresado en los últimos seis meses por mis servicios de consultoría, actos públicos, artículos de prensa y la venta de productos con la marca Rarita y adorable en Etsy. Ni aun así tenía alguna gracia la economía. Ni la más mínima. Justo cuando suspiraba de alivio al llegar al final de la última columna, sonó el teléfono.

Teniendo en cuenta que mi madre llamaba cada domingo por la tarde a las siete y media, lo lógico habría sido tomárselo con calma, sin esos vuelcos en el corazón; pero, tal vez a consecuencia de toda una semana reprimiendo el recuerdo de nuestras conversaciones telefónicas dominicales, siempre era un *shock* que me llamara y pronunciase mi nombre con esa inquietud que le conocía yo desde siempre.

–Hola, Pat –dije–. ¿Qué tal?

Todo bien en Trujillo (Perú), más allá de una semana entera sin electricidad, y de que casi no le quedara ropa limpia porque…

—¿Pero en Perú hay lavadoras? —pregunté, acongojada por su tono de tensión y por la extraña sensación que provocaba oírlo todo con retraso; también porque nunca habíamos tenido mucho de qué hablar, ni siquiera cuando vivíamos en la misma casa.

—Pues claro que hay lavadoras, Jeane. Se me están acabando las bragas limpias porque no he podido poner ninguna. Perú no es el Tercer Mundo. Hay lavadoras y grifos con agua caliente, y hasta Starbucks. Aunque eso tiene más que ver con la globalización que…

Solo habíamos hablado dos minutos y el ambiente ya estaba gélido.

—¡Pero si lo del apagón lo has dicho tú!

—Bueno, es que ya sabes que de lunes a viernes estoy lejos de la ciudad, en una zona muy aislada de…

—Ah, sí. ¿Qué tal las presas peruanas? —pregunté incisivamente, con un toque de desprecio en cada sílaba.

—¿Podrías no frivolizarlo todo tanto?

—Yo no frivolizo —dije, aunque no era verdad; de todos modos tampoco se habría dado cuenta—. Lo pregunto en serio. ¿Cómo están las presidiarias?

Sabía que las presas peruanas nos darían para diez minutos de conversación, o más; por algo eran la razón —o la débil excusa— que había usado mi madre para llenar dos bolsas de viaje y una maleta con ruedas y mandarlo todo al otro lado del Atlántico en un par de días, a fin de dedicar dos años a un trabajo de investigación sobre «Los efectos del enfoque buenista y progre de la política penitenciaria en las tendencias y conductas homicidas de las presas de larga condena en el sistema carcelario peruano». Uso otras palabras porque el título exacto de su trabajo de investigación dormiría a cualquiera antes de haber llegado al final.

Pat empezó a soltar su perorata. Yo me limité a algún «mmm» esporádico, mientras pensaba en mi primer tuit de la tarde. Normalmente no bajaba de un tuit cada cinco minutos, pero Barney me había dicho que era muy antisocial tener el dedo pegado al iPhone durante nuestras salidas, y el resultado era un mono tremendo de Twitter.

–Bueno, Jeane, ¿y tú qué tal? –Pat había acabado de ensalzar las virtudes de enseñar a meditar a mujeres violentas, asesinas en serie potenciales. Ya estaba lista para echarme encima la caballería sobre…, sobre todo. –¿Y el piso?

–Yo muy bien –dije–. Y el piso estupendo.

–Lo tienes ordenado, ¿no? Y lavas, y tienes limpio el suelo de la cocina, ¿verdad? Piensa que si no aparecerán hormigas.

–Es un quinto. Me parece difícil que una hormiga pueda subir tantos pisos, a no ser que use el ascensor. –Pat aguantó la respiración–. Está todo súper ordenado.

Me pareció difícil que mi madre visitara mi blog y viera la «DustCam» que había puesto –mi portátil viejo enfocando una parte del aparador– para demostrar la teoría de Quentin Crisp de que después de cuatro años deja de acumularse el polvo.

–Bueno, si tú lo dices… –Se notaba que no se lo creía–. ¿El instituto bien? La señora Ferguson me ha ido informando por correo electrónico y dice que lo ve todo correcto.

Yo era muy amiga de la señora Ferguson. A menos que empezara a pasearme por el instituto con una pistola y a pegar tiros a diestro y siniestro, no sería ella quien informase a mi madre sobre mis delitos menores —discutir con el profesorado, configurar el tono de aviso de mi iPhone a niveles que nadie salvo un oído adolescente pudiera detectar para poder recibir correos en clase, y el pulso psicológico que mantenía con la señora Spiers, la profesora de arte, a raíz de mi negativa a pintar un estudio de unas ramas que era un peñazo; lo típico, vaya.

—Porque va todo bien —dije—. Bueno, supongo que será mejor que cuelgue.

—¡Espera! ¿Sabes algo de tu padre?

—Sí, que dentro de poco vendrá a Londres y nos veremos —contesté, mientras contemplaba el desorden y pensaba en un futuro no muy lejano en el que habría que ponerle remedio antes de que lo viera mi padre.

—¿Y con Bethan? ¿Has hablado?

—Sí. —Mi tono empezaba a traslucir cierta exasperación—. Nos pasamos el día hablando por Skype. Tú también podrías llamarme por Skype. Sería más barato que el teléfono.

—Ya sabes que no se me da bien la informática.

—Es que no hay nada que se te tenga que dar bien. Solo hay que descargar la aplicación y hacer clic en «Instalar», del resto ya se ocupa el ordenador. Es fácil. Hasta tú puedes hacerlo.

—No empieces, Jeane.

—No empiezo nada. Solo digo que estoy siempre conectada, y que si tuvieras Skype podrías hablar conmigo cada vez que…

—Bueno, es que yo casi nunca estoy conectada. No es que aquí haya locutorios en todas las esquinas.

—Has dicho que hay Starbucks. Todos los Starbucks tienen wifi gratis. Vaya, que no veo el problema.

—Como siempre. —Se aguantó un suspiro—. ¿Por qué tienes que hacer que todas las conversaciones acaben en una discusión, Jeane?

—Dos no discuten si uno no quiere, Pat —le recordé. Yo, cuando me ponía a discutir, nunca me bajaba del burro, ni siquiera cuando sabía que era lo mejor. Mi mal humor era de nacimiento—. Tengo que irme.

—Al menos despídete como Dios manda —exigió ella.

—Adiós como Dios manda —refunfuñé. Fue cruel, porque Pat era como era y no podía cambiar. Tampoco yo podía dejar de ser un mal bicho y una respondona—. Oye, mira, lo siento. Me quedan un montón de deberes, y me pone de mal humor pensar en las hojas de cálculo de economía.

—Bueno, me alegro de no ser yo la que te enfada —dijo ella, menos enfurruñada—. Aunque me habías prometido no dejar los deberes para el último momento.

No era el último momento. El último habría sido llenar columnas mientras pasaban lista.

—Ya lo sé —dije, aguantándome—. Lo siento.

Transcurrieron otros dos minutos y treinta y siete agónicos segundos de conversación sin peleas antes de que Pat colgara.

Estiré los brazos para aliviar los dolores de cuello y de hombros que siempre me provocaba hablar con Pat. Después pulsé dos veces en Firefox, otras dos en TweetDeck y conecté mi iPhone al ordenador para descargar las fotos que había hecho ese día.

Deslicé los dedos por las teclas para redactar el primer tuit de la tarde. A los diez segundos de pulsar *enter* ya había una respuesta.

Ya no estaba sola. Así de fácil.

4

Me encantan los domingos por la tarde. Las otras seis tardes de la semana están tan saturadas de deberes, entrenamientos de fútbol, reuniones del consejo de alumnos, temas del club de debate y papeleo para ayudar a mis padres, que hasta salir con los amigos parece otra obligación en la lista. Además, mis padres tienen muy claro que necesito dormir diez horas para empezar la semana en condiciones, y me desaconsejan firmemente –hay quien diría que me lo prohiben– salir el domingo por la tarde.

Mi madre estaba bañando a mis hermanas pequeñas. Mientras subía descalzo por la estrecha escalera de mi buhardilla, oí que Melly se quejaba amargamente por tener que bañarse con Alice.

–Ella tiene cinco años, y yo siete. Necesito un poco de intimidad, mamá.

Sonreí al cerrar la puerta de mi cuarto y dejar, con cuidado, la bandeja repleta sobre el escritorio. Los domingos por la tarde mi madre quiere que limpie la nevera de todos los restos de comida de la semana, porque el lunes por la mañana traen el pedido del supermercado. Además, como de lunes a jueves no podemos comer lo que ellos llaman «cochinadas», es mi última oportunidad para ponerme hasta arriba de grasas y de azúcares.

Entre mordisco y mordisco a un rollo de primavera frío, encendí el ordenador para acabar los deberes de física. Ellos se creen que hago todos los deberes antes del viernes por la noche, que es cuando salgo, pero están muy equivocados.

Justo cuando tecleaba las últimas fórmulas se oyeron en la puerta los golpes de mi madre.

—¿Michael? ¿Todo bien?

Solo podía entrar con mi permiso explícito, desde el día en que me pilló con Megan, mi novia anterior a Scarlett, en una postura comprometedora encima de la alfombra de IKEA.

La escena dio pie a toda una semana de largas y desesperantes discusiones sobre los límites individuales, y sobre meter en problemas a las chicas. Ahora, cuando me dejaba la cesta de la ropa limpia delante de la puerta, siempre había un montón de condones en los bolsillos de los vaqueros. Según el último recuento, eran noventa y tres los que seguían en su reluciente envoltorio de aluminio.

—Sí, todo guay —dije en voz alta—. Me he comido la última *crêpe* de chocolate de las que hizo ayer papá. ¿Te parece bien?

—Mejor en tu boca que en mis caderas —dijo—. Oye, ¿qué haces ahí dentro?

A veces recordaba los tiempos idílicos en que mi madre irrumpía en mi cuarto sin aporrear la puerta con insistencia. Casi era mejor que someterme al tercer grado desde el otro lado de la puerta.

–Nada, curiosear en el ordenador –dije, sin entrar en detalles.

–Ah, pues papá y yo estamos a punto de poner un DVD. Si quieres apuntarte… –persistió–. No es nada muy romántico.

–No, tranquila –contesté maquinalmente–. De verdad, mamá. Ya bajaré más tarde.

–Bueno, si estás seguro…

Mi respuesta fue un simple gruñido, porque si seguía hablando se quedaría eternamente. Al final, la oí bajar por la escalera. No conocía a ninguna otra persona capaz de que sus pisadas sonaran a reproche. Me concentré otra vez en Facebook. Scarlett estaba *online*, pero se desconectó justo cuando me conectaba yo. O bien cambió su estado a «invisible», para que me pensara que se había desconectado. En todo caso, pintaba mal para la pobre bestia coja y malherida en la que se había convertido nuestra relación.

Tuve la impresión de que mis dedos se independizaban de mi cerebro, porque vi que tecleaban «Jeane Smith + blog + Twitter» en Google. No entendía tanto interés, cuando mis cinco minutos de Jeane Smith de aquella tarde bastaban para el resto de la década. Además, seguro que había miles de Jeane Smith con un blog. Por cierto, que vaya numerito añadir una e al final del nombre para que pareciera francés, o… ¡Anda!

El primero de los 1.390.000.000 enlaces del resultado de la búsqueda me dirigía a su blog, Rarita y adorable.

Por la foto, supe que no me equivocaba. Debajo ponía: «No tengo nada que declarar aparte de mi rareza». Hombre, en eso le daba la razón.

Jeane Smith vive en Londres y es bloguera, tuitera, fantasiosa, fantasiófila, provocadora, amante del punto e iconoclasta en formación.

Hace pocos años empezó un blog con el nombre de Rarita y adorable, para tener un sitio donde hablar de tantas y tantas cosas que le gustan. Y de tantas y tantas otras que le dan grima. La gente empezó a leer el blog, y un año después de su creación el *Guardian* lo nombró Mejor Blog de Tendencias. También ganó un Bloggie, y desde entonces ha aparecido en el *Times,* el *New York Post,* el *Observer* y las webs Jezebel y Salon.

Esta humilde y locuaz bloguera vuestra también alcanzó el séptimo puesto en la lista del *Guardian* de «treinta personas de menos de treinta que están cambiando el mundo», además de ser considerada experta en redes y tendencias sociales (a saber qué narices querrá decir eso), y asesorar a todo tipo de compañías *in* con sede en la escena alternativa londinense. Sus artículos han aparecido en el *Guardian*, el *Times, NYLON, i-D* y *Le Monde.* Ha participado en congresos sobre tendencias juveniles de Londres, París, Estocolmo, Milán y Berlín. También tiene una sección fija en la revista japonesa para adolescentes *KiKi,* y un puesto habitual en varios rastrillos concurridos de Londres y su área metropolitana.

Además de un blog, una marca de tendencias y una agencia de *trend-spotting,* Rarita y adorable es una forma de ser. Solos, uno por uno, somos raritos, frikis, inadaptados, fracasados, machacados…, pero juntos valemos nuestro peso en oro. Toma ya.

Vale, vale, pensé al leer tanta chorrada junta. Lo que tú digas. Solo era una chica de diecisiete años con graves problemas de comportamiento. La gente que va al instituto, vive con sus padres y tiene que levantar la mano para que le dejen ir al baño durante la hora de estudio no cambia el mundo, ni alucina con numeritos de asesorar a nadie. Así de claro.

Jeane Smith era una fantasma. No supe por qué seguía leyendo su blog, y algo llamado «DustCam». Parecía que lo actualizase al menos una vez al día, señal de que cuando no se compraba vestidos pringosos de segunda mano, ni aprendía a ser iconoclasta, debía de ir sobrada de tiempo libre. Leí un montón de entradas pretenciosas sobre cómo sintonizar con el raro que todos llevamos dentro, y de comentarios escritos cada mañana a las ocho y cuarto para presumir de conjuntos que no pegaban ni en pintura:

Vestido de espirales: regalo de la abuela de Ben.

Mallas de rayas: GapKids (¿No era un poco mayor para la sección de niñas?).

Zapatillas con florecitas rosas: rastrillo.

Collar de chuches: del quiosco de al lado de mi casa.

No entendí que se enorgulleciera tanto de su sentido de la moda, absolutamente horrendo. Vale, yo tampoco es que corriera cada mes a comprarme el último número de *Vogue pour Homme*, pero me compraba la ropa en Hollister, Jack Wills y Abercrombie & Fitch; o sea, obviamente sabía lo que quedaba bien, y no era el caso de la ropa trasnochada con estampados de espirales y rayas. Eso lo veía cualquiera que no fuera ciego.

Al menos la Jeane que exageraba poses de modelo –y les ponía nombres como «Morritos», «Morritos de los de antes» y hasta «Aaay, mi ciática»– parecía un poco más alegre que la versión feroz que había visto yo por la tarde. Aparte de eso, no entendí qué quería demostrar con todo aquel montaje. Bueno, sí, que Jeane Smith aún era más ella en Internet que en la vida real, y que era lógico que Barney se hubiera cansado de ella. Justo cuando me disponía a buscar algún recoveco de la red al que no se extendiera el programa de rarezas chorras de Jeane, encontré un enlace a YouTube y pulsé sin pensar.

Me eché contra el respaldo con un grito agudo alarmantemente femenino cuando vi aparecer a Jeane con mallas brillantes, body y una cinta en la frente. Estaba ridícula, pero se la veía muy satisfecha en compañía de dos chicas mayores que ella. Le sacaban como mínimo una cabeza, y llevaban la misma ropa absurda de gimnasia.

Después oí el estribillo inconfundible de *Single Ladies*, y las tres empezaron a bailar. Igual que Beyoncé. No faltaba ni el gesto de la mano, que no excusaba la insistencia de Jeane en ir hacia la izquierda cada vez que las otras iban hacia la derecha, con las risitas consiguientes y mucho empujoncito simpático. A mí también se me escapó la risa, porque siempre es agradable ver hacer el tonto a alguien que te cae mal. De la burla, sin embargo, pasé rápidamente a la sonrisa, porque... no sé... Puede que fuera la manera de contonear sus caderas inexistentes, de meter los pómulos y de no cortarse en absoluto, a diferencia de todas mis conocidas, siempre pendientes de su pelo y sacando pecho como si las mirase todo el mundo, aunque no lo hiciera nadie.

Al final, Jeane pretendía dar un salto en el aire, y en su más que precario aterrizaje chocaba con una de las chicas y se caían las dos al suelo. La única en seguir de pie intentó continuar, pero se reía tanto que cuando Jeane le hizo la zancadilla no tuvo reparos en sumarse al montón de piernas con medias brillantes, lo único visible. Justo entonces se acababa la canción y, antes del fundido en negro, se oía una voz: «Pero qué payasa eres, Jeane».

El enlace a sus tiendas de Etsy y CafePress –¿habría alguna web en la que no hubiera puesto sus manos?–, donde vendían tazas, camisetas y bolsos con lemas como «I ♥ Raros» y «Ser raro es lo más», me lo salté para ir directamente a su página de Twitter.

Era bastante absurdo. Claro que Twitter, para mí, es bastante absurdo. Tanta gente comentando lo que ha desayunado, o las pocas ganas que tiene de hacer los deberes de alemán… Me parece un exceso de frivolidad, como si hubiera que legar cualquier ocurrencia a la posteridad en forma de tuit. Obviamente, eran todos unos fracasados que entraban en Twitter por falta de amistades y hablaban de chorradas con otros marginados sin amigos.

Vale, vale, yo también tenía cuenta en Twitter, y en Facebook, y en MySpace, pero mi historial se reducía a un solo tuit («¿Bueno, y ahora qué?»). A juzgar por la cuenta de Jeane, había hecho bien en dejar que tuitearan otros, porque lo que colgaba ella eran sobre todo respuestas a otros tuits; era como leerse treinta chistes cómplices, que no es que tuvieran mucha gracia.

Tampoco se la encontré a que Jeane hubiera engañado a medio millón de tontos para que la siguieran. ¿Cómo era posible? ¿Qué pasaba, que a sus tuits les echaba polvos mágicos? Si hasta algunos famosos de verdad, de los que salen en la tele y en la prensa, tenían menos seguidores que ella…

Ante mi mirada de incredulidad, la página se actualizó.

 raritayadorable_ Jeane Smith
¿Merece realmente el nombre de tarta si sus principales ingredientes son queso y zanahorias?

Pulsé en el enlace y vi una foto de un trozo de la tarta de zanahoria, jugosa y suculenta, que me había tomado en el rastrillo.

Jeane se pasó cinco minutos analizando con el máximo detalle las tartas de zanahoria, y las tartas en general, con multitudes pendientes de cada una de las sílabas de cada nuevo tuit.

 raritayadorable_ Jeane Smith
No me opongo a una pizquita de chile en el chocolate (mola mucho), pero no estoy segura de que me gusten los cupcakes de agua de rosa.

Automáticamente, inicié sesión como @tresdelicias –no quedaba libre ninguna combinación entre Michael Lee y mi fecha de nacimiento– y me metí en el fregado sin haber tenido tiempo de pensar en el millón y un motivos por los que era una mala idea.

 tresdelicias está que vicia
@raritayadorable ¿Qué te parecen los caramelos de violeta?

Respondió enseguida.

 raritayadorable_ Jeane Smith
@tresdelicias Me gustan más en teoría que en la realidad. Saben a bolso de vieja. ¿Me sigues?

Entendí perfectamente lo que quería decir. Cuando mi abuela se quedaba unos días en mi casa siempre me pedía que le trajera algo del bolso –las gafas de leer, el pañuelo de recambio, o «media libra para comprarte algo bonito»–, y olía a polvo, con toques de flores y de moho, como una caja de caramelos de violeta.

 tresdelicias está que vicia
@raritayadorable De todos modos, la tarta de zanahoria se queda corta cuando pruebas la de castaña de agua.

 raritayadorable_ Jeane Smith
@tresdelicias ¡Mmm! Qué ganas de probarlo. Oye, ¿qué es lo rojo de los bollitos chinos? Es lo máximo.

 tresdelicias está que vicia
@raritayadorable Pasta de judías rojas. Es un sabor que hay que incorporar al paladar.

 raritayadorable_ Jeane Smith
@tresdelicias Pues yo lo tengo más que incorporado.

Después hablamos de que a los dos nos repugnaba la leche, «menos con el té, claro», y de ahí pasamos al yogur y a la cuajada, que según juraba y perjuraba una tal Patti, amiga de Jeane, en las películas de terror la teñían de rojo y la usaban como vísceras y sangre.

Entre pitos y flautas ya había pasado una hora. Jeane y sus amigos estaban tuiteando sobre un grupo al que irían a ver el fin de semana. A mí no me sonaba de nada, pero estaba casi seguro de que sería de los que no me gustaban: o de los lánguidos con guitarra acústica y letras sobre hacer manitas en las heladerías o de esos tan ruidosos que te ponen los nervios de punta y hacen que te sangren las orejas.

Por otra parte, no tenía muy claro cuál era el protocolo de Twitter. ¿Tenía que despedirme antes de cerrar la sesión, como en los chats? ¿O cortar por lo sano porque los demás seguían dale que te pego sobre los Fuck Puppets, que era el nombre del grupo, y no se darían cuenta?

Al final, me salvó la campana; mejor dicho, mi madre, que me llamó desde la escalera para decirme que llevaba demasiado tiempo en el ordenador, o que querían ver el DVD conmigo, o posiblemente que al faltar tan poco para la hora de dormir no era sano comer tantos *dim sums* fríos. Me habría costado decirlo.

Yo usé el móvil para escribirle que no tardaría, sabiendo que la desquiciaban los mensajes. A continuación, descubrí algo pasmoso: que durante el tiempo que llevaba en Twitter había acumulado más de cincuenta nuevos seguidores, incluida la propia Jeane. Supuse que no era nada habitual. Aunque Jeane tuviera más de medio millón de seguidores, ella solo seguía a mil personas. Yo, por lo tanto, era especial; uno entre quinientos, por lo visto.

Mi voz interior se jactó con crueldad: «¡Ajá! La engañé». Intenté no hacerle caso. Yo no había engañado a nadie. Solo había intercambiado tuits con una chica más simpática por Internet que en carne y hueso. No había que buscarle tres pies al gato. Tras hacerme seguidor de Jeane, apagué el ordenador y bajé a enterarme del porqué de los gritos.

5

Durante unos días observé con atención a Barney y Scarlett, aunque gracias a mi enorme sigilo no se dieron cuenta. Los que no eran nada discretos eran ellos, Barney y Scarlett.

Ahora que sabía qué buscar veía pruebas de su traición en todas partes. Es como cuando descubres una nueva palabra que nunca habías oído, y el mismo día se la oyes decir a tres personas: aunque no te hubieras fijado, la palabra ya existía. (Permítaseme decir que si Barney y Scarlett fueran una palabra sería de esas cacofónicas, que cuesta pronunciar, como «intrincadamente», u «ovovivíparo».) Pero bueno, a lo que iba: a las pruebas REALES de los delitos de Barney y Scarlett.

Scarlett, por ejemplo, hacía comentarios a todas las actualizaciones de Facebook de Barney, sin saltarse ni una, y eso que eran aburridísimas. «Estoy pensando en comerme una manzana. ¿De las rojas o de las verdes?», escribía él. A los cinco minutos Scarlett ya ponía «xD». Bueno, ella ponía «xd», con la d en minúscula, como si fuera demasiado tonta para darse cuenta de que era un emoticono. También le encantaba «k rsa!», y «jajaja». Había otros indicios de que Barney hacía algo más que guiar a Scarlett por el campo de minas que era el examen final de mates de secundaria. En principio, le daba una hora de clase los martes y los jueves, al salir del instituto, pero me fijé en que esos días, al final de la tarde, no había manera de localizarlo. No estaba en Twitter, ni en Facebook, ni en Google Chat, y al teléfono no se ponía ni por casualidad.

El miércoles por la mañana, cuando le pregunté sin inmutarme «¿Ayer por la noche filtraste mis llamadas?», me endosó entre balbuceos una enrevesada negativa, algo sobre que su clase de física había acabado antes, que tenían que firmarle una autorización en la secretaría del instituto y que una misteriosa alineación planetaria le había hecho olvidarse el teléfono en la taquilla. No me lo tragué.

Tampoco di el menor crédito a los esfuerzos de Scarlett y Barney por ignorarse mutuamente. Si él le daba «clases» no tenía sentido que ella fingiese no tenerlo justo detrás en la fila del comedor, y menos cuando en un momento dado pareció que Barney le husmease el pelo.

Me costó mucho morderme la lengua y no decir nada. Normalmente lo primero que hacía era hablar, lo segundo tuitear y lo último pensar. Había una montaña de pruebas contra Barney y Scarlett, pero yo, cuando no estaba en el instituto, ni fulminando con miradas asesinas las actualizaciones de estado de Barney y los inevitables «k rsa!» de Scarlett, empezaba a dudar. ¿Barney y Scarlett? ¿En serio? Parecía absurdo, contrario a todas las leyes humanas y divinas. Yo había formado a Barney a mi imagen y semejanza. Estaba de mi lado, el de los raros, el de todo lo bueno y puro, mientras que Scarlett pertenecía estrictamente al lado oscuro.

Fue la conclusión a la que llegué el miércoles a la hora de comer, mientras hacía punto como una posesa en mi refugio preferido, detrás del laboratorio de idiomas, y en vez de leerme la bibliografía sobre el comercio justo de café escuchaba un podcast sobre el tema. Pero cuando empezaba a pillarle el truco a un punto bobo complicado con agujas circulares, una sombra se cernió sobre mí.

–Vete –murmuré sin levantar la vista, porque veía pies de chico con unas Converse color hueso, y el único chico con quien hablaba en todo el instituto era Barney, incapaz de ponerse unas Converse color hueso como el típico crío de bachillerato. Por lo tanto, no era nadie con quien quisiera hablar–. Me tapas la luz. Además, este es mi sitio. Vete.

–Nunca había conocido a nadie tan maleducado –dijo una voz que ni el acalorado debate sobre la agricultura de comercio justo en Perú (¡sí, Perú, qué leches!) me impidió reconocer. Suspiré, molesta, y levanté la vista hacia Michael Lee–. ¿Por qué eres tan hostil?

–¿Y tú por qué sigues tapándome la luz? –dije, dejando las agujas para quitarme los auriculares, en vista de que él seguía obstruyendo los débiles rayos del sol de finales de septiembre y no daba señales de querer moverse. Obviamente habría que resolverlo con palabras–. ¿Qué quieres?

Estaba casi segura de saber lo que quería. En parte era lo mismo que quería yo, porque no dejaba de dar vueltas a lo de Barney y Scarlett –o Barnett, como se los conocería si fueran famosos–, y no tenía a nadie con quien comentarlo. Tenía amigos; no era ninguna ermitaña, pero en temas profundos prefería no abrirme demasiado. En cambio, sobre lo superficial no tenía reparos en abrirme.

Antes con Bethan sí que hablaba sobre cosas profundas, pero por Skype no era lo mismo, sobre todo con las cuarenta y ocho horas semanales de trabajo que tenía ella, y su eterna voz de cansada. Seguro que la frustración de haberme quedado sin confidente se me leía en la cara y me hacía parecer aún más huraña que de costumbre, porque Michael se apresuró a retroceder.

—Nada —dijo al instante—, es que pasaba por aquí y se me ha ocurrido saludarte.

—Ah, ¿y se puede saber por qué? —le pregunté con frialdad—. ¿Qué te crees, que por haber tenido una conversación desagradable en el rastrillo ya nos saludamos? Pues no. Tú y yo no tenemos nada de que hablar, o sea que adiós.

Entornó los ojos. Para ser chico, sí que era exageradamente guapo, sí. Era otro de los motivos de que me hubiera puesto tan dura: Michael estaba tan acostumbrado a que las chicas se derritieran por el mero hecho de verlo —una vez vi a una de segundo de la ESO que chocó con un árbol por no apartar la vista— que no quería que se creyese que también era mi caso. A todos los chicos guapos de verdad les pasaba lo mismo: presuponían automáticamente que te morías por sus huesos y no te darías por satisfecha hasta haber tenido un hijo suyo, por muy repelente que pudiera ser su personalidad.

Aparte de entornar los ojos, Michael no reaccionó de ninguna manera a mis palabras. No había nada más que decir, así que retomé mi labor y empecé a repasar las puntadas.

—Oye, que solo intentaba ser amable —dijo él de sopetón.

–¿Qué es, alguna memez de programa social del consejo de alumnos?

–Es curioso, pero empiezo a entender lo de Barney y Scarlett –comentó Michael tan tranquilo, mientras tenía la desfachatez de sentarse a mi lado, apoyándose en la pared. Intenté no hacerle caso–. Si yo saliera contigo, también estaría buscando una estrategia para cortar.

–Pues si yo tuviera la increíble mala suerte de salir contigo, mi estrategia para cortar sería irme a la calle y tirarme contra un coche en marcha –repliqué–. Bueno, ¿y si te vas y le explicas tus delirios paranoides a alguien que no pase olímpicamente de ellos?

Michael se levantó de un salto y chocó conmigo, lo que me hizo perder unos veinte puntos más. Murmuró entre dientes algo que sonaba como la palabra «bruja», repetida diez veces muy deprisa. Mi cara conservó una sonrisa imperturbable, porque sabía que aún lo pondría más furioso; lo que no entendía por qué de repente la necesidad de bajar los humos a Michael Lee se había convertido en mi gran vocación.

Lo vi dar zancadas por el trozo de hierba reseca donde solían sentarse los porreros. Cuando llegó a los contenedores y se fue por la esquina, me levanté, metí en mi bolso las labores y el iPod y me fui a clase de lengua.

Scarlett estaba sentada al fondo con su grupo de amigas, que se creían lo más de lo más por comprarse la ropa en American Apparel e ir a conciertos entre semana. En sí no eran malas, pero para ser cinco chicas que se vestían exactamente igual, escuchaban exactamente la misma música y tenían la misma opinión sobre todo estaba claro que se daban muchos aires. Bueno, Scarlett no; Scarlett no habría reconocido una opinión aunque se instalase a vivir al lado de su casa y pusiera death metal toda la noche.

Yo siempre me sentaba en la primera fila, porque llegaba tarde a todas las clases. Así, además, era más fácil vigilar al profe y criticarlo en voz alta si pretendía ponernos más deberes de la cuenta. Al retirar la silla, me aseguré de que Scarlett me viera, y me la quedé mirando con toda la inexpresividad del mundo. Siempre era mejor que poner mala cara. Así el receptor de la mirada se daba cuenta de que no valía ni el esfuerzo de contraer los músculos faciales.

Scarlett se puso tan roja como su ridículo nombre, y sacudió la cabeza para taparse la cara con el pelo –movimiento que solo podía haber aprendido de Barney–, mientras la señora Ferguson cerraba la puerta del aula, sonreía efusivamente a los alumnos y nos anunciaba que íbamos a debatir sobre las dos novelas que teníamos que estudiar para selectividad: *El gran Gatsby* y *El manantial*.

Se alzó un gemido colectivo y aproveché para sacar mi iPhone del bolsillo. Había pocas posibilidades de que se produjese un debate literario riguroso, así que si colocaba los libros en la mesa en una determinada posición probablemente pudiera escribir algunos tuits sin que nadie se diera cuenta. La señora Ferguson molaba, pero no hasta ese punto.

Los dejé con su cháchara. Más que un debate era un refrito de los argumentos de ambos libros, aunque oí un comentario incisivo:

–La Daisy Miller esa es una creída.

Casi se merecía un tuit, pero una de mis reglas tácitas era no despotricar jamás por Internet contra alguien a quien conociese en la vida real. También en clase teníamos una regla tácita: que todas las opiniones merecían ser escuchadas, por penosas o ignorantes que pudieran ser.

—A ver, Scarlett, ¿a ti qué libro te ha gustado más? —preguntó con amabilidad la señora Ferguson.

Todo el personal del instituto trataba a Scarlett como si fuera de porcelana.

Se oyó un vago susurro al fondo de la clase, como si corriera el viento entre las patas de las sillas.

—Perdona, Scarlett, pero no lo he oído bien —dijo la señora Ferguson

Después siguió moviendo la mandíbula, como si le rechinasen los dientes.

—Bueno… A ver… Mmm… No he entendido del todo lo que… Lo que le ve a Daisy el tío de *El gran Gatsby;* no Gatsby, ¿eh? El otro. —Me giré en mi silla para presenciar la mirada suplicante de Scarlett a sus amigas, hasta que una de ellas, Heidi, o Hilda, o como se llamase, le susurró algo—. Pues eso, Daisy; que…, bueno…, que tal como la dejan ni siquiera parece tan guapa.

Llegué a oír cómo se le cortaba la respiración a la señora Ferguson —otro motivo por el que me sentaba en primera fila: puedes ver los puntos débiles de los profesores—. Después me pilló haciendo una mueca provocada por la extrema memez de Scarlett.

—Jeane —dijo la señora Ferguson con cierta desesperación—, ¿a ti por qué te parece que Nick Carraway está enamorado de Daisy?

—Yo no diría que esté necesariamente enamorado de Daisy —contesté despacio, clavando mi mirada en Scarlett, que se movió en la silla, incómoda—. La idealiza y se la imagina como su mujer perfecta, aunque esté claro que no lo es. Yo creo que lo que pretende explicar Fitzgerald es que nadie sabe cómo son los demás, al menos cómo son en el fondo. Al final, lo único que hacen es proyectar sus delirios en la otra persona. Se podrá decir que Daisy no le ha pedido que la adore, vale, pero de todos modos se aprovecha, ¿no?

Scarlett me miraba con incomprensión. Saltaba a la vista que no entendía nada. Era la reina de no entender nada.

–Ya –dijo, mirándose las manos–. Ya. –Parecía que tuviera un nudo en la garganta. Tuve curiosidad por saber si lloraría–. La verdad es que no te he entendido.

–Pero ¿tú te has leído *El gran Gatsby*, Scarlett? –dije–. Porque el amor no correspondido de Nick a Daisy es la piedra angular del libro.

Se hizo un silencio fúnebre en el aula. Hasta la señora Ferguson parecía aguantar la respiración, en vez de intervenir y pedirme que parara el carro.

–Eso ya lo sé –dijo Scarlett con cierto mal humor: era la primera vez en seis años que la veía demostrar que tenía sangre en las venas–. Es que... Bueno, es que me he confundido con *El manantial*. Se parecen bastante.

Un murmullo de asentimiento recorrió la clase. Tuve ganas de darme cabezazos en la mesa.

En mi defensa, he de decir que cuando expuse que «*El gran Gatsby* trata de la muerte del sueño americano y *El manantial* de la teoría del objetivismo y la fuerza del individuo y que, por lo tanto, a menos que seas subnormal profundo, no pueden parecerte semejantes», no se lo decía a Scarlett, sino a la clase en general.

Scarlett se inclinó hasta que el pelo le tapó la cara y empezó a llorar. Lloraba tanto que le temblaban los hombros.

–Venga, Scarlett... No creo que valga la pena llorar por el mal humor de Jeane –dijo secamente la señora Ferguson, mientras Heidi/Hilda y otra chica corrían a abrazar a su amiga y consolarla.

Mis labios formaron una mueca de desprecio al ver que Scarlett se levantaba y salía corriendo del aula, chocando con las mesas.

–Jeane, espérame al final de la clase –suspiró la señora Ferguson, antes de ponernos una redacción de media hora sobre los temas de la pérdida y la nostalgia en *El gran Gatsby*.

Sentí que veintiocho pares de ojos me lanzaban rayos láser entre los omoplatos.

–Ha estado totalmente fuera de lugar –dijo la señora Ferguson después de que saliera toda la clase en tropel, incluida Scarlett, que aún se sorbía la nariz–. Bastante difícil es hacer participar a Scarlett como para que la destripes cuando dice algo.

–Mi último comentario iba para toda la clase –señalé.

La señora Ferguson apoyó su barbilla en las manos y puso los ojos en blanco.

Normalmente lo hacía de manera más cómplice, lo de poner los ojos en blanco; entonces, yo hacía lo mismo y nos mirábamos como diciendo: «Dios mío, pero ¿qué hacemos aquí?».

La señora Ferguson, o mejor dicho Allison, que era como la llamaba fuera del instituto, era una casi amiga. La veía en conciertos y exposiciones alternativas, y nos seguíamos mutuamente en Twitter; dicho lo cual, lo que pasaba fuera del instituto se quedaba fuera del instituto. Hasta sabía que tenía un grupo, los Fuck Puppets. Era un secreto que me llevaría a la tumba. Seguro que por eso le costaba tanto darme la charla que, en cierto modo, me tenía merecida.

–No debería haber dicho «subnormal» –reconocí–, porque es ofensivo, y... discriminatorio, pero ¿cómo se puede confundir *El gran Gatsby* con *El manantial* habiendo leído los dos libros? Es como confundir monos con narcisos, judías con tomate con dispensadores Pez, o...

–Vale, vale, ya lo entiendo –me cortó la señora Ferguson, y cruzándose de brazos trató de cohibirme con la mirada. Yo bajé los ojos, obediente, para parecer un poco arrepentida–. De ti espero mucho más. Te has fallado a ti misma.

Me da mucha rabia cuando la gente te viene con sermones del tipo «no estoy enfadado, sino decepcionado». Era algo tan previsible. Francamente, la que esperaba mucho más de Allison era yo, pero bueno, no estábamos hablando de eso.

–Lo siento –dije, aunque mi inexpresividad habitual lo hizo sonar tan falso como en mi cabeza.

–No sirve de nada que te disculpes conmigo. A quien tienes que pedirle perdón es a Scarlett. Delante de mí. Ah, Jeane, y que sea una disculpa sin ambigüedades, no un juego de palabras ingenioso que se pueda malinterpretar, ¿vale?

Qué bien me conocía.

–Vale.

Metí la carpeta y mis gastados ejemplares de *El gran Gatsby* y *El manantial* en la mochila, que me había hecho yo misma, con el lema bordado «Soy rara, luego existo». Lo hice creyendo que habíamos terminado, pero Allison hizo un ruido raro, como si se atragantase.

–Todo bien, ¿no? Viviendo sola, digo. Porque si necesitas hablar de algo ya sabes que me tie...

–No, no –me apresuré a decir, levantándome–, todo perfecto. Más que perfecto. Genial.

Allison me acompañó nada menos que hasta la puerta del aula.

–Podríamos hablar fuera del instituto –murmuró con tono de complicidad–. Si quieres.

–Tengo que irme. Llego tarde a economía –le dije, no solo para quitármela de encima, sino porque llegaba con un retraso horrible y la interrupción de Michael Lee me había impedido escuchar el podcast entero.

Durante los siguientes cuarenta minutos hice lo posible por pasar desapercibida, pero la clase tomó un cariz alarmante cuando el señor Latymer decidió grabar en lo más hondo de mi joven ser los efectos positivos de la agricultura de comercio justo en los países en vías de desarrollo. Solo se podía hacer una cosa: embarcarse en una diatriba sangrante sobre los efectos negativos de que las principales calles de Gran Bretaña estuvieran tomadas por tantas multinacionales de cafeterías.

Resultó que la mayoría de la clase prefería discutir sobre dónde hacían mejor el *frappuccino*, en Starbucks o en Caffè Nero, que sobre la agricultura de comercio justo. Se acaloraron enseguida. Gracias a ello, pude ponerme cómoda y mandar todos los tuits que quise, mientras Heidi/Hilda amenazaba con pegar a Hardeep cuando este trató de introducir en el debate los *frescatos* de Costa Coffee.

Justo cuando el señor Latymer intentaba poner orden, sonó el timbre y me pude ir sigilosamente del aula, mientras caía una lluvia de castigos sobre los demás, y se oían gritos como «¿Y a mí qué más me da que un *frappé* doble de chocolate con leche desnatada tenga quinientas calorías? ¿Por qué me lo estropeas todo?».

Solo tenía que sacar de la taquilla la cesta de la bici y quedaría libre de aquel antro que apestaba a desinfectante barato y a fracaso; hasta las 8:40 de la mañana siguiente.

–Jeane –dijo alguien, muy serio, cuando mi cabeza estaba dentro de la taquilla.

Por un segundo pensé que era Michael Lee, y del susto me di un golpe al sacar la cabeza del cubículo metálico, pero a quien vi fue a Barney.

–Ah, eres tú –contesté–. Te había confundido con otro.

Barney no dijo nada, pese a mover la boca con el mismo empeño que si mascase un chicle enorme –cosa que nunca hacía, a causa de un miedo irracional a tragárselo y obstruir para siempre sus entrañas–. Ante la evidencia de que tardaría cierto tiempo en pronunciar alguna palabra, seguí buscando mi protector labial con olor a rosas.

–¿Cómo has podido? –preguntó finalmente.

–¿Que cómo he podido qué?

Ya estaba hurgando en los más hondos recovecos de mi taquilla, entre *tuppers* que llevaban varias semanas sin pisar la casa.

–Scarlett se ha tenido que salir de mates porque estaba llorando.

Me burlé por dentro.

–Siempre llora por algo. La verdad es que suelta más agua que…, que… Bueno, que algo que suelte mucha agua.

–La has llamado retrasada. Eso está muy mal en todos los sentidos.

Barney sonaba enfadado de verdad, casi tanto como aquella vez en que estaba enfrascado en *Red Dead Redemption* y yo, al tropezar, le había desenchufado la Xbox.

Encontré mi protector labial y saqué con cuidado la cabeza de la taquilla.

–Yo no la he llamado retrasada. Iba por toda la clase. Además, le he prometido a Alli…, a la señora Ferguson que le pediré perdón, o sea, que no te pongas como un ogro.

–Te has pasado diez pueblos –persistió Barney, con la cara roja–. No mola nada decirle cosas crueles a la gente. Es puro sadismo. No es culpa de Scarlett que no le salgan las palabras. Además, no le gusta hablar en público. ¿Tú tienes alguna idea del miedo que das? Sobre todo cuando alguien ya tiene que hacer un esfuerzo y atreverse a participar en un debate, y tú…

–Barney, que ya lo sé –dije suavemente. Si antes tenía alguna duda de que hubiera algo que saber, ahora ya no. Barney estaba defendiendo el honor de Scarlett y su derecho a decir idioteces en clase como si le fuera la vida en ello–. Ya sé lo tuyo con Scarlett.

Se quedó boquiabierto. Un segundo después se encogió de hombros.

–Tampoco hay mucho que saber.

–A ver si lo repites –dije entre dientes. Es que lo suave no me dura mucho–. Ni se te ocurra fingir que no hay nada entre vosotros dos.

Barney suspiró.

–No ha pasado nada, pero nos gustamos. Mucho. Lo que pasa es que es complicado, porque ella sale con Michael, y bueno…, también estás tú.

–¿Qué pasa conmigo?

–Tiene pánico de que la mates.

–Sí, como que le pondría un dedo encima –bufé con desprecio.

–De lo que tiene miedo no es de tus dedos. Por eso yo no te había dicho nada. Y mira que lo he intentado, ¿eh? Quería, pero siempre me atascaba –reconoció Barney, que por una vez no bajó la cabeza, ni se mordió el labio, ni se escondió tras el flequillo, sino que me miró a los ojos–. Intimidas mucho.

–¿Que intimido? ¿Y se puede saber qué te intimida tanto de mí? –inquirí con los brazos en jarras.

Barney tenía razón: entre mi cara normal y la de presentar pelea no había mucha diferencia.

–Es como si no hubiera sitio para mí –dijo–. Siempre vas diez pasos por delante, y yo detrás, como si lo que digo nunca te pareciera lo bastante guay ni lo bastante inteligente.

–Yo nunca pienso que vayas por detrás –farfullé, impotente. Esta vez fue Barney quien se apoyó con soltura y naturalidad en las taquillas, porque ya había revelado su gran secreto y no había sido el fin del mundo. En cambio, a mí se me levantaban las aletas de la nariz, y tuve la sensación de que se me saldrían los ojos de las órbitas–. Procuro contar contigo en todo lo que hago.

–Ya, pero es que a mí no me apetece enrollarte la lana en maratones benéficos de calceta, ni patearme el circuito alternativo para que puedas hacer fotos para tus reportajes de tendencias. Y cuando me llevas a ver roller derby ya ni te cuento, Jeane: la verdad es que no me entero de nada, aunque nunca me habrás oído un no.

¡No me lo podía creer! Yo, que había dejado entrar a Barney en mi vida; yo, que le había dado una oportunidad, pensando que quizá tuviera algo más en la cabeza que los cretinos que se bamboleaban por los pasillos del instituto como si acabaran de aprender a caminar…, y me lo pagaba eligiendo a Scarlett. ¿Scarlett? Si era tan tonta que prácticamente tenía el encefalograma plano…

La pose de tranquilidad de Barney no resistió a mis primeros gritos. Intentó llevarme la contraria, pero yo grité más alto y, al final, mi voz ahogó sus quejas.

Me daba igual que aún quedasen algunos rezagados deambulando y que todos se parasen a mirarnos, e incluso a señalarnos y a reírse en voz baja mientras yo, con la afilada punta de mi lengua, desollaba el despreciable y traicionero cuerpo de Barney.

–¡Antes de conocerme no eras nada! –fue lo último que le grité a un Barney encogido–. Y volverás a no ser nada, un empollón lleno de granos que se pasa el día jugando a *World of Warcraft* y no sabe relacionarse con la gente. Menos mal que Scarlett es un liquen, y no gente, ¿verdad?

Y me fui, dando tal golpe con el hombro a Barney que se tambaleó. Yo ya sabía que había hecho mal, que no era la manera correcta de reaccionar en una situación así, pero en cuanto llegué a mi casa empecé a redactar la entrada que colgaría en mi blog sobre la pérfida, traicionera y moralmente reprensible conducta de aquella serpiente de Barney.

6

Después de mi trifulca con Jeane estuve temblando diez minutos, temblando de verdad. Sentado en el laboratorio de química, en mi hora libre, me dije que había sido culpa mía. Debería haber tomado apuntes sobre fórmulas moleculares, pero no podía pensar en nada más que en lo que le tendría que haber dicho para que se le borrase a esa tonta aquella cara de superioridad. Se me había olvidado el horror de nuestro primer encuentro en el rastrillo. Tampoco me había acordado de su fama, tan justificada, de ser la chica más maleducada del instituto, ni de que en Internet todo el mundo se hace pasar por lo que no es y que la simpatía de Jeane solo funcionaba con el wifi conectado. «No, es que pasaba por aquí y se me ha ocurrido saludarte.» Cada vez que revivía aquel momento y su cara de vinagre, algo se moría en mi interior.

Sonó el timbre. De camino a informática, por el pasillo, me encontré a la mejor amiga de Scarlett, Heidi, con la mano cargada de chocolatinas, una lata de coca-cola *light* y un paquete de *kleenex*.

–Diosss. Acaba de pasar lo peor –anunció, aunque se lo podría haber ahorrado, porque llevaba todas las curas necesarias para el ataque de nervios de una adolescente;

bueno, menos un helado, aunque el consejo de alumnos se había planteado la posibilidad de instalar en el instituto una máquina con tarrinas de Ben & Jerry's.

—¿Qué es lo peor?

Me resigné a llegar tarde a informática, ya que Heidi siempre tardaba varios minutos y varios «Diosss» en ir al grano.

Puso los ojos en blanco.

—Scarlett, que está literalmente hecha polvo. Te lo juro.

—Literalmente, no —dije, molesto con lo mal que usaban Scarlett, Heidi y toda su pandilla la palabra «literal», hasta hacerle perder literalmente todo su significado—. ¿Y qué es lo que ha pasado?

—Llora por culpa de Jeane Smith. No, en serio, es que la ha destrozado, literalmente, y ahora está en el baño, mareada. Encima, la única bolsa de papel que hemos encontrado para que respirase olía a bocadillo de jamón y pepinillo, y a Scar le han dado arcadas. Total, que peor imposible.

Heidi se calló. Supe que solo era para tomar oxígeno, y que si yo no aprovechaba la ocasión me soltaría otro rollo.

—¿Por qué la ha hecho llorar Jeane? ¿Qué pasa, han discutido por…?

Dejé la frase a medias para no mencionar a Barney. Heidi, sin embargo, detectó la pausa y se metió de nuevo en la conversación como si usara una palanca.

—¿Te puedes creer que Jeane se ha metido con ella por nuestros textos de literatura de selectividad? Yo es que flipo. Y encima, luego va y trata a Scar de retrasada.

–Bueno, ¿y Scar ya ha parado de llorar? –Me empezaba a fallar el halo de novio perfecto, porque la noticia de que Scarlett estuviera llorando en el baño de chicas no me dio ganas de correr a su lado. Solo me hizo pensar: «¡Madre mía! ¿Y ahora qué?». De todos modos, llamar retrasado a alguien no parecía del estilo de Jeane. Era ruin, incluso para ella–. ¿Y tú? ¿No tienes clase?

–Las circunstancias son más que atenuantes. –Heidi agitó los hombros, disgustada–. Ni se te ocurra chivarte. Scarlett me necesita.

–Bueno, pues haremos como si no hubiéramos hablado –contesté–. Dile a Scar que nos veremos a la salida y que espero que se mejore.

–Si fueras un novio como Dios manda vendrías conmigo para ver si está bien –dijo Heidi, abriendo mucho unos ojos con kilos de rímel–. ¿Ya te he dicho que está literalmente hecha polvo?

–Sí, ya me lo has dicho, pero es que Scarlett está en el baño de chicas y yo llego tardísimo a informática, seguro que me ponen falta. Ya me pondré en plan novio tierno cuando la acompañe a casa, ¿vale?

–Bueno, bueno.

Heidi inició la retirada, mientras se bajaba su minifalda, que se le había subido. Hace dos veranos llegué a pensar que ella y yo podíamos llegar a algo; nos enrollábamos en todas las fiestas, pero cuando no nos metíamos mano no teníamos nada que decirnos. Luego conocí a Hannah y, en comparación con ella, todas las chicas me sabían a poco.

Tuve un recuerdo sensorial de Hannah aquel verano, en una fiesta, sentada en la escalera, con el vago reflejo de las velas en su pelo mientras me explicaba el tema de su poema favorito de Sylvia Plath. Se le hizo un nudo en la garganta y tuvo que secarse una lágrima que se deslizaba solitaria por su mejilla. Después se rio y dijo: «¡Jo, es que cumplo todos los tópicos de angustia adolescente! ¿A que sí? Llorar por Sylvia Plath en la escalera durante una fiesta».

Después pensé en Scarlett, deshecha en llanto en el baño de chicas porque alguien la mitad de alta que ella, y el doble de fea, la había tratado con crueldad. La verdad es que no se podían comparar sus lágrimas con la emoción de Hannah al llorar por algo importante de verdad. De hecho, me alegré de ir a informática y empaparme de teoría sobre bases de datos. Son mucho más complicadas las mujeres que las bases de datos.

Después de clase fui al aparcamiento de personal, donde me correspondía una plaza como miembro del consejo de alumnos: una plaza para el viejo Austin Allegro, oxidado y sujeto con cinta aislante y chicle, que heredé de mi abuela. Era donde debería haber estado Scarlett, pero no la encontré.

Tanto tiempo no podía durarle la llorera…

Saqué mi móvil, pero, a pesar de los diecisiete mensajes pendientes de lectura –la mayoría sobre la inminente batalla del club de debate contra el instituto pijo de la zona, el partido de fútbol del sábado por la mañana y una fiesta el sábado por la noche–, Scarlett no figuraba entre las muchas personas que me habían escrito para pedirme algo. Hasta mi madre me pedía que le comprase una bolsa de cebollas rojas y unos ajos de camino a casa.

Con la clara sensación de que abusaban de mí, volví al instituto en busca de Scarlett, y miré si delante de los baños de chicas estaba su grupo de amigas, escribiendo mensajes de móvil como locas con una lata de coca-cola *light* en la otra mano, pero no. Al final, la localicé en la sala común de primero de bachillerato, que era la mitad de grande que la de segundo y olía un poco a pescado y aparatos viejos de gimnasia –razón por la que la mayoría de los de primero preferían salir fuera, al sol, o a tiritar bajo la lluvia y la ventisca–. Vi a Scarlett encogida en el alféizar de la ventana, junto a Barney, que la sujetaba por la espalda.

Levantaron la vista cuando notaron mi presencia. Scarlett se secó las que seguro que eran sus últimas lágrimas, y Barney se inclinó para susurrarle algo. Lo raro, aún más que el hecho de que Scarlett y Barney estuvieran solos en una sala apestosa y él tuviera un brazo en su espalda, fue la sensación de estar haciendo algo inapropiado por el simple hecho de quedarme en la puerta e interrumpir su conversación, que a saber sobre qué narices sería.

–¿Qué, Scar, ya nos podemos ir? –Casi no me salió su nombre–. Te he estado buscando por todas partes.

Scarlett frunció el ceño.

–No, es que no necesito que me lleves. Tengo cosas que hacer, pero gracias.

No dijo nada más. Solo me miró incisivamente, como nunca me había mirado.

Bueno, para miradas la de Barney. Solo habíamos hablado un par de veces. Una vez lo saludé en un concierto y otra le llamé la atención por mandar un mensaje con el móvil en clase de mates. En ambas ocasiones, se había puesto rojo y había farfullado algo con la vista en el suelo. Sin embargo, esta vez me miró como si tuviera todo el derecho del mundo a estar sentado junto a Scarlett, tan cerca que se tocaban desde el hombro hasta la rodilla. Me dirigió una sonrisa forzada.

–La verdad es que Scar y yo estábamos teniendo una conversación privada –dijo.

–Ah, muy bien –contesté, como si pudiera parecerme bien algo que no lo estaba desde ningún punto de vista. No sería yo quien perdiera la calma y soltara un torrente de palabras iracundas de las que pudiera arrepentirme. «Sé el más grande –decía siempre mi padre–, incluso cuando alguien intenta que parezcas pequeño.» A eso llegaba. O como mínimo a intentarlo–. Pues nada, hasta mañana.

–Vale. Igual luego te mando un mensaje –dijo Scarlett con poca convicción.

Creo que los tres sabíamos que no lo haría.

De camino a casa estuve seguro de que tenía que cortar lo antes posible con Scarlett. Por lógica, debería haber sido ella quien cortase, pero se mostraba indiferente, caprichosa, y se pasaba todo el día con el pelirrojo empollón que le daba clases de mates, todo para obligarme a hacer de poli malo. La cuestión es que yo nunca había cortado con nadie. Vale, lo había dejado con alguna novia, pero eran más bien decisiones mutuas cuando veíamos que ninguno de los dos estaba por la labor. El otro caso era el de Hannah, que había ido en plan: «Oye, que ya sabes que te quiero, pero también sabes que mi padre trabaja en el Ministerio de Asuntos Exteriores y me van a meter en un internado de Cornualles, manda huevos, para preparar la selectividad, porque a mi padre lo han enviado a un sitio donde puede ocurrir perfectamente que los putos rebeldes secuestren a mis padres. En serio, tío».

Habíamos hablado de las relaciones a distancia y de que podríamos vernos cada noche por Skype, pero Hannah estaba tan desquiciada con lo de sus padres que al final no quise ser otro motivo de preocupación. La ruptura fue espantosa. No quiero mentir: lloré. Y Hannah también. Lloraron hasta nuestras madres; en la cartera todavía llevo un post-it que me dio justo antes de irse. Pone: «Cuando sea una ancianita con el pelo blanco, seguiré pensando en ti como mi gran amor perdido».

Pensar en Hannah, y en que era la única chica que me había reducido al llanto –aparte de Sun Li, una niña que en el parvulario había rechazado mis avances amorosos a pesar de regalarle un tubo de Smarties–, me distrajo tanto que me salté un semáforo en rojo y estuve a punto de chocar con el de delante.

No sé cómo, pero conseguí llegar a casa sin cargarme a ningún peatón despistado. Luego tuve que salir de nuevo, esta vez a pie, para comprar ajo y cebollas, después de que mi madre me echase la charla de que no cumplía con mis responsabilidades. Tuve que esperar a que empezase a preparar una lasaña para subir a mi cuarto y deprimirme a gusto.

A los cinco minutos de entonar el pobre de mí, llegué a la conclusión de que deprimirse es aburrido, así que encendí el ordenador. Como no quería entrar en Facebook, porque sabía que me pondría a ciberperseguir a Scarlett, abrí mi Twitter; justo en el mismo momento que Jeane Smith, deseosa de informar al mundo de que acababa de publicar una entrada en su blog. Yo ya estaba en esa neblina mental del internauta que pulsa en un enlace sin saber del todo lo que hace. Acto seguido me apoyé en el respaldo y estuve a punto de caerme al suelo.

Barney se ha puesto machito

Al empezar este blog me hice el voto solemne de no escribir nunca sobre conocidos. No echaría nunca pestes de nadie que conociera y, si alguno se portaba mal, si me hacía alguna mezquindad, no lo haría público. En este blog, no. Ni hablar.

Hasta ahora, porque estoy a punto de dejar de vuelta y media al Chico. Mis lectores habituales lo conocen de sobra. Lo menciono a menudo. Es medio novio, medio compañero y medio beso-amigo. Bueno, al menos lo era. Yo lo llamaba «el Chico» para proteger su intimidad y…, pues eso, para protegerlo, pero ya no se merece ni la estima en que lo tenía ni mi protección.

¡SE LLAMA BARNEY Y ES UNA RATA ASQUEROSA, UN INÚTIL QUE LE PONE LOS CUERNOS A LAS CHICAS! Lo peor es que yo lo estaba educando para ser un novio sensible, equilibrado y sin machismo –hasta le compré una camiseta de las de «Así es como son los feministas»–, pero como no se puede educar a alguien que ha resultado ser LA VÍBORA MÁS VÍBORA DE VIBORILANDIA, voy a infringir todas las normas de este blog ¡Y A GRITAR EN MAYÚSCULAS, QUE ES ALGO QUE ODIO!

Antes de conocerme, Barney era una especie de embrión cultural. No había estado en ningún sitio, no había vivido nada y no había tenido ni una sola aventura; hasta que le hice un hueco en mi vida. Le presenté a gente y le enseñé lugares, sabores y sonidos que ensancharon su mundo —cosa nada difícil, teniendo en cuenta que hasta entonces se reducía a una pantalla conectada a una Xbox—.

Antes de mí, a Barney ni siquiera le sonaba el roller derby. No había comido nunca sushi ni chocolate con chile. No había ido a ningún rastrillo, ni conocía a los Vampire Weekend, ni a la Velvet Underground, ni había llorado escuchando «Pale Blue Eyes». Nunca había visto una película extranjera. Nunca había pasado toda una noche sin dormir ni había subido a una montaña de las altas para ver salir el sol. Aún dejaba que le comprara la ropa su madre, y lo peor es que se descargaba música por Internet y no pagaba nunca.

Me succionó todo el estilo como cuando se hace un puente a la batería del coche. Y ahora ¿cómo me lo paga? Liándose con otra. Pensando en otra como no tiene que pensar. Sin querer estar conmigo, sino con la otra.

La gente se enamora y se desenamora constantemente. Vaya, que tampoco es que Barney y yo seamos un *remake* de *Romeo y Julieta* —aunque estoy casi segura de que a su madre le encantaría que tomase veneno y la palmara—, y si Barney se quiere enamorar de otra poco podré hacer yo para evitarlo.

Lo que pasa es que hace semanas que se estaba fraguando y me he tenido que enterar…, pues por uno de «ellos», de los antirraros. Y no me lo creí ni por esas, porque consideraba que Barney era incapaz de traicionarme, y porque le enseñé la música de Sleater-Kinney y Bikini Kill, y porque le puse un blog feminista adolescente en el lector de blogs de Google y le enseñé millones de otras maneras de ser un tío guay, que me tratara con respeto para compensar tantos siglos de dominio patriarcal y de que los chicos se crean mejores que las chicas solo porque les cuelga un trozo de carne entre las piernas.

Lo que me ha hecho no tiene ninguna clase. Aunque no haya habido cuernos físicos —supongo que sería ir de la mano, darse besos y todas esas cursiladas—, los ha habido emocionales. Ya que Barney ha cerrado el espacio de su corazón que me tenía alquilado, al menos debería haber tenido la decencia de decírmelo, ¿no? ¡Pues claro!

Ah, y otra cosa que me está empujando hacia la rabia más ciega es que hasta los cerebritos con flequillo, los que siempre necesitan una púa de guitarra, un CD recopilatorio o una agenda Moleskine en sus dedos larguiruchos de friki, siempre den calabazas a las cerebritas en favor de la opción fácil, sobre todo cuando la opción fácil es rubia, tiene el pelo largo, lleva vaqueros ajustados de la talla 36 y carece por completo de personalidad.

No estoy diciendo que todas las rubias con una 36 carezcan de personalidad, claro que no. Ya sabéis que yo por Lady Gaga me desmayo, ¿no? Tampoco estoy denigrando a mi propio sexo, ni siquiera en el caso concreto de esta chica. Lo que hago es preguntar: ¿cuándo bastará con ser independiente, y fuerte, y desmarcarse del rebaño, y atreverse a ser de otra manera, a mostrar valentía en las opiniones, la forma de vestir y el color de pelo?

¿No son cualidades dignas de ser admiradas en una chica? Sí lo son para un chico inseguro y que no ha sabido destacar hasta que alguien como yo lo arrastra hacia los focos. Además, a mí Barney me gustaba. Me gustaba tenerlo en mi vida. Estoy procurando tomarme las cosas con filosofía, pero me lo dificulta este regusto de rabia y decepción que tengo en la garganta y que sabe como cuando lames una pila. (No entremos en cómo sé a qué sabe una pila cuando la lames.)

Básicamente, si estoy enfadada y despotrico es porque no puedo hacer nada, porque Barney está tan ciego de amor que lo único que ve en mí son las diferencias respecto a la otra chica.

Bueno, lo que es poder sí que podría hacer muchas cosas. Por sesenta y cinco de ellas me detendría la Policía, cuarenta y siete darían mala imagen de mí, así que lo único que me queda es declarar aquí y ahora que Barney nunca me ha merecido y que es un traidor a la causa de los raros.

Ah, y no: dejar a Barney en evidencia y traducir el dolor en palabras no me ha hecho sentir ni una pizca mejor.

Al principio me cabreó que me tacharan de antirraro, como si fuera algo malo. Después me extrañó que alguien tuviera que documentar todo lo que pensaba y sentía y someterlo al estudio de los desconocidos. Por último, pensé en Jeane.

Hasta entonces la había visto como la novia mandona que amargaba la vida a Barney hasta el extremo de empujarlo hacia Scarlett, pero me di cuenta de que habían sido una pareja de verdad. Jeane no dejaba de ser muy mandona, vale, y parecía que toda la dinámica de la pareja girase en torno a que le diera a Barney un curso acelerado de su marca de estilo para fracasados, pero algo había entre los dos: amistad, cariño y unos gustos musicales penosos.

De todos modos, voy a decir algo en favor de Jeane: que al estar dolida, y disgustada, en vez de ponerse en plan «total, qué más me da» o «si en el fondo ni siquiera me gustaba» no temía sincerarse, aunque fuera poniéndose borde. Me pareció muy respetable, porque yo siempre tenía miedo de que los demás empezaran a odiarme o me perdieran el respeto si no era perfecto. Y no siempre es fácil ser perfecto.

Mientras tanto, en Twitter, en vez de dejarse querer, como pensaba yo que haría, Jeane esquivaba las preguntas.

raritayadorable_ Jeane Smith
Está todo en el blog. No tengo nada que añadir, a menos que queráis mandarme chocolate o fotos de perros con ropa divertida.

Sentí cierta empatía con su situación, porque de alguna manera yo estaba pasando por lo mismo. Por otra parte, caí en la cuenta de que en el instituto Jeane no se relacionaba con nadie más que con Barney. ¿Y a quién no le encantan las fotos de perros vestidos de manera cómica? Claro que en eso podía superarla.

tresdelicias está que vicia
@raritayadorable Los perros en tablas de surf les dan cien mil vueltas a los perros con ropa divertida.

Le tuiteé un enlace de fotos del concurso anual de surf canino que se hace en California. Lo tenía guardado en mis favoritos, para cuando necesitaba reírme.

Después bajé, porque era la hora de cenar y de mantener una animada discusión familiar sobre una serie de temas: al-Qaeda, si se podía clonar a Alice para que el clon fuera al instituto y la Alice de verdad pudiera quedarse en casa viendo dibujos en la tele, y por qué tanto Melly como Alice eran demasiado pequeñas para tener un móvil. Me escapé en el momento en el que Melly se puso a llorar, parece que porque era la única niña de siete años de su clase que no tenía iPhone.

Fui directamente al ordenador, porque tenía unos deberes de informática que no se hacían solos, y me quedé de piedra al encontrarme más de cien correos en la bandeja de entrada. Al principio pensé que se me habían estropeado los filtros de spam, pero luego vi que todo eran notificaciones de Twitter, lo que me extrañó.

Cuando entré en Twitter, lo entendí perfectamente. Además de contestarme, Jeane había retuiteado mi tuit.

 raritayadorable_ Jeane Smith
@tresdelicias Dios mío. He visto la luz. No hay nada más gracioso que un perrito en una tabla de surf.

Y después, para las masas:

 raritayadorable_ Jeane Smith
Gracias x las fotos de cachorros. Aún espero el chocolate. Muy alterada para Twitter. Voy a añadir temas a una lista de ruptura en Spotify.

Me senté para buscar alguna lógica a mis apuntes de clase, pero era difícil, porque no estaba concentrado en la teoría de las bases de datos; ni siquiera en Scarlett, ni en cómo manejar aquella triste situación. No, lo que hacía era actualizar constantemente mi cuenta de Twitter e intentar fingir que no era por Jeane Smith.

7

Tardé mucho en dormirme; no solo porque aún tenía palpitaciones de rabia en todo el cuerpo, sino porque a las ocho de la mañana (hora de Tokio) tenía que haber presentado mi informe mensual de nuevas tendencias a una agencia de publicidad.

Debí de quedarme dormida, porque me despertó de golpe la triple amenaza del despertador, el iPhone y el ordenador, que se pusieron todos a pitar alegremente a las 7:43. Lo primero que hago siempre es mirar mi correo, antes incluso de incorporarme en la cama. Había un mensaje de Bethan en mi bandeja de entrada.

Acabo de leer tu blog, hermanita. Recuérdame que nunca te cabree. ¿Estás bien? Hablamos por Skype cuando salgas de clase, ¿vale? Te quiere siempre, Bethan. Besos.

Habría sido una de las mejores maneras de despertarse si no me hubiera recordado lo del día anterior. No pude releer mi blog hasta después de haberme duchado –¿cuándo inventarán un smartphone sumergible al cien por cien?–, pero conseguí hacerlo al lavarme los dientes y leer los comentarios. El noventa por ciento eran del estilo

«Venga, tía, mándalo a freír espárragos, que es un desgraciado». Como siempre, el diez por ciento restante me trataba de femi-nazi lesbiana que odiaba a los hombres y se merecía un buen polvo y una buena paliza. Sí que es verdad que al leer por tercera vez mi blog me pregunté si no me había pasado un poco de la raya. Era una costumbre –la de pasarme– que no conseguía cambiar.

Mientras me hacía fotos del conjunto matutino –botas de motorista, mallas naranja chillón, shorts de cuadros escoceses hasta la rodilla, camiseta verde de manga larga y blusa repipi de flores y manga corta– pensé en borrar el blog. Me lo seguí planteando durante el tiempo que tardé en meter dos *pop tarts* de frambuesa en la tostadora y quemarme la lengua, porque era demasiado impaciente para esperar a que se enfriasen un poco.

Al final, decidí no borrar nada. Sí, era verdad que había dejado a Barney por los suelos, pero se lo merecía, y todo lo que había escrito y publicado se correspondía con mis sentimientos. Eran míos, y tenía derecho a expresarlos como quisiera. Si la gente tiene tanto miedo de decir la verdad, es porque la verdad es caótica y complicada, y con ella no se puede ir de guay, pero mi rollo era no ir de guay. O lo sería si usase tópicos manidos como «mi rollo es ser tal o cual cosa», que no los uso, para nada.

No pensaba cortar y borrar, pero podía arreglar las cosas.

Para dar una idea de lo arrepentida que estaba, diré que fui a casa de Barney y llamé al timbre, sabiendo que abriría su madre.

Esa mujer me odia, en serio, me odia. Al abrir la puerta, me miró y dijo:

—Ah, eres tú…

En realidad sonó como «¿De qué pantano primigenio acabas de salir a cuatro patas, y por qué no dejas en paz a mi hijo, golfa, más que golfa, que no sabes ni vestirte?».

—Se me ha ocurrido ir caminando al instituto con Barney —dije, sosteniendo su mirada francamente malévola que aguanté sin pestañear.

—Ya ha salido —me informó ella.

Estaba muy claro que no, porque vi colgada su parka en la barandilla.

Ni siquiera yo me habría atrevido a decirle a la cara que era una mentirosa, pero justo entonces bajó Barney a trompicones por las escaleras y, al verme, tropezó con los dos últimos peldaños.

—Ah, creía que te habías ido —dijo su madre, sin ningún esfuerzo en parecer sincera. Me admiró el descaro de su grosería—. Está aquí Jeane.

—¿Qué quieres? —me preguntó Barney cuando se levantó de la moqueta y recogió su bolsa y su parka—. Qué cara tienes.

—Ya, ya lo sé —dije al apartarme, mientras él pasaba y rozaba a su madre, que no consiguió darle un beso de despedida—. Adiós, señora M., encantada de volver a verla —añadí en plan pelota, sabiendo que se cabrearía.

Me monté otra vez en *Mary,* mi bici —por Mary Kingsley, la famosa exploradora victoriana—, y salí pedaleando detrás de Barney, que corría por la calle.

—No te escaparás de mí tan fácilmente —dije, bajando a la calzada—. Ya sé que estás cabreadísimo conmigo. Lo que no sé es si es por lo que dije ayer, porque has leído mi blog o…

—O porque nunca me escuchas, estás demasiado ocupada en que todo gire alrededor de ti. —Barney sacudió la cabeza, asqueado—. Tengo tantas razones de estar cabreado contigo que me costaría elegir una.

—Bueno, pues si te sirve de algo me arrepiento de todas —le aseguré. Tuve que callarme para hacer un giro ilegal a la izquierda—. Cuando se es tan habladora como yo es difícil ser buena oyente.

—¿Quitarás lo del blog? —preguntó Barney.

No parecía dispuesto a perdonarme, pero al menos aún me dirigía la palabra.

—No, no puedo. Tengo derecho a sentirme así y comentarlo en mi blog. Lo que haré será quitar tu nombre de la entrada —concedí—. Y eso que yo nunca me autocensuro. Para mí es un paso tremendo.

—Ya, pero es que lo que escribiste no era de recibo.

—Lo que hiciste tú tampoco —contraataqué—. Me tuve que enterar por Michael Lee, el Michael Lee de los cojones. Si me lo hubieras dicho tú desde el principio… Te habría dado caña, fijo, pero sin convertirme en una loca delirante. Eso sí que lo siento.

—Ya lo he oído la primera vez —replicó Barney. Teníamos que ir más despacio porque estábamos a un par de calles del instituto, y tanto la calzada como las aceras estaban atascadas de gente demasiado perezosa como para caminar; gente a quien sus padres llevaba a todas partes y que luego se atrevía a quejarse del calentamiento global—. Vale, acepto la disculpa.

Una parte de mí habría querido recordar a Barney que a él también le tocaba disculparse, pero solo habría provocado otra discusión. Además, para otra parte de mí era un alivio enorme no tener que darnos más besos en la boca de los que duraban cincuenta elefantes. Barney sería mucho mejor amigo que novio. Solo era cuestión de pasar por el aro.

—Bueno, qué, ¿ya se ha arreglado todo? —pregunté.

Barney se paró.

—Si te digo que no me estarás dando la vara hasta convencerme de que sí, ¿verdad?

—Yo no diría exactamente dar la vara. —Tuve que reconocer mi derrota y bajar de la bici, porque había demasiados coches parados para avanzar entre ellos—. Pero no descansaré hasta que te hayas dado cuenta de tu error. Me necesitas en tu vida, porque soy una amiga de las mejores que hay. Te grabaré antologías en CD, te haré cupcakes, te encontraré unos cómics alucinantes en las librerías de segunda mano y... y... y hasta me portaré bien con Scarlett. Seré la amiga modelo, la que servirá para examinar a todos tus demás amigos y comprobar que no están a la altura de mi talento supremo para la amistad. Qué, Barnster, ¿qué me dices?

—¿Desde cuándo me llamas Barnster? —preguntó Barney, en tono avinagrado, aunque me di cuenta de que empezaba a flaquear. Se le veía en los ojos.

—Son los apodos que se ponen los amigos. —Probé con una sonrisa pícara, aunque no hubiera muchos motivos para sonreír. Seguía enfadada con él, no por haberse enamorado de Scarlett, sino por haberse portado como un gilipollas. De todos modos tenía que superarlo porque, sin contar sus episodios de gilipollez, era buen tío–. Tú también me puedes poner uno.

–¿Qué tal… mmm… Rage Against The Jeane?*

Ya habíamos llegado a la entrada del instituto. Como Barney se había situado a mi lado, pude darle un codazo en las costillas.

–Eso no es ningún apodo. Más bien un chiste pésimo. Y un poco largo de pronunciar, ¿no?

Barney quería sonreír. Sus labios se tensaban y se contraían como si sufriese algún extraño tic facial.

–¿Por qué es imposible enfadarse contigo mucho tiempo? –Se encogió de hombros–. Vale, perfecto, pues somos amigos, pero que conste que estás a prueba. Y no me vuelvas a sacar en tu blog.

–De verdad que me portaré bien con Scarlett –prometí, magnánima–. No haré comentarios insidiosos, ni le diré nada que pueda dar pie a lloriqueos, y menos a lágrimas de verdad. Yo lo que quiero es que seáis felices, te lo digo en serio. Hay que ser feliz.

Barney me acompañó a los cobertizos de las bicicletas y esperó a que le pusiera a *Mary* la cadena.

–De todos modos, no estamos saliendo, ¿eh? –dijo, taciturno, con las manos hundidas en los bolsillos de su parka–. Ella tiene miedo de romper con Michael.

Resoplé.

–Pues mira que es burro, el tío, y agobiante. Sería más bien para alegrarse.

Barney asintió con vigor.

---

* Por la casi homofonía con el grupo Rage Against the Machine, y «rage», que significa «rabiar». *(N. del T.)*

–Sí, es verdad, pero es que a Scar no le gusta discutir ni molestar a nadie y le da pánico que se le echen encima todas las chicas del instituto. A Michael Lee no se le pueden dar calabazas sin graves consecuencias.

Giré la cabeza para que Barney no viera que había puesto los ojos en blanco, tanto que creí haber sufrido un desprendimiento de retina. Traté de emitir sonidos compasivos, pero la mirada de Barney era escéptica, como si no se lo tragase ni un segundo.

–Eres una mentirosa como la copa de un pino, Jeane –dijo. Por primera vez en varios días me sonrió de verdad–. Es lo que más me gusta de ti.

No conseguí encontrar a Scarlett hasta la hora de comer. Siempre se iba con las sosas de sus amigas a la calle principal, al bar de ensaladas de Sainsbury's, así que fui tras ellas y solo me paré a comprar Doritos picantes y Haribos antes de seguirlas de regreso al instituto, en espera de la oportunidad de quedarme a solas con Scarlett.

Por suerte, Scarlett tenía una emergencia capilar y una hora libre, así que no tuvo más remedio que salir sola del instituto, y como yo estaba expulsada una semana de la clase de arte por haberle dicho a la señora Spiers que prefería sacarme los ojos con un pincel a dibujar un paisaje, marina o cualquier otra obra relacionada con la naturaleza, aproveché la ocasión.

Primero, como buena chica que soy, dejé que se comprase el pringue para el pelo. Luego se puso a caminar tranquilamente. Le di alcance y, al mirar a un lado, me reconoció. Sus ojos se abrieron de terror y se quedó pálida. Era el momento perfecto para embarcarme en mi disculpa.

—Oye, que lo siento, ¿eh? Me arrepiento de lo que pasó en inglés, aunque yo no dije que tú fueras idiota; me refería al conjunto de la clase. Aun así, hice mal en insultarte, y no me debería haber metido contigo con la excusa de las lecturas de clase como estrategia para atacarte por todo el tema de Barney, ¿vale?

La disculpa no era elegante, pero me salió del corazón y eso algún valor debía de tener. Por lo visto, Scarlett no fue de la misma opinión, porque intentó pasar de largo. Yo le corté el paso velozmente y me encaré con ella. Creo que nunca he visto tanto pánico, ni siquiera cuando mi amiga Pam Slamwich —un nombre falso, obviamente— se dio cuenta de que era el único miembro de su equipo de roller derby fuera del banco de penalizados, y de que estaba a punto de ser arrollada por cuatro defensas.

—Déjame, por favor —susurró Scarlett, angustiada.

—No puedo, al menos hasta que demuestres que has oído mis disculpas. Perdonarme no espero que me perdones, pero ya te he dicho que lo siento. Iba en serio.

Scarlett sacudió la cabeza.

—Bueno, bueno —consiguió decir, pero no en plan pasota, de vete a la mierda, sino como si fuera lo más valiente que hubiera salido jamás de su boca.

—¿Eso quiere decir que aceptas mis disculpas? —insistí.

Se encogió de hombros, apretó los labios y adoptó la actitud general de estar sufriendo unos dolores infernales.

La situación se estaba eternizando y yo no disponía de la eternidad. Estaba demasiado ocupada para eternidades. En cuanto a Scarlett, era demasiado tonta para darse cuenta de que todo el poder estaba en sus manos, así que se lo tendría que indicar yo, además de correr para no quedarme rezagada, porque de repente cruzó la calle a toda velocidad.

–Oye, Scarlett… Al menos escúchame, ¿no?

La agarré por un brazo. Ella se quedó quieta en el momento, como si mi contacto tuviera propiedades paralizantes. Lo cual habría molado mucho, por cierto.

–Vale, ya te escucho –refunfuñó.

–¡Scarlett! Seguro que piensas que soy una tía con muchos humos, que se pasa el día gritando, que viste fatal, que te ha hecho llorar dos veces y que si desapareciera de golpe tu vida mejoraría automáticamente al cien por cien, pero ¿sabes una cosa?

–¿Qué?

Ahora sí que estaba atenta.

–Que mi felicidad futura está en tus manos –le dije, a la vez que agarraba sus manos lacias y blancas y les propinaba una pequeña sacudida para que entendiese la urgencia de la situación–. A mí me gusta Barney, y a ti también.

–Oye, mira, que eso… –Intentó soltar las manos, pero yo me aferré a ellas como a un clavo ardiendo–. No es lo que te…

–Seguramente a ti te guste mucho más que a mí, y tú a él muchísimo más que yo, sobre todo ahora que está enfadado conmigo, pero como éramos un desastre de pareja tenéis mi bendición.

–Ah –dijo ella–. Ah, vale. Pues no me lo esperaba.

–Prefiero a Barney de amigo que de novio, con diferencia, pero solo si te parece bien a ti –dije. Me resultó difícil admitir que alguien tan anodino como Scarlett pudiera influir en mi destino; se me atascó en la garganta como un trozo de pollo seco, pero Scarlett era de esas personas a quienes se les tiene que dar todo mascado. De hecho, debería haber preparado unos cuantos tarjetones, para que el ejercicio fuera aún más humillante de lo que ya era–. Si empezáis a salir de verdad, Barney solo querrá ser mi amigo si le dices que no pasa nada. –Hice una pausa–. Cosa que no está bien, porque nadie es de nadie; la gente tiene que poder hacer lo que quiera y ser amigo de quien quiera, independientemente de lo que le parezca a su amigo especial. Pero bueno, no todo el mundo es tan ilustrado como yo.

Y Scarlett menos. Quizá por eso pusiera mala cara. Era una persona muy difícil de interpretar cuando no estaba acobardada.

–Es que Barney y yo no estamos saliendo –dijo–. Ahora mismo, al menos, no.

–¿Prefieres a Michael Lee que a Barney? –pregunté con incredulidad, dado que cualquier persona que pasara más de diez minutos en compañía de Barney lo preferiría infinitamente a Michael Lee, siempre que tuviera más de dos neuronas en funcionamiento, claro–. Pues entonces, ¿a qué coño habéis estado jugando?

–¡No, no! No lo entiendes.

Estábamos cerrando el paso a dos madres que nos amenazaban con sus Bugaboos. Mientras Scarlett suspiraba, di un paso a la derecha justo cuando las mamás giraban en la misma dirección, y a punto estuve de enredarme en las ruedas de los cochecitos. Entonces Scarlett tiró de mí, y pasó una cosa rarísima: de pronto, Scarlett Thomas y yo estábamos sentadas sobre un muro, hablando sobre chicos; al menos ella, sobre dos en concreto, y a mí no me quedaba más remedio que escuchar. Ya se lo cobraría caro a Barney, ya…

–… y que Barney me gusta mucho, en serio, que me gusta muchísimo, porque me entiende; y mira que es raro que alguien me entienda… Ahora que hemos estado mucho tiempo juntos me parece bastante mono, la verdad; pero yo con quien salgo es con Michael, y no sé cómo no salir con Michael, ¿me entiendes lo que digo?

–Es muy fácil: solo tienes que…, pues que cortar. Le dices: «Cortamos». Aunque quizá sea mejor que busques una manera un poco más amable –le aconsejé–. Tipo: «Eres buen tío, de los mejores que hay, pero es mejor que no sigamos».

–¡Yo eso no se lo podría decir! –exclamó Scarlett–. Es demasiado cruel. De todos modos, diga lo que diga nos pelearemos y él se enfadará, y cuando alguien se enfada conmigo me pongo a llorar; me gustaría ser de otra manera, pero el caso es que tengo la lágrima fácil.

Esto último me hizo sentir cierta vergüenza, aunque no mucha.

–Es imposible ir por la vida sin enfadar a nadie. A mí me quiere matar alguien cada hora, como mínimo, pero solo es cuestión de sufrir diez minutos; luego ya puedes pasar a otra cosa.

–Mmm…. Nunca me lo había planteado así –reflexionó Scarlett. Después volvió a torcer la cara. Sin estrujársela, arrugársela y fruncirla tanto habría sido mucho más guapa–. La verdad es que Michael no me gritaría; es demasiado buen tío, pero suspira y me mira como si fuera tonta. Y es verdad, he sido tonta, porque pensaba que si era mala novia rompería conmigo, pero no ha roto. Lo único que hace es suspirar aún más. Es de un... estresante...

Ya no era el momento de la diplomacia.

–¡Pero bueno, Scarlett, no te pongas tan patética! –le solté. Mi crueldad era bienintencionada, porque si conseguía soportar mis iras le sería muy fácil enfrentarse a los suspiros de Michael Lee, que me parecían cosa de aficionados–. Tienes una oportunidad increíble para ser feliz. Te mola muchísimo Barney y a él también le molas un montón. El único obstáculo es que te faltan narices.

–Ya, pero...

–Escucha: ahora mismo vuelves al instituto, buscas a Michael Lee y le dices que no te hace feliz, mientras que Barney sí, y que tienes que pensar en tu felicidad. ¿Entendido? ¡Busca tu felicidad! No lo veas tanto como una ruptura. Plantéatelo como un cambio en tu futuro, ¿vale?

–¡Vale! –Scarlett asintió espasmódicamente–. ¡Eso! Me merezco a tope ser feliz. Y aunque Michael no tenga la culpa de ser un soso y no hacerme feliz, tampoco es culpa mía.

–Ahora sí que lo has pillado.

Le di unas palmaditas en el brazo y me regodeé un momento en mi poder. Tenía un potencial alucinante como motivadora. Había que reconocerlo: era capaz de arrasar como figura pública, pongamos que como diputada, o primera ministra, o hasta montando un golpe de Estado y haciéndome dictadora; pero dictadora benévola; por cierto, sería un muy buen tema para el blog–. ¡Venga, vuelve al instituto para poder encontrar tu felicidad!

Scarlett se levantó de un salto y hasta dio tres pasos decididos antes de frenar.

–Mmm… Jeane, ¿podría encontrar mi felicidad cortando con Michael por sms?

–¡No! ¿Pero se puede saber qué te pasa? –Le di un golpe en el brazo; fue un golpe muy suave, pero aun así se apartó y se frotó el bíceps con cara de reproche, como si mis puños fueran de hormigón armado–. Acuérdate de que romper con él solo te ocupará diez minutos de tu vida.

–Bueno, supongo…

Me di cuenta de que volvía a vacilar, así que me pasé todo el camino de regreso al instituto provocando en ella un estado cercano a la histeria. No se trataba solo de cortar con Michael Lee, sino de controlar su propia vida y convertirse en la protagonista de su propia película, saliendo de las bambalinas.

En cuanto cruzamos la verja del instituto, Scarlett empezó a decir:

–Ahora mismo estará saliendo de mates. Vale, venga, voy a buscarlo y le digo que se interpone entre mi felicidad y yo. Soy la protagonista de mi vida, ¿no?

–¡Pues claro! –contesté. No lo habría reconocido delante de nadie, y menos de Barney, pero cuando Scarlett estaba indignada y de mala leche casi resultaba graciosa–. ¡Suerte!

–No me hace falta –dijo ella en voz alta por encima del hombro, mientras caminaba con rapidez por el pasillo–. La suerte me la construyo yo misma.

Seguí teniendo mis dudas de que lo cumpliese. En cuanto tuviera delante a Michael Lee y sus pómulos, se vendría abajo, y ella y Barney nunca pasarían de lo que pudo ser y no fue. Entonces Barney seguiría enfadado conmigo.

Para pensar en otra cosa, durante la hora de economía enzarcé al señor Latymer en un animado debate sobre las primas de los banqueros y sobre cómo timaban a Hacienda las grandes compañías. En principio, teníamos que hablar de la globalización, pero así ganaba tiempo, porque no me había leído los textos. Encima siempre tenía gracia ver cómo se alteraba el señor Latymer, escupiendo babillas con la cara roja.

Después de discutir un rato sobre la cantidad exacta en que disminuiría la deuda nacional si todo el mundo pagase los impuestos que le tocan, me di cuenta de que el resto de la clase no estaba atenta, pero en vez de los cuchicheos desinteresados que solían producirse en aquellas circunstancias lo que oí a mis espaldas fueron risas. Al principio pensé que Rufus Bowles me había pegado otra vez una nota insultante en el respaldo de la silla –su obra maestra, de momento, era «Jeane, territorio vaquero»–, pero nadie me miraba a mí. Giré la cabeza y vi que toda la clase, sin excepción, miraba sus teléfonos y no hacía el menor esfuerzo por disimular.

–Bueno, Jeane, ya vale. –El señor Latymer se aprovechó de mi distracción para dar una palmada–. No quiero oírte en todo el resto de la clase.

Mi plan había funcionado, como siempre. Ya podía apoyarme en el respaldo y susurrarle a Hardeep; en economía siempre se sentaba a mi lado, porque llegaba a clase aún más tarde que yo:

–¿Qué pasa?

–Que Scarlett ha cortado con Michael Lee –susurró él–. Al lado de las taquillas de segundo. Se ha puesto como si se le hubiera ido la pinza. Le gritaba todo el rato no sé qué de una película.

–No deberías ser tan malhablado –dije maquinalmente, aunque por dentro levantaba el puño en señal de victoria; a veces casi me daba miedo mi poder.

–Mira quién habla, la que la trató de idiota –contestó Hardeep.

En ese momento, el señor Latymer nos amenazó con dejarnos castigados en caso de que no nos callásemos.

Me callé y mientras los otros debatían sobre la globalización leí los textos que debería haber leído la noche antes. Hasta empecé el capítulo siguiente.

La hora de economía había sido todo un éxito, pensé mientras volvía hacia el cobertizo de las bicis. Seguro que en aquel momento Barney me estaba encargando una cesta de muffins en recompensa por mi espléndido trabajo con Scarlett y sus problemas de autoestima.

La verdad es que el día no podía ir mejor.

Entonces vi a Michael Lee esperando al lado de mi bici –esperándome a mí, a juzgar por su cara de cabreo–, y el día empeoró muchísimo de golpe.

8

Jeane Smith se acercó a mí con su enésimo conjunto ofensivo para la vista, compuesto de cosas que desentonaban y unas mallas naranjas. ¿A quién se le había ocurrido que fuera buena idea fabricar y vender mallas naranjas? Y ¿por qué a Jeane le había parecido buena idea comprarlas?

Pasaron corriendo un par de niños de primero de la ESO que casi la tiran al suelo, porque eran más altos que ella. Me extrañó que alguien tan bajo pudiera armar tanto follón. Era una bola de demolición humana.

–Ya sé que vienes a gritarme –dijo de mal humor cuando la pude oír–, o sea, que grítame ya porque estoy ocupada.

Jeane Smith era única en hacerme sentir del montón. Ni siquiera la habría impresionado ver que me lanzaba a rescatar a criaturas, cachorros y gatitos de un edificio en llamas ignorando mi propia seguridad. La idea hizo que mi labio superior se curvara como un Frito de maíz.

–¿Se puede saber qué le has dicho a Scarlett? –pregunté cuando llegó a mi lado y empezó a enganchar la cesta en la parte trasera de la bicicleta.

–Le he pedido perdón –dijo ella, altanera–. Luego hemos hablado de cosas de chicas. Dudo que las entendieras.

–Lo que no he entendido en absoluto es que se haya puesto a gritar todo eso de encontrar su felicidad y actuar en películas, aunque he conseguido descifrar lo bastante como para entender que habíamos cortado.

Jeane sonrió con serenidad o, mejor dicho, suficiencia.

–Mira, si te sirve de consuelo, Scarlett pensaba hacerlo desde hacía siglos.

–Mentira –dije.

–Tú ya sabías que había algo entre ella y Barney…

–¿Ahora me vienes con esa historia? –No me lo podía creer–. Pero si te lo dije yo.

–Bueno, bueno. –Jeane se encogió de hombros–. La cuestión es que tú y Scarlett no os hacíais felices; me lo ha dicho ella. En cambio, con Barney será muy feliz, aunque vete a saber de qué hablarán. Seguro que a finales de la semana que viene ya habrás encontrado una novia que sirva para validar tu existencia. Entonces, ¿cuál es el problema?

–¡Tú! Mi problema eres tú. No tenías ningún derecho a…

–¡Eh, perdona, que fuiste tú el que me dijo que tenía que hacer algo con lo de Barney y Scarlett! Pues ya lo he hecho. Tendrías que darme las gracias.

Todo eso eran chorradas. Jeane no había atrapado a Scarlett bajo su hechizo friki en nombre del poder femenino o de que las chicas vivieran a su bola. Yo había leído su blog la noche antes, cuando clamaba por la sangre de Barney, y era obvio que había decidido que, puestos a ser desgraciados, mejor que también lo fuera yo. Por alguna razón que no me entraba en la cabeza, Jeane me odiaba a muerte. Era como si le molestase mi existencia, cuando yo, por mi parte, no le había hecho nada.

–¿Y por qué iba a darte las gracias? No hacía ninguna falta que te metieras. Ya lo estaba resolviendo yo.

Mi única manera de resolverlo había sido retrasar un final inevitable, pero no pensaba decírselo, porque se le habría iluminado la cara de alegría rencorosa.

–La razón de que estés enfadado conmigo es que obviamente es la primera vez que no salen las cosas como quieres –me informó Jeane–. Todo esto te ayudará a tener más carácter. Además, estamos en el instituto; tampoco es que Scarlett fuera el gran amor de tu vida y os fuerais a casar y tener hijos. Exageras un montón.

–Mira, los problemas que pudiéramos tener Scarlett y yo eran cosa nuestra. Nadie te ha pedido que metieras tu narizota.

–Bueno, la verdad es que me lo pediste tú. –Jeane se tocó la punta de la nariz–. Ah, y de narizota nada. Lo que pasa es que tengo el hueso grande –añadió. Me dieron ganas de reír, porque era una de las mejores réplicas que había oído, pero me negaba a darle esa satisfacción–. Oye, ¿piensas enrollarte mucho más? Lo digo porque tengo la tarde a reventar. Ya me ha dicho Scarlett, con razón, que eres un soso. Pareces un CD de esos que saltan todo el rato. Nunca llegas al final.

–Pero…, pero…, pero…

Me parecía increíble estar tartamudeando y soltando «peros» sin saber qué decir porque, aunque Scarlett me hubiera dejado –eso era verdad– yo ya me daba cuenta de que íbamos por mal camino, y aunque fuera humillante tampoco era el final del mundo. De todos modos, se puede cortar bien y cortar mal.

–¿Por qué has tenido que enfadarla tanto? Mejor dicho: ¿cómo has conseguido que se pusiera así, como una fiera?

–Es uno de mis superpoderes –contestó Jeane, y se agachó para quitarle la cadena a la bici–. No te diré que me haya divertido, porque no es verdad, pero me tengo que ir.

Se montó en la bici. Estaba a punto de irse, pese a todo lo que me quedaba por decir, aunque en ese momento no me acordase de qué era.

–Bueno, pues nada, espero que no vuelva a haber una ocasión como esta –dijo tan tranquila.

Se levantó en los pedales y se fue. Yo sujeté su bici por detrás, porque acababa de acordarme de que quería decirle que era una bruja inaguantable, una creída.

Pasó todo como a cámara lenta. Jeane salió disparada sobre el manillar. La vi con impotencia, suspendida en el aire, como si flotara, hasta que se cayó al suelo con un ruido sordo y se le quedaron los brazos y las piernas en unos ángulos horriblemente raros, como si se los hubiera roto. Se los había roto yo.

No se movía ni decía nada. En cualquier otro momento, habría sido un alivio, pero no aquella vez; aquella vez estuve seguro de haberla matado. «¡Dios mío! Quedará fatal en mi entrevista para Cambridge», fue la idea que pasó por mi cabeza antes de acordarme de que tenía formación en primeros auxilios, tanto por la insistencia de mi padre en que todo el mundo aprendiese los principios básicos de salvarle la vida a los demás, como por la insistencia, no menor, de mi madre en que quedaría bien en mi solicitud para entrar en la universidad.

Tenía que comprobar que todavía respiraba, pero la única manera era girarla, y no se la podía mover. ¿O sí? ¿Tenía que colocarla en la posición de seguridad?

–Virgen santa de mi alma –gimió ella, rodando por el suelo.

No estaba muerta. No me iban a juzgar por homicidio. Tal vez sí por intento de violación, porque tenía carreras en las medias y regueros de sangre por las piernas que afeaban aún más sus mallas naranjas–. ¿Y mi móvil? ¿Le ha pasado algo a mi móvil?

No me estaba gritando. Bien, aunque a lo mejor reservaba sus fuerzas para llamar a la Policía. Levanté su bici. Tenía la rueda delantera totalmente torcida. La puse sobre el caballete.

–¿El móvil? ¿Dónde lo tenías? –pregunté con voz ronca.

Ella frunció el ceño, a menos que arrugase la cara de dolor. Era difícil saberlo.

–Puede que en la cesta.

Quité la hebilla de la solapa que la cubría, saqué su enorme bolso de «Ser raro es lo más» y se lo puse delante. Ella se incorporó y gimió, antes de empezar a rebuscar en el bolso; o sea, que al menos no tenía los brazos rotos. Solo quedaban las piernas, las costillas y la posibilidad de una conmoción cerebral, porque era demasiado rebelde para llevar casco.

–No sé si no es mejor que no te muevas –le sugerí–. Podrías tener una hemorragia interna.

–Necesito mi móvil –insistió ella, con una mirada lastimera que le dio más aspecto de Bambi que de hacha de guerra–. No lo encuentro.

–¿Estás segura de que lo llevabas en el bolso?

Jeane miró por el patio. Yo llegué a ponerme en cuclillas y a buscar debajo de unos cuantos coches, hasta que oí un gritito y me giré tan deprisa que estuve a punto de caerme: sonaba a grito de dolor, pero en realidad era un grito de «he encontrado el móvil».

–Lo tenía en el bolsillo –dijo; por extraño que parezca le dio un beso y se lo restregó por la cara, hasta que se dio cuenta de que tenía la mejilla llena de rasguños.

–¿Te encuentras bien? –pregunté. Su forma de actuar me hizo temer un *shock*, aunque en el fondo no dejaban de ser sus locuras de siempre–. ¿Te duele algo?

–Me falta un poco el aliento –dijo ella. Se lo estaba tomando mucho mejor de lo que pudiera haber previsto. Teniendo en cuenta que no había chillado ni hecho comentarios de un sarcasmo mordaz, no podía descartarse un derrame cerebral–. Y es como si me escociera todo un poco.

–Lo siento mucho, de verdad. No lo he hecho adrede. Ha sido un arrebato. Te pagaré la reparación de la bici.

Tras una rápida mirada a su bicicleta, se concentró otra vez en el móvil. Yo nunca había visto teclear a nadie tan deprisa.

–No pasa nada –dijo–. Solo es una bici. No me he roto ningún hueso.

–¿Estás segura?

–Creo que si tuviera un hueso roto me daría cuenta –masculló–. La bici solo es un objeto. Los objetos se pueden sustituir.

Me quedé parado como un inútil. No estaba acostumbrado a sentirme así, sin saber qué hacer. ¿Levantaba a Jeane? Y una vez puesta en pie, ¿me ofrecía a llevarla a su casa? Y después, pasado un rato, ¿no debería suplicarle que no presentara ninguna denuncia oficial que pudiera influir de alguna manera en mi elección de universidad?

—Bueno, oye, que creo que tendrías que levantarte...

—Que sí, que sí, solo estaba terminando un tuit. He estado todo el día sin poder tuitear, o sea, que esto en el fondo es una suerte —dijo.

Después miró hacia arriba, y otra vez hacia abajo. Entonces sí que gritó.

Fue un sonido espantoso, penetrante, que desgarró el aire y asustó e hizo salir volando a las palomas que rebuscaban entre la basura.

—¡Imbécil, más que imbécil! ¡Mira qué les has hecho a mis mallas! —Señalaba sus mallas desgarradas—. ¡No tienen arreglo!

Era verdad. Francamente, mejor así.

—Acabas de decir que los objetos se pueden sustituir.

—Mis mallas naranjas, no. Tardé años en encontrarlas del tono que quería. Las vi en una tienda de Estocolmo, y era el último par. —Apretó los puños, y tuve la certeza de que lloraría. O de que me pegaría un puñetazo—. No está bien tirar a la gente de la bici. Eres el presidente del consejo de alumnos. Te corresponde dar ejemplo.

—Ya lo sé. Acabo de decirte que lo siento. Y siento muchísimo lo de las mallas, aunque solo son eso, un par de mallas. —Al volver a mirarlas me sorprendió que Jeane no estuviera más preocupada por sus heridas y arañazos. Entonces mi vista recaló en su tobillo izquierdo, y no se movió de él–. Dios mío.

–Me alegro de que entiendas la gravedad de la situación –me soltó Jeane, que por increíble que parezca estaba volviendo a buscar el móvil–. Voy a intentar localizar por eBay unas mallas naranjas, seguro que peores que estas, y me las pagarás tú.

–¡Jeane!

–¿Ahora qué pasa?

Mi dedo tembló al señalar su tobillo, que ya no parecía ni un tobillo. Tenía el tamaño de un balón de fútbol.

–¿Cómo puede ser que no te duela?

–¿¿El qué??

Jeane bajó la vista. Sus ojos se pusieron completamente en blanco. Cuando vi que se desplomaba hacia atrás, me lancé hacia ella para que no se diera un golpe en la cabeza contra el suelo de cemento. Abrió la boca para decir algo y solo salió un débil quejido.

–¿De verdad que no te duele, Jeane?

Se aferró a mi brazo. Tenía las uñas pintadas con rayas torcidas como las de los caramelos.

–Ahora que lo pienso duele un montón –dijo, apretando los dientes–. Me parece que podría vomitar.

Le di unas palmadas en la mano: estaba gélida, como en estado de *shock*. Me quité la chaqueta de cuero y se la puse en los hombros.

–¿Sabes qué? Que te voy a llevar al hospital, para que te hagan una radiografía.

Ella sacudió rotundamente la cabeza.

–¡No! Odio los hospitales. Creo que me noto los dedos del pie. ¿Si lo tuviera roto me notaría los dedos? ¿Lo pregunto por Twitter?

–Ni idea. –Hice el esfuerzo de volver a mirar su tobillo. El bulto sobresalía de la zapatilla–. No sé si no sería buena idea quitarte el zapato antes de que te corte la circulación. Mejor eso que perder el tiempo tuiteando.

–¡No! ¡Me dolerá demasiado! –Jeane se echó en el suelo–. Me tendré que quedar aquí un montón de tiempo. Con la de cosas que tengo que hacer esta noche…

Me tranquilizó ver a la Jeane de siempre. Era aún más dramática que Alice, aunque al menos Alice tenía la excusa de ser una niña de cinco años. Lo que seguía sin saber era qué hacer con Jeane.

–Aquí no puedes quedarte. Tampoco puedes caminar, y tienes la bici destrozada. Venga, que te llevo. Vamos en coche al hospital.

–Yo al hospital no voy –protestó–. Como huela un poco a limpiasuelos industrial, o vea a una persona mayor con la piel amarilla, varices y gotero, te vomito encima.

–No seas tan cría –dije, serio. Tuve una idea–. Mi padre es médico. ¿Te dignarías a verlo?

Jeane hizo una mueca de indecisión.

–¿Médico de qué tipo?

–Generalista. Con consulta propia y veinte años de experiencia. Si te portas muy bien, te dará una piruleta sin azúcar.

–¿Qué sentido tienen las piruletas sin azúcar? –refunfuñó–. Bueno, supongo que tu padre podría echarme un vistazo, a condición de que prometa que no me hará daño.

Puse el candado a la bici mientras Jeane insistía en hacerse una foto de la pierna herida y mandarla por Twitter a sus seguidores. Después la ayudé a ponerse en pie, con muchas muecas y estremecimientos por su parte; concretamente sobre el pie derecho, porque en el izquierdo no podía apoyar ningún peso. Luego se aferró a mi brazo e intentó dar saltos hasta el coche. Cada contacto con el suelo la dejaba sin respiración, como si el impacto sacudiera su tobillo.

–¿Y si te llevo en brazos? –ofrecí de no muy buena gana–. Tampoco puedes pesar tanto…

Sus ojos se redujeron a dos rendijas, como los de un cerdito.

–Como intentes levantarme, olvídate de tener hijos –siseó–. Puedo sola.

Al final, acerqué el coche todo lo que pude al cobertizo de las bicis. Poco después íbamos hacia mi casa, sin que me hubiera planteado si quería a Jeane cerca de casa.

Se pasó los cinco minutos de trayecto pegada a su iPhone, pero cuando me metí en nuestro camino de entrada y aparqué en paralelo al Volvo de mi padre levantó la cabeza y emitió un largo silbido entre sus dientes.

–Vaya lujazo –dijo con cierto desdén, como si fuera una vulgaridad vivir en una casa grande.

Tampoco es que viviéramos en una mansión con veinte hectáreas de terreno, estanque con patos, lago ornamental y pista de críquet. Solo era una casa victoriana grande y laberíntica, con goteras en el techo y ventanas de guillotina que se habían desencajado un poco del marco. Además, el sótano y casi toda la planta baja estaban ocupados por la consulta de mi padre. Aun así la expresión de Jeane seguía siendo crítica.

Los jueves mi padre siempre acababa temprano. Me lo encontré saliendo de la consulta justo cuando ayudaba a Jeane a entrar por una puerta lateral.

–Vaya –dijo–. Alguien que viene de la guerra.

Pensé que Jeane se iba a embarcar en el relato detallado de cómo se había quedado lisiada por mi culpa, pero lo único que hizo fue apoyarse en el quicio de la puerta para poder tender la mano.

–Soy Jeane. ¿Acepta a pacientes sin cita previa?

–Creo que puedo hacer una excepción –dijo papá tranquilamente, como si no le afectase en lo más mínimo ver a una chica de diecisiete años con el pelo gris y ropa de friki–. Michael, por favor, dile a Agatha que se puede ir a casa, y luego asegúrate de que Melly y Alice no pongan la tele.

Subí a relevar a nuestra asistenta, mientras Jeane se despedía moviendo los dedos de la mano.

–¿Qué le parece? ¿Podré volver a bailar el fox? –le preguntó a mi padre–. ¿Le importa si transmito en directo la consulta por Twitter?

Media hora después, Melly y Alice hacían los deberes en la mesa de la cocina, pero sobre todo discutían sobre quién era la reina de Disneyland París. Yo empecé a preparar la cena. Los jueves por la noche siempre tocaba un salteado, que implicaba trocear montañas de verdura.

Justo cuando atacaba los pimientos oí ruido en la escalera, como si algo chocase y se arrastrase. También se oían voces. Levanté la vista a tiempo para ver entrar a Jeane en la cocina con…

—¡Muletas! —exclamó alegremente, mientras Melly y Alice, dejando sus disputas, la miraban con los ojos muy abiertos de sorpresa—. Fijo que ahora me dejarán sentarme en el transporte público.

—¿No está roto? —pregunté, nervioso.

Mi padre, que había entrado detrás de ella, no parecía con ganas de sermonearme y darme una clase larguííííí-sima de buenos modales, como por ejemplo: no se tira de la bici a personas mucho más bajas que yo. Lo que hizo fue sonreír con indulgencia a Jeane, que apretaba en su mano un ramo de piruletas sin azúcar.

—Solo es un esguince de los malos —dijo mientras abría la nevera y sacaba una bolsa de guisantes congelados, que se usaban para urgencias vegetales.

Señaló una de las sillas de la cocina. Jeane se sentó y apoyó su pierna, de un blanco lechoso y ya sin mallas rotas de color naranja, en la silla de al lado.

—Ahora ponle hielo y dentro de un rato te lo vendo.

Alice asintió.

—Método CHER —dijo—. Compresión, hielo, elevación y reposo. Si persisten los síntomas consulte a su médico de cabecera. ¿Tú quién eres?

—Jeane. ¿Y tú?

Jeane se quedó mirando a Alice, que, incapaz de aguantar la presión, se escondió la cara con las manos.

—Es Alice —dijo Melly—. Yo no le haría mucho caso. Solo tiene cinco años. Yo estoy a punto de cumplir los ocho.

—Aún te falta mucho para los ocho —le recordó mi padre—. Solo hace dos meses que cumpliste los siete.

–Ya, pero nunca más volveré a cumplir siete –insistió Melly. Pegó un repaso a Jeane–. ¿Eres una de las novias de Michael?

–No –me limité a decir–. Somos compañeros del instituto. Y no hagas preguntas personales.

–¿Qué pasa, que Melly ya vuelve a hacer preguntas personales? –quiso saber mi madre al entrar por la puerta.

Dejó caer sobre la mesa el bolso, el maletín y el portátil. Después se quitó la chaqueta, la puso en el respaldo de una silla, le dio un beso a papá y se fijó en Jeane, que la miraba interesada.

–Hola. ¿Quién eres?

Las presentamos. Era como observar a dos perros que se rondaban con prudencia. Yo nunca había visto a Jeane tan insegura.

–Bueno, ya he reposado y ya me he puesto hielo –dijo, mirándose el pie–. Ahora qué toca, ¿la compresión?

–¿Por qué no te quedas a cenar? –propuso mi madre, cuyas propuestas siempre sonaban a órdenes directas.

–Bueno, es que esta tarde tengo mucho que hacer –dijo Jeane, con la mirada en la encimera donde papá preparaba un marinado–. ¿Qué hay?

–Salteado de pavo y tofu –respondió Alice. Se estremeció–. Yo el tofu nunca me lo como. Es asqueroso.

–¿Por qué no llamas a tus padres y les explicas dónde estás?

Miré a mi madre, horrorizado. Me conocía. Era su hijo mayor, el único chico. Me había criado, importunado y metido prisas para que acabara a tiempo los deberes y no picara entre horas. Hasta veíamos juntos series policíacas danesas con subtítulos, así que tenía que saber que

105

Jeane no era una amiga, y menos alguien que me hiciera ilusión que se quedara a cenar.

Al menos Jeane, por una vez, estaba totalmente de acuerdo conmigo, porque la vi tan horrorizada como yo, sobre todo por los enormes trozos de tofu que cortaba papá.

–No, gracias –dijo–, no hace falta que los llame. Me encantaría quedarme a cenar.

9

Santo Dios bendito.

Con la cantidad de motivos que tenía para no quedarme a cenar en casa de Michael Lee... Pero es que su
padre había sido muy amable al sacar tierra de mi carne
ensangrentada con sus pinzas y, al final, me dio piruletas,
aunque fueran sin azúcar. Además, hacía siglos que no
comía nada casero, probablemente desde que Bethan se
fue a Estados Unidos. En cualquier caso, mi mejor argumento para quedarme a cenar fue la cara de absoluto
pánico de Michael Lee, parecía que se le fuera a caer el
mundo encima.

Era mi venganza por el esguince de tobillo y por des-
trozarme las mallas naranjas, y otra lección de cómo sentaba que la vida no fuera por donde tú querías.

Al principio tuvo gracia. Congenié a la perfección con
Melly y Alice; mientras el salteado se acababa de saltear,
me llevaron arriba, a su cuarto, atiborrado de cosas rosas
de princesas, pero también de un montonazo de Legos y
Beyblades, así que no tuve que echarles ningún sermón
sobre los males de los estereotipos de género. Total, tampoco habría servido de nada.

Alice y Melly eran encantadoras. Dejaron bien claro que me preferían con gran diferencia a Scarlett, y que mi índice de aprobación era muy alto entre la población de menos de diez años. Melly hasta se brindó a prestarme sus mallas de rayas favoritas, pero eran demasiado pequeñas; lástima, porque las mallas favoritas de Melly eran rosas y verdes, muy chulas.

Me habría podido quedar toda la noche en la litera de Alice, escuchando cuentos de primaria, pero llegó la hora de sentarse a comer el salteado de pavo y tofu; a pesar de su mala fama, estaba delicioso. Hasta el tofu estaba buenísimo, y encima había fideos soba, que me encantan. Todo habría sido genial si la madre de Michael me hubiera dejado comer en paz.

Su madre –me pidió que la llamara Kathy, aunque lo dijo de tal manera que parecía que me clavaría un cuchillo si llegaba a intentarlo– es abogada y me sometió a un interrogatorio digno de un preso con diez agresiones con arma mortal. Quiso saber por qué me había librado a tan temprana edad de los grilletes de la responsabilidad paterna, qué asignaturas preparaba de la selectividad, si tenía algún trabajo a media jornada y por qué llevaba el pelo gris.

Yo me di cuenta de que le caía mal. Es normal en las madres. Tampoco es que me importase demasiado caerle bien o mal (total, no volvería a verla), pero cuando alguien se me pone chulo es más fuerte que yo: lo noto y le echo aún más chulería.

Por eso, en vez de ser educada y limitarme a contestar a sus preguntas con monosílabos, como cualquier chica normal de diecisiete años, me puse a la defensiva. Pero mucho, ¿eh? Eso cuando no entraba en terrenos demasiado personales.

–Mi madre está en Perú, intimando con mujeres presas. Intenta enseñarles a meditar –dije–. Mi padre se fue a vivir a España. Tiene un bar y se emborracha gratis cada noche. Te aseguro que estoy mejor sin ellos y sus crisis de madurez.

Y seguí, seguí. Incluso llegué a decir: «De todas formas, los amigos son la nueva familia, y Gustav y Harry, que viven en el piso de al lado, vienen una vez al mes para obligarme a hacer un poco de limpieza y comer algo de verdura».

–Yo no le acabo de ver el sentido a eso de ir a la universidad –dije también–. Tengo mi propia marca de tendencias. Solo me falta contratar a un director que lleve las cuentas. Además, ¿de qué sirve sacarse un título y endeudarse por decenas de miles de libras? Es una pérdida de tiempo.

Estaba siendo tan borde, burra y bruja, y muchas otras palabras poco halagüeñas que no empiezan por «b», que tuve ganas de dejar los palillos en la mesa y darme de bofetadas. A juzgar por la gélida expresión de la madre de Michael –perdón, de Kathy– creo que ella también.

Solo me callé a la hora de los postres –una macedonia de frutas con yogur griego muy decepcionante–, pero Kathy aún no había acabado.

–¿Y el esguince cómo te lo has hecho? –preguntó.

–Bueno, es que me estaba peleando con mi bici y el suelo –respondí con rapidez, peso no lo suficiente como para adelantarme a Michael.

–Ha sido culpa mía –dijo, hablando al mismo tiempo que yo–. Digamos que la he tirado de la bici.

–¡Michael! ¿Y eso por qué? –quiso saber Kathy–. No te hemos educado así.

Lancé una mirada de reproche a Michael. Aunque me cayera mal tenía que saber que existía un código según él cual no podías chivarte de alguien de tu edad delante de sus padres.

–Ha sido un accidente –insistí–, una tontería. Estábamos discutiendo y…

–¿Discutiendo? –Kathy parecía más escandalizada por que su adorado niño discutiera con alguien que por que empujara de su bici a una chica indefensa, aunque lo más probable es que después de cinco segundos en mi compañía ya se hubiera dado cuenta de que yo, de indefensa, no tenía nada; me defendía la mar de bien–. No parece muy típico de ti.

–Bueno, en alguna discusión sí que me meto –dijo Michael, rojo de vergüenza.

Tuvo su gracia ver cómo fingía ser conflictivo.

Pese a ser el único chico de la casa, era la niña de los ojos de los Lee; unos ojos, por cierto, del color del café solo y con forma de almendra(nota para mí misma: a esto hay que sacarle jugo). En los momentos en que Kathy no me sometía a un interrogatorio sobre mis opciones personales, ella y el señor Lee –pidió que lo llamara Shen– preguntaron a Michael por sus clases y deberes, y si había leído un artículo del *Guardian* sobre los resultados de la selectividad del año anterior. Al principio, él estaba reticente y me lanzaba miradas recelosas, pero no tardó en comprender que tenía ventaja por jugar en campo propio y se explayó comentando la actualidad, como si participase en uno de los clubes de debate del instituto, esos que te matan de aburrimiento: un tostonazo, aunque sus padres lo escuchaban de verdad, fijando la vista en su rostro, sonriendo y moviendo la cabeza para darle ánimos.

Hasta Melly y Alice miraban con adoración a Michael y le hacían la vida imposible hasta que accedía a jugar con ellas a *Dance Revolution* o les prestaba ayuda en un trabajo del colegio sobre dinosaurios.

Por lo que a su familia respectaba, Michael Lee lo era todo: sol, luna, estrellas y puede que hasta el sistema solar al completo, no te fastidia... Era lógico que se lo tuviera tan creído.

Por otra parte, yo ya no me acordaba de cuándo se habían sentado juntos a cenar los Smith como familia; ni siquiera de la última vez que Pat y Roy habían estado interesados en oír alguna de mis opiniones. En fin, no se puede anhelar lo que jamás se tendrá. Hay que tener sueños y aspiraciones propias, no vivir a través de otras personas. Así que no envidié a Michael Lee, porque me pareció que si sus padres le pedían que saltara, él no solo saltaría, sino que prometería que el siguiente salto sería mejor.

De momento lo que le pedían no era que saltase, sino que pagase los destrozos de mi bici.

–La verdad es que es lo mínimo que puedes hacer, Michael. Espero que te hayas disculpado con Jeane.

–Sí, un montón de veces, y ya se ha ofrecido a pagar la reparación de *Mary* –dije con calma, porque no era tan grave como parecía pensar Kathy, aunque sí una gran molestia–. Ah, y a mi bici la llamo *Mary* por una exploradora famosa –añadí cuando ella abrió la boca para bombardearme con la enésima pregunta–. Ya está todo arreglado.

–Aparte de eso, llevarás y traerás a Jeane del instituto –dijo el señor Lee, comedido, pero con un matiz que intimidaba mucho más que las constantes quejas de su esposa–. ¿No te parece justo?

–Por supuesto –asintió Michael, aunque volví a ver el mismo pánico en sus ojos; por mi parte estaba claro que no quería pasar con él una parte de mi valioso tiempo, dos veces al día.

–No hace falta –dije–. Vivo justo al lado de la parada de un autobús que me deja casi delante del instituto. ¿No has oído lo que he dicho antes? Con mis muletas fijo que me ceden el asiento en el autobús.

–No digas tonterías –me espetó Kathy–. En esta casa damos mucha importancia a las consecuencias de nuestros actos.

–Ya, pero ha sido un accidente, y yo me había puesto muy pesada. Vuestro hijo no suele lesionar a nadie. Ha sido una excepción.

Era como intentar discutir con una viga de acero. Ninguno de mis argumentos logró influir en Kathy y Shen Lee. Media hora más tarde Michael me llevó a casa en coche, a mí y a mis muletas, que le daban un golpe en la cara cada vez que movía la cabeza.

Una vez resuelto el tema de Barney y Scarlett no teníamos nada de que hablar.

–Perdona por mi madre –se disculpó Michael finalmente al llegar a la entrada de mi calle–. ¿A que es difícil decirle que no a tu propia madre?

–La verdad es que no. A mí con la mía no me cuesta nada. –Señalé hacia el fondo–. Métete detrás de aquella camioneta blanca.

–Bueno, ¿mañana a qué hora quieres que te recoja? –preguntó con tono de resignación, mientras yo me quitaba el cinturón de seguridad.

–A ninguna –contesté lacónica, a la vez que intentaba sacar las muletas a rastras del asiento trasero–. Me las puedo arreglar perfectamente sola.

–Es que lo he prometido.

Michael bajó del coche y dio la vuelta para abrir por mi lado, como si aparte del uso de una pierna hubiera perdido el de mis brazos; y aunque yo no fuera de las feministas que protestan cada vez que les abre la puerta algún chico, la verdad es que me fastidió, en el sentido de que solo lo hacía para ser un tío como Dios manda, no porque quisiera tratarme con la cortesía elemental.

–Bueno, pues lo desprometes.

Intentó agarrarme del brazo y ayudarme a salir del coche, pero yo, con un chasquido furibundo de la lengua, le endosé las muletas.

–Quieras o no te llevaré –dijo él muy serio al devolvérmelas–. ¿Bueno, qué, a qué hora?

–A mí esto no me gusta nada, así que no te pienso decir ninguna hora; además, como no sabes mi número de piso no puedes llamar al telefonillo, y aunque me esperases fuera tampoco me podrías obligar físicamente, como si dijéramos, a subir al coche.

–Que te crees tú eso –dijo Michael entre dientes mirándome de arriba abajo mientras yo me colocaba las muletas y bajaba a la calle, despacio y con cuidado–. A ver, Jeane, ¿no podrías tener un poco de sentido común, por una vez en la vida? Te he tirado de la bici, les he dicho a mis padres que te llevaré y te traeré del instituto y es lo que pienso hacer.

–Mira, Michael, el sentido común no lo practico. No me va. Lo que les hayas dicho a tus padres no es problema mío. Solo tienes que salir de casa un poco más temprano y no pasar a recogerme. Será un pequeño secreto entre los dos.

No servía de nada discutir conmigo. Ya lo habían probado –y fracasado estrepitosamente– mejores elementos que Michael Lee.

–Vale, vale –suspiró–, tú misma. Ah, y espero que no consigas asiento en el autobús. Lo tendrás merecido, por bruja, tozuda y agresiva.

–Que sí, que sí –dije yo perezosamente, con ganas de salir pitando; aunque lo único que pude hacer fue alejarme a trompicones con la cabeza muy alta, lo cual no acababa de tener el mismo punto.

10

Podría decir que después de mi ruptura con Scarlett todo volvió a la normalidad, pero sería mentira. Mi vida de normal no tenía nada. Iba todo al revés.

Para empezar, todos sabían que me habían dejado, aunque no estuviesen al corriente de las circunstancias penosas y humillantes del abandono. También sabían que Barney y Scarlett estaban saliendo, porque se agarraban de la mano con cualquier pretexto. No me sorprendía que siempre se oyeran susurros a mi espalda.

Yo los saludaba por sistema, a Barney y Scarlett, como demostración de que no estaba picado y de que me parecía perfecto lo suyo, pero mi ego estaba herido y me dolía la tripa casi todo el día, con una sensación como de ser menos que antes. También estaba muy irritable.

Mi pésimo humor tenía poco que ver con Barney y Scarlett y mucho con Jeane Smith, que me sacaba de quicio, como un sarpullido. Un poco sí me consoló saber que no era el único a quien habían dado calabazas. Y al menos tenía a mis colegas, que me daban palmadas en la espalda diciendo «Venga, que por tías no será», o «Ella se lo pierde, Mikey». Por otra parte, recibía montones de mensajes de chicas por el móvil –incluida Heidi–, que se ofrecían para hablar si es que tenía la necesidad de hacerlo.

En cambio Jeane…, Jeane no tenía a nadie y me daba pena, aunque no mereciese ninguna compasión, y menos con el torpe giro de ciento ochenta grados que imprimía a sus muletas cada vez que me veía. Yo ya notaba que no estaba bien. Para empezar ya no iba de fosforito. El viernes hasta se vistió de caqui y color ciruela. A mí me parecía morado, pero en su blog insistía en llamarlo «color ciruela». No es que me leyera su blog a diario, ¿eh?, pero esa mañana dio la casualidad de que lo vi. En el mundo de Jeane debía de ser como ir de negro. Ni siquiera estaba muy activa en Internet: en vez de tuitear sobre pasteles lo hacía sobre las múltiples injusticias cometidas contra las chicas a lo largo y ancho del planeta. Yo hasta entonces no era consciente de que las chicas del mundo lo pasaran tan mal, pero resultaba que cuando intentaban estudiar como Dios manda les tiraban piedras y ácido a la cara, y en los pueblos de Estados Unidos los farmacéuticos se negaban a darles la píldora del día después. Siempre era un alivio que Jeane lo mezclase con alguna foto de su tobillo en glorioso tecnicolor.

De repente, el viernes me encontré mejor que en toda la semana. El sábado por la noche había un fiestón y recibí un mensaje en plan ligoteo de Lucy, una pija que iba a un colegio elitista solo para chicas: «Kria star segura de k iras a la prty de Jimmy K y de k has krtado con Scar. ¡Ella s lo prde! ¡Mjor pra mí!».

La pija de Lucy estaba muy bien y era una chica de lo más sociable, que no se ponía ropa rara: justo lo que me hacía falta para quitarme el mal rollo de encima, aunque lo mejor fue que me llamaron de la tienda de bicis para decirme que ya podía pasar a recoger la de Jeane. Le pagaría la reparación, le entregaría su cacharro y, a partir de entonces, ya no tendría que volver a saber nada de Jeane Smith.

Ni siquiera me importó tener que pedirle a Scarlett que le pidiera a Barney que le dijera a Jeane que ya podía recoger la bici a la salida del instituto. No tenía el teléfono de Jeane y ni muerto le enviaba yo un correo a través de su web. Tuitearla tampoco podía. Imposible, porque ella no sabía que era el mismo @tresdelicias que mandaba tuits comentando sus enlaces de perros haciendo surf.

Por eso fue tan impactante que, justo después de haber pagado a Colin –el reparador de bicis– sesenta libras de esas que tanto me costaba ganar, me topase con Jeane, que entraba cojeando por la puerta, sin muletas, pero con una gran sonrisa; sonrisa que desapareció en el momento de verme.

–¿Qué haces aquí? –preguntó–. Esto no lo teníamos pactado.

–No podía pagar hasta que Colin supiera exactamente lo que había que hacer –respondí de manera hosca–. Te aseguro que si te hubieras molestado en informarme a qué hora harías acto de presencia me habría quedado bien lejos.

–Si no me hubieras tirado de la bici, no tendríamos que estar aquí ninguno de los dos. –Jeane se cruzó de brazos–. ¡Vete!

Colin tosió con elocuencia. Nos giramos los dos para mirarlo. Pasaba de los cincuenta y tenía todo el cuerpo tatuado, a excepción de la cabeza, que se rapaba. Yo lo sabía porque Colin siempre iba con pantalones cortos, incluso en un día gélido de octubre. También tenía varios *piercings* en la cara, de esos que parece que duelan. Resumiendo, que intimidaba, y cuando una chica gritona te acusa de haberla tirado de la bici, lo último que quieres es tener cerca de ti a una persona que intimide.

–¿Qué, Jeane, quieres que me lo lleve a dar un paseo?

Pasé más miedo que nunca. Me dieron ganas de vomitar, caerme de rodillas y gritar: «¡No me hagas daño, por favor!». Por suerte Jeane me salvó.

–Bueno, tampoco es que me tirara, al menos a propósito –reconoció–. Ahora, que si te apetece llevártelo, tú mismo.

–¿Pero quién puede querer hacerle daño físicamente a un bombón como tú? –preguntó Colin. Al ver que me guiñaba el ojo, deduje que iba todo bien y que no era necesario temer por mi integridad física–. Bueno, el caso es que he enderezado la rueda, he repasado el cambio de marchas y el freno y he engrasado la cadena. En principio, *Mary* está como nueva.

Jeane se acercó con dificultad. Normalmente, cuando la tenía cerca, solo me fijaba en la ropa y en cómo le desentonaban los colores, pero hoy llevaba un vestido azul marino y unas mallas de color mostaza que no lograron distraerme de su cara pálida ni de sus ojeras. Parecía desorientada. No era guapa, en absoluto, pero algo de chispa tenía, y ahora parecía que esa chispa se hubiera apagado.

La semana antes, después de llevarla a su casa, preví enfrentarme a un interrogatorio entre moderado y fuerte sobre Jeane y mis posibles intenciones respecto a ella, pero lo único que hizo mamá fue sacudir la cabeza y decir:

–Qué chica más difícil, y qué infeliz…

Yo me lo intenté tomar a risa.

–Es mil veces más dura de lo que parece.

–Qué va –se limitó a decir mamá–. Es tan frágil que se rompería con solo un golpe un poco fuerte.

En ese momento, no le hice mucho caso. Lo atribuí a que estaba leyendo algo de Tolstoi en su grupo de lectura. Yo la verdad es que no he leído nada de Tolstoi, son libros largos y llenos de nombres rusos que te desorientan; además, según papá, eran la razón de que mamá llevara unas cuantas semanas de mal humor. El día en que Alice pintó la pared del pasillo con ceras tuve claro que mamá la daría en adopción. En ese momento, sin embargo, al ver que Jeane se montaba en su bici para ver si había que ajustar el sillín, sus palabras volvieron a mi mente.

Yo tenía un montón de amigos, dentro y fuera del instituto. En cambio Jeane parecía tener muchos menos, salvo si se contaba a sus seguidores de Twitter, y yo no los contaba. Los amigos de verdad siempre te apoyan. Pues bien, ese esfuerzo, el de apoyar a Jeane, podía hacerlo yo. No como amigo, ¡no, por Dios! Pero si se enteraban los demás de que estábamos de buenas, ellos también lo estarían. No costaba tanto decirle «Hola, ¿cómo estás?», entre clase y clase. Hasta ahí llegaba.

–¿Cómo es que sigues aquí? –preguntó una voz desagradable.

Me di cuenta de que Jeane estaba intentando sacar la bici del taller, y de que me tenía a mí delante, como en Babia.

Mientras aguantaba la puerta, recibí otra mirada inexpresiva. Después, cuando empezó a echar bolsas y efectos personales en las dos cestas que tenía su bici, tuve que hacerle la pregunta que no me dejaba dormir desde hacía varios días.

—Si obviamos que sí, que hice que te cayeras de la bici, ¿por qué te caigo mal?

Jeane puso en blanco sus ojos con ojeras.

—No tengo tiempo.

—Venga, que tampoco es una pregunta tan rara.

Puse una mano en la barra. Ella se encogió, y eso que aún no se había montado en la bici. Se lo pensó unos tres segundos.

—Pues porque sí –respondió, sin más; mucho peor que si lo hubiera dicho con rabia–. Aunque te cueste entenderlo, durante la vida conocerás a gente que no pensará que seas la leche, la octava maravilla, o sea, que mejor que te empieces a acostumbrar.

Decidí no tenérselo en cuenta.

—Pero ¿qué es lo que no te gusta de mí, en concreto? Di una cosa. ¡No! Di tres cosas.

Si solo se le ocurría una, sería simplemente por su forma de ser; pero si tenía tres motivos creíbles para odiarme a muerte serían los puntos en los que habría que trabajar.

—¿Por qué le das tanta importancia? ¡Si yo también te caigo mal!

—¡Qué va!

—Eso es una trola como una catedral, y lo sabes –dijo despectivamente.

—Mal no me caes. –No era lo que quería decir–. Estoy abierto a la idea de que me caigas bien, pero me lo pones difícil.

–¿Por qué te lo iba a poner fácil? –inquirió Jeane–. ¿Por qué te crees que una persona como tú se merece ser amigo de una persona como yo?

Miré a mi alrededor lentamente, sin prisas.

–Claro, como hay tantos que hacen cola para estar contigo…

Jeane se irguió en toda su estatura, que no era mucha, la verdad.

–¿Sabes cuántos seguidores tengo en Twitter?

Lo sabía, sí, yo era uno de ellos, pero…

–Internet no cuenta. Me apuesto lo que quieras a que la mitad de tus seguidores son hombres maduros con poca higiene personal y que viven con su madre, y que el resto son *spammers* que pretenden que pinches en algún enlace dudoso para infectarte el ordenador con un virus.

–¡Pues no! Es gente de verdad. La mayoría, al menos. Y solo porque sean relaciones *online* no quiere decir que no haya que darles valor como amistades –alegó Jeane–. Coño, que estamos en el siglo XXI.

–Entonces, ¿dónde estaban todos tus amigos de Internet cuando te torciste el tobillo?

Jeane casi gritó de incredulidad.

–¿Yo? ¿Yo? El tobillo no me lo torcí yo. ¡Me tiraste tú de la bici!

No entendí muy bien cómo había pasado de compadecer a Jeane a incitar un ataque frontal en modo basilisco. Es que decía tantas chorradas que alguien tenía que abrirle los ojos, y…, y…, pues que tenía una manera de reaccionar fantástica. Solo había que encender la mecha, alejarse y observar la explosión. Lo que pasa es que esta vez me había olvidado de alejarme y el resultado fue que

Jeane me estaba apuntando con el dedo y me lo clavaba en el pecho una de cada cinco veces, más o menos. Qué fuerza, por cierto, para ser un dedo índice tan corto y regordete…

—Bueno, da igual —dije lo más despacio que pude, en plan más aburrido que una ostra—. El caso es que te torciste el tobillo. ¿Dónde estaban entonces todos tus seguidores de Twitter? ¿Llegaron corriendo con bolsas de hielo y cajas de ibuprofeno? ¿Y en el instituto? ¿Te hacen compañía, o tienes que esconderte tú solita para hacer punto y ponerte en plan friki solitaria?

—Pero ¿esto qué es? ¿Tú de qué vas? ¿Sabes qué te digo? Que en el instituto te crees megaguay, pero estás en el mejor momento de tu vida. Nunca te irá mejor —me espetó Jeane—. Lo que eres tú es un pez de colores gordo y tonto que nada por un laguito, pero el lago se irá haciendo cada vez más grande y tú cada vez más pequeño, hasta que solo seas un boquerón. Y mientras te conformas con la mediocridad de una vida gris y limitada, yo empezaré a ser yo misma. Te pareceré una friki solitaria, pero al menos no tengo miedo de mi forma de ser.

Su dedo era como un hierro de marcar que daba golpes constantes en mi corazón, como sobre un tambor. La única manera de que parase fue aferrar su muñeca. Me impactó el calor de su piel. Esperé a que gritase, pero me miraba con cara de perplejidad, entornando los ojos como si no acabara de saber qué hacía ni por qué.

Yo tampoco lo tenía muy claro, pero era necesario hacerle saber algo.

—A mí no me da miedo mi forma de ser.

Sacudió la cabeza.

–Ni siquiera te conoces –continuó mucho más tranquila, como si ya no quisiera ofenderme, sino que hubiera dicho una verdad como un templo–. Te limitas a ser lo que los demás quieren que seas.

Puede que le diera un beso para que se callara de una puñetera vez. O porque era la manera más fácil de demostrarle que era distinto a como se creía y tenía mis caras ocultas, por mucho que ella lo negase. Aunque tengo la horrible, la espantosa sensación de que se lo di porque quería.

De estar en la calle, con la bici entre los dos, pasamos de un momento a otro a estar besándonos. La gente siempre dice: «No me di ni cuenta y nos estábamos besando», pero nunca cuadra del todo, porque algo tiene que haber antes del beso. La verdad, sin embargo, es que esta vez no hubo nada.

Era yo, yo, Michael Lee, dándole un beso a Jeane Smith.

11

Besé a Michael Lee.

Cuatro palabras que no pensaba escribir nunca. Cuatro palabras que ni en mis sueños más descabellados me había imaginado juntas –aún más descabellados que los que tuve al comerme un brownie de caramelo que resultó estar lleno de marihuana y de trocitos de dátiles–.

Ni siquiera sé por qué le di el beso. Puede que para sacarlo bruscamente de su triste vida entre algodones y hacerle ver que todo era posible. Lo que está claro es que no fue por ganas.

En todo caso le estaba dando un beso, y solo se me ocurría pensar: «Dios mío, ¿por qué estoy besando a Michael Lee?».

Hasta que se convirtió en «¡Dios mío! ¿Por qué sigo besando a Michael Lee?», y me aparté. De todos modos, le daré el beneficio de la duda y pensaré que se apartó justo en el mismo momento.

No supe qué decir: algo que no me pasaba nunca, porque siempre sé qué decir. Michael Lee tenía la misma pinta que el coyote en la décima de segundo en la que ya se ha tirado por el precipicio y se da cuenta de que se caerá a un barranco lleno de piedras y *cáctuses*. Perdón, cactus. Resumiendo, que parecía un niño que ha visto reducido a escombros todo su sistema de creencias.

Nos miramos sin hablar. Pareció que el silencio y el mirarnos durase más de una eternidad, y de dos. Quise apartar la vista, pero no podía. Fue un alivio que Michael Lee dejase de mirarme para fijar la vista en el suelo.

—Bueno, tenía que pasar —dije con calma, más que nada porque un grito histérico no borraría el hecho de que nos hubiésemos besado. De que yo le había dado un beso a Michael Lee. No pude evitarlo: me pasé el dorso de la mano por la boca—. Tanta energía negativa entre los dos de alguna manera tenía que acabar.

Él frunció el ceño y levantó la vista para contemplar mis labios, como si no acabara de creerse que dos minutos antes su boca hubiera estado encima de ellos.

—Claro, claro, es lo que dices. Tanta agresividad… En algo tenía que acabar. —Sacudió la cabeza—. Qué raro ha sido.

Yo asentí y le arrebaté a *Mary*.

—Por lo menos, no has vuelto a tirarme de la bici…

Se le borró el ceño de la frente.

—¡Que no lo hice adrede, por millonésima vez!

La ventaja añadida fue que volvió a formar frases completas.

—Ya lo sé. Era broma. Sabes lo que es una broma, ¿no? —Me subí a *Mary* y la guie con cuidado hacia el bordillo. Mi tobillo parecía aguantar bien—. Bueno, el caso es que ha pasado. No pasará nunca más, y si se lo cuentas a alguien lo desmentiré.

—Como que se lo iba a creer alguien… —dijo Michael. Se pasó una mano por el pelo, estropeándose la cresta.

126

Lo irritante fue que despeinado estaba muy mono, aunque un tipo de mono que no es el que a mí me pone–. Prométeme por lo que más quieras que no se lo dirás a nadie.

–Tú sí que sabes conquistar a las chicas –le dije, vigilando si venían coches. A mí el beso me había dejado tan flipada como a él, pero tampoco hacía falta expresar tan claramente la enorme repugnancia que le provocaba el contacto con mis labios–. Tranquilo, que seré una tumba.

Me alejé pedaleando sin mirar atrás. Hasta ignoré los pinchazos del tobillo, porque no eran importantes; lo importante era alejarme todo lo posible de Michael Lee.

Y nada más. En serio. Pasaron los días volando. Blogueaba, tuiteaba, observaba las tendencias… Hasta salía con Barney y Scarlett para demostrar que éramos gente madura. Bueno, yo ya sabía que lo era; Barney tiene sus momentos, y Scarlett dudo que llegue a madurar alguna vez, aunque viva hasta los ciento cinco años.

Barney insistió mucho en que comiéramos todos juntos en el bar del instituto, para que se viera lo bien que nos llevábamos, como personas civilizadas. Creo que también tenía la idea –Barney– de poder introducirme poco a poco en la sociedad convencional, como si fuera una de mis grandes ambiciones.

No ayudó en nada que mi almuerzo consistiese en tres vasos de café granulado de máquina, un muffin de plátano y unos Haribos de cítricos. Había estado despierta hasta las cinco, trabajando en un artículo sobre tribus juveniles para una revista alemana, y necesitaba la mayor cantidad posible de estimulantes artificiales.

Mi rodilla no dejaba de dar golpes en la pata de la mesa, mientras Barney hacía esfuerzos desesperados por encontrar algo en común entre los tres. De acuerdo, Scarlett no acababa de ser la pobre insípida que había pensado yo al principio, pero después de ponerme al día con las series no le quedó nada que decir. Barney y yo nos pusimos a hablar de una novela gráfica japonesa que habíamos leído los dos, pero tuvimos que parar al cabo de un minuto, porque Scarlett se perdía.

Fue un suplicio. Después llegaron Heidi/Hilda/como se llamase y el resto de las amigas de Scarlett y dejaron claro que les parecía muy gracioso vernos juntos a los tres, y que querían observarnos de cerca. Yo no me había apuntado a que me observase de cerca el tipo de personas que solía evitar en los pasillos mediante un giro en «U».

–Bueno, ha estado muy bien, pero es que tengo que hacer varias cosas. –Me levanté. Tensé la boca para sonreír, aunque tuve la sensación de que era una mueca de dolor–. Gracias por ponerme al día con *Hollyoaks*.

Scarlett pareció cabrearse un poco por el comentario, y eso que al formar las palabras dentro de mi cabeza mi intención no había sido que sonaran tan mordaces y sarcásticas. En cualquier caso, ya no tenía remedio, y Barney tampoco parecía muy molesto. De hecho, hablaba con Mads, una amiga de Scarlett, como si tuviera algún tema de conversación.

Era todo muy raro, pensé al salir del comedor y encontrarme frente a frente con Michael Lee. Sentí que me ruborizaba, aunque yo por sistema no me ruborizo. Ruborizarse es de flojos.

–Ah, hola –dijo él, sorprendido. También se estaba sonrojando–. ¿Cómo estás?

–Bien –respondí, porque la suma de la amistad entre Barney y los del rebaño, mi encuentro con Michael Lee y el recuerdo del beso provocó un fallo general en la parte de mi cerebro a la que se le ocurren las réplicas cáusticas–. De hecho quería…, pues mira, verte.

Se puso tenso. Se le veía inquieto, receloso, como si notara mis ansias de volver a destrozar su pobre boca indefensa e inocente –ansias que distaban muchísimo de existir–.

–¿Ah, sí? ¿Por qué?

–Porque tengo en mi taquilla las muletas que me prestó tu padre.

Suspiró de alivio.

–¡Ah, vale! ¿Quieres que las vaya a recoger ahora o te esperas al final de clases?

–Sería mejor que lo hiciéramos ahora –decidí, ya que solo faltaban diez minutos para que empezaran las clases de la tarde, y así no tendría que angustiarme con ningún intento de entablar conversación. Mi cuota semanal de conversaciones angustiosas ya estaba más que cumplida.

De camino a mi taquilla no intercambiamos ni una sola palabra. Michael Lee iba por un lado del pasillo y yo por el otro. Después se apoyó en la pared, mientras yo abría mi taquilla y me preparaba para el aluvión de porquería que nunca dejaba de caerse. Por suerte, una de las cosas que salió fue una muleta.

–Una de dos –dije mientras él la recogía del suelo.

Intenté sacar la otra mientras sujetaba libros, *tuppers* y todo tipo de cosas que amenazaban con caerse.

—Pero ¿se puede saber qué tienes aquí dentro? –preguntó Michael, mirando por encima de mi hombro para verlo bien–. ¿Lo del final es todo un tarro de chuches?

—No, claro que no –dije, estirando la muleta con una mano y cerrando la taquilla con la otra.

No era todo un tarro de chuches, sino tres cuartos de tarro. Me giré, y como Michael Lee seguía asomado a mi espalda, de repente casi nos tocábamos. Solo se interponían entre nosotros dos muletas. Ni siquiera entendí que la otra vez hubiéramos podido besarnos, porque mi boca quedaba a la altura del pequeño hueco entre su primer botón y su nuez.

Es decir, que para darnos un beso yo habría tenido que ponerme de puntillas y Michael Lee habría tenido que agacharse, lo cual parecía indicar que había sido un beso mutuo, con disposición por ambas partes, teoría sobre la que había que reflexionar, y mucho. Vaya, que aunque yo me hubiera puesto como una bailarina de ballet me habría sido imposible llegar hasta la boca de Michael Lee a menos que él bajase la cabeza de la misma manera en que lo estaba haciendo en ese instante.

Creo que esta vez el beso lo dio él, porque lo único que hacía yo con la boca era abrirla para decirle que atrás, que no invadiese mi espacio personal, joder. No fue un simple roce entre sus labios y los míos, sino un beso de verdad, firme pero flexible; en vez de quedarme alucinada, me limité a dejarme besar. Hasta se me ocurrió besar de vuelta. Entonces oí voces, un portazo y el timbre de inicio de las clases de la tarde.

Saltamos para separarnos un nanosegundo antes de que los de primero de bachillerato invadiesen el pasillo.

Puse la segunda muleta en las manos de Michael, que la agarró y se quedó en el mismo sitio, abriendo y cerrando la boca; haciendo el tonto, en términos generales.

–Bueno, ya tienes las muletas –dije con sequedad, porque alguien tenía que controlar la situación–. Ya no hay ningún motivo, ninguno en absoluto, para que volvamos a tener algún contacto.

–Claro, claro, ninguno en absoluto –repitió él, frotándose la barbilla.

Las puntas de sus dedos rozaban un poco el labio inferior. Me sorprendí contemplando su boca como quien ve la séptima maravilla del mundo. También él me miraba, pero como a una nueva forma de vida que jamás hubiera visto.

–Bueno, me... voy –dije.

Michael abrió y cerró la boca un par de veces más. Cuando estuvo claro que no saldrían palabras de ella, me marché.

12

El primer beso fue casualidad.

Está claro que el segundo solo fue por comprobar que el primero había sido una casualidad.

Pero a partir de ese momento los besos se quedaron sin excusas.

El tercero se produjo porque Jeane pasó de improviso al lado de mi coche cuando me iba temprano, como cada jueves por la tarde, que es cuando tengo tiempo libre para estudiar. Estoy seguro de que, en principio, Jeane tenía que estar en clase, pero se acercaba por el aparcamiento de empleados con muy mala cara. Dejé mi bolsa en el capó para tener las manos libres cuando se pusiera a mi altura y acercarla para darle un beso.

El escenario del cuarto beso fue la pequeña escalera de caracol que iba del primer piso de secundaria a los talleres de arte de arriba del todo. Era donde Jeane tendía a refugiarse entre clase y clase cuando el frío y la humedad le impedían merodear en torno al cobertizo de las bicis. No sé cómo me había enterado, pero la cuestión es que lo sabía. Ahí no se quedaba nadie más, a pesar de que era un sitio cómodo y tranquilo; tal vez porque todo el mundo sabía que era uno de los sitios preferidos de Jeane, y que cualquiera bastante burro como para invadirlo moriría víctima de una simple mirada.

Al verme al pie de la escalera, levantó la mirada del portátil, lo dejó unos cuantos escalones por encima y me esperó sentada, con las manos en el regazo. Yo me senté un peldaño por debajo de ella, casi a la misma altura. Fue un poco incómodo y tuvimos que forzar el cuello, pero nos besamos al menos diez minutos sin interrupciones.

Jeane era la novena chica a quien besaba, pero sus besos no tenían nada que ver con los de las otras ocho. Tenía un sabor dulce y salado, y besaba como si le fuera la vida en ello. Me besaba como si estuviera a punto de irme a la guerra, o fuera el final del mundo. No había preámbulos; nada de piquitos o caricias, ni de besos torpes de introducción. Con ella era todo ¡BUM!

Luego los besos se acababan tal como habían empezado. Nos separábamos, interponíamos la máxima distancia posible entre los dos y nunca hablábamos de lo que habíamos hecho. En realidad, no hablábamos de nada.

Yo no sabía quién utilizaba a quién. Por otro lado, seguía sin saber por qué besaba a alguien a quien no debería haber besado. Vaya, que Jeane no era dulce, ni atractiva, ni enrollada, ni ninguna de las cualidades que buscaba yo en una novia. Evidentemente, prefería salir con alguien a quien diera gusto mirar, igual que si podía elegir entre dos camisas siempre me quedaría con la más bonita.

Ni siquiera es que Jeane tuviera una belleza oculta. Aunque es posible que si le quitases ese horrible pelo gris, aquella ropa aún más horrible y aquel desastre de zapatos, fuera pasablemente mona. O incluso normal y corriente, que no estaba tan mal como ser fea, por poner un ejemplo...

En fin.

Seguía siendo algo mal hecho y raro. Yo no sabía qué hacía ni por qué lo hacía; solo sabía que no podía seguir.

Así que dos semanas después del principio de los besos, un día en que volvíamos a estar acurrucados en la escalera del taller de arte, mientras Jeane descansaba en mi regazo –era la manera más cómoda de besarnos–, y sus uñas cortas me rascaban suavemente la nuca, y su lengua se movía por dentro de mi boca, tomé la decisión de que se había terminado.

Interrumpí el beso. Ella suspiró un poco, se sentó en el escalón y se arregló el pelo.

–Así no podemos seguir –dije con firmeza.

Creo que era lo primero que le decía en dos semanas.

No puso cara de sorpresa.

–Ya lo sé –contestó, mientras empezaba a buscar algo en su bolso.

Siempre llevaba encima como mínimo dos bolsos, más los libros y carpetas. Era imposible necesitar tantas cosas.

–Es que de tanto disimular y de tanto escondernos de la gente empiezo a estar hecho un lío –añadí.

No tuve la menor idea de lo que pensaba Jeane, porque su cara estaba tan blanca como una hoja de papel.

–Pues entonces, ¿qué querías hacer? –preguntó con calma.

«Dejarlo ahora y de una vez por todas, prometer los dos que nunca le contaremos nada a nadie y seguir cada uno por su lado», me dije. Carraspeé.

–Bueno, igual podríamos vernos fuera del instituto, si quieres…

Tuvo las santas narices de sonreír: una sonrisita triunfal que me dio ganas de tirarme por la escalera para sufrir amnesia y no poder recordar que treinta segundos antes, en cierto modo, le había pedido salir a Jeane Smith.

–Me lo pensaré. –Levantó su teléfono–. Dame tu número.

–Mmm… ¿Por qué?

–¿Por qué va a ser? Para poder mandarte un mensaje cuando haya decidido lo que quiero hacer. –Me miró con las cejas arqueadas–. Eso si no te arrepientes y piensas que podríamos seguir como hasta ahora, o no… A mí me da igual una cosa o la otra.

No pensaba dejarle toda la voz cantante.

–Pues a mí también –solté. Con ella siempre acababa perdiendo la calma–. Vaya, que también podríamos no hacer nada.

–Bueno, ¿tú qué quieres hacer?

Lo dijo con tono de picada, pero no tanto como de costumbre, lo cual podía ser una señal de que alucinaba tanto como yo con nuestras sesiones de besos.

–¡Paso, paso! Diga lo que diga, que sí o que no, lo usarás contra mí.

Jeane se puso en jarras.

–¿Y por qué iba a hacerlo?

–¡Porque siempre lo haces! –Apoyé los codos en las rodillas–. Todo esto es un truco, un truco maléfico, ¿verdad? ¿Qué ha sido, un experimento psicosexual para tu blog? ¿Pondrán comentarios crueles sobre mí?

–¿No te parece que estás siendo un poco paranoico? –preguntó con dulzura–. Yo en Internet no dejo mal a nadie que conozca en carne y hueso. Es una de las piedras angulares de mi filosofía de bloguera. Va en contra de todo el espíritu de la marca Rarita y adorable.

–Ya, ya. –Pues bien que había escrito una entrada sobre Barney, o sea, que su filosofía no valía un pepino. Tampoco su idea equivocada de estar creando una raza superior de cerebritos durante su tiempo libre–. Todo esto es un follón, un follón de los gordos, y...

–Dentro de cinco minutos tengo arte y diseño, o sea, que haz el favor de irte y sufrir en otro sitio tu crisis existencial antes de que lleguen la señora Spiers y el resto de mi clase.

Subió por la escalera con dignidad y se sentó en el último peldaño.

–No me puedes reprochar que desconfíe. Sé que te encantaría marcarte un punto sobre mí.

Claro. ¿Qué otra razón podía tener Jeane para besarme? Ninguna, y menos con aquella pinta de querer bajar otra vez por la escalera para darme un rodillazo en los huevos.

–¡Eh, eh, un momento, que soy de fiar! Si supieras algo de mí, en vez de juzgarme a partir de lo que dicen los demás, ya lo sabrías. –Torció la cara hasta que pareció una gárgola–. Te aseguro que tengo un montón de defectos, pero si me pides que haga algo y estoy dispuesta a hacerlo, o si tienes un secreto que haya que guardar, puedes confiar en mí a ciegas.

–Bueno, vale, perdona, pero es que...

–¿Qué te creías, Michael? ¿Pensabas que iba a suplicarte que siguiéramos como hasta ahora?

¿Cómo lo conseguía? Yo convencidísimo de tener la razón, y de repente me pillaba por sorpresa y me la quitaba.

–¿Por qué te lo iba a suplicar a ti, si hay montones de chicas con ganas de salir conmigo? Y encima guapas, sin un pelo de bordes y que no marean tanto la perdiz, joder –dije, furioso.

–Pues sal con ellas, que yo ya no quiero participar en este… en este circo.

Jeane sacudió el tirador de la puerta del taller, pero estaba cerrada con llave. La única manera de acabar con todo aquello y frenar una discusión de la que no podía salir victorioso era alejarme lo más posible de ella.

13

El primer beso a Michael Lee fue un accidente. El segundo una simple tontería. Y los de después un puro aymadremíaperoquéestáshaciendo.

Era evidente que no iba a durar, pero yo no pensaba que fuera a terminar con que él me llamara feto, persona de poca confianza y prácticamente la mujer más mala y calculadora del mundo. Como si fuera yo a escribir una entrada en mi blog sobre lo que hacíamos. Como si estuviera orgullosa de lo que hacíamos.

En arte tenía que hacer una chorrada de marina, porque la señora Spiers había dicho que si no me catearía el módulo. La verdad es que era el menor de mis problemas, pero estaba del humor perfecto para pintar un mar embravecido lleno de grises, blancos y morados. Hasta añadí un pequeño barco que se hundía, con un hombrecillo diminuto a bordo. Si no hubiera sido tan diminuto le habría puesto una camiseta de Abercrombie & Fitch y una falsa cresta, porque el hombrecillo era Michael Lee, y la barca su triste vida; a partir del momento en que dejara de ser el chico más popular del instituto y se viera obligado a entrar en el mundo real, no iba a ser más que una fuente de frustraciones y de decepciones.

Claro que eso no se lo podía decir a la señora Spiers, así que describí mi pintura como una metáfora de la fuerza de la naturaleza, que siempre acaba por sobreponerse a todas las tropelías del ser humano. Como a la señora Spiers le flipaban las metáforas, se atrevió ni más ni menos que a darme unos toquecitos en la cabeza y decir que si me mantenía en aquella línea durante el resto del año esperaba grandes cosas de mí.

Triple y tal y cual.

Yo había besado a siete chicos y dos chicas, y Michael Lee estaba en el top tres, eso seguro. Me hacía algo con los dientes en el labio inferior que me daba ganas de chillar y desmayarme un poco.

Pero bueno, ahora Michael no estaba; mejor, porque quería decir que ya se había acabado aquella cosa, aquella estupidez que nunca debería haber empezado. Ni siquiera crucé en bici el aparcamiento de empleados, por si me lo encontraba, sino que fui por el camino largo, el de la cuesta de hierba y el colegio de los pequeños.

Hacía frío, con aquel toque en el aire que me hacía pensar en manzanas caramelizadas, en pisar hojas secas, en tazas de chocolate caliente y en todo lo guay del otoño; pero como aún había bastante luz decidí no ir directamente a casa sino resoplar por colinas cada vez más altas hasta poner rumbo al barrio de Hampstead, y ni siquiera entonces tuve ganas de parar.

Me encanta subirme a los pedales con el resto del cuerpo inclinado, para conseguir un plus de velocidad y sentir que la brisa se mete en mi pelo, como si todo mi ser se redujera al dolor de mis piernas cuando pedalean cada vez más deprisa. Entonces no tengo que pensar. Soy y punto.

Seguí hasta Regent's Park, cuando pasé volando junto al zoo torcí el cuello para ver las jirafas a través de las copas de los plátanos. Se me ocurrió dar toda la vuelta al parque, pero como el sol ya estaba muy bajo volví por Camden, más despacio, reservando fuerzas para esa cuesta enorme que no puedo evitar de vuelta a casa.

Al cruzar la puerta me temblaban las piernas. Pero qué desorden, madre mía… Normalmente no me molestaba. A fin de cuentas, el desorden es un indicio de creatividad. En ese momento, sin embargo, solo me pareció uno de tantos aspectos de mi vida en los que reinaba el caos.

Otro sitio donde no había orden era la nevera: ni orden ni nada que cenar, y la hora del almuerzo me la había pasado comiéndome la boca de Michael Lee. Si a eso le sumábamos dos horas en bici por el norte de Londres, el resultado era un hambre canina. Ni siquiera podía pedir nada a domicilio, porque al escarbar someramente en mis bolsos y bolsillos y por el respaldo del sofá solo recaudé dos libras y treinta y siete peniques. Mi tarjeta de débito estaba en algún lugar del piso, o en mi taquilla del cole. En cualquier caso, no la llevaba encima.

Por suerte nunca estoy a más de cinco segundos de algo de Haribo, así que abrí una bolsa de Haribos, encendí mi MacBook y entré en Twitter.

 raritayadorable_ Jeane Smith
Sartre se equivocó. El infierno no son los demás. Son los demás y la ausencia total de un plato de tallarines tailandeses. Mandad comida por fa.

Empezaron enseguida a tuitearme fotos de Pad Thai, el plato de tallarines tailandeses, y de una tarta. Lo que resultaba adorable, pero no acababa de solucionar las punzadas de hambre que no sofocaban del todo los Haribo.

tresdelicias está que vicia

@raritayadorable Sartre no preparaba cinco asignaturas para la selectividad ni estaba emparentado con mi madre, que yo sepa.

Era un tuit de un nuevo seguidor, @tresdelicias. Bueno, nuevos seguidores los tenía a cientos cada día, y cuando me publicaban algo, o me retuiteaba algún famoso, todavía más, así que no les prestaba demasiada atención y casi nunca contestaba, pero con @tresdelicias tenía en común el amor a las comidas raras, y la cuestión es que habíamos conectado. Además, al menos no era ninguno de los cincuenta y siete tuiteros que me estaban enviando una foto de Pad Thai.

raritayadorable_ Jeane Smith

Por favor, no más fotos de comida que no puedo comerme. No es que no os agradezca el gesto, pero es que me hace llorar de verdad.

raritayadorable_ Jeane Smith

@tresdelicias Me gusta pensar que la madre de Sartre se metía todo el rato con él por dejar tirada por el suelo la ropa sucia de gimnasia.

tresdelicias está que vicia

@raritayadorable Me da igual que escribas sobre el existencialismo, Jean-Paul; esta ropa no se va a ir caminando hasta la lavadora.

Casi se me atraganta un Haribo. Era lo que más me gustaba de Twitter: ir soltando tonterías con un desconocido que resultaba estar en la misma onda excéntrica que yo.

raritayadorable_ Jeane Smith

@tresdelicias ¡Esto sí que es La náusea! ¿Cómo no vas a estar mareado con diez bandejas sin lavar criando moho debajo de la cama?

Más lejos no llegaban mis conocimientos sobre Jean-Paul Sartre. Por eso no estuve muy segura de que se me pudieran ocurrir más tuits sobre él.

tresdelicias está que vicia

@raritayadorable Mejor que te diviertas sola mientras busco más datos graciosos sobre Jean-Paul Sartre en la Wikipedia.

raritayadorable_ Jeane Smith

@tresdelicias ¡Te iba a tuitear exactamente lo mismo!

tresdelicias está que vicia

@raritayadorable Ahora, que muy mal día habrás tenido si evocas a JPS (me fastidia escribirlo todo entero).

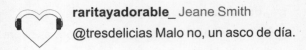 **raritayadorable_** Jeane Smith
@tresdelicias Malo no, un asco de día.

Un asco en realidad tampoco había sido. Por una vez, hasta me había encontrado al cartero en vez de hacer mi viaje semanal a la oficina de Correos con el carro de la compra para recoger mis paquetes. Me habían enviado fanzines, un dispensador Pez que había ganado en eBay, dos cheques, seis frascos de laca de uñas y un vestido de algodón a cuadros de mi amiga Inge de Estocolmo.

Después había llegado al instituto con tiempo para despacharme media redacción de lengua, recibir por correo electrónico la confirmación y los detalles de un billete EN PRIMERA de una agencia de *branding* de Nueva York, que me había pedido ser una de las principales oradoras de un congreso, y darme el lujo de dos horas en bici. Había sido un día fabuloso. La única mancha era darme cuenta de que Michael Lee era tan malo como sospechaba.

No conviene, me dije, besar a alguien solo porque dé buenos besos y hacer caso omiso de cualquier otro aspecto relativo a su persona, aunque llevaba dos semanas diciéndome lo mismo y seguía sorprendiéndome pegada a la boca de Michael Lee.

Un pitido en el ordenador me avisó de que tenía un nuevo tuit de @tresdelicias.

 tresdelicias está que vicia
@raritayadorable Te prometo que no es Pad Thai, pero he pensado que este clip de YouTube de perros sobre skateboards podía dar en el clavo.

No llegaba a ser tan bueno como lo de los perros surfistas (francamente, ¿podía haber algo igual de bueno?), pero no le iba muy a la zaga. Me olvidé del hambre al ver un bulldog inglés montado en skateboard y con cara de encantado de la vida.

Tuiteé a @tresdelicias para darle las gracias, pero nada, ni rastro; tampoco andaba por ahí ninguno de mis colegas habituales de Twitter, ni tenía que escribir ningún trabajo o artículo fenomenal, ni quería buscar nada en Google; y si bien podría haber subido alguna entrada a mi blog, justo en ese momento no había nada que me apasionase; me sentía más bien plof. Me rondaba la sospecha de que todo nacía de mi discusión con Michael Lee, pero no podía permitirme esas ideas, ni concederle tanto poder sobre mi persona. Estaba muy, pero que muy por encima de eso.

No sabía qué hacer. Bueno, sí: quería hablar con Bethan, porque ella siempre adivinaba lo que me tenía mosca, incluso cuando no se lo quería decir, y siempre encontraba la manera de quitármelo de la cabeza. Pero Bethan estaba en Chicago, y durante aquella semana empezaba las guardias justo a la hora en que llegaba yo del instituto, así que ni siquiera la pude llamar por Skype.

Sí que tenía gente a la que llamar –incluido Barney–, pero no entraba en lo posible admitir mi enfado porque alguien de la calaña de Michael Lee me hubiera utilizado y me hubiera dejado tirada como un *kleenex* tieso de mocos secos (¡puajjj!).

Lo que sí podía hacer era poner a Duckie a tope de volumen e intentar salir bailando de mi crisis existencial. Solía dar resultado.

If you think I'm going to give you another chance
Hang around waiting until you ask me to dance
Then, baby, you're dumb, dumb, so very dumb

Not going to waste time baking a cake for you
I'm not going to put on my best dress for you
*Cause baby, you're dumb, dumb, so very dumb**

La canción degeneraba –¿o todo lo contrario?– en una cacofonía de guitarras chirriantes y ritmo imparable durante la que Molly, la cantante, gritaba con todas sus fuerzas *Dumb, dumb, why are you so dumb?*, mientras yo berreaba con ella y daba saltos encima del sofá. La verdad es que fue muy catártico, al menos hasta que se acabó la canción y me di cuenta de que estaban aporreando mi puerta.

Debía de ser Gustav, mi vecino. Sobre la música a todo volumen teníamos un pacto que estipulaba un claro límite de media hora, pero es que yo había puesto tantas veces seguidas la misma canción que ya no llevaba la cuenta.

Salté del sofá.

–Perdona –dije al abrir, jadeando–. Te dejaré tocar música de baile horrible toda una hora seguida, para que estemos empatados.

–Ah, vale, me alegro de saberlo.

---

* «Si te crees que te voy a dar otra oportunidad / A esperar a que me saques a bailar / Es que eres tonto, nene, tonto, más que tonto. // No perderé el tiempo haciéndote pasteles / Por ti no me pondré el mejor de mis vestidos / Porque nene, eres tonto, tonto, más que tonto.» *(N. del T.)*

Dios, pero si no era Gustav, era Michael Lee, salido de entre los muertos. Debería haberle dado con la puerta en las narices, pero ¿de qué habría servido, si de lo que tenía ganas era de gritarle?

Antes de haber tenido tiempo de que me saliera por la boca el primer «¿Se puede saber qué haces aquí?», me percaté del olor de unas patatas fritas calientes y Michael Lee me tendió un paquete muy bien cerrado.

–Perdona –dijo rápidamente–. Perdona porque a la hora de comer me haya salido mal todo lo que decía. Y perdona que te haya molestado. Y perdona que haya dado a entender que puedo aspirar a más, porque no se trata de eso. Se me ha ocurrido hacer las paces... mmm... invitándote a cenar, si no has cenado ya. –Me puso el paquete en las manos con más ímpetu, hasta que no me quedó más remedio que aceptarlo–. Perdona en general, ¿vale? Aunque de lo que no me disculpo es de haberte tirado de la bici, porque no te tiré. Fue un accidente. Te lo juro.

Sus palabras contenían tanta información que solo me pude quedar con lo esencial. Michael Lee pedía perdón por un montón de cosas que me habían ofendido. La verdad es que sonaban a disculpas sinceras, y a que se hubiera tomado tiempo de verdad para pensar si había cenado y traerme algo de comer. Comida caliente. Hacía mucho tiempo que nadie se preocupaba por saber si mi cuerpo había ingerido algo caliente.

La bolsa desprendía un olor buenísimo a patatas. Qué fácil habría sido perdonarlo todo. Pero yo nunca optaba por lo fácil.

–¿Cómo te has enterado de mi dirección, para empezar? –pregunté sin ceder ni un palmo de terreno–. ¿Y cómo has entrado en el edificio?

–Bueno, lo típico, el numerito de pedirle a Scarlett que se la pidiera a Barney con la pobre excusa de que aún te debía dinero por la reparación de la bici. Iba a llamar al telefonillo, pero cuando estaba en la puerta han salido dos tíos, les he dicho que venía a verte y me han dejado entrar. –Michael frunció el ceño–. Uno, que tenía acento creo que alemán, me ha pedido que te diga que has infringido el tratado sobre el volumen de la música y que espera una compensación.

–Gustav. En realidad es austríaco –mas
cullé con aprensión al pensar en la inevitable mañana de domingo en que empezaría a poner deep house a toda leche a horas intempestivas–. Es como mi padre gay.

Me quedé donde estaba. También Michael Lee se quedó donde estaba. Ninguno de los dos movía un solo músculo, como si nos diera miedo hacer un movimiento brusco. Después de todo lo que había pasado la verdad es que habría sido una idiotez no apartarse y preguntar:

–¿Quieres entrar?

14

Nunca había visto nada parecido al piso de Jeane Smith. Era como ver ese programa sobre acumuladores compulsivos: *Enterrado en mi basura*. Mirara donde mirara, había pilas de basura por todas partes.

Bueno, no tanto basura como trastos, porquería, caos. Y yo que pensaba que Hannah era una desordenada porque siempre dejaba las manualidades a medias y tenía el dormitorio repleto de *collages* abandonados, prendas de punto inacabadas, retales... Pues si multiplicabas por cien el desorden de Hannah seguía sin poder compararse al de Jeane Smith.

–Perdona que esté todo tan desordenado –dijo Jeane, a la vez que pisoteaba sobre acolchados, revistas, cajas vacías de pizza y todo lo imaginable al cruzar lo que supuse que sería la sala de estar, aunque se parecía más a un barrio de chabolas después del paso de un tsunami.

Abrió un camino sinuoso hasta el sofá. Saltaba a la vista que era allí donde pasaba casi todo el tiempo, porque en ese punto en concreto la porquería adquiría su culmen: en cada lado había montañas y montañas de revistas y papeles, como si al acabar de leer algo siempre lo dejase en la pila más cercana.

Quedaba el espacio justo para sentarse.

–Ah, espera, que te hago sitio –dijo.

Recogió a manos llenas revistas, sobres, libros y envoltorios de caramelos y se limitó a tirarlos al suelo. Fue de lo más chocante que había visto en mi vida. No es que hubiera vivido entre algodones, pero dejarlo todo por el suelo, así como así… Mi madre se habría muerto in situ, de pura rabia e incredulidad. Me quedé boquiabierto, hasta que Jeane desplazó elocuentemente su mirada desde el espacio contiguo a ella hasta mí. Empecé a abrirme paso por el caos.

Fue abriendo los paquetes calientes que le había traído.

–No sé tus gustos, pero las patatas fritas suelen gustarle a casi todo el mundo. No hace falta que te lo comas todo.

–Muy amable. Dime cuánto te debo –dijo ella.

Finalmente, al llegar a mi destino y apoyarme incómodo en el borde del sofá, en cuyos cojines parecía inevitable que hubiera algo pegajoso que pudiera adherirse a mis vaqueros, pensé que aquel tono estirado y ceremonioso no encajaba nada con Jeane.

–No me debes nada –dije con la misma rigidez–. Es para hacer las paces por haber estado tan borde.

–Ya, pero no puedo… ¡Anda! ¿Me has traído puré de guisantes? Es prácticamente la única verdura que me gusta. ¡Y bolsitas de vinagre y ketchup! Eres un hacha para el *catering*.

Se había quedado alucinada.

–Las salsas tienen su dificultad –murmuré yo, consciente de que teníamos que hablar en serio, y de que todo aquel rollo sobre la comida era un simple preámbulo–. A unos les gustan las patatas fritas con vinagre y otros no pueden vivir sin ketchup.

–Pues mira, a mí me gustan por igual. No podría decidirme. Sería como *La decisión de Sophie* en salsas. –Jeane hablaba como una cotorra, mostrando el tenedor de plástico del que también me había acordado–. Jo, tío, gracias… Oye, que… No te digo que yo no estuviera un poco borde. Bueno, mucho, pero tú quizá uses otra escala.

Me lo pensé cinco segundos.

–No, tienes razón, estuviste muy borde.

Fue decirlo y temer una nueva explosión de mal genio, pero se limitó a hacer «mmm» y sonrió con la boca llena de patatas fritas.

–Me alegro de haber zanjado el tema. ¿Quieres poner la tele, o escuchar música? Es que me empieza a dar vergüenza el ruido que hago al masticar.

Tenía un equipo de música francamente complicado, pero chulo: un Mac mini conectado a la tele con el que pude echarle un vistazo a su iTunes. Como muchos de los grupos no los había oído nunca, puse las canciones en *shuffle*. Al menos así no pondría nada que Jeane tuviera en su iTunes solo para burlarse sin piedad de mí, como prueba para ver si era enrollado. No supe muy bien por qué me preocupaba que Jeane Smith se pudiera burlar de mí sin piedad, pero parece que me preocupaba. Volví a sentarme con cuidado en el sofá y fijé la vista en su mesita de centro y los dos MacBooks abiertos y encendidos junto a un iPhone, un iPad y tres mandos a distancia.

–Qué curioso… Estaba en Twitter, quejándome de no poder cenar, y vas y te presentas tú –dijo ella de golpe. Mi corazón sufrió una especie de parón desagradable–. ¿Usas Twitter?

Lo más fácil habría sido decirle la verdad: que sí, que tenía cuenta en Twitter, y que de hecho nos habíamos estado pasando enlaces de deportes extremos caninos y nos habíamos divertido haciendo comentarios sobre comida rara y Jean-Paul Sartre. Qué fácil habría sido…

–La verdad es que no le acabo de pillar la gracia. –Fue lo que le ordenó decir mi cerebro a mi boca.

Pensé que Jeane se embarcaría en una defensa apasionada de Twitter, y de quienes navegaban en sus aguas, pero su única reacción fue lanzarme una mirada irónica antes de pegarle un enorme y entusiasta bocado a una salchicha rebozada. Tuve que apartar la vista.

Tampoco es que hubiera mentido. Seguía sin verle la gracia a Twitter. Si le decía a Jeane que @tresdelicias era yo, acabaríamos volviendo a discutir, y ya que por una vez no discutíamos y estábamos… a gusto, como quien dice… Además, en el supuesto –gran supuesto– de que a lo nuestro aún le quedara algo de vida sería una manera práctica de estar al corriente de su estado de ánimo y mantenerme a distancia en caso de necesidad. Si los tuits hablaban de comida, cachorros y anécdotas sobre la vida cotidiana era señal de que iba todo bien en el planeta Jeane. Si, por el contrario, trataban de política y feminismo, o Jeane retuiteaba crueldades escritas sobre su persona, o se enzarzaba en discusiones inútiles –sobre todo con famosillos de segunda–, sería mejor esquivarla.

De hecho pareció considerar que el tema de Twitter no daba más de sí, porque empezó a meter la mano en la bolsa de patatas para sacar los trozos más crujientes.

—¿Tienes hambre? ¿Quieres un poco? Te aconsejo que lo digas ya, antes de que me lo coma todo —me advirtió.

Sacudí la cabeza.

—No, gracias, ya he cenado.

—Oye, ¿tu madre sabe que estás aquí?

Lo dijo divertida, como si ya conociera las ideas de mi madre sobre las salidas nocturnas entre semana, aunque en honor a la verdad tengo que decir que si ya había acabado todos los deberes, y se me podía contactar por teléfono, me dejaban estar fuera hasta las diez y media.

—Más o menos —admití—. Le he dicho que tenía que ayudar a un amigo del instituto con un problema.

—Bueno, al mismo instituto sí que vamos, y la perspectiva de irme a la cama sin cenar era un problema —dijo Jeane, apartando las patatas sin haberlas terminado—. Pero amigos no somos, ¿verdad?

La miré. Llevaba una blusa gris de flores, una chaqueta de punto amarilla, una falda gris plisada que parecía formar parte del uniforme escolar de Melly y unas medias violetas.

—No, la verdad es que no —dije.

—Pues qué lío, oye, porque nos pasamos el día metiéndonos la lengua por el cuello sin querer —añadió ella—. Algo querrá decir.

—¡Jeane!

Bajó los pies de la mesita y se levantó.

—Si podemos hacerlo, es que podemos hablarlo, y yo creo que lo tenemos que hablar. —Recogió lo que quedaba de su cena–. Antes voy a meter esto en la nevera. ¿Quieres beber algo?

No, no quería beber nada, porque probablemente contrajese el E coli o la legionela. La cocina, sin embargo, estaba bastante limpia y ordenada, por la obvia razón de que Jeane no cocinaba. Su nevera contenía bolsas y bolsas de Haribo, toneladas de cosméticos («se conservan mejor en frío; además, siempre pisaba mis pintalabios favoritos») y un tarro de pepinillos en vinagre.

Jeane no tenía nada de beber aparte de agua del grifo. Lo que sí tenía eran vasos de plástico («Nunca friego los platos»). Se sentó en la encimera mientras yo me recostaba en el fregadero. Tenía razón: probablemente tuviéramos que hablarlo, aunque yo no sabía qué decir. Hasta Jeane abrió la boca para decir algo y la volvió a cerrar.

–La cuestión, Michael… –dijo finalmente–. La cuestión es que besas francamente bien.

–Bueno, tampoco hacía falta decirlo con tono de sorpresa –contesté. Me costó no sonreír. Le hice un gesto con la cabeza–. Tú también te defiendes.

–Sí, tengo un arte besando que lo flipas –convino.

Esta vez no hubo manera de aguantarme la sonrisa. Todos mis amigos eran tan previsibles… Sabía exactamente qué dirían antes de que hubieran abierto la boca, mientras que con ella, con Jeane Smith, cada minuto aportaba una nueva sorpresa.

–Bueno, entonces, ¿qué? ¿Seguimos con el tema de recrearnos en nuestros besos? –preguntó–. ¿Un apaño discreto del que no tenga por qué enterarse nadie?

No sabría describir muy bien mi reacción, aunque creo que fue más que nada de alivio. Jeane besaba muy bien, pero de ahí a salir con ella y tener que oírla criticar a mis amigos, y que luego mis amigos se pasaran el día preguntándome por qué coño salía con ella... No me sentía capaz. Claro que a Jeane no se lo podía decir exactamente así.

–Bueno, pero si quieres que nos hablemos en el instituto... Si no, no pasa nada, ¿eh? Pero ¿no te sientes un poco sola, todo el día sin hablar con nadie?

Ella sacudió la cabeza y sonrió efusivamente.

–La verdad es que no. Odio el instituto, pero les prometí a mis padres que haría la selectividad si me dejaban vivir sola. –Cruzó los brazos–. Vaya, que no me quita el sueño perderme el asco de fiestas a las que no me invitan, o no pasarme los descansos diciendo chorradas sobre lo que he visto el día anterior en la tele. Gran parte de mi trabajo para Rarita y adorable lo hago en el instituto, y aparte de Barney no tengo nada en común con nadie, o sea, que estoy mucho más contenta yendo a mi bola. No tengas pena de mí, de verdad.

Jeane quería dar la impresión de que lo tenía todo controlado, pero a los diecisiete años siempre es divertido ir a fiestas, aunque sean un asco, y también decir chorradas sobre lo que has visto en la tele. Es lo que toca, no dedicar todo tu tiempo a trabajar en un imperio mediático de frikis.

–Me sigue pareciendo un poco solitario, la verdad –dije.

Jeane se encogió de hombros.

–Bueno, un poco sí. Puede que te sorprenda, pero yo no es que sea una persona muy sociable. –Jeane me sonrió. Fue una sonrisa lenta y maliciosa que me hizo simpatizar un poco más con ella. También me alivió comprobar que tenía sentido del humor–. Ya sé que disimulo bien.

–Bueno, al menos eres una persona –dije–. Algo es algo.

–Sí, el cincuenta por ciento ya lo tengo. –Se tocó la punta de su coleta gris–. Pues eso, que no empieces a hacerme caso en el instituto, que prefiero que no me lo hagas.

Recibí otra ola de alivio que estuvo a punto de tumbarme, pero calculé que, según todos los estándares, se imponía una última y simbólica protesta.

–Ya, pero…

Jeane levantó imperiosamente una mano.

–Sinceramente, no pensaré peor de ti porque me ignores. Al contrario, pensaré mejor.

–¿O sea, que esto que no sabemos qué es tiene que quedar entre nosotros y solo serán besos?

–Bueno, sí, y tocarnos, que ya nos tocamos bastante; y lo que venga… pues sobre la marcha –dijo Jeane.

Nunca había conocido a nadie tan directo. Así era mucho más fácil.

Total, que ya habíamos establecido unas cuantas normas básicas sobre los besos y el puede que tocarnos, por lo que no había ninguna razón para no acercarme a Jeane. Por una vez, como estaba sentada en la encimera, nuestras caras se encontraban a la misma altura, lo cual permitió que ni yo tuviera que agacharme ni ella forzar el cuello cuando la besé.

15

Durante las siguientes semanas me acostumbré a besar a Michael Lee. Hasta se me pasó la sorpresa de besar a Michael Lee y empecé a verlo como una especie de recompensa kármica. En vez de encontrar un vestido genial en un rastrillo al fondo de una cesta de camisetas a una libra, o de gastarme la pasta en una caja de *macarons* de Maison Blanc, me daba el lujo de una buena sesión de besos con Michael Lee los lunes y miércoles a la hora de comer y los jueves al salir de clase. De momento, en los domingos por la tarde habíamos puesto un signo de interrogación.

El chico, más allá de sus defectos, sabía besar. Y acariciar. Y tocar. Y restregarse un poco. Cada vez que veía acercarse en busca de un beso aquel par de ojos separados y almendrados, ya cerrados, y aquellos labios tan bonitos que adoptaban la forma perfecta para el beso (y qué pómulos…, habrían tenido que dedicarle un poema a sus pómulos; ah, sí, que ya había uno), lo único que se me ocurría es que no podía ser verdad, porque yo era yo, y ni mi madre –ella menos que nadie– podía pretender que yo fuera guapa, o atractiva, o que tuviera una personalidad arrebatadora, o que me pareciera en algo al tipo de chicas que salían con los chicos como Michael Lee. No encajábamos. No estábamos hechos el uno para el otro y tampoco hacíamos buena pareja.

En eso, en si estaba bien o mal, era en lo único que podía pensar una mañana de domingo, como a las dos semanas del principio de nuestro pequeño experimento, cuando debería haberme concentrado al máximo en mi tinte de pelo. Había decidido que ya era hora de quitarme el gris. Ahora que se me veían las raíces castañas estaba hecho un desastre. Además, hacía dos meses que llevaba el pelo gris: una eternidad. Tocaba un cambio.

Ben me había avisado de que para quitarme el gris necesitaba blanqueador, y me lo había traído de la peluquería, porque su jefa le había dicho que a mí no me quería ver ni en pintura. También me había escrito una lista detallada de instrucciones con muchos subrayados y mayúsculas chillonas sobre que «EL BLANQUEADOR SOLO TE LO PUEDES DEJAR TREINTA MINUTOS, JEANE; SI NO SE TE CAERÁ EL PELO. SOBRE TODO DESPUÉS DE LO DE LA ÚLTIMA VEZ. PONTE LA ALARMA DEL MÓVIL. ¡AHORA MISMO! ¿YA LA HAS PUESTO? PUES VENGA.» Ben solo llevaba diez semanas de peluquero, pero ya se había vuelto muy, pero que muy dictatorial en cuestión de cuidados capilares.

Intenté seguir las instrucciones: había que separar el pelo en mechones y usar papel de aluminio, así que al final acabé por embadurnármelo todo con el blanqueador y me fabriqué un turbante de papel de plata, después de haber programado la alarma del móvil. Me escocía el cuero cabelludo. Tenía los ojos tan llorosos que casi no podía ver un documental sobre los Rock'n'roll Camp para chicas del verano pasado. Yo había impartido talleres sobre cómo hacer fanzines y webs y cómo subirte la autoestima hasta niveles de superestrella del rock, y me lo había pasado bomba, pero me estremeció verme de golpe en la pantalla con una camiseta de la Chica Maravilla, y oírme soltar una charla sobre ser... No sé ni qué perlas de sabiduría salían de mi boca, porque solo tenía oídos para aquella voz tan sosa. Incluso entusiasmada de verdad –y lo había estado, se notaba, porque sacudía las manos sin parar– mi voz sonaba como si estuviera a punto de entrar en coma por aburrimiento.

El timbre de la puerta me salvó de tener que presenciar mi fracaso en el mundo de los documentales. Teniendo en cuenta que faltaban diez minutos para aclarar el blanqueador, ponerme no sé qué mejunje y aplicarme el tinte, tenía que librarme de las visitas, aunque al ser domingo por la mañana seguro que eran de alguna secta y querían saber si había aceptado a Jesucristo como mi señor y salvador (que no, para nada). Siempre los dejaba entrar la señora Hunter-Down, la de la planta baja.

–¿Qué pasa? –dije al abrir la puerta, con la esperanza de que mi cara de vinagre y mi casco de papel de plata disuadiesen a los evangelistas de soltarme el rollo, pero no debería haberme molestado, porque eran Gustav y Harry, los vecinos de al lado, y ninguno de los dos conocía el significado de la palabra no.

–Te has cambiado el look, Jeane –dijo Harry con su vozarrón mientras me apartaba–. Me encanta. Resalta mucho tus ojos azules. Es tu día de suerte: hemos conseguido productos de limpieza y no nos iremos hasta que podamos volver a ver tu moqueta.

–Tampoco hay tanto desorden –protesté.

Mentira podrida, porque hasta la zona más próxima a la puerta estaba llena de correo sin abrir, flyers y prospectos de comida a domicilio.

–También traemos verdura –añadió Gustav, con un brillo acerado en la mirada–. Te obligaré a comértela y a beber un vaso de leche. Estás en una fase crucial de desarrollo en la que necesitas calcio.

–¡Pero si ya no voy a crecer más! –exclamé, sabiendo que era inútil.

Gustav era austríaco, y *personal trainer*. Cuando se le ponía algo entre ceja y ceja –obligarme a comer brócoli al vapor (puaj, ecs, ecs, ecs), o convencer a Harry, su novio australiano, un chico muy majo que siempre sonreía, de que era necesario venir a mi casa y forzarme a tirar a la basura la mitad de mis bienes materiales– cualquier resistencia era inútil.

–Gustav, ¿en el vaso de leche puede haber cacao? Venga, por favor...

–Sería como dejarte comer azúcar puro –dijo Gustav, estremecido, con un temblor de repugnancia en sus músculos–. Empezaremos por aquí. –Me puso en las manos tres bolsas de basura–. El reciclaje, la basura y lo que te morirías si no tuvieses.

Mis amargas experiencias me habían enseñado que Gustav y yo disentíamos profundamente sobre la definición de lo que me moriría si no tuviese.

–Venga, que te encanta, aunque disimules –dijo Harry, lanzándose hacia mí como si fuera a levantarme en brazos y darme vueltas en el aire; cosa que de vez en cuando hacía, a pesar de que yo le dijese, con razón, que era humillante e infantil, aunque en el fondo también fuera emocionante, por mucho que disimulase–. Pondremos a Lady Gaga para entretenernos.

–Eso –añadió Gustav–. Será divertido.

No lo fue. Gustav no tenía ni idea de lo que era divertirse. No lo habría reconocido ni con una advertencia sanitaria del Gobierno. Por otra parte, si una palabra no definía el espectáculo de Harry intentando meter en la bolsa de basura todas mis revistas japonesas de tendencias cuando pensaba que no lo veía, y al de Gustav haciendo comentarios sin parar sobre el moho y sus efectos en mis pulmones rosaditos y perfectamente formados de adolescente mientras supervisaba mi limpieza de la cabina de ducha, esa palabra era «divertido».

Gustav no se quiso creer que mi proceso de tinte estuviera en una fase decisiva, y no me dejó quitarme el blanqueador hasta que el baño estuviera como los chorros del oro. Aunque yo, usando todo el volumen de mi voz, le explicase que cada segundo de más que se quedara el blanqueador en mi pelo agravaba mi condena a la calvicie, se mantuvo inamovible (literalmente, porque me arrancó de las manos el teléfono de la ducha). Teniendo en cuenta que él se ganaba la vida en el gimnasio y yo no, el vencedor estaba claro… También me recordó que le había dado varias excusas parecidas para escaquearme de frotar entre los azulejos. Me pasaba igualito que a Pedro y el lobo.

Al final, consideraron que el baño estaba limpio según todos los criterios –incluidos los de Gustav, absurdamente elevados–, y fui autorizada a quitarme el blanqueador. A esas alturas, estaba como una piedra, así que tuvimos que arrimar el hombro y gastar toda la botella de mejunje especial para que mi pelo recuperase una consistencia vagamente capilar.

–Tiene que estar de este color, ¿no? –me preguntó Gustav mientras lo secaba con una toalla sin la menor delicadeza. Seguro que no le gustaba tanto limpiar como decía, porque se mostró encantado de endosarle a Harry el fregoteo duro mientras él me ayudaba–. Es muy… mmm… ¿Cómo se dice?

–En esta fase, mi objetivo es un rubio medio –suspiré–. Luego le echaremos un poco de tinte y quedará platino.

–Ah, bueno, siempre está bien tener objetivos –convino Gustav. Intenté levantarme, pero no me quitaba la mano del hombro–. No, quédate aquí, que ya te pongo el tinte.

Normalmente nunca dejo que me mangoneen como lo hace Gustav, pero cualquier cosa era mejor que limpiar, sobre todo ahora que me había cerciorado de que Harry no estuviera en la sala de estar, intentando tirar mis preciadísimos libros y revistas y los sobres en cuyo dorso había hecho anotaciones importantes. No, estaba en la cocina, bramando *Bad Romance* como un descosido. Que no se le ocurriera tirar mi alijo de Haribos, si en algo estimaba su vida.

Pese al dolor de espalda que me provocaría agachar la cabeza en la ducha, estuvo bastante bien que unos dedos fuertes y musculosos como los de Gustav me aplicasen el tinte, mientras me soltaba el rollo sobre cómo se preparaba las maratones. Hasta volaba a otros países para correr. No estaba bien de la cabeza.

162

–Ahora hay que quitar el tinte –anunció–. ¿Lo del rubio platino lo tenías muy decidido?

–Más o menos. Ben me dijo que quizá hiciera falta un poco más de tinte.

–Un poco o mucho –dijo Gustav. No parecía confiar demasiado en la capacidad de mi pelo para alcanzar el mismo tono que el de Madonna, Lady Gaga y Courtney Love cuando aún no estaba tan requetemal de la cabeza–. Pero bueno, está bien tener objetivos.

–¿Por qué lo dices? ¿De qué color se me ha quedado el puto pelo?

–Si en Austria, de pequeño, llego a hablarle a mi madre en ese tono me habría lavado la boca con jabón.

–Gustav, leches, ¿de qué color se me ha quedado el pelo? –exigí saber, a la vez que él me soltaba y yo lo salpicaba todo de agua, sobre todo a Gustav, que emitió un gemido de protesta.

Gracias a mis esfuerzos previos con un trapo mojado, el espejo estaba reluciente, y nada mitigaba el color de mi pelo: un naranja chillón, fluorescente, fosforito. «¿Es el núcleo de un reactor nuclear? No, qué va, es la cabeza de Jeane.» A mí el naranja en sí me gusta mucho. Habrá pocas personas que le den tanto juego: mallas naranjas, chuches naranjas… Incluso alguna vez me he comido una naranja de verdad, pero… ¿en el pelo? No, no, no, un no como una catedral.

De narices voy sobrada, pero ni mi constitución ni mis facciones eran las necesarias para llevar airosamente un color tan llamativo. Quedó claro que Gustav pensaba lo mismo.

–Pareces una de esas muñecas trolls –comentó–. En Austria estaban muy de moda.

—¡Es todo culpa tuya! Si me hubieras dejado aclararme el blanqueador, en vez de obligarme a limpiar...

—¡Dios mío! Pero ¿qué tienes en la cabeza? —preguntó Harry desde la puerta.

Le dio un ataque de risa tan grande que tuvo que sentarse en el suelo. Hasta Gustav sonreía. Solo pude hacer una cosa: sacar mi iPhone, hacerme una foto con cara de mal humor y tuitear a mis seguidores:

 raritayadorable_ Jeane Smith
¡Emergencia capilar! Ya me he blanqueado y teñido. ¿Puedo ponerme más tinte o me tengo que rapar?

Para cuando Gustav empezó a preparar una fuente de brócoli al horno que olía a cuernos, ya estaba resignada a raparme al uno, pero entonces llegó Twitter en mi rescate. Según la opinión general, tenía que comprarme el tinte más parecido a mi color natural, montar un altar a mis dioses personales favoritos y rezar por un desenlace positivo.

Estaba a punto de ordenarle a Harry que se pasara por el supermercado antes de que cerrasen, cuando recibí un mensaje de Michael en el móvil: «¿Te va bien que pase o estás ocupada con tus planes de conquista del mundo por los frikis?».

Sin que sirviera de precedente, decidí pasar por alto su humor ácido. Daba igual. Lo importante era ponerlo al corriente de la catástrofe que había sufrido y enviarle un enlace con el tinte que tendría que comprar de camino a mi casa.

Intenté quitarme de encima a Gustav y Harry antes de que llegase, pero fue imposible. Harry insistió en que repasara todos los montones que había formado y tirase al menos la mitad. Gustav quiso obligarme a comer una especie de hojas que, según él, eran verdura, pero que sabían a agua estancada. Total, que cuando Michael llamó a la puerta Gustav y Harry seguían allí, poniéndome de los nervios –los últimos que me quedaban– y seleccionando el resto de las bolsas para echarlas al cubo de la basura.

–Estaba haciendo algo –le dije a Michael cuando abrí la puerta–. Concretamente, planear una muerte lenta y cruel para mis dos padres gays.

Michael tragó saliva.

–Si te pillo en mal momento…

–Ya nos íbamos –replicó Gustav detrás de mí, y se atrevió a empujarme hacia la puerta–. En cuanto hayamos visto que Jeane tira al menos cinco bolsas negras de la basura.

No fue tan humillante, pongamos por caso, como cuando me presenté para hacer de DJ en un club de Shoreditch, juzgué mal a la clientela y vacié tres veces la pista a base de temazos que a ellos les parecieron demasiado melódicos para bailar. Si es que estos modernos…

Pero en fin, que habría preferido prescindir de espectadores al transportar al cubo siete (¡siete!) enormes bolsas negras. Después me tocó hacer las presentaciones. No lo tenía previsto, pero Harry me estrujó los hombros con un brazo y dijo:

–¿Qué, Jeane Genie, no nos presentas a tu amiguito?

No supe muy bien cómo presentar a Michael. En cuestión de visitas masculinas, Gustav era de una sobreprotección ridícula. Cuando salí con un francés que se llamaba Cédric –lo hice más que nada porque era francés y se llamaba Cédric–, Gustav vino a la una de la mañana y le ordenó que saliera de mi piso, y eso que técnicamente llegaba con seis meses de retraso para impedir la pérdida de mi virginidad. Hasta Barney había sufrido sus reproches en forma de ojos entornados y mandíbula tensa; Barney, que con rozarme una teta a través de tres capas de ropa ya sufría un desmayo.

Ahora Gustav clavaba en Michael sus gélidos ojos azules como si hubiera visto hacía poco su nombre en la lista de violadores.

–Os presento a Michael Lee –dije–. Trae un tinte para remediar los destrozos que han sido culpa tuya, Gustav. Michael, te presento a Gustav y Harry; viven en el piso de al lado y son mi cruz.

El ataque siempre es la mejor defensa, siempre.

Se saludaron los tres con la cabeza.

–Michael –dijo Harry, arrastrando las palabras–, ¿qué intenciones tienes con Jeane? Espero que buenas.

–Mmm… Sí, muy buenas –murmuró Michael, levantando una bolsa de papel–. Es verdad, traigo un tinte.

Gustav hizo un ruido escéptico por la nariz.

–Mañana tienes que ir al colegio, o sea que…

–¡Gustav, que son las cinco de la tarde!

–… no te quedes hasta muy tarde –continuó–. En principio Harry y yo saldremos a cenar, aunque estamos agotados. Agotas, Jeane.

Hice una mueca, pero decidí no tenérselo en cuenta.

–Gracias por controlarme y no dejarme ni vivir –dije con una sonrisa tonta.

El abrazo, sin embargo, se lo di de corazón. No es que les agradeciese la limpieza, ni la ingestión de verduras –ambas forzosas–, pero me alegraba de que pensaran tanto en mí como para meterse en mis asuntos domésticos.

Al final, Gustav y Harry entraron en el ascensor. Michael se quedó en el pasillo, parpadeando de sorpresa.

–Tienes suelo –comentó en voz baja–, suelo de verdad. ¡Y cómoda! –Pasó a la sala de estar–. Es curioso, pero se ve mucho más grande sin la capa de trastos y de cajas de pizza.

Tenía razón, aunque el hecho de que el piso pareciera más grande no era necesariamente bueno.

–¿Y el tinte? –le recordé.

Me tiró la bolsa, que se me escapó de las manos. La recogí y se me cayó el alma a los pies al ver una caja de tinte rubio ceniza, pero no se puede ser muy tiquismiquis cuando se tiene el pelo naranja fosforito.

–Si te apetece, en la cocina hay unas verduras al horno asquerosas –le dije a Michael, que hizo una mueca y sacudió la cabeza.

–Prometen, pero me parece que paso –dijo.

No sabía si se quedaría. Tampoco estaba muy segura de que yo quisiera que se quedase. Sin embargo, señaló la toalla que envolvía mi pelo.

–Enséñamelo, venga.

Me la quité con cara de víctima.

–¡Vaya! Es mucho más cantoso de lo que me pensaba.

–Demasiado fuerte.

–Como si a ti no te gustaran las cosas demasiado fuertes… –dijo Michael, mirando el mono azul y blanco de lunares que llevaba, con unas medias rosas–. Casi es del mismo color que las mallas que se te estropearon cuando te…, cuando… Bueno, eso.

–¿Cuando me tiraste de la bici «sin querer»?

Asintió con la cabeza.

–Exacto.

–Una cosa son unas mallas, que te las puedes quitar, y otra el pelo, que no me lo puedo quitar. Tampoco tendré todos los días humor para llevar el pelo de color naranja –le expliqué–. Pero bueno, si vas a quedarte me puedes ayudar.

No me ayudó nada. Se sentó al borde de la bañera y se limitó a indicar amablemente cada nueva mancha de tinte en las baldosas blancas que acababa de fregar. Una cosa sí que hizo: ir a buscarme un café mientras yo dejaba que actuase media hora el color, y también me ayudó a quitar el tinte marronoso de mi pelo, aunque se quejó de las salpicaduras. Hasta fue a la cocina para traerme unos Haribos mientras yo me ponía un acondicionador profundo, para paliar un posible bajón en mis niveles energéticos.

–Madre mía –dijo al volver con una bolsa de Cola Twists–. ¡Joder, Jeane, que no te lo puedes teñir tres veces una tarde! Se te caerá.

Hasta entonces no había pensado mucho en el color; bastante trabajo tenía secándome el pelo con una toalla, pero empecé a preocuparme. Como me preocupase un poco más, me daría un ataque.

–¡No digas eso! Y no me mires así. –Michael estaba tan horrorizado que pensé que se le saldrían los ojos de las órbitas–. Es marrón, ¿no? Un marrón aburrido, como de barro, soso. ¡Pelo marrón! No me merezco un pelo marrón.

–Venga, cállate y no seas tan dramática –me soltó–. Además, no es marrón. Ya quisieras.

Hice de tripas corazón y me dispuse a quitar la toalla empapada que llevaba en los hombros como si fuera un chal en el momento en el que a Michael le empezaba a sentar bien su papel de pájaro de mal agüero. Me giré hacia el espejo, cerré los ojos y retiré la toca. Después abrí los ojos y…

–¡Oh! ¡Oh! Bueno, pues… tampoco está tan mal.

Michael gimió como si algo le doliera mucho.

–Es idéntico al color de los yogures de melocotón.

–O los de albaricoque. –Me quedé admirada con mi pelo, de un tono entre crema, naranja pastel, rosado y amelocotonado, que daba mucho juego–. Esto ya está mucho mejor. Esto es un neutro.

–¿En qué mundo es un neutro este color? –me preguntó Michael.

–En el mío, so aburrido –respondí sin convicción.

Estaba para otros menesteres: contemplar mi nuevo pelo en el espejo. Tenía cierto aire francés. Decidí experimentar con clips y sopesar la compra de una tiara. Quizá también de una falda vaporosa, y otra para ponerla encima. ¿Y ¿por qué no unas enaguas grandes, transparentes, por debajo?

Me encantan las infinitas posibilidades que se te abren al cambiar de color de pelo. Ahora que no lo tenía gris ya no estaba obligada a vestirme como una vieja, sino en plan reina del baile de los años cincuenta, aunque un poco fumada. Lo que estaba claro es que daba para un post: «¿Qué es antes, el pelo o el estilo?».

—Me gusta. Me gusta muchísimo —dije con rotundidad. Michael persistía en su actitud de que le hacía daño a la vista verme—. Al menos tienes la suerte de que no te vean en público con una chica con el pelo de color melocotón.

—Sí, eso sí —reconoció. Al momento siguiente lo tuve a mi lado, pasándome los dedos por el pelo húmedo. Yo no me explicaba aquella extraña embriaguez, pero solo con que Michael me tocase ya empezaba a preguntarme cuánto tiempo faltaba para que dejásemos de hablar y pudiéramos pasar a los besos—. Ahora, que en privado no me molesta estar contigo.

—Por mí genial —contesté; lo dije cohibida, pensando en cómo se movían mis labios al hablar, porque Michael miraba mi boca fijamente. Creo que también quería besarme—. ¿Qué, lo trasladamos al sofá?

Hasta entonces nunca nos habíamos dado un beso en posición horizontal, probablemente porque siempre estábamos en el instituto o en un sofá tan repleto de cosas que no daba opción a echarse. Por una vez no nos arriesgamos a una contractura por besarnos de pie, ni retorcimos el cuerpo en ángulos extraños para besarnos sentados, sino que nos tumbamos en el sofá y, con las piernas enredadas, pudimos concentrarnos en el beso.

Fue un beso tan bueno que valía la pena saborearlo. Michael Lee sabía a té y a chuches de cola ácidos, y cada interrupción, ocasionada por la necesidad de eso tan latoso que se llama oxígeno, le hacía suspirar. Eran suspiros de tristeza. Entonces yo, que no quería pensar en el motivo, le daba otro beso, y como era Michael Lee no se asustó al darse cuenta de que era la primera vez que me tocaba un pecho, sino que dejó la mano allí. De hecho, no es que me agarrase la teta sin mover la mano, no; acariciaba, y apretaba, y al final me desabrochó el mono, que tras toda una tarde recibiendo agua había acabado empapado y me irritaba.

Tantas caricias y apretones, tanto desabrochar… Parecía un poco unilateral. Además, ¿qué sentido tenía darle un beso a Michael Lee en tu propio sofá si no alcanzabas a ver la causa de su fama? ¿Qué era lo que dejaba sin aliento y hacía flojear las rodillas a las otras chicas? Por otra parte, fue una gran satisfacción despojarlo de su camiseta de American Eagle, ya que su fidelidad a las marcas americanas falsamente antiguas ofendía mi vista y mi sensibilidad.

Hasta entonces había creído mandar sobre mí y sobre los besos, pero el contacto con aquella piel de color caramelo hizo imposible no empezar a retorcerme e incluso puede que contonearme, hasta que la mano de Michael se deslizó debajo del sostén y sentí su erección clavada en mí.

–Creo que deberíamos parar –susurré.

Dudo que me oyera, porque me daba mordiscos en la oreja y se frotaba contra mí. Pero se quedó quieto.

–Deberíamos parar –dijo.

Rodó hasta el suelo. Cuando me abroché otra vez el mono, Michael tenía la espalda apoyada en el sofá y trataba de recomponer su absurdo peinado.

–Perdona. No había pensado llegar tan lejos.

No supe cómo interpretarlo. ¿Qué pasaba, que los besos y caricias le molaban, pero le provocaba repulsa lo que había visto tras el desvestido parcial? ¿O que al ser el chico le correspondían todas las decisiones vinculadas al beso? ¿O que iba a hacer lo mismo que Barney, asustarse al tocarme los pechos?

–No estabas solo en el sofá –dije. Me miró, sorprendido por mi acritud–. A mí me estaba molando y cuando ha dejado de molarme he decidido que era el momento de parar. Por favor, no empieces a tener remordimientos cuando estemos en la misma habitación, porque me hace sentir como la última mierda.

–No lo decía en ese sentido –puntualizó rápidamente. Después se giró para mostrarse herido y apenado–. Solo en el de que tampoco nos conocemos tanto, y no sabemos adónde va lo nuestro, y no quiero que pienses que me aprovecho de la situación.

Tenía razón: no me conocía nada.

–Tú de mí no te aprovechas porque no te dejo –le dije, seria–. Como intentes algo que me moleste, te aseguro que me encargaré de que lo entiendas.

–Bueno, vale, no quería decir que…

–Y tú igual –añadí para aclarar las cosas–. Si hago algo que no te mole, pues me lo dices.

Michael estuvo mucho tiempo sin decir nada, tanto que empecé a asustarme. Después sonrió.

–No te pareces a las chicas que conozco.

–¿Eso es bueno o malo? –pregunté despacio, no muy segura de querer saber la respuesta.

172

–La mayoría de las veces es más bueno que malo. Y a veces es buenísimo –dijo con tono perezoso.

Juro que se le empañaron un poco los ojos. Resumiendo, que no había nada que temer.

–Pues ya está.

Volví a recostarme en el sofá y observé a Michael: con aire ausente sacó el flyer que iba con el DVD del documental que había estado viendo yo, el del Rock'n'Roll Camp para chicas.

–¿Esta no es la de Duckie? Polly...

–Molly –lo corregí. Tuve que morderme la lengua para no gritar que Duckie y Molly eran mías, solo mías, y no tenían nada que ver con él–. Se llama Molly.

–Ah, sí. Oí unas canciones suyas en 6Music, y luego me descargué el álbum en iTunes. ¿Sabías que estuvo en los Hormones?

Era a la vez simpático y exasperante que intentase informarme de la trayectoria de una persona a quien yo saludaba con familiaridad desde hacía tres años, y a quien, después de un mes de vernos a diario el último verano, y de haber hecho cupcakes juntas, y de haberla dejado dormir en el mismo sofá en el que acabábamos de retozar Michael y yo, probablemente tuviese derecho a considerar una amiga.

–Sí, ya lo sabía.

–Tocan el sábado que viene. Voy a ir con unos amigos. Si te apetece, tiene buena pinta... –Michael frenó en seco al darse cuenta de que la idea de sumarme a una pandilla de inútiles del instituto que se acababan de subir al carro de Duckie, después de tantos años de existencia del grupo, infringía las normas de nuestro pacto de privacidad–. Pues eso, que tiene buena pinta.

–No, si ya pensaba ir –dije yo tan tranquila: mejor decírselo directamente que pillarlo por sorpresa y que se le escapara algo y nos descubriese medio instituto. Lo que no pensaba decirle era que estaba en la lista de invitados. Habría sonado a fantasmada–. Es que antes del concierto quiero grabar unas entrevistas para el blog, y he quedado con gente. A algunos los conozco de Twitter, o sea, que supongo que no cuentan como personas reales.

–Jeane… Vete a la mierda. –Michael se giró para pellizcarme el dedo gordo del pie–. No te pongas peleona y empieces a buscar pelea, porque la verdad es que ya no me afecta, y menos ahora que he visto cómo te regañan tus padres gays.

Lancé una mirada asesina a su nuca.

–Como se lo digas a alguien…

–¿Qué harás? ¿Criticarme por Twitter? ¿Dedicarme una entrada cruel en el blog? Se enterarían de nuestro secreto.

Se volvió a girar. Esta vez fue para obsequiarme con su sonrisa de satisfacción. No valía la pena discutir, y menos cuando planeaba mandarlo a la cocina en menos de diez minutos a por otra bolsa de Haribo.

Así pues, aunque contraviniese mis ideas, la verdad es que dejé que la última palabra la tuviera Michael Lee.

16

Durante la semana siguiente no vi mucho a Jeane. No pudo acudir a ninguna de nuestras sesiones habituales de la hora de comer. El jueves por la tarde, cuando solía llevarla en mi coche a un callejón a cinco minutos del instituto para poder besarla –al menos lo había hecho los últimos dos jueves–, se acercó furtivamente por el aparcamiento de empleados.

–Lo siento, pero habrá que posponerlo –anunció, tan contenta–. Es que tengo que ir al centro para recoger una cámara de vídeo, y mi amiga Tabitha tiene una nueva remesa de ropa vintage que me deja ver antes que a nadie. –Sacudió la cabeza–. Hay que ver lo que cuesta crear un nuevo look… Bueno, quizá podamos vernos el fin de semana, aunque el sábado no. De todas formas, la semana que viene son las vacaciones de mitad de trimestre; ya nos veremos entonces, aunque tendré que ir al centro para todas las reuniones que he tenido que dejar para cuando no hubiera clases. –Finalmente hizo una pausa, para que entrase un poco de aire en sus pulmones, y clavó en mí una mirada intensa–. Lo de que irás al concierto de las Duckie es mentira, ¿no? ¿Verdad que era una broma?

No, no lo era. Ya había comprado mi entrada, y encima me habían cobrado dos libras por costes de emisión.

–Sí que iré –solté–. No tienes el monopolio de todo lo que mola.

Resopló.

–Bueno, bueno, vale, pues ya nos veremos.

La vi alejarse a golpe de pedal y frenar para ajustarse el pañuelo que le cubría el pelo. Todavía no había estrenado el tinte de color melocotón, porque primero quería rematar el nuevo look. Entretanto se envolvía la cabeza en una tela enorme con un estampado de colorines, y en lengua se había peleado con el de detrás porque no se quería quitar aquel tocado, aunque fuera tan alto que impedía ver la pizarra.

Era digna de admiración, en cierto modo, esa tenacidad en ir hasta el final por sus aventuradas decisiones sobre moda, aunque por otro lado… Bueno, con Scarlett había tardado dos meses en darme cuenta de mi grave error. Con Jeane solo fueron dos semanas. Hasta el más tonto (en caso de que se enterara de que estábamos «juntos») se habría dado cuenta de que íbamos hacia un desastre, y de los gordos. El cuándo yo no lo sabía, pero sí que estaba cerca.

El sábado por la noche, al quedar con la pandilla en Nando's para cenar pollo peri-peri antes del concierto, seguía con la misma sensación de fatalismo. Me daba miedo ir al concierto porque estaría Jeane, y tal vez se dieran cuenta todos de que habíamos aprovechado cada hueco de su apretada agenda para enrollarnos. O quizá me viera arrastrado en algún tipo de drama relacionado con ella. O igual Jeane no me hacía ni caso, que sería lo mejor, aunque la idea de ser víctima de su mirada más hiriente –tenía la capacidad de arrasar toda una selva tropical con un solo pestañeo– me estaba quitando las ganas de comerme mi doble de pollo.

No, eso no era verdad. La que me estaba quitando el hambre era Heidi, que no paraba de frotar su pierna con la mía con franca determinación, al mismo tiempo que intentaba convencerme de que al final del concierto nos fuéramos todos a mi casa. Mis padres se habían ido a Devon para dejar a Melly y Alice en casa de los abuelos durante la semana de vacaciones, y no volverían hasta el domingo por la noche, pero yo no estaba dispuesto por nada del mundo a invitarlos para que se pusieran ciegos y empezaran a romper cosas y a potar.

–Ni lo sueñes –le repetí por quinta vez a Heidi, que se limitó a restregarse más contra mi pierna y ponerse de morros.

–Eres un soso, Michael –dijo.

La pillé mirando de reojo a Scarlett, que se encogió de hombros y arqueó las cejas. Supuse, pues, que el reproche de Heidi gozaba del beneplácito de mi antigua novia. A veces parecía que siempre saliéramos los mismos, el mismo grupito, y nos intercambiáramos las parejas. De hecho, la única cara nueva era Barney, cuya presencia, supuestamente incómoda, no lo estaba siendo.

Ahora se le veía la cara, porque se había cortado el pelo, y casi siempre estaba orientada hacia Scarlett. Tendían a embobarse el uno con el otro, pero cuando él se echó sal especial en sus patatas –a ella no le gustaba– Barney consiguió sacar a Scarlett de sus casillas. En eso el tío era bueno. Luego caímos en la cuenta de que en los últimos dos o tres meses habíamos coincidido en tres conciertos. Tal vez Barney tuviera algún interés, aunque me hubiera quitado la novia.

Salimos y empecé a caminar hacia el garito, una antigua sala de baile, junto a Barney y Scarlett.

—En este mismo bar se conocieron mis abuelos —confesó él con una sonrisa, mientras las chicas dejaban sus cosas en el guardarropa y nosotros nos dirigíamos a la barra.

Nunca había visto una araña tan grande como la que colgaba sobre la pista de baile. El escenario estaba instalado al fondo. Alrededor de la pista, había mesas y sillas en pequeños reservados.

Ant y Martin consiguieron una mesa libre, mientras nosotros dos íbamos a por las copas. Las chicas aún no habían vuelto. Estarían en el baño, supervisando el maquillaje que acababan de supervisar diez minutos antes en el baño de Nando's.

—Bueno —dijo Ant, levantando su pinta de plástico llena de cerveza—, ¿nos pulimos esto y nos vamos para el escenario, a echarnos un pogo?

Hubo murmullos generales de conformidad, pero Barney sacudió la cabeza.

—No se puede. En un concierto de las Duckie, no. El pogo es solo para chicas.

—¿Me estás tomando el pelo?

—No. A la entrada había un cartel. —Barney enseñó las palmas—. Si intentas acercarte, te echarán los seguratas. Eso en el mejor de los casos.

—¿Cuál es el peor? —pregunté yo.

–Que te ataquen las hordas de las fans de Duckie. Suerte tendrías con salir vivo –dijo Barney–. De todas formas, mola bastante que las chicas puedan bailar y pegar saltos sin tener que preocuparse de que les intente meter mano algún cretino, ¿no?

Dicho así parecía muy lógico, aunque Martin se limitó a sacudir la cabeza.

–Has salido demasiado tiempo con aquel fenómeno de circo, tío.

–No es ningún fenómeno de circo –replicó Barney, poniéndose rojo–. Está un poco… pa allá, pero es muy enrollada. Nunca he conocido a nadie tan enrollada como ella.

Barney me cayó todavía mejor por salir en defensa de su ex; la cual, por cierto, no necesitaba que la defendiese nadie, porque de haber estado ahí y haber oído lo que decía de ella Martin lo más probable es que le hubiera pegado una bofetada. El caso es que Martin se estaba retractando.

–Perdona. Es que…, no sé… ¿No era un poco demasiado, la tía?

–Ah, sí, joder, demasiado sí que era –convino Barney con una débil sonrisa.

Ya llevábamos veinte minutos dentro. De repente, tanto hablar de Jeane me hizo recorrer la sala con una mirada nerviosa, pero lo único que vi fue que venían las chicas.

–Madre mía –musitó Heidi al plantificarse en mi regazo. Nos faltaban un par de sillas, pero se estaba pasando. Lo malo es que no podía quitármela de encima sin montar una escena–. Acabamos de ver a Jeane Smith. Alucinaríais de lo que llevaba.

–Y se ha cambiado el pelo –añadió Mads–. Ya no lo lleva gris. Parece aquel pintaúñas de Chanel que te querías comprar, Scar.

Scar se mostró de acuerdo con la similitud. Luego las cinco estiraron el cuello y yo seguí sus miradas hacia el puesto de merchandising, donde estaba Jeane, rodeada de un grupito de chicas.

Tenía una pinta… ¿Cómo lo diría? La verdad es que, en el fondo, no había palabras para describirla. Llevaba el pelo cardado, recogido hacia atrás con una tiara, y un vestido de baile; no uno de esos ahuecados de instituto, sino uno gigantesco de color verde azulado, o uno de esos colores como el turquesa o el aguamarina que no acabo de saber distinguir. La tela era algo misterioso, como de seda, o bolsas de la compra recicladas; pero la diferencia de verdad no era ni el pelo ni el vestido superglamuroso y excesivo, sino la sonrisa.

Se la veía feliz, como si le acabara de tocar la lotería y le hubieran convertido todo el dinero en Haribos. Nunca la había visto así. Y le sentaba bien.

Intenté no mirarla de reojo mientras iba de un lado para el otro entrevistando a la gente con una camcorder. Cuando no filmaba era el alma de la fiesta. Parecía que no pudiera dar un paso sin encontrarse con algún conocido y tener que pararse a repartir besos y abrazos y a charlar con entusiasmo. Era una faceta completamente nueva de Jeane.

–¿A quién miras tanto? –me preguntó Heidi, disgustada.

Giré la cara a tal velocidad que casi me lesioné las cervicales.

—A nadie —murmuré.

Heidi sorbió por la nariz.

—Cuando le pides a una chica que se siente en tus rodillas es de malísima educación no hacerle caso, para que lo sepas.

—No recuerdo que Michael te haya pedido aposentar el culo —dijo Martin.

Intercambiaron miradas asesinas, porque la cosa entre los dos tenía su historia. Dado que todo el peso de Heidi se concentraba en mi muslo derecho, que se me estaba durmiendo, ni siquiera me di cuenta de que se acercaba Jeane hasta que la tuve justo delante.

—Scarlett… —dijo. Scarlett la miró con recelo—. Scarlett, ¿me prestas un segundo el cerebro de Barney?

—Ah, sí, claro que sí.

Se me había olvidado que a veces Jeane podía ser atenta y considerada, y en vez de mandarle a Barney un mensaje por el móvil se pudiera acercar a una mesa de gente que le caía mal para cerciorarse de que Scarlett no tuviera objeciones a que pusiera su cámara de vídeo en manos de Barney.

—Me la han prestado —explicó mientras se ponía en cuclillas para señalar la pantalla—. Es digital al cien por cien, no como el trasto aquel que tenía antes. He hecho un zoom y ahora no puedo quitarlo. ¿Qué botón hay que apretar?

—Supongo que no te has traído el manual de instrucciones.

Jeane puso los ojos en blanco.

—Barney, ¿por qué preguntas lo que ya sabes?

Barney refunfuñó y le hizo una peineta, pero luego bajó la cabeza y estudió la cámara. Jeane paseó una mirada por la mesa. Después sacó su móvil y supongo que decidió tuitear aquella parte tan emocionante de la noche. Poco después sentí vibrar mi teléfono.

–Heidi, ¿podrías ir a buscar una silla? No, ¿sabes qué? Quédate la mía.

Heidi no tuvo más remedio que bajar de mi regazo en el momento en el que me levanté y extraje mi móvil del bolsillo trasero para leer un mensaje de Jeane.

¿Salís jtos tú & Hilda/Heidi/comosellame?
Habérmelo dicho.

¿Lo preguntaba en serio? ¿De verdad? Lo de Jeane y yo era raro, y friki, pero seguía siendo algo, e implicaba que yo no hiciera nada con ninguna otra chica.

«¡NO! –Puse en mi mensaje de respuesta–. Ojalá k Heidi lo pillase.»

Jeane, sin embargo, había guardado su móvil para poder ponerse en cuclillas al lado de Barney.

–A mí el autofocus me da igual –le dijo–. Tú explícame cómo va el zoom.

–¡Pero Jeane!

–¡Barney! Entrevisto a personas normales; no recreo *Origen* plano a plano.

Se quedaron muy juntos, con las cabezas en contacto, aunque no pareció que a Scarlett le importase, porque hablaba con Mads y Anjula sobre un viaje a Brighton. La única que seguía mirando con mala cara la cabeza inclinada de Jeane era Heidi.

—¿Por qué te paseas flipando con una videocámara? —le preguntó con mucha agresividad cuando Jeane acabó por levantarse.

—Bueno, es que les pregunto a las chicas, y a las personas que se identifican como chicas, qué es lo que les gusta más de ser chicas —respondió Jeane sin expresión.

Heidi se cruzó de brazos.

—¿Y por qué coño haces eso?

No entendí que se hubiera puesto tan bruja. En el instituto, Jeane no estaba para nadie, y la trataban un poco como a un fenómeno de circo, pero nunca existía una hostilidad abierta. Al menos hasta entonces. Incluso Scarlett consideró oportuno murmurar una advertencia.

—Oye, Heids, no te pases.

—Es para una ONG que fomenta la autoestima y el positivismo corporal en chicas jóvenes —explicó Jeane. Su voz era tan monótona que era como escuchar a un robot—. Los videoclips formarán parte de una campaña viral.

—Ya, ya; pues suena aburridísimo —dijo Heidi. Me pregunté si sospechaba algo entre Jeane y yo, sobre todo porque parecía convencida de tener preferencia. Pero ¿cómo lo podía saber, si habíamos disimulado tanto?—. Oye, que tu nuevo look duele en los ojos, literalmente.

Martin puso cara de resignación.

—¿Cómo se puede ser tan bruja, Heidi? —preguntó—. ¿Qué pasa, que vuelves a estar con la regla? Parece que te venga una vez por semana.

Jeane no necesitaba que la defendiesen.

—Ya te enviaré el enlace de los vídeos cuando los haya subido —le dijo a Heidi—. Igual te ayudan con tu inseguridad, esa que provoca que agredas a otras chicas. —Levantó la cámara–. También te podría entrevistar. Quizá te sintieras más protagonista.

Heidi se medio cayó en la silla.

–Ya soy superprotagonista –dijo malhumorada–. Bueno, ahora que ya has arreglado lo que tenías que arreglar, ¿qué tal si te vas? Es que estábamos teniendo una conversación privada.

Hay que decir en honor de Anjula, Mads y Scarlett que las tres le lanzaban miradas asesinas.

–No es verdad –dijo Anjula–. Y tu vestido es la bomba.

Jeane sacudió los pliegues de su gigantesca falda balón. Antes de que tuviera tiempo de hablar, o (¡no, por favor!) de empezar a intimar con mis amigos, se acercó corriendo un tío con pinta de dejado, traje y sombrero de copa baja que de repente se puso a cantar:

–*Jeane, the low life has lost its appeal and I'm tired of...** ¡buscarte en todas partes! –concluyó con un fuerte acento de Manchester, antes de envolverla en un abrazo lleno de entusiasmo–. Estamos todos arriba, en la galería.

–¡Qué pasa, Tom! –dijo Jeane, intentando soltarse–. Tengo que acabar las entrevistas, pero subiré antes de que salgan las Duckie.

–Ah, sí, por cierto... –contestó Tom, dándose unos golpes en la nariz a la vez que se sacaba un sobre de un bolsillo interior–. El pase para el *backstage* y las entradas para el posconcierto. Y Molly quiere saber si sigue en pie lo de dormir en tu sofá.

----

* Es el principio de la canción *Jeane,* de los Smiths, un grupo de pop británico de Manchester. La letra dice: «Jeane, la mala vida ha perdido su gracia y estoy cansado de...» *(N. del T.)*

Jeane hizo una mueca.

—Mientras no empiece a quejarse de lo mala ama de casa que soy... La última vez que se quedó a dormir me llamó de todo.

—Porque se dio cuenta de que su almohada había sido una caja de pizza vacía —dijo Tom, pasándole un brazo por los hombros y llevándosela.

Cuando Jeane se giró y miró por encima del hombro, saludando a medias con la mano, podría haber sido a cualquiera del grupo.

—¿La Molly que dice es la cantante de las Duckie? —preguntó Mads. Todos se giraron hacia Barney en busca de una aclaración—. ¿Jeane es amiga de las Duckie?

—Supongo. Molly organiza un campamento de verano de rock para chicas, donde Jeane dio unos talleres. —Barney movió la mano como si ahuyentase algo—. No empecéis a contarlo, que si no me machaca. Ella procura separar completamente su trabajo del instituto.

Todos asintieron menos Heidi.

—¿Por qué seguimos hablando de ese troll espantoso? A ti te hizo llorar, Scar, y te trató de idiota.

—No, si eso ya lo aclaramos —dijo Scarlett—. Además, lo mío con Barney se lo ha tomado superbien, o sea, que no la critiques tanto.

Durante el poco tiempo que llevaba saliendo con Barney, Scarlett se había vuelto otra persona: una chica que replicaba y se defendía; una chica crecida, al menos diez veces respecto a cuando iba conmigo, como si yo la reprimiese, o algo así.

—Es malísima, y huele a muerto.

–¿No será que estás un poco obsesionada con ella, aunque lo disimules? –preguntó Mads–. Yo cada mañana me fijo en lo que lleva, y me tendrás que perdonar, pero tengo ganas de seguir hablando de su nuevo look.

–Yo también –dijo Anjula, encendiendo su móvil–. Y ahora la verdad es que me apetece tuitear sobre que sea colega de las Duckie.

–¡Pero bueno! Si os vais a pasar el resto de la noche hablando de Jeane Smith, me voy –rugió Heidi.

No tuve más remedio que estar de acuerdo con ella. Hasta empecé a dar vueltas a la idea de volver a casa con la excusa de que me dolía la cabeza, pero justo entonces salió el primer grupo y le tocó pagar la ronda a Barney. Para cuando salieron los segundos teloneros, mi estado de ánimo había mejorado mucho, aunque habría agradecido que Heidi no se aferrase tanto a mi cuerpo al internarnos en la multitud para estar más cerca del escenario.

Jeane no había contestado a mi mensaje, aunque estuvo tuiteando toda la noche y, como les dijo a sus seguidores:

 raritayadorable_ Jeane Smith
Ya salen las Duckie al escenario. Hay pocos grupos que suenen así. Venga, Molly, dale caña.

Heidi me estiró el brazo.

–¡Michael, en serio, que tenemos que hablar! –vociferó al principio de la primera canción de las Duckie–. ¡Ahora mismo!

–Oye, que ya hablaremos después del concierto.

–No, ahora –insistió.

Cuando me giré, con mala cara, vi que estaba llorando; al menos casi se le juntaban las cejas, y su labio inferior temblaba como el de una persona a punto de llorar.

No tuve más remedio que abandonar la pista de baile, buscar una mesa libre y escuchar a Heidi, que me dijo:

—Creía que había algo entre los dos. ¿Por qué has estado toda la noche tan borde?

Como es natural, negué ser consciente de haber estado borde. Después tuve que hacer el numerito de «somos buenos amigos, no lo estropeemos», aunque ella no se lo tragó. Por último, alegué no haber llegado a superar lo de Hannah —era verdad— y ser aún un poco cauto después de lo de Scarlett —de verdad no tenía nada—. Para entonces, sin embargo, Heidi había conseguido que le saliera una auténtica lágrima, así que le dije que no tenía tiempo de salir con nadie, porque tenía que concentrarme en estudiar para la selectividad —una chorrada como la copa de un pino—.

Heidi le echó teatro. Casi dos años antes nos habíamos enrollado unas tres veces, así que en el fondo no tenía motivos para sollozar, y jadear, y decir que le estaba dando un ataque de pánico —el más benigno que haya presenciado este hijo de médico; por cierto, ¿qué les ha dado últimamente a las chicas con lo de los ataques de pánico y lo de hiperventilar, como si fuera la última moda?—. El caso es que le dio por ahí. Tuve que ir a buscar agua y una bolsa de papel. Si antes de aquella noche había albergado algún interés por Heidi, desapareció después de todo el numerito.

Tanto llorar, tanto llorar…, pero ni siquiera se le había corrido el maquillaje. La cuestión es que justo cuando había conseguido calmarla se paró la música, se encendieron las luces y pareció que se hubiera acabado el concierto. En cuanto salió de entre la multitud el resto de la pandilla, deshechos, sudorosos y radiantes, Heidi empezó otra vez a llorar. Era el tipo de falso llanto que practicaba Alice al ver frustrados sus intentos de que le dieran chocolate. Aun así logró camelar al resto de las chicas, y todo fueron abrazos y «Oh, Heidi».

Como era de prever, Heidi se fue enfadada, y Mads, Scarlett y Anjula salieron corriendo tras ella entre miradas de reproche a mi persona.

–¿Qué ha pasado? –preguntó Ant.

–Me da una rabia cuando se te ponen las tías en plan de avasallar… –dije–. Viendo así a Heidi, como si se le fuera la olla, parece que llevemos juntos cinco años y tengamos dos hijos.

–Oh, pobre Mickey. Qué tortura debe de ser que se te echen las chicas encima…

–¡Vete a la mierda!

Ant me pasó un brazo por los hombros.

–¿Nos tomamos algo en algún sitio antes de irnos?

Sacudí la cabeza. Había sido una noche desastrosa. Más valía limitar los daños antes de que empeorasen.

–No, me voy a casa.

Me puse en camino. De hecho, ya estaba en la parada del autobús cuando pitó mi móvil, avisando de un mensaje.

Oye, que en el White Horse hay fiesta posconcierto.
Quedamos delante del M&S de enfrente. Si no, es que eres
un soso alucinante.

No es que Jeane no fuera dramática, pero su dramatismo no se parecía en nada al de las otras chicas. Sin otra
justificación que esa, rehice mi camino, pasé al lado de
la sala de conciertos, giré a la izquierda, luego a la derecha y vi a Jeane delante del Marks & Spencer, sonriendo
como si se alegrase de verme.

17

Michael Lee estaba diferente, pensé al verlo venir, aunque no acabé de ver en qué. Luego pasó debajo de una farola y vi que no llevaba su típica camisa horrible desgastada de fábrica y con logo de cadena americana demasiado cara, sino una camiseta blanca de manga larga, una verde de manga corta por encima, chupa de cuero y pitillos negros. Aunque fuera un conjunto sin imaginación, y de ponerse a bostezar, al menos no me dejaría del todo en evidencia.

Otra novedad es que me sonreía. Como si se alegrara de verme. Raro, raro.

Cuando lo tuve delante, me di cuenta de que no sabía qué era lo más adecuado en una situación tan peculiar como la nuestra, un abrazo o un beso. Le ahorré el esfuerzo tendiendo la mano.

—Jeane Smith. Me alegro de que haya podido venir.

Él sonrió, burlón.

—Michael Lee. Me han hablado mucho de usted —dijo al darme la mano—. Por cierto, tus tuits del concierto me han salvado la vida.

—¡Pero si tú también estabas! ¡Has vivido a las Duckie en toda su gloria física y polifacética! —exclamó mientras cruzábamos la calle–. No te hacía falta leerlo en Twitter. Además, creía que pasabas de Twitter. ¿O sea, que me sigues?

La sonrisa de Michael flaqueó.

–Lo que te dije es que no le veo la gracia, pero esta noche necesitaba distracción; y también tus tuits canción por canción, porque no es que haya seguido mucho el concierto –murmuró–. He tenido un marrón con Heidi.

Ya no me pareció tan importante la posibilidad de que Michael me siguiera en Twitter para espiar mis tuits y averiguar si lo ponía verde, que no.

–¿Un marrón con Heidi? ¿Ah, sí?

–No te pongas en este plan –suspiró él, y casi me tiró de la acera con un empujoncito–. Me ha estado soltando la charla al menos una hora.

–¿Qué charla? –pregunté, y por una vez me alegré del poco énfasis de mi manera de hablar, porque en caso contrario seguro que habría dado la impresión de estar muy ofendida, cuando en realidad no habíamos hablado de que lo nuestro fuera o no exclusivo.

–Pues mira, resulta que hace dos veranos Heidi y yo nos enrollamos en unas tres fiestas. Luego yo tuve una relación seria con alguien y me llevé un desengaño. Después hubo más chicas y acabé saliendo con Scarlett. Ahora Heidi tiene claro que estamos hechos el uno para el otro, al ver que yo no estaba de acuerdo se ha puesto histérica.

–Me da mucha rabia que los tíos digan que las chicas se ponen histéricas solo porque se atreven a tener sentimientos y emociones sobre algo –señalé.

Michael, sin embargo, sacudió la cabeza con vehemencia.

–No, es que estaba histérica de verdad, o al menos lo fingía. Hasta he tenido que ir a buscar una bolsa de papel, porque decía que estaba hiperventilando y que necesitaba algo para jadear –siguió Michael, y me miró con cara de perplejidad–. Yo no la he animado de ninguna manera, así que no sé por qué se ha pensado que sí.

–Bueno, objetivamente hablando supongo que eres buen partido –dije con desdén–. Visualmente das bastante el pego. Te dedicas a cosas que la gente como Heidi parece considerar importantes, y... pues que eres popular.

–Tal como lo dices parecen cosas horribles –replicó Michael. Se quedó callado–. Mira, ¿sabes qué? Que Heidi me ha hecho sentirme fatal, y ahora la que me hace sentir fatal otra vez eres tú. Estoy harto. Me voy a mi casa.

Y se fue. Me quedé boquiabierta, mirando el lugar donde había estado. Yo no quería darle ningún tipo de mal rollo. Además, era Michael Lee, el chico de oro. Nunca tenía mal rollo, porque, sin contar la presión paterna en cantidades industriales, su vida era perfecta. Todo él era perfecto.

De repente la idea de que pudiera no ser tan perfecto como me pensaba me pareció lo más atractivo de Michael. Encima yo intentaba ser simpática invitándolo al posconcierto y ahora la fastidiaba.

No me quedó otra opción que salir corriendo tras él. Lo que ocurre es que yo distaba mucho de ser perfecta, y correr formaba parte de la enorme lista de cosas que me salían de pena. Allá estaba Michael, dando zancadas con sus largas piernas y cubriendo enormes distancias mientras yo renqueaba sin lograr darle alcance.

–¡Michael! –tuve que gritar–. No me hagas correr, por favor, que está muy visto, y llevo tacones, y desde que me tiraste de la bici sin querer mi tobillo no ha vuelto a ser el mismo.

Le llamó la atención. Ya lo sabía yo. Se giró.

–Ven conmigo al posconcierto, por favor. –Tomé aliento. Ni siquiera fue por miedo a ir sola a un club, porque habría conocidos a punta pala; pero es que ninguno iba al mismo instituto que nosotros, y por una vez me pareció guay hacer algo juntos aparte de los besos y el magreo–. Hay barra libre. Te presentaré al grupo. No en plan de guay, de «que conozco al grupo, tío»; solo porque…, porque puedo. Venga…

–Pues…

–No te lo estoy suplicando, ¿eh? –añadí para que quedara bien claro–. Venga, no estés de morros y vente, joder.

–Tú sí que sabes convencer –dijo Michael al llegar a mi lado.

–Seguro que te gustaría tenerme en el club de debate del instituto –le dije yo cuando llegó a mi altura.

Se quedó a mi lado sin ponerse nervioso ni irritarse mientras yo mantenía una larga conversación con Debbie, la chica de la puerta, sobre un sombrero que estaba tejiendo. Cuando subimos por los escalones destartalados del bar de arriba y vi que en la sala estaban prácticamente todos mis conocidos, Michael no se enfadó por que tuviera que pararme a hablar con gente.

A Barney había tardado meses en amaestrarlo para que pudiera conversar educadamente con desconocidos sin tirarme del brazo ni preguntar con voz quejosa cuánto duraría. Michael no era así, en absoluto. Él sabía hablar con todo el mundo, hasta con el loco de Glen, a quien yo solía evitar porque estaba fatal de la pinza. Decían que en los noventa había tomado éxtasis del malo, y encima tenía problemas de higiene, pero Michael habló pacientemente con él de sus descabelladas teorías de la conspiración del 11-S y los viajes a la Luna. Después de eso no tuvo problemas en hablar de fútbol con Tom, mientras yo y Tabitha comentábamos mi vestido, que había conseguido gracias a ella, y por qué le seguía notando un olor a naftalina pese a haberle echado encima un bote entero de ambientador.

Reconozco que me puse nerviosa cuando se acercaron Molly y Jane, de las Duckie. Me resulta imposible acostumbrarme a que me abrace una mujer que ha sido mi ídolo desde los once años, pero Molly casi lo consigue.

–Me encanta tu nuevo look –dijo Molly, y se sentó a mi lado–. Es un poco Frenchy de *Grease,* y un poco…, un poco drag queen.

Asentí, contenta.

–No es exactamente lo que buscaba, pero me gusta.

Molly ahuecó su pelo de color miel.

–Tengo nostalgia de cuando me teñía el pelo de colores raros, pero lo que no echo de menos es que se me quedaran las toallas y las fundas de almohada de color rosa. De todos modos, tampoco sentaría muy bien en el curro. –Cuando no incendiaba el mundo a través de canciones o de la organización de campamentos de verano de rock, trabajaba en un museo–. Tendré que vivir a través de ti.

–¿Incluso en la fase que tuve de viejecita?

–Esa sí que era rara. –Molly miró a su alrededor hasta fijarse en Michael, que estaba sentado enfrente de mí y seguía hablando de fútbol con Tom. Lo miró un momento–. ¡Eh, hola! ¡Si no es Barney!

Él levantó la cabeza, abrió un poco los ojos y sonrió.

–No, la última vez que miré no era Barney, no. Soy Michael.

–Y yo Molly. –Ella tiró a Jane de la manga para que se acercase–. Y esta Jane. Jane, te presento a Michael, cuya condición aún está por determinar.

–Es un amigo –dije yo con vaguedad.

Jane me dio un codazo, acompañado por una sonrisa irónica.

–¿Un amigo especial, Jeane?

Michael y yo nos miramos. No estoy segura de lo que transmitía mi mirada. Posiblemente «Como me hagas quedar como un objeto delante de estas mujeres te mato». Mis dotes telepáticas no siempre eran tan eficaces, pero el caso es que Michael volvió a sonreír.

–¿No son especiales todos los amigos?

–Bueno, sí, pero algunos más que otros –observó Jane–. ¿Tú cómo eres de especial?

–Bueno, Jane, todos somos copos de nieve únicos, cada uno a su manera –dije yo rápidamente–. No quieras ponernos en evidencia.

Jane se lo pensó. Yo nunca había visto a nadie tan guapo como ella en la vida real; su belleza era como la de las sirenas de Hollywood de los años cuarenta, aspecto que resaltaba ella misma con su ondulado Marcel y su perfecto delineador de ojos líquido. Parecía lógico que estuviera en un grupo. Yo sabía que de día asesoraba a jóvenes sobre el alcohol y la adicción a las drogas, pero no era una faceta en la que me gustara pensar. Hacerlo alumbraba en mí la idea imprecisa de que probablemente no hiciera más que intimidar a los chicos so pena de muerte para que no volvieran a beber a saco ni a meterse en el cuerpo cantidades industriales de nada duro. Era de ese tipo de gente, alguien bastante increíble, la verdad.

–Vale –decidió–. No os provoco más porque lo más seguro es que tengamos que reservar habitación en el Hilton Jeane. ¿Qué, qué os ha parecido el concierto?

Mi opinión ya la sabía, porque me había tenido en un lado del escenario, saltando y gritando sin parar en todas las canciones. Más que nada era la prueba definitiva para Michael, que iba a tener que echarse el farol de marcarse una crítica de concierto. Molly y Jane se darían cuenta, porque para esas cosas los de los grupos tienen un sexto sentido, y acabaría siendo yo la que quedase mal. Normalmente no me importaba lo que pensasen de mí los demás, pero en aquel caso se trataba de Jane y Molly, mis dos hermanas mayores honorarias y superestilosas, y eso sí que me importaba, mucho.

Aguanté la respiración mientras las dos se quedaban mirando a Michael. Casi oí cómo le giraban los engranajes cerebrales.

–Bueno, no es que haya visto mucho del concierto –admitió para mi sorpresa–. Cuando ibais por la mitad del primer tema me han arrastrado a un drama que ha durado todo el concierto y los dos bises. –Se le encorvaron los hombros–. Aunque lo que he podido oír por encima de los lloros y gritos sonaba bien, muy bien. Me encantan vuestros discos, pero los grupos siempre suenan mejor en directo. —Se frotó la barbilla—. Aparte de Justin Bieber, que siempre sonará como una mierda, ¿no?

Era justo lo que se tenía que decir. Ni a Molly ni a Jane pareció importarles que Michael no hubiera podido asistir a todo su esplendor. Jane llamó a Kitty, una amiga de las dos que era clavada a Justin Bieber, y charlamos con ella. Entre copas y conversación pasaron volando dos horas. En un momento dado, Michael hasta bailó conmigo un hip hop de la vieja escuela. No es que fuera nada definible como baile, pero al menos lo intentó. Barney, y prácticamente todos mis conocidos hetero, habrían preferido que les hicieran un enema antes de que alguien los viera bailando.

A las dos en punto se encendieron las luces. Tuve que despegar las suelas de mis zapatos de la mugre del suelo y pensar en irme a casa. Michael y yo casi no nos habíamos tocado en toda la noche, pero nada más ponerse la chaqueta de cuero me dio la mano y ya no la soltó. Mi mano se amoldó a la suya como si fuera su lugar más natural: otra cosa muy rara, pero agradable, en cierto modo. Mis manos estaban frías y las suyas calientes. Como me había olvidado los guantes, fue muy oportuno.

Se me ocurrió que si Michael y yo nunca habíamos salido un sábado por la noche era porque lo hacían las parejas normales, y nosotros no sé qué éramos, pero normales no, seguro.

—No te lo tomes a mal —dije (señal de que estaba un poco piripi, porque normalmente me daba lo mismo que Michael se tomara a mal las cosas)—, pero ¿tú no tienes toque de queda? Lo digo porque la mayoría de los que viven con sus padres sí que tienen…

Michael reaccionó con un movimiento de cejas a la insinuación de que seguía totalmente en manos de sus padres, pero yo conocía a su madre, y no era de las que pudieran aceptar que su amado hijo llegara a casa a la hora que le apeteciese.

–Los sábados no tanto. –Miró su reloj. Era mi único conocido que llevaba reloj–. Aunque creo que si no estuvieran en Devon sería un poco arriesgado volver a casa más tarde de las dos.

–¿Aunque empiece la semana de vacaciones?

–Es que es mi año decisivo, Jeane –dijo con una voz aguda que sonaba un poco a Kathy Lee, la verdad fuera dicha–. No es bueno dormir menos de ocho horas. Y no te olvides de sacar al gato.

–Oye… ¿Quieres que compartamos un taxi o te vienes un rato a mi casa? –pregunté con un titubeo, porque últimamente había estado tan ocupada que no habíamos tenido la oportunidad de estar juntos; y con lo de estar juntos me refería a besarnos hasta tener problemas de respiración.

Michael me apretó un poco más la mano. Yo a él también.

–Lo de sacar al gato iba en serio, pero también podrías venir tú a mi casa. Al menos está limpia…

Dejé de apretar y puse mala cara.

–Mi casa está limpia. Esta mañana me he pasado horas limpiando. Hasta he pasado la aspiradora y he reciclado la basura sin que hayan tenido que venir Gustav y Harry a controlarme.

–Bueno, pero ¿a ti te han traído la compra del súper en las últimas doce horas? ¿Y tu padre ayer fue al barrio chino y se trajo dos cajas de pastas?

—Pues no —reconocí—, la verdad es que no.

—Pues entonces ven tú a mi casa. Por las pastas y... pues por lo que sea.

Sonaba a un plan: ponerme hasta las botas de dulce, y en segundo lugar de lo que fuera.

—Perfecto —dije, llevando a Michael hacia la salida—, venga, vamos a buscar un taxi.

18

Me parecía imposible ir con Jeane de la mano en público, en un cruce de calles, casi a las dos y media de la noche, y que ella fuera a venir a mi casa en ausencia de mis padres y de mis hermanitas pesadas.

Mientras Jeane buscaba un taxi libre a ambos lados de la calle, la farola iluminó los rasgos de su cara. Parecía casi guapa; bueno, guapa no, exótica, como un ave del paraíso, o una flor rara que desentonaba con una calle húmeda y gris de Londres, en una noche húmeda y gris de Londres.

–Eh, haz una foto, que duran más –dijo al pillarme; por el tono, sin embargo, no parecía que le molestase.

No había taxis. Justo cuando nos disponíamos a caminar hasta la calle principal alguien la llamó por su nombre. Nos giramos y vimos venir rápidamente a Molly y Jeane con un par de chicas.

–Oye, ¿entonces te va bien que durmamos en tu casa? –preguntó Molly al darnos alcance. Jeane pasó de tomarme la mano a no tomármela y apartarse de mí–. ¿No te molesta?

–Pues claro que no –dijo. No sé por qué, pero de golpe me enfadé. En comparación con ir a mi casa a comer bollitos chinos y meterse mano, siempre, siempre sería mejor estar con Molly Montgomery–. Ah, y está super-limpia, antes de que empieces a criticar. He estado casi todo el día con agua y jabón hasta los codos, porque dentro de poco viene mi padre de visita.

–Genial, la última vez que me quedé en tu casa te juro que salí con sarna –dijo Jane, estremeciéndose.

Molly le dio una bofetada.

–Mentirosa, más que mentirosa –le soltó–. Fue porque eras alérgica a aquel gel de baño que olía a Pato WC.

–Sigo diciendo que era sarna –insistió Jane–. Espero que te hayas acordado de pasar la aspiradora por el sofá, además de por el suelo.

–Una insolencia más y dormís en vuestra furgoneta –dijo Jeane–. Oye, que me parece que no hace falta seguir buscando taxi –añadió, dirigiéndose a mí.

Asentí. Poco más podía hacer. Tampoco se acababa el mundo porque Jeane se fuera a casa con sus amigas guays, y yo volviera solo a la mía, donde no había nadie. Sus besos estaban muy bien, pero podía vivir sin ellos.

La furgoneta de las Duckie estaba aparcada en la siguiente calle. Jeane y yo subimos a la parte trasera. Durante los siguientes diez minutos tuve un muelle clavado en el culo y no solté ni un momento el arco de la rueda porque Jane tomaba las curvas a demasiada velocidad. Aunque Jeane me hubiera dicho que ni bebía ni se drogaba, conducía como si lo hiciera. Cuando llegamos a la calle principal, Jeane empezó a decirle cómo se iba a mi casa, a la vez que hurgaba en su bolso.

Yo no hacía mucho caso, porque… bueno, pues porque estaba disgustado, comprimido, incómodo, y pensaba en el bocadillo de beicon que me tomaría al llegar. Jeane sacó sus llaves y se las lanzó a Molly.

–Te acuerdas de la dirección, ¿no?

–Sí –dijo Molly–. La tengo grabada en el móvil, podemos usar Google Maps el resto del camino.

Jeane se inclinó hacia delante.

–Déjanos en aquel buzón de allá –dijo. Jane se arrimó a la acera con un frenazo horrendo–. Las llaves dejádmelas debajo del felpudo. Ya llamaré al telefonillo para que me deje entrar alguien.

Se oyó un bufido colectivo de incredulidad.

–No seas burra –dijo una de las otras chicas–. Te las podría robar cualquiera.

–Recuérdame que no te pida nunca que te apuntes a mi plan de vigilancia vecinal –dijo Molly–. Quedamos mañana a comer, antes de que nos volvamos para Brighton. Así hacemos una entrega de llaves ceremonial.

Tardaron cinco minutos en resolver los detalles de la comida. Finalmente bajamos a trancas y barrancas de la parte trasera de la furgoneta.

–Tomad lo que queráis, hay cosas en la nevera, ¡aunque si os acabáis mis Haribos os mato! –exclamó Jeane antes cerrar con un portazo. Se giró hacia mí con una sonrisa de satisfacción–. Bueno, al menos nos hemos ahorrado el taxi.

Nunca habría pensado que fuera posible estar tan aliviado como cuando la vi subir por el camino de entrada de mi casa.

–Podrías haberte quedado con ellas, si hubieras querido –dije, abriendo la puerta.

–Pero si ya habíamos hecho planes –contestó como si los planes en cuestión estuvieran grabados en tablas de piedra–. Además, ¿cinco personas queriendo ir a mi baño al mismo tiempo? ¡No, gracias!

La casa estaba fría, silenciosa. No acabé de creerme que mi madre no estuviera a punto de bajar por la escalera como una furia para regañarme por haber infringido el laxo toque de queda de los sábados por la noche y dejarme castigado hasta después de la selectividad; pero no, estaba en Devon, así que le preparé una taza de té a Jeane, y resultó que también le apetecía un bocadillo de beicon.

Se subió a la encimera sin haberse quitado la chaqueta acolchada de color dorado, que parecía hecha con un vestido viejo de noche, y me observó mientras cortaba rebanadas de pan y las metía en la tostadora, antes de poner a calentar aceite en la sartén.

–A los seis años decidí hacerme vegetariana porque me di cuenta de que la carne de los domingos en realidad eran pollitos y corderitos, y todo eso tan mono –dijo de repente–. Mi madre es tan jipiosa que no tuvo más remedio que aceptarlo. El caso es que fui vegetariana cinco días enteros, pero el sábado por la mañana mi padre siempre hacía bocadillos de beicon, y cuando él y mi madre me dijeron que no me podía comer ninguno porque el beicon era carne, y yo era vegetariana, me enfadé tanto que no les dirigí la palabra en dos semanas. –Soltó una risa rara, como por la nariz, y sacudió la cabeza–. Mi madre se pensó que me había quedado sin voz, hasta que se dio cuenta de que con mi hermana Bethan sí que hablaba.

—¡Caray! Yo a los seis años estaba más interesado en los Pokémon que en el medio ambiente —dije mientras giraba el beicon y saltaba hacia atrás salpicándome de grasa—. Entonces vivíamos en Hong Kong y conseguías cosas de Pokémon baratísimas, aunque mi madre no quería comprarlas porque estaba convencida de que estaban hechas con materiales tóxicos y tenían trozos de metal y cristal. Un día me tiré en plena calle y me dio un ataque de rabia porque se negaba a comprarme un Pikachu de peluche.

Jeane estiró las piernas y sonrió.

—¿Y qué hizo tu madre?

—Pasar por encima de mí y seguir caminando. —Aún me acordaba del asfalto pegajoso y caliente debajo de mis puños, del olor a jengibre, chile y cebolletas del puesto de fideos, y del momento de derrota en el que al final me levanté y corrí tras mi madre—. Es muy difícil chantajearla.

—¿En serio? A la mía es facilísimo —dijo Jeane con una voz tan ácida como el zumo de limón.

—¿Y tu padre? —me aventuré a preguntar—. Has dicho que lo vas a ver pronto.

Jeane puso una cara horrible, con los ojos apretados y una mueca de dolor que hacía desaparecer su boca y su nariz.

—No, por Dios, que mis padres son de lo menos interesante de mi vida. —Arrancó unos trozos de papel de cocina, mientras yo apagaba el fogón del beicon—. Me gustaría mucho más que me contases algo de Hong Kong. ¿Cuánto tiempo vivisteis allí?

Ya era tarde. Teníamos frío, y estábamos los dos cansados. Por eso, aunque a mi madre le hubiera dado algo si se hubiera enterado de que metía a una chica en mi cuarto y cerraba la puerta, y más aún de que metiera comida caliente y olorosa, subimos a mi dormitorio. Jeane se quitó los zapatos con dos puntapiés y se acurrucó en mi cama mientras arrasaba con su bocadillo de beicon como si llevara semanas sin comer nada decente. De hecho, teniendo en cuenta su preferencia por subsistir a base de ositos de gelatina y café, lo más probable es que así fuera. Después dio unos sorbitos al té mientras yo le hablaba de nuestra vida en Hong Kong y de nuestro diminuto apartamento de la calle Pok Fu Lam, y le explicaba que mientras mi padre trabajaba en el hospital Queen Mary, y mi madre en el consulado, yo me quedaba con May, mi niñera china, que le echaba sopa de pollo a mi vasito de bebé y me llevaba al parque del otro lado de la calle. Le conté los fines de semana en que íbamos a Victoria Harbour para ver los barcos, y la cantidad de rascacielos que había, mareaban solo de mirarlos. Que la lluvia inglesa no se podía comparar con las tormentas negras de la primavera de Hong Kong, y que más adelante la humedad daba la sensación de estar siendo cocinado a fuego lento.

Le hablé del mercado de flores, del de pájaros y de otro donde solo vendían peces, y de que mis padres, como cosa excepcional, me llevaban a la calle Tai Yuen, en la que solo había jugueterías y puestos donde vendían todo tipo de juguetes de colorines con lucecitas y ruidos; también le conté nuestras vacaciones en la isla de Lamma. Pensé que Jeane se había dormido, porque tenía los ojos cerrados, y sus brazos y piernas –envueltos en seda aguamarina y medias de color rosa chillón– estaban relajados, pero cuando dejé de hablar abrió los ojos bruscamente.

—No pares —dijo.

—Es que no queda mucho que contar —protesté, riendo.

—Suena alucinante —suspiró. No era uno de sus suspiros hastiados, en plan «Pero cómo se puede ser tan tonto, por Dios», sino un suspiro lleno de admiración—. Está claro que se ha incorporado a mi lista de sitios de visita obligada.

Quise saber qué otros países figuraban en su lista obligatoria, pero antes de poder preguntarlo me asaltó un bostezo que duró mucho, mucho, mucho tiempo. Cuando paré, fue Jeane la que empezó a bostezar.

—Te dejo aplastar un poco la oreja, ¿vale?

Empecé a bajar de la cama, pero Jeane me agarró la mano.

—¿Aplastar la oreja? ¿Qué pasa, que tienes cincuenta años? —preguntó, burlona—. ¿Tú dónde dormirás?

—Puedo dormir en el cuarto de invitados. —Me aparté, pero ella no me soltó—. ¿Qué pasa?

—Si quisieras podrías dormir aquí —dijo despacio.

Mi garganta se cerró de golpe.

—¿Contigo? —pregunté.

Jeane sonrió.

—Sí. Bueno, si no te explota la cabeza.

Cierta sensación de explosión en la cabeza sí me provocaba, porque ver a Jeane recostada en mi cama como una sirena en tierra ya era bastante alucinante, pero imaginarla dentro de mi cama, y a mí también, posiblemente haciendo lo que hacen los que comparten cama, estaba provocando un cortocircuito en las partes de mi cerebro que se ocupaban de la lógica y el raciocinio.

–¿Solo para dormir o para... no dormir? –quise aclarar, ya que Jeane esperaba de mí una gran apertura frente al sexo y el establecimiento de fronteras personales y...

–¡Pero bueno, Michael, que los dos somos adultos, y hay consentimiento!

–Tú no eres adulta. Solo tienes diecisiete años.

–Jurídicamente hablando hace quince meses que puedo mantener relaciones sexuales sin infringir la ley –me informó Jeane–. Aunque en términos legales no pueda votar, ni comprar bebidas alcohólicas, ni presentarme a diputada hasta los veintiuno, y eso que tengo mucha más cabeza que la mayoría de nuestros representantes electos. Pero bueno, no estoy hablando de ninguna maratón sexual *non stop*. Estoy hablando de compartir cama, y puede que de dar algunos pasos más, para que aparte de ponernos mutuamente también nos pongamos los dos juntos.

Yo no había creído que Jeane supiera sonrojarse, pero tenía la cara igual de roja que su pintalabios, que no habían conseguido borrar ni un bocadillo enorme de beicon ni un tazón de té.

Lo que decía tenía toda la lógica del mundo. A fin de cuentas, el final de nuestras sesiones de manoseo posclase solía consistir en que yo me iba a casa para aliviar parte de la presión con mi mano izquierda y un par de webs para adultos que siempre borraba de mi historial de navegación dos minutos después de consumarse el acto. Sí, era Jeane la que me había puesto en ese estado, pero la verdad es que no se me había ocurrido que pudiera ayudarme también ella a salir de él.

–¿Estás segura de que es lo que quieres?

—Bueno, lo estaba, pero tu falta absoluta de entusiasmo es demoledora –dijo. Se dejó caer otra vez en la cama con un ruido enfurruñado–. Vámonos a dormir, ¿vale? Es tarde, y no falta mucho para tener que levantarnos y quedar con Molly y los demás.

—Si hubiera un récord mundial de molestar a alguien, creo que lo habría batido de sobra, porque siempre te molestas conmigo por algo. ¿A que sí?

—No, siempre no –reconoció Jeane–. Últimamente ha habido períodos larguísimos en los que no me has molestado en absoluto. Creo que es lo que se llama progreso. Ahora que lo hemos aclarado, ¿podemos aplastar la oreja, o la expresión anticuada que hayas usado? A echarse una buena cabezada. Al cine de las sábanas blancas. Venga, a dormir.

Con Jeane nunca era nada tan sencillo. Insistió en ver toda mi colección de camisetas hasta que encontrara una digna de ella, y tardó siglos en lavarse los dientes. Después le dije que se quitara el maquillaje, porque no quería despertarme con la funda de la almohada llena de purpurina, rímel y pintalabios, ni creía que diera muy buena impresión a mi madre.

Después de tomarse un vaso de agua, de haber puesto la radio a poco volumen y de haberse colocado en el lado izquierdo de la cama –«Al ser zurda es lógico que duerma a la izquierda»–, finalmente me dejó apagar la luz.

—No tiene mucho sentido compartir la misma cama si no nos acurrucamos –dijo, pese a que yo no había pensado ni de lejos que fuera de las mimosas–. Me imagino que a ti los abrazos te vienen dados; vaya, que si tus hermanitas te quieren abrazar seguro que te escapas y te quejas, pero yo vivo sola, y lo que son abrazos no es que me den muchos. Y tú los abrazos los das muy bien, Michael.

Dios mío… Me sentía menos *sexy* que nunca, si es que era posible; como si Jeane hubiera hecho desaparecer mi virilidad por arte de magia y me hubiera convertido en un osito de peluche gigante. También me dio pena, por su Síndrome de Deficiencia de Arrumacos, y en general compadecerme de alguien no me daba ganas de practicar mis mejores movimientos. Ahora bien, sí que tenía buenos brazos –hacía cincuenta flexiones cada mañana–, y la podía abrazar.

–Pues venga, acércate –dije, hosco, para demostrar que no había perdido del todo mi virilidad.

Jeane obedeció sin hacerse de rogar. Se acomodó entre mis brazos con un suspiro de felicidad, encajando la cabeza debajo de mi barbilla. Cuando se retorció para ponerse más cómoda sentí el olor de su perfume, que siempre me hacía pensar en pasteles recién hechos. Sus piernas, apoyadas en mí, eran blandas y de piel tersa. Y de repente, como si tal cosa, se me puso dura.

19

Cuando por fin Michael se metió en la cama y apagó la luz, después de malgastar la tira de tiempo haciendo a saber qué en el baño, bajando a buscarme un vaso de agua que yo no quería y negándose a que yo durmiera con una camiseta suya del colegio, vieja y hecha polvo –al parecer tenía valor sentimental–, lo que me obligó a elegir otra cosa; después de todo eso, digo, tardé ni más ni menos que cinco segundos en llegar a la conclusión de que su cama era mi tercer sitio favorito del mundo.

La cama de Michael era firme, grande, cálida, y las sábanas estaban limpias y tersas, como nunca lo estaban las mías, ni siquiera cuando me decidía a cambiarlas. Encima tenía a Michael a mi lado, igual de grande, firme y cálido, y tuve ganas de que fuera él quien me envolviese, no la colcha.

No es fácil pedirle a alguien que te abrace. Te hace sentir vulnerable, y necesitada, aunque te pases casi toda la vida fingiendo a ojos del mundo y de los tuyos que no eres ni lo uno ni lo otro. Ahora bien, cuando logré farfullar la petición, Michael no se cachondeó de mí ni se puso quisquilloso; lo único que hizo fue abrazarme.

Creo que se le dan aún mejor los mimos que los besos. Nos acoplamos mejor de como solíamos hacerlo. Yo me hice un ovillo y me pegué a él. En ese momento solo quería estar aún más cerca, aunque fuera metiéndome dentro de él como en un saco de dormir, comparación que no funciona, la verdad, y que me deja como una especie de asesina en serie que está mal de la cabeza y disfruta poniéndose la piel de sus víctimas.

En cuanto me acurruqué quedó claro que Michael había pasado en un segundo de cero a tenerla tiesa como un palo; y no porque yo fuera el colmo de *sexy*, sin purpurina en la cara, con una seductora camiseta de los Vaccines y con mi pelo de color melocotón, enredado y lleno de laca, no; no era por mí. Yo no tenía nada que ver con la erección de Michael. Era un chico de dieciocho años metido en la cama con una chica. Lo raro habría sido que no tuviera una erección.

Se le puso tieso todo el cuerpo, no solo el pene.

—Perdona —masculló, tratando de interponer algo de distancia entre los dos.

—¿Sería mejor arrimarse por detrás?

—No —dijo escuetamente Michael. Me empujó y se puso boca arriba. Aunque hubiera poca luz, vi que apretaba la mandíbula—. Perdona.

—No pasa nada.

Quizá lo lógico hubiera sido agobiarse, o insistir en que dormiría mejor en el cuarto de invitados, pero la verdad…, la verdad es que me había puesto a tono. Sentir la presión de aquello era igual que cuando me preparaba para salir y estaba a punto de desmayarme por una mezcla deliciosa y escalofriante de ganas y emoción. Era la misma sensación que cuando salía al escenario uno de mis grupos favoritos, o cuando estaba en un club y ponían un tema que me gustaba mucho: una sensación que producía un hormigueo por dentro de la piel, y que me hizo acercarme poco a poco hasta pegarme a Michael.

–Jeane –me advirtió–, de eso nada, ¿vale?

–Ah… ¿Qué pasa, que ya estás casi dormido?

–¿A ti qué te parece?

–Bueno, yo creo que de momento no dormirá mucho ninguno de los dos, y también creo que te podría…, no sé…, ayudar.

Michael no dijo nada. Pensé que lo había escandalizado, porque es una de mis habilidades; no solo con Michael, sino prácticamente con cualquier persona que no tenga la franqueza de reconocer que se tienen deseos y necesidades, y todas esas otras cosas divertidas.

–¿Qué es, algún nuevo plan para manipularme? –preguntó con voz ronca.

Tenía unos problemas de confianza espantosos.

–Prefiero manipular otra cosa –dije; y sin darle tiempo de exigir explicaciones decidí que los hechos valían mil veces más que las palabras y me arrimé aún más para poder darle un beso.

Fue como dárselo a una tabla de madera; al menos durante unos cinco segundos, que fue el tiempo que tardó Michael en gemir y girarse para devolverme el beso con mucha más intensidad que de costumbre. Mis manos se deslizaron por debajo de la colcha. Casi no las había metido ni en sus pantalones cuando Michael gimió como si el anterior gemido solo hubiera sido de calentamiento y… final de la partida. Circulen, que no hay nada que ver.

Me esforcé al máximo por no decir «uy», a la vez que extraía con cuidado una mano pegajosa y la levantaba para no manchar la colcha.

–Lo siento –masculló Michael–. Es que… hacía mucho tiempo. Bueno, tiempo no, pero sí desde que otra persona… Ya me entiendes. Vaya, que lo que quiero decir…

–Ya lo he pillado –dije yo rápidamente.

Hablaba sola. Michael había bajado de la cama y estaba a medio camino de la puerta. Asomó la cabeza por el marco.

–Kleenex. En la mesita –me soltó antes de desaparecer.

Tenía una caja en la mesita. Claro, siendo chico, era normal. Aunque yo conocía a algunos que se contentaban con un rollo de papel de váter. Me limpié la mano y eché un vistazo debajo de la colcha para asegurarme de que no hubiera ninguna mancha de humedad. Cuando Michael apareció con cara de pena y otros pantalones de pijama, yo ya había vuelto a acurrucarme bajo el edredón y procuraba no mostrarme afectada ni crítica.

–Perdona –repitió al meterse en la cama.

–Que no, tranquilo. Son cosas que pasan –dije yo, porque era verdad, aunque a mí nunca me había pasado–. Tampoco exageres.

–No exagero. Bueno, sí. –Michael suspiró–. ¿Tú con qué te has quedado? ¿Con un beso como de un minuto?

No había llegado a tanto; más bien a veinte segundos, pero me pareció de mala educación señalarlo.

–Ya me compensarás otro día.

Me arrebujé como si fuera a dormir, aunque después de tanta excitación, de los preliminares y del planchazo total estaba muy despierta, y probablemente lo siguiera estando durante una eternidad.

–¿Y si te compenso ahora? –propuso Michael.

Era una respuesta tan cursi que se lo habría echado en cara, y mucho, de no ser porque ya me estaba besando.

A veces, cuando me besaba, me hacía sentir muy femenina. Esa fue una de esas veces. Yo correspondía, pero suspirando un poco y acariciándole la nuca, cuya piel era tan suave que me daba ciertas ganas de llorar; no tiene sentido, ya lo sé, pero es que era tarde, y yo estaba tan cansada que ya no estaba ni cansada, pero sí un poco triste.

–¿Hasta dónde quieres llegar? –me preguntó Michael cuando me besó en el cuello.

–Directa al paraíso –contesté yo; agarré su mano y la puse justo donde hacía falta.

A partir de ese momento no tuve que hacer gran cosa, la verdad; solo murmurar mi aprobación cada vez que Michael tocaba donde tenía que tocar. Pronto ya no tuve ni que murmurar, porque sus dedos estaban exactamente ahí.

–Yo es que tardo un poco –susurré cuando me preguntó por quinta vez si lo estaba haciendo bien–. Ten paciencia, que no me falta mucho.

Ya no dijo nada más. Solo siguió besándome hasta que ya no pude responder al beso, porque sacudía la cabeza, jadeaba y farfullaba insensateces cuyo contenido general era que si Michael paraba de hacer lo que hacía lo asesinaría. Hasta en el paraíso era beligerante.

La otra cosa es que después de la primera vez yo siempre podía repetir, y Michael la tenía dura, y se frotaba contra mi cadera sin darse ni cuenta. O sí se daba cuenta, pero no era tan osado como yo al hablar sobre esos temas. Además, era evidente que tenía un buen conocimiento de lo básico y respondía bien a las indicaciones; total, que parecía una pena desperdiciar aquel conjunto excepcional de circunstancias.

Por una vez no lo solté a lo bestia, sino que nos besamos un buen rato. Yo seguía estando a tono. También Michael seguía frota que te frota y apretando los dientes. Justo cuando iba a preguntarle si quería ayuda para sus tribulaciones, me puso las manos en las caderas para que no me moviese.

–¿Quieres que…? Bueno, podemos hacer lo mismo que antes pero juntos, pero nosésiteparecería muypronto-paratenerrelaciones. –Fue como lo dijo: un mazacote de palabras pegadas entre sí, con voz jadeante y estridente. No me esperaba que lo preguntase antes que yo–. ¿Está mal haberlo preguntado? ¿Te presiono?

–Sí, como que me vas a presionar tú –me burlé, y borré con un beso el posible resquemor que hubieran provocado mis palabras–. No, no me parecería muy pronto. Después de lo que acabamos de hacer el sexo de verdad solo es un paso más.

Un paso muy importante para una pareja, pero nosotros dos no éramos exactamente novios, y no cambiaría mucho que lo hiciésemos. Tampoco es que implicara un mayor compromiso; bueno, más allá de…, de hacerlo.

Michael estuvo de acuerdo.

—Mola –dijo, tendiendo la mano hacia el cajón de la mesita de noche–. Condones.

Miré por encima de su hombro y vi más cuadrados de papel de aluminio que al ir con Ben al consultorio de salud sexual, cuando le salió un sarpullido en las partes por llevar unos vaqueros muy ceñidos sin nada debajo, y darnos la enfermera toda una bolsa de las del súper llena de Durex, porque estaba superconvencida de que éramos sexualmente activos. Como dijo Ben, era evidente que la enfermera tenía el peor gay-radar del mundo. Tal vez a Michael lo hubiera atendido la misma mujer.

Alcanzó un par y me los dio. Yo se los puse otra vez en la mano.

—Hazlo tú –exigí.

—Es que eres tan controladora que he pensado que lo querrías hacer tú.

—Yo solo he puesto uno en un plátano, en educación sexual –reconocí a mi pesar–. Las otras veces se lo puso el chico que se acostó conmigo, pero gracias por hacerme sentir tan, tan especial en un momento así.

Michael sonrió, burlón. Tenía su lógica que hasta desnudos, y juntos en la cama, nos siguiéramos picando. Discutíamos. Era nuestra especialidad.

—Por suerte, yo los he puesto en otras cosas que en plátanos –dijo con malicia.

Tuve que borrarle a besos la sonrisa de satisfacción, porque no le favorecía en nada.

Hubo más besos, muchos más. Luego una breve pausa en la que Michael hizo lo que había que hacer, y luego… Luego estaba encima de mí. Tras unos pequeños ajustes y unos susurros tensos, que nunca es que sea algo muy erótico, estuvo dentro de mí, y yo en plan ¡uaua! Por muchas veces que lo haga –tampoco es que lo haya hecho tantas veces–, el momento en que lo empiezas a hacer, en que empiezas a hacerlo de verdad, siempre impresiona. Siempre es una sensación muy rara y te dan como ganas de agobiarte, porque en el fondo, si lo piensas, el sexo es raro. Hasta la idea es rara. Se te acumula todo eso en la cabeza y es un poco violento, un poco incómodo. A veces sigue siendo incómodo y violento hasta el final, pero esta vez, mientras fruncía el ceño y sentía pánico, y me preguntaba si una chica que de vez en cuando compraba en la sección de niñas era bastante madura para las relaciones sexuales, y si lo cambiaría todo entre Michael y yo, y si el cambio sería para bien o para mal, y si a ver si después de habernos acostado ya no lo veía ni en pintura, él interrumpió lo que hacía para darme un beso muy suave en las arrugas de la frente.

–Eh, Jeane –murmuró–, ¿te estás poniendo rara?

–No me estoy poniendo, es que he sido rara toda la vida –afirmé yo.

Sonrió y me dio otro beso. Entonces sentí que hasta la última molécula, el último átomo, la última neurona que componían mi ser dejaban de estar nerviosos y se calmaban, así que pude volver a moverme y a envolver a Michael con mis brazos y piernas, y a responder al beso. De hecho, el sexo tampoco era tan raro. A veces podía ser bastante alucinante.

Esta primera vez con Michael no llegó a ser del todo alucinante, pero no pasaba nada; ahora, que él se portó en plan chico total.

—Pero has tenido un orgasmo, ¿no? –dijo después de haberse corrido, porque normalmente para los tíos es más fácil, tanto el sexo como la vida–. Que si no lo podemos volver a hacer, ¿eh? Si me dejas unos minutos… O si quieres te…, te ayudo, vaya.

A veces era la definición de diccionario del buen chico. Si hubiéramos seguido, y el sexo hubiera persistido en no llegar a ser alucinante, quizá le hubiera tomado la palabra, pero en ese momento me sentía dulce, relajada, y la verdad es que lo único que necesitaba era acurrucarme aún más debajo de la manta y destruir con los dedos la falsa cresta de Michael. Estaba tan tiesa por la laca que ni dos orgasmos habían bastado para rebajarla.

—Mira, no me he corrido, pero si me supusiera algún problema te lo diría antes que a nadie –dije mientras le alborotaba el pelo; y aunque solo le tocase el cuero cabelludo me di cuenta de que se le tensaba todo el cuerpo–. Ha sido nuestra primera vez. Las primeras veces pueden ser un poco raras, así que no te preocupes.

Besé su frente arrugada, señal de lo tranquila que estaba. Normalmente le habría dicho que no fuera tan quejica y, si no me hubiera hecho caso, lo habría puesto de vuelta y media.

—Pues yo creía que había estado bien –protestó él. Abrió mucho los ojos–. ¿No lo he hecho bien?

—Eres un hacha –le dije. Era verdad. Michael había puesto tiempo y esfuerzo de su parte, y había hecho algo con los dedos que en otro momento más normal me habría hecho gritar y prometerle que le compraría un poni–. Ahora cállate. Se supone que es el momento de reflexionar en silencio.

20

Nunca la había visto tan callada ni tan quieta; tan callada y tan quieta que no parecía Jeane, sino otra chica con el pelo de color melocotón. Todo por culpa del mal polvo que me había salido. Lo había hecho en plan aquí te pillo y aquí te mato, y la única razón de que Jeane no me sacase a patadas de la cama era el hecho de que fuera mi cama, y de que la suya la estuvieran ocupando miembros de las Duckie.

No lo entendía, porque me había centrado mucho en su clítoris, tal como me habían indicado dos de las otras chicas con las que me había acostado. Tampoco había tenido un gatillazo, pese a la preocupación de que, al verla desnuda, Jeane no me excitara. Sin ropa era tirando a regordeta, a la vez que un poco plana, cosa que en principio no tenía que ser *sexy,* pero que lo era; tal vez porque la ropa de Jeane era tan espantosa que la mejor opción era verla desnuda.

O tal vez porque Jeane estaba a gusto con su cuerpo. No se quejaba nunca de sus muslos, ni de su barriga, ni de estar supuestamente gorda, como todas mis otras conocidas, incluidas las flacas; todo porque querían que les dijeses: «¿Qué, gorda tú? Creo que lo que has querido decir es que estás muy en forma». No era el estilo de Jeane. Además tenía la piel suave y tersa, y me gustó encontrar músculos como Dios manda en sus brazos y piernas. A veces, cuando estoy con una chica, solo de abrazarla la noto tan frágil, tan endeble, que me da miedo que se rompa.

Con Jeane, no. A Jeane no podía romperla ni un arma de destrucción masiva. Lo que pasa es que no se había corrido, y yo era consciente de que por culpa de eso me las iba a hacer pasar canutas; lo sabía y lo temía, mientras ella acariciaba mi pelo y me daba besos en la cara: sabía que lo más seguro era que me hiciese algo malo en los huevos en el mismo momento en que me relajase.

–Michael, por favor, basta ya de angustiarte por mi no orgasmo –dijo con irritación–. He estado a punto, pero no he llegado. Puede pasar. Tampoco es una ciencia exacta. Si hasta cuando me lo hago yo sola pierdo el ritmo, a veces.

–¿Ah, sí? –respondí como pude, porque la alusión hecha al vuelo a que se masturbaba me había hecho entrar en barrena mental; bueno, ya sé que hay chicas que lo hacen, pero en general no hablan del tema.

–Pues claro. Además, lo has hecho bien, en serio; mucho, mucho mejor de lo que me esperaba. –Creo que me estaba acostumbrando a Jeane, porque ya no me ofendían por sistema sus insultos–. Como me digas que fue Scarlett la que te explicó el truco de lo que has hecho con el índice se me puede caer el mundo encima. –Puso una cara como si estuviera a punto de llorar–. Le tendré que hacer unas galletas.

–Tranquila, que tu mundo sigue entero. Con Scarlett no me acosté; y, por favor, no me digas que lo que haces con la lengua te lo enseñó Barney.

–Teniendo en cuenta que saltaba como medio metro cuando le intentaba dar un beso con lengua, es evidente que no. –Las manos de Jeane dejaron de moverse–. Me gustaría saber si Scarlett y Barney se acostarán algún día. ¿Quién dará el primer paso? Yo estoy segura de que todavía no se han dado un beso. Tardarán décadas en reunir valor para manosearse por debajo de la ropa. Bueno, pues si no fue Scarlett, ¿quién te enseñó a moverte así? –preguntó Jeane antes de que me hubiera recuperado de la idea de que se masturbase, y de la de Barney y Scarlett acostándose.

Jeane tenía razón. Antes de enrollarse probablemente recibieran sendos telegramas de la reina por haber llegado a los cien años. Pero ahora Jeane hablaba de mi vida sexual, y estuve seguro de que no cambiaría de tema hasta que se lo hubiera contado todo.

Suspiré.

–Bueno, mi primera novia sexual…

–¿Novia sexual? ¿Pero qué dices, Michael? –Se rio, alborozada–. ¡«Novia sexual»!

No hubo otra manera de que se callara que darle un pellizco en el culo, aunque ella se vengó con una dentellada en el lóbulo de mi oreja.

–Vale, pues la primera chica con quien me acosté, a los quince años, era la hermana mayor de Ant, y no salíamos, pero me buscaba cuando estaba solo o me sacaba de las fiestas para obligarme a hacer lo que quisiera y darme órdenes a grito pelado si no seguía al pie de la letra sus especificaciones. –Recordé los dos meses tensos, pero estimulantes, en los que fui el esclavo sexual de Daria Constantine–. De hecho, tenéis mucho en común.

–Me cae bien solo de oírlo –dijo Jeane–. ¿Cuál fue tu siguiente novia?

–Bueno, la experiencia con Daria me dejó tan marcado que con mi siguiente novia no tuve relaciones –mentí, porque no era la razón de que Hannah y yo no nos hubiéramos acostado. Lo nuestro era tan perfecto, tan intenso, que el sexo habría sido un estorbo. Con besarla era suficiente. No se lo quise decir a Jeane, porque no lo habría entendido y se habría burlado. Puede que a veces me viniera bien que se cachondeasen de mí, pero no en relación a Hannah–. Luego me fui de vacaciones dos semanas con un grupo de chicos, a Magaluf, en Mallorca, después del examen final de secundaria, y me enrollé con Carly, una chica de Leeds.

Jeane asintió.

–Y la noche siguiente te enrollaste con Laurie, de Manchester, y la otra con Heather, de Basingstoke, y...

–¿Te interesa lo que cuento o piensas seguir interrumpiéndome con chorradas que no se parecen nada a la verdad?

Abrió la boca, pero la volvió a cerrar y se tumbó con la cabeza entre la mía y mi hombro.

–Perdona, ya me callo.

–Sí, un minuto.

–Máximo cinco –me corrigió Jeane–. Pues eso, Carly, de Leeds.

–Bueno, nos conocimos la primera noche. Me gustó, y yo a ella también, así que decidimos que ya puestos mejor quedarnos juntos que salir cada noche y follar con cualquier… Mmm… Cualquiera por haber bebido demasiado. Ah, y antes de que lo preguntes, sí, aún estamos en contacto, y los dos hemos jurado no volver a hacerlo en una playa.

–¿Por qué?

–Una palabra: arena. ¿Y lo de callarte?

Jeane hizo el gesto de cerrarse los labios con una cremallera, pero me obligó a seguir con un codazo.

–La siguiente fue Megan, mi novia anterior a Scarlett. Salimos unos ocho meses y lo hacíamos bastante. Todo el rato, la verdad.

–Ah, ¿porque tus padres son de esos que ven guay que tengas tu propio espacio y respetan tu sexualidad incipiente? –preguntó Jeane–. Francamente, tengo que decir que tu madre no me pareció que fuera por ahí.

–Bueno, no, y menos cuando me pilló enrollándome con Megan.

–¡Qué dices! –musitó Jeane, apoyándose en un codo, proceso en el que estuvo a punto de partirme una costilla–. ¿Y qué hizo?

–Echarme un sermón insoportable sobre el sexo y el respeto a las mujeres. Ahora cada semana me trae la ropa limpia con condones en los bolsillos de los vaqueros. –Jeane soltó un gorgoteo–. No, en serio: cada día, al salir del instituto, me iba a casa de Megan y nos tragábamos toda la colección de porno y DVDs de sus padres de consejos sexuales. Sabes, ¿no? Tipo *Guía de posturas sexuales para la pareja*. Hasta había uno en 3D.

–Venga ya. Te lo estás inventando –dijo Jeane, irritada.

–¡Qué va! –insistí yo, no menos irritado–. Tú espera, espera, que ya verás.

–Sí, claro. ¿Qué se supone que es, una amenaza o una promesa?

–Un poco de cada –dije.

Empezaba a estar muy cansado. No, la verdad es que no empezaba: estaba cansado. Casi había amanecido y llevaba veinticuatro horas despierto, dos de ellas jugando a fútbol a lo bestia. Luego la escena con Heidi, y correrme dos veces. Quería dormirme, pero al mirar a Jeane la vi muy despierta, hasta el punto de que apenas parpadeaba.

–¿Tú no estás cansada?

Sacudió la cabeza.

–No, he recuperado fuerzas; además, me he enseñado a no tener que dormir mucho, aunque sé que tú no estás tan evolucionado como yo, o sea, que si quieres dormir no tengo inconveniente.

–Estoy bien –dije apretando las mandíbulas y aguantando un bostezo–. Bueno, ¿y tú qué? ¿Dónde has aprendido a moverte?

Jeane se puso a hablar. Fue como si su voz monocorde representara el equivalente auditivo de un somnífero. Me había quedado medio dormido, pero cuanto más avanzaba Jeane, más se animaba. Se retorcía, cambiaba de postura y me clavaba el codo, devolviéndome al estado consciente.

Total, que por lo que entendí sus encuentros sexuales previos habían sido con:

1. David, que tenía un blog de libros y era un cristiano convencido. Jeane solo tenía quince años y él

dieciséis. Como iba en contra de su fe, no lo hicieron del todo, pero estuvieron unos meses quedándose a tres cuartos de ese todo. Después empezaron a discutir mucho sobre que la religión organizada no era más que una conspiración maléfica para tener sometidas a las mujeres, «y al final le dije que tenía que elegir entre Jesús y yo; y va el tío y elige sin pensárselo a Jesús».

2. Jens, becario de no sé qué revista danesa de tendencias. Lo conoció en un congreso de librepensadores, radicales y jóvenes promesas. «Sí, ya sé que suena chorra, pero era una semana en Estocolmo con todos los gastos pagados.» Así que Jens, de veintiún años, pasó casi toda la semana con Jeane. Compraron juntos las mallas de color naranja chillón, fueron a ver arte contemporáneo, cenaron hamburguesas de alce y, al final de la semana, cuando todo el congreso se fue de crucero por las islas suecas, Jens desfloró muy suavemente a Jeane. «Me pareció guay –dijo ella, pensando en voz alta–. Él era Jens, y yo Jeane. Era guapo de verdad. Los suecos están de muerte. Se parecen todos a Eric, el de *True Blood*. Yo a veces soy así de superficial. Sí, vale, era mayor que yo, pero pensé que ya que en algún momento empezaría con el sexo más valía que fuese con alguien guapo de narices, y que supiera lo que se hacía. Fueron… ¿Cómo te diría? Veinticuatro horas de instrucción sexual.» Para entonces yo ya estaba muy despierto, y vi que Jeane sacudía la cabeza tristemente. «Lo malo es que no llegué a ver las islas. No salí del camarote de Jens.»

3. Ben, estudiante de moda y peluquero por horas, con quien Jeane se enrolló en una feria de artesanía, porque el tío llevaba una camiseta de *Pequeños Monstruos*. Estuvieron dos meses enrollados, hasta que Ben llegó a la conclusión de que prefería a los chicos y rompieron de buenas. Al menos era lo que decía Jeane, pero yo no supe si creerla, porque Ben era el culpable de que tuviera el pelo gris.
4. Cedric, francés, gracias a él conoció a Anaïs Nin, el buen café y eBay Francia, antes de que volviera a Marsella para acabar de licenciarse en Pretenciosidad Avanzada.
5. Judy, que jugaba al roller derby; y de repente yo empecé a pensar: «¿Judy? ¿JUDY?» Salido del túnel del cansancio, estaba de un despierto de apretar los dientes y salirse los ojos de las órbitas, y que Jeane me dijera que uno de sus rollos anteriores se llamaba Judy era como que me tirasen agua helada a la cara. «¿Eres bisexual? –le pregunté, porque ya se le podría haber ocurrido comentarlo antes–. ¿Te gustan las chicas? ¿Qué pasó con Judy?»

Jeane parecía turbada, como si no se explicase por qué reaccionaba como si la hubiera oído hablar en chino.

–Tío –dijo–; tío, has metido tal grito que me duelen los oídos.

–Bueno, qué, ¿sueles montártelo con chicas y con chicos? –pregunté como si no me hubiera salido un gallo.

–Pues… A ver, es como si me encantaran los Haribos pero a veces, en el quiosco, pensara: mmm, me apetecen unos Maltesers, para variar. Entonces me tomo los Maltesers, y están bien, pero no sé, les falta algo, y no me los podría tomar cada día, como los Haribos –concluyó Jeanie con una sonrisa satisfecha, como si tuviera toda la lógica del mundo comparar la orientación sexual con golosinas; en cierto modo la tenía, por extraño que fuese.

–Total, que me lo hice con Judy, pero resultó una promiscua de cuidado y cuando corté con ella empecé a salir con Barney y lo único que hacíamos era darnos besos. Esa es toda la gente con quien he tenido momentos eróticos divertidos y no tan divertidos.

Aparte del sueco, que me pareció un aprovechado, no era una mala lista. Me di cuenta de que no debía hacerme sentir inseguro el que le gustaran tíos experimentados o chicas. Si Jeane estaba allí conmigo era porque quería; y aunque el sexo fuera un nuevo paso, lleno de emociones, tampoco es que fuéramos a estar toda la vida juntos. Solo éramos un capítulo en nuestras respectivas historias sexuales.

Jeane volvió a recostarse en mis brazos, hasta hizo un poco de ruido por la nariz. Le acaricié la nuca. Cuando empecé a masajear el nudo descomunal que me encontré, los brazos y las piernas de Jeane se relajaron y fue como si la mitad de su cuerpo que descansaba sobre mí aumentara de peso.

–Duele –murmuró. Mi mano dejó de moverse–. No te he dicho que pares.

Seguí apretando, acariciando y masajeando hasta que se deshizo el nudo. Jeane respiraba de manera profunda y regular. Pensé que se había dormido.

Pero no. Justo cuando me disponía a apagar la luz de la mesita, se apretó contra mí y levantó la cabeza.

–Michel, ¿podrías…? El viernes, cuando venga mi padre y me lleve a cenar, y me eche un sermón por cómo vivo…, sería mucho más llevadero… –Casi bizqueaba por el esfuerzo de que le salieran las palabras. Volvió a dejarse caer sobre mi pecho–. No, da igual, no me hagas caso.

Se me pasó por la cabeza la posibilidad de que todo aquello, lo del sexo, hubiera sido una astuta encerrona para poder presentarme a su padre. Así daría igual que subsistiese a base de gominolas y café solo, que siempre entregara tarde los deberes, y que no durmiera lo suficiente, porque algo tenía que hacer bien para salir con un tío como yo. No es que sea un creído, pero la verdad es que doy el pego como novio perfecto, de manual. Mejor amigo de manual. Hijo de manual. Soy lo que esperan los demás.

Claro que Jeane era la única persona de mi vida que no esperaba nada perfecto de mí, y siempre me trataba con franqueza, una franqueza brutal. Tenía muchos defectos, pero no el de actuar por motivos solapados. Si quería algo de mí, me lo pedía directamente, menos cuando era demasiado difícil para verbalizarlo. Lo sabía porque empezaba a conocerla.

–¿Qué pasa, que quieres que vaya y conozca a tu padre? –pregunté con suavidad–. ¿Por eso de que se está mejor en grupo?

Pensé que se había dormido hasta que me dio un beso en el bíceps, la parte de mi cuerpo más cercana a su boca.

–Será una tortura. Encima tendremos que ir a un Garfunkel's. Mi padre flipa con el bufé gratis de ensaladas.

–Por mí, ningún problema. Me gustan mucho las ensaladas. Además, tú ya conoces a mis padres. Conocer al tuyo sería mi venganza.

–No quiero que lo hagas por obligación. Vaya, que no es que lo espere; no es que salgamos juntos y haya llegado la hora de que conozcas a mi padre.

–Ya, ya lo sé, pero si quieres que vaya, voy.

Hubo otra pausa. Jeane me dio tres besos más en el bíceps, incluso me acarició el brazo con la mejilla.

–Pues sí, sí que quiero.

Hasta que lo dijo no me di cuenta de mi estado de tensión. Me relajé.

–Vale, guay.

–Guay –repitió ella–. Y ahora ¿te podrías callar, para que duerma un poco?

21

Solo ahora, ahora que nos habíamos portado como un par de golfos, me vi obligada a admitir que estaba FLIPADÍSIMA por Michael Lee. Fue unos diez minutos después de que se despertara, a la mañana siguiente. Yo ya llevaba horas levantada –o minutos, si nos ponemos rigurosos–, y estaba detrás del escritorio, subiendo a mi Flickr las fotos de la noche anterior, cuando él se incorporó, se desperezó y se me quedó mirando como si no estuviera muy seguro de qué hacía en su habitación. Fue interesante ver cómo su cara reflejaba el recuerdo de lo sucedido, hasta que al final tuve la impresión de que si no se tapaba la cabeza con la sábana era por pura fuerza de voluntad.

–Ah. Ya. Vale. ¿Qué, qué tal? –masculló.

Estuve tentada de describir una tremenda sensación de escozor en mis partes pudendas, solo para animarlo, pero habría sido una crueldad. Y encima falso. Además, la noche antes había estado cariñosísimo, y hasta me había propuesto sentarse a mi lado y compartir conmigo toda la ensalada que cupiera en su estómago cuando llegara mi padre a la ciudad, así que me limité a sonreír.

–Bien, más que bien –dije.

Puso aún más cara de pánico, si cabía, como si se arrepintiese gravemente de algo y prefiriese que no hubiera pasado. Solo había una manera de averiguarlo.

–Oye, Michael, ¿sería mucho pedir si nos saltásemos la fase de estar incómodos a la mañana siguiente? No es digno de ninguno de los dos; ahora bien, si te parece que ha sido un grave error, y si resulta que ayer te pusieron un afrodisíaco en la birra, lo dices y fingimos que no ha pasado nada. Así podremos seguir como antes, o retroceder incluso más y hacer como si el otro no existiera, ¿vale?

–¿Cómo puedes ser tan…, tan como eres a estas horas de la mañana? –gruñó él.

–¿Qué quieres que te diga? Es un talento innato.

Se rascó la cabeza y palpó con cuidado los mechones que más se habían despeinado.

–Ah, para que lo sepas: no me arrepiento de lo de esta noche. Bueno, aparte de que el único satisfecho del todo fuera yo.

No esperaba estar tan aliviada.

–Bueno, yo recuerdo haberme quedado bastante satisfecha.

En ese momento Michael sonrió. Fue una sonrisa lenta y *sexy*. Sentado en la cama deshecha, con el pelo revuelto y las curvas de su musculatura marcadas, parecía un modelo de anuncio de aftershave de revista masculina de tendencias. Fue entonces cuando lo pillé: no era por guapo, ni porque cumpliera todas las normas de lo *cool*, ni porque se le diera todo bien; era porque estaba buenísimo, hasta un punto exagerado, y qué contenta estuve de no ser de esas chicas de sonrisa tonta, o de sofoco, o de risita, porque me habrían salido las tres cosas a la vez, en una mezcla repulsiva.

–¿A qué hora hemos quedado con Molly? –preguntó al recostarse en sus almohadas y doblar los brazos.

Consulté la hora en mi móvil.

–Dentro de unas dos horas, justo cuando estemos a punto de salir, me llamará para decirme que se acaba de levantar y que a ver si lo podemos retrasar una hora.

–¿O sea, que tres horas? Ah, pues me podría levantar y hacer un poco de café. Tú podrías volver a la cama, y así pondríamos remedio a lo de la satisfacción. –La sonrisa lenta y *sexy* adquirió una forma lasciva–. ¿Qué te apetece más?

De haber llevado gafas me las habría subido por el puente de la nariz, pero me decanté por una expresión remilgada.

–Café, por favor –dije, intentando borrar su sonrisa insinuante; y así fue: se quedó haciendo morritos.

Yo me reí y, separándome de mis múltiples dispositivos Mac, salté a la cama para abalanzarme sobre él.

El resto de la semana siguió en el mismo tono, aunque tampoco es que estuviéramos dale que te pego todo el día. Yo tenía que preparar la presentación del congreso de Nueva York, escribir algo para el *Guardian* y reunirme con mucha gente en Shoreditch. En cuanto a Michael, cuyos padres ya habían vuelto, mostraba una aburrida fijación por los deberes, además de tener que hacer trabajos administrativos para sus padres a cambio de dinero con el que comprarse cosas. Aparte de eso, conseguimos estar solos para «hacerlo». Hacerlo. Qué raro que se pueda clasificar todo lo que hacíamos juntos, y las sensaciones que nos provocaba, en un simple pronombre de dos letras: «lo».

En fin, que ese «lo» alucinante y trascendental, de afirmación vital, lo hacíamos siempre que podíamos, que no era tan a menudo como nos habría gustado, porque tampoco es que Michael se pudiera quedar a dormir. Sí que dio vueltas a la idea de contarles lo nuestro a sus padres, pero desistió sin darme tiempo de enumerar las trescientas sesenta y cinco razones de que fuera mala idea.

—Tarde o temprano, mi madre lo comentaría delante de alguno de mis colegas, y si no es estrictamente necesario nosotros aún no lo decimos, ¿no?

Asentí.

—Exacto. No hace falta que lo sepan nuestros compañeros de instituto.

Alguien, sin embargo, se enteraría, fuera o no de su agrado, y ese alguien sería mi padre. De todos modos, al tener más de sesenta años, vivir casi siempre en el extranjero y usar Internet solo para ligar con mujeres veinte o más años menores que él y con debilidad por los donjuanes maduros y alcohólicos, no importaba.

Aunque hubiera resultado ser una de las mejores semanas que recordaba en los últimos tiempos, la amenaza de la visita de mi padre flotaba en el aire como el olor de un perro mojado.

Roy, mi padre, tenía previsto llegar el viernes a las cuatro y media de la tarde. Con Michael no habíamos quedado hasta las siete, en el temido Garfunkel's. Teniendo en cuenta que se tardaba media hora en llegar, serían dos horas enteras en compañía de un hombre con quien no tenía nada en común salvo un pedacito microscópico de ADN. A veces tenía mis dudas de que existiera algún vínculo genético, pero dado que Pat era todo lo contrario a una ¿loca? ¿promiscua? —al explicarme de dónde venían los niños me había dicho que se encontraba mucho más realizada cuidando el jardín que con el sexo—, y que Roy y yo teníamos el dedo corazón de la mano izquierda torcido de la misma manera, no había más remedio que aceptar las crueles cartas que me había repartido el destino.

A las cuatro menos cuarto, el piso estaba como los chorros del oro; bueno, bastante limpio para mis criterios, aunque probablemente no para los de Roy; por muy dado a la bebida que fuese, no era el típico borracho descuidado, cosa que me habría facilitado mucho la vida, sino que se podía pasar media hora poniendo la mesa. Un domingo de Pascua había llegado al extremo de usar una regla de medir.

El caso es que mi nevera estaba llena de alimentos nutritivos, muchos de ellos verdes —no del verde Haribo—. Y no porque me los fuera a comer, ¿eh? También me vestí de una manera más sencilla. El color melocotón no me lo quitaba yo del pelo por ningún hombre ni símbolo paterno, pero rebajé el radiante tecnicolor de mi conjunto. Normalmente me vestía como me daba la gana, pero en principio Roy era mi padre, pagaba los gastos del piso e ingresaba dinero en mi cuenta para el cuidado de la casa. Yo, a cambio, iba al instituto, hacía los deberes como una buena niña y, si venía a visitarme, procuraba demostrar que era capaz de vivir por mi cuenta sin problemas, libre del yugo paterno. Y eso incluía no levantar demasiado la bandera de mi frikismo. Por eso llevaba un jersey y una chaqueta a juego, plateados –de un rastrillo benéfico–, una falda roja de círculos hasta la rodilla y unos zapatos que no daban la impresión de haber sido usados en primer lugar por una vieja.

Así y todo, cuando abrí la puerta de mi casa y Roy me vio, puso cara de circunstancias, como si su imagen mental de mí fuera la de una chica más guapa y sonriente y mucho menos como soy, y yo ya lo hubiera decepcionado antes de abrir la boca, como de costumbre.

–Ah, hola, Roy –dije.

Puso una cara todavía más larga. Mi padre parecía el equivalente humano de uno de esos perros mofletudos; vamos, que de por sí ya parecía un poco taciturno, pero en mi compañía eso se le agravaba aún más, sobre todo cuando no quería llamarlo «papá». Ya hacía mucho tiempo que, en cierto modo, se había desentendido de ese papel; si no vivíamos juntos, yo no hablaba mucho con él, él no se habría atrevido a imponer un límite horario a mis salidas y tampoco me ayudaba con los deberes, ¿qué sentido tenía llamarlo «papá»?

Bueno, el caso es que dejé que Roy me pasara con cuidado un brazo por la espalda, a modo de torpe abrazo, y me diera un beso en la frente. Acto seguido lo hice pasar. Cerraba la comitiva su última mujer. Para ser justos, era la misma con quien se había presentado hacía tres meses, o sea, que obviamente la cosa iba en serio. Yo no me acordaba de su nombre. Suerte que entonces dijo Roy:

–¿No le das un beso a tu tía Sandra?

Tenía dos maneras de hablarme: con condescendencia, como si yo tuviera siete años, o engolando la voz, como si yo fuera una adulta hecha y derecha y me correspondiese actuar como tal. Lo que de ninguna manera haría yo sería darle un beso a Sandra, que me sonreía con nerviosismo. Opté por un saludo desganado y los acompañé a la sala de estar.

Echaron un vistazo general. Supe que no estaban mirando los metros y metros de suelo –no cubiertos por pilas «ordenadas» de revistas– por los que había pasado la aspiradora, aunque parezca mentira, no: Sandra miraba el punto exacto del aparador donde estaba instalada la DustCam. Cuando tuve la amabilidad de ofrecerles una taza de té y fui a la cocina, pasó el dedo por la repisa y le enseñó a Roy la prueba que había descubierto.

Exasperante, vaya, pero no era la primera vez. Le enseñé el piso a Roy, para que comprobase que no había acogido a ninguna familia de yonquis o inmigrantes ilegales. Después le enseñé algunos trabajos del instituto, aunque tanto él como Sandra se mostraron bastante despectivos con mi marina.

–Deberías haber pintado la playa de Margate –dijo Sandra, apretando los labios–. La vista es muy buena.

Le di a Roy una pila de sobres con remitentes tan aburridos como la compañía del gas. Él solicitó una explicación sobre cuánto tiempo al día estaba encendida la calefacción central.

A las seis y media, tras decirle a Sandra por quinta vez que no quería cambiarme, y que sí, que en serio, que era lo que me pondría para cenar, los saqué del piso. Tuvimos que ir en transporte público, porque seguro que Roy querría beber una copita, o más de una. Aprovechó para someterme a un interrogatorio sobre Michael: «¿Qué edad tiene? ¿De qué lo conoces? ¿De qué se examinará en la selectividad? ¿Ya ha pedido plaza en la universidad? ¿Cómo se ganan la vida sus padres? Ah, o sea, que pasta no les falta, ¿no?».

–¿Y este Michael qué hace en su tiempo libre? –preguntó al salir del metro en la estación de Leicester Square. Después de tantos años de comer en Garfunkel's, había llegado a la conclusión de que el de la calle Irving era el que tenía los baños más limpios, el personal más amable y la barra de ensaladas mejor surtida. Seguro que había alguna hoja de Excel de por medio–. ¿Tiene las mismas aficiones que tú?

Era su manera de decir: «Este chico, que no sé si está intentando dejarte embarazada o no, ¿es del mismo tipo de raros con ropa rara y pasatiempos raros que tú?».

–Solo es un amigo –repetía yo una y otra vez, muy seria–; un amigo que por un extraño accidente de nacimiento resulta que es chico.

Cuando al fin llegamos a Garfunkel's, caí en la cuenta de que Roy había hecho muchas más preguntas sobre Michael, sus gustos y aversiones y su futuro que sobre mí en toda su vida.

El receptor de la curiosidad de Roy deambulaba en la entrada del restaurante. Al vernos se le iluminó la cara, porque era una noche muy fría de noviembre y Michael siempre llegaba a cualquier cita con un mínimo de diez minutos de antelación, mientras que nosotros nos habíamos retrasado cinco. Intenté que también se iluminase la mía, porque la verdad es que me alegraba mucho de ver a alguien más que a Roy y a Sandra, pero al final opté por darle un suave puñetazo en el brazo.

–Michael, te presento a uno de mis cuidadores secundarios, Roy, y a Sandra, que es su amiga especial –dije a modo de presentación–. Roy, Sandra, os presento a Michael, que no es, repito, no es un amigo especial, solo un amigo normal.

Le apreté la mano a Michael mientras nos sujetaba la puerta, en señal de que no era un simple amigo, sino que yo eludía la verdad en aras de las apariencias, y también –la verdad fuera dicha– para ahorrarle un montón de problemas. Al ver que lo miraba me hizo una mueca, pero no acabé de saber si estaba molesto o ya se había dado cuenta de que estaba a punto de pasar una de las veladas más aburridas de su vida, a pesar del bufé libre de ensaladas.

Sentarnos fue un follón, porque la primera mesa estaba demasiado cerca del baño y Sandra no podía estar de espaldas a la sala porque se mareaba, aunque tenía que poder mirar por alguna ventana, ya que se ponía «un pelín claustrofóbica». Al final, sin embargo, acabamos todos sentados. Michael y yo nos quedamos de espaldas al restaurante, por no sufrir de claustrofobia, y Sandra y Roy enfrente, con un gin tonic y un gran whisky de por medio.

Ambos miraban fijamente a Michael. Esperé que Roy no fuera a decir ninguna inconveniencia del tipo «¿Seguro que no queréis ir a un restaurante chino?». En serio. Una vez, Bethan salió con un chico negro y fue el horror de los horrores. A Roy se le le ocurrió preguntarle dónde había nacido, y no le sentó muy bien que Martin le dijera «en Londres».

Afortunadamente, aquella noche no pasó nada por el estilo. Tampoco Michael llevaba sus vaqueros bajos, los que mostraban al mundo sus calzoncillos. Se había puesto los azul marino que no se le caían de las caderas, la camisa a cuadros azules y blancos y la sudadera con capucha gris. No es que fuera el conjunto más emocionante del mundo, pero se amoldaba al gusto «padre y novia de padre», y también lo hizo Michael.

Contestó educadamente a todas las preguntas de Roy, con las respuestas que traíamos ensayadas. Sin embargo, justo cuando Roy le preguntaba por las notas que esperaba sacar en la selectividad, Sandra le tiró de la manga.

–Creo que deberíamos ir a la barra de ensaladas –dijo con urgencia, girando la cabeza en aquella dirección–. Acaban de reponer.

No es normal que dos personas mayores se muevan tan deprisa. En nada de tiempo pasaron de estar sentados a aparecer en la otra punta del restaurante. Descansé fugazmente la cabeza en el hombro de Michael.

–Oh, pobre Jeane… ¿Ha sido espantoso?

–Lo más espantoso del mundo –contesté–. Y estoy casi segura de que tendré que comer un poco de ensalada.

Michael sonrió, burlón, aunque no tuviera nada ninguna gracia.

–Si te comes toda la ensalada, te reservo un postre especial.

–Creía que tenías que irte a casa –refunfuñé, porque aunque fueran las vacaciones de mitad de trimestre, y en vacaciones ningún día de entre semana, Michael no se quedaba a dormir.

Era una tontería. Tenía dieciocho años. Legalmente tenía derecho a dormir fuera sin el consentimiento de sus padres. También podía decir una mentira y alegar que iba a casa de un amigo, pero era demasiado legal.

—Se levantarán como mínimo dos veces para repetir ensalada. De aquí no nos movemos en varias horas. No quedará tiempo para postres especiales.

No tuve la menor idea de por qué seguía sonriendo.

—No me refiero a eso —dijo en plan repipi, como si mi única manera de lograr mis pérfidos objetivos fuera a base de marrullería—. He llegado temprano para poder ir a Chinatown, comprarle unas cosas a mi padre y pasar por mi pastelería china preferida.

—¡Ah! ¿Has comprado los bollos que llevan aquella pasta roja por dentro?

—Puede ser.

—¿Sabes qué? Que si fuera de las que tienen novios de verdad, y tú fueras mi novio de verdad, serías… el dios de los novios de verdad —le solté. Al césar lo que era del césar—. Siento haberte traído a la fuerza.

Michael asintió.

—Si llego a saber que esperaban que trajese el carné de conducir y los tres últimos boletines de notas, lo más seguro es que no me hubiera prestado, pero bueno, mira, me sale la cena gratis. —Frunció el ceño—. Porque es gratis, ¿no? ¿O tengo que decir que pago lo mío?

—¡No! No hemos venido por nuestra propia voluntad. Si Roy espera que paguemos a medias, te invito yo a cenar. Es lo mínimo. —Eché un vistazo a la barra de ensaladas, donde Roy y Sandra estaban enfrascados en una conversación ante sus cuencos rebosantes—. Oye, que aún no es demasiado tarde. Si quieres puedes irte. Ya me inventaré alguna excusa de que te has encontrado mal, o de que te ha surgido una urgencia y has tenido que llevar a tu conejo al veterinario.

Esta vez fue Michael quien me dio un puñetazo en el brazo.

–Qué malo.

–Es que estoy muy estresada y me he pasado toda la noche limpiando y ordenando. No he dormido nada. Si no duermo, no me vienen las ideas.

Mi boca era una fuente constante de quejas, pero Michael continuaba a mi lado, tocando mi rodilla con la suya; grande, sólido, tranquilo, hasta el punto de que tuve que parpadear y sacudir la cabeza, preguntándome por el motivo exacto de que no se fuera.

22

Nunca he visto a nadie con una pinta tan triste como el padre de Jeane, Roy; no en el sentido de que diera pena, aunque llevaba un conjunto de chaqueta de punto, camisa y corbata francamente trágico, sino de que parecía que en algún momento de la vida le hubiera pasado alguna atrocidad de la que no se hubiera repuesto.

También su amiga, Sandra, parecía haber sufrido grandes desgracias. Cuando hablaba no paraba de moverse, ni de sonreír con arrepentimiento. La verdad es que tampoco estaban tan mal, ninguno de los dos, aunque se pasaran todo el rato bombardeándome con sus preguntas; yo creo que fue porque era su única manera de dar conversación.

Jeane no estuvo tan impertinente como de costumbre. Ni siquiera perdió la paciencia cuando le pidieron que se pusiera más verdura en el cuenco de ensalada, en vez de tacos de beicon y trozos de piña. Por otra parte, había hecho un esfuerzo por no ofender a la vista. Es verdad que llevaba un jersey y una chaqueta plateados y con lentejuelas, pero al menos pegaban. Es probable que la mayoría de las chicas no hubieran combinado una falda roja con medias amarillas y zapatos blancos y negros de cordones, pero Jeane no era la mayoría de las chicas.

Trajeron la segunda ronda de bebidas. Mientras esperábamos el plato principal, Sandra se puso a hablarme de su exmarido, que la había dejado con un montón de deudas y una úlcera péptica. Mientras tanto, yo observaba a Jeane y Roy.

Roy decía algo y la respuesta de Jeane era tan seca que bordeaba la mala educación sin caer del todo en ella. Por otra parte, no dejaba de lanzar miradas recelosas a su cuenco de ensalada, como si este fuera a saltar y atacarla. El reflejo de las luces en el lamé plateado daban un tinte fantasmal a su cara. Y Roy con su corbata, su pelo peinado encima de la calva, su cara tristona… Solo se me ocurría una cosa: ¿cómo podéis ser parientes consanguíneos? ¿Cómo podéis haber vivido dieciséis años en la misma casa? ¿Cómo es posible que estéis compartiendo mesa en Garfunkel's?

Justo entonces Jeane levantó la vista de su cuenco de ensalada y me sorprendió mirándola. Nunca la había visto tan perdida. Parecía tan triste como Roy, y tuve la momentánea tentación de llevármela a algún sitio donde pudiera brillar, y ser gritona, y comerse cantidades enormes de Haribos.

–Esto es horroroso –articuló sin decirlo–. ¿Y si nos escapamos?

Me había leído el pensamiento, pero justo entonces nos trajeron los segundos. Hubo un momento de confusión en el que pareció que se hubieran olvidado el puré de patatas de Sandra, pero al final quedó todo resuelto y pudimos comer los cuatro en un silencio tenso.

Jeane tardó en levantarse lo que el camarero en llevarse los platos vacíos.

–Tengo que ir a hacer un pis –dijo con voz aguda al recoger su bolso y salir corriendo hacia el baño de señoras.

Estuve seguro de que canalizaría su angustia en una orgía de tuits; tan seguro como del número de goles que ha marcado Van Persie con el Arsenal en toda su carrera. Me aferré a la carta de postres como a un chaleco salvavidas y sonreí sin convicción a Roy y Sandra.

–No lo entiendo –dijo ella–. Casi no ha tocado su tortilla.

–Bueno, puede que con la ensalada ya se haya quedado llena –dije yo, a pesar de que Jeane solo había comido los tacos de beicon.

Roy sacudió la cabeza.

–De pequeña le encantaba venir a Garfunkel's. Nunca he visto a ningún niño tan contento con la idea de tomarse un helado de chocolate.

Jeane seguía siendo aquella niña. Algunos de sus mejores ratos los pasaba viendo telebasura y hurgando en una bolsa de chucherías, aunque dudo que a esa niña la hubiera visto Roy en mucho tiempo. Aun así le pidió un helado de chocolate, y al volver a la mesa Jeane le sonrió sin abrir mucho la boca y le dio las gracias, a pesar de que en circunstancias normales, si alguien hubiera intentado pedirle algún plato, habría empezado a despotricar sobre lo complejo y conflictivo de la relación de las chicas con su cuerpo y la comida, y es muy posible que hubiera mencionado el patriarcado.

Me dije que odiaba como mínimo la mitad de las partes de las que estaba hecha Jeane, pero ninguna tanto como aquella Jeane callada y de cara triste. Cuando se sentó, no pude reprimirme: disimulando, le agarré la mano y se la apreté para darle ánimos. Lo peor de todo es que no se resistió.

–Oye, Jeane, que estábamos pensando, Roy y yo, que igual te gustaría pasar la Navidad con nosotros –dijo tímidamente Sandra, mientras Jeane se comía el helado de chocolate con el mismo entusiasmo que una niña sometida a trabajos forzados–. En nuestros apartamentos se ha instalado una familia muy simpática; de color, aunque son alemanes. Pero es muy buena gente. Tienen dos hijas más o menos de tu edad. Podríais jugar juntas.

Al principio Jeane no dijo nada, porque le estaba resultando difícil extraer un trozo de galleta de chocolate del fondo del vaso de helado.

–Ya sé que a ti la Costa Brava no te parece lo más emocionante del mundo, pero sería bonito pasar la Navidad juntos –añadió Roy, frotándose las manos con nerviosismo–. Tengo una tele portátil vieja en el cuarto de invitados. Así podrías ver tus programas.

–La verdad es que suena bien –dijo Jeane con un tono más plano que Holanda. Yo ya la conocía: cuanto más rabiosa estaba, menos entonaba, como si no se atreviese a traslucir ninguna emoción, no fuera a ponerse a gritar o a hacer alguna otra cosa de las que le parecían lo menos *cool* del mundo. No es que me lo hubiera dicho ella, pero a esas alturas mi experiencia personal ya era amplia–. Me hubiera encantado, pero es que en Navidad vendrá Bethan a Londres.

–Ah, pues estaría bien teneros a las dos –dijo Roy animoso–. Puede que estuvierais un poco apretadas, pero podríais dormir juntas en el cuarto de invitados y…

–Ya, pero es que hemos hecho planes, porque resulta que Bethan podía tomarse pocos días libres y he reservado mesa para Nochebuena en Shoreditch House. Me ha salido muy caro –añadió, ceñuda y con mirada elocuente–. De todos modos, se agradece mucho la invitación. Quizá pueda ir en Año Nuevo para una visita muy rápida.

Era evidente que no tenía la menor intención de cumplirlo. Aun así todos asentimos. Después sacó su móvil y empezó a teclear como una posesa. Pasado un segundo, vibró mi teléfono, y leí su mensaje por debajo de la mesa:

¿Pero cuánto tiempo más durará esta tortura, Dios mío?

Poco, por lo visto. Roy le hizo una señal al camarero y pidió la cuenta, antes de sacarse un sobre beis del bolsillo interior del anorak.

–Qué pena lo de Navidad.

Jeane suspiró.

–Mira, Roy, la verdad, después de seis horas, como máximo, tendrías ganas de matarme. Ya lo sabes.

–¿Por qué no puedes esforzarte más por ser normal? Con lo fácil que sería para todos… –dijo él, sacudiendo la cabeza. Ni aun así Jeane perdió los estribos, aunque apretaba con tal fuerza la cuchara extralarga del helado que me sorprendió que no se partiera–. Bueno, oye, ¿tú tienes una de esas cosas que hace copias de fotos y te las pone en el ordenador?

–Quieres decir un escáner, ¿no?

–¿Es una fotocopiadora doméstica, Roy? –intervino Sandra.

Oí rechinar los dientes de Jeane. De verdad, ¿eh?

–Sí, tengo uno –replicó, por primera vez en la velada habló con un tono duro–. ¿Qué quieres escanear?

–Es que tengo que ordenar unas cajas que tenía guardadas. Ahora que Sandra me ha hecho el amable honor de venirse a vivir conmigo… –Después de un buen rato, y de una larga retahíla, Roy por fin hizo entrega del sobre, que contenía fotos familiares–. Seguro que tu madre quiere copias. ¿Se pueden convertir en fotos, después de haberlas copiado?

–Sí, claro; o eso, o te las mando por e-mail, o te las cuelgo en Flickr –propuso Jeane, para incomprensión de Roy–. Mira, ¿sabes qué? Que te las mando por e-mail y también saco copias en papel fotográfico. Te las enviaré por correo con los originales.

–Así se podrían perder, cariño –dijo Sandra.

–Las enviaré por correo certificado, Sandra –aclaró Jeane con el más monocorde de sus tonos, más que ninguno de los de antes. Estaba clarísimo: se le había agotado la paciencia. Estaba de pie y me tiraba de la manga de la camisa para obligarme a hacer lo mismo–. Muchísimas gracias por la cena. Ha sido genial ponernos al día, pero es que Michael y yo tenemos que irnos.

Yo creo que a Roy y Sandra también les hizo un favor, porque no fingieron que quisieran alargar la cena con cafés, ni ver a Jeane antes de su regreso a España. Roy ni siquiera se levantó, ni hizo ninguna tentativa de darle a Jeane un beso o un abrazo de despedida. Se limitó a saludarla con la cabeza.

–Si cambias de idea sobre lo de Navidad, nos avisas –dijo–. Tendría que ser la semana que viene, o algo así, porque si no vienes puede que hagamos planes.

Jeane no hizo ningún comentario, aunque se le movía mucho la mandíbula al hacer un saludo militar en broma y salir del restaurante a paso ligero. No conseguí darle alcance hasta media manzana.

–¿Estás bien? –pregunté; una pregunta sin sentido, porque era evidente que en aquel momento Jeane y estar bien eran incompatibles.

–Perfectamente. ¿Por qué no iba a estar bien? Ha venido mi padre y me ha sacado a cenar gratis. Punto pelota. No tengo ningún motivo de queja, en absoluto.

–Qué raro, porque suena un poco a queja.

–Mira, Michael, ya sé que nuestro rollo es criticarnos y cachondearnos el uno del otro, pero ahora mismo no estoy de humor, la verdad –dijo Jeane. Se quedó parada–. Como dice Tolstoi: «Todas las familias felices se parecen; todas las familias infelices lo son a su manera». Yo vengo de una de las más infelices que ha habido desde que se documentan las familias.

Desde que el club de lectura de mamá le hincó el diente a *Guerra y paz* sé que cuando alguien empieza a citar a Tolstoi no está del todo bien. Por desgracia, no supe cómo hacer que lo estuviera.

–Venga, vámonos –dijo Jeane.

–Si quieres podemos ir al cine; o puede que haya algún concierto, o…

–Lo único que quiero es irme.

Esperamos el metro en silencio, y no nos dijimos nada en la parada del autobús. Yo me daba cuenta de que Jeane estaba mal; lo notaba como si fuera una persona que, al interponerse entre los dos, nos envolviera en su tristeza.

Jeane, cruzada de brazos, contempló los horarios del autobús, mientras movía los labios sin emitir ningún sonido. De repente me dio rabia.

Sacrificaba una noche para conocer a su padre y ella no me daba ni las gracias. Me prestaba a un interrogatorio, comía cosas que no es que me gustaran mucho, le hacía compañía y ahora ella no me decía ni mu. Por una novia yo no habría hecho ni la mitad.

Llegó el autobús. Eran diez minutos de trayecto hasta nuestro barrio. Supe que al final del viaje tendría que romper con Jeane; por mi salud mental, pero también por algo aún más importante como era mi reputación, porque tal como iban las cosas me acabaría contagiando la enfermedad de los raros. Ni siquiera me había parecido muy espantoso lo que llevaba puesto, y eso que era un jersey y una chaqueta de una tela rasposa y plateada, y una falda roja que no pegaba ni en pintura… Cuanto más tiempo pasaba con ella más me inmunizaba a aquel desastre visual. Bueno, desastre a secas, porque lo de visual aún podría parecer un paliativo.

Resentido, la vi avanzar por el pasillo del autobús, pisando fuerte. Justo antes de sentarse se giró y me sonrió. Fue una sonrisa débil, asimétrica. Aunque yo lo hubiera pasado mal, para ella la noche había sido peor. Aun así seguía siendo una egocéntrica como la copa de un pino, y seguía siendo verdad que me podría haber dado las gracias. En vez de eso, ¡sorpresa, sorpresa! Sacó el móvil y empezó a deslizar los dedos por la pantalla.

Me senté delante de ella, pensando en cómo romper. Probablemente tuviera que ser por un mensaje de móvil, porque era la única manera de asegurarme su atención.

Al pensarlo saqué mi BlackBerry hecha polvo y consulté con disimulo el *timeline* de Twitter de Jeane.

 raritayadorable_ Jeane Smith
He visto el infierno y se parece mucho a la barra de ensaladas de Garfunkel's.

 raritayadorable_ Jeane Smith
Ya no puedes volver a casa otra vez. Fo sho.

 raritayadorable_ Jeane Smith
Tus padres te joden. Puede que no lo hagan adrede, pero el caso es que te joden.

 raritayadorable_ Jeane Smith
Te meten sus defectos. Y le echan algún que otro suplemento. Esta noche me identifico a tope con Philip Larkin.

 raritayadorable_ Jeane Smith
Me encantan los bollitos chinos rellenos con pasta de judía roja, y la gente que me compra bollitos chinos rellenos con pasta de judía roja.

Sentí que mi rabia se empezaba a diluir, cada vez más borrosa e indistinguible. De repente Jeane se inclinó y, por increíble que parezca, me besó suavemente en la nuca. Casi salto un metro del asiento. En pleno y frenético esfuerzo por esconder el móvil para que no lo viera, Jeane lo hizo otra vez: me dio otro beso en la nuca.

–Si no llegas a estar tú habría sido una cena tropocien-
tos mil millones de veces más insoportable –susurró–.
Para compensarte haré algo A-LU-CI-NAN-TE. No sé muy
bien qué será, pero vas a flipar.

A veces era imposible seguir enfadado con Jeane.

–Hoy mis padres se han ido a Devon y se van a quedar
el fin de semana antes de traerse a mis hermanas de
vuelta –le dije.

–¿Ah, sí? Qué interesante. –Sentí el calor de su aliento
en mi nuca–. ¿Estás insinuando lo que creo que insinúas,
Michael Lee?

–Bueno, es que mañana no tengo fútbol, o sea, que
podría quedarme en tu casa, aunque la nevera de la mía
está llena y puedo andar por la habitación sin miedo a
que se me peguen Haribos en los calcetines.

Jeane apoyó los brazos en el respaldo de mi asiento.

–Eso solo fue una vez. Ahora, que con lo de la nevera
bien surtida me has conquistado. ¿Podemos pasar primero por mi casa, a recoger unas cosas?

–Sí, claro. –Me rozó con la mano un lado de la cara,
haciéndome sentir escalofríos, pero de los buenos–. Ya
sabes que en público no nos deberíamos tocar. Podrían
vernos.

Oí una risita, aunque Jeane normalmente no fuera de
risitas.

–En este autobús no hay nadie del grupo de edad que
pueda reconocernos; y aunque nos reconocieran siempre
lo podríamos negar.

Tenía razón. No era importante. Lo importante fue lo
que le observé:

254

–Después de una comida, si no la has disfrutado, aunque fuera de las de primero, segundo y postre, te quedas con tanta hambre como si no hubieras comido nada.

–Tendrá algo que ver con el cerebro y con sus receptores de placer. Se lo deberías preguntar a Barney, que flipa con esos temas.

–¿Tú también tienes hambre? Creo que mi madre ha dejado hecho un pastel de carne.

Jeane apretó su cara contra la mía.

–Estoy hambrienta.

23

Normalmente mis ataques de mal humor pueden durar días y hasta semanas antes de que se me pasen; por eso procuro evitar las situaciones que puedan darme mal rollo, pero Michael, no sé cómo, siempre conseguía adelantarse a mis malos humores.

Fue como si intuyese que después de una visita paterna no podía enfrentarme a la soledad; total, que después de pasar por mi casa a recoger el pijama, el cepillo de dientes y cien cosas más de las que no podía prescindir durante veinticuatro horas, me encontré sentada en su cama, comiendo pastel de carne y viendo una reposición de la serie *Inbetweeners*. Teníamos toda la casa para nosotros solos, aunque yo prefería el cuarto de Michael, con diferencia.

Como era una buhardilla estaba llena de ángulos raros, y estaba tan pulcra… Qué limpieza. Qué orden. Y no porque su madre le diera la lata para que la tuviera así. Yo había visto con mis propios ojos que Michael me traía unas toallas de invitados –¡toallas de invitados! ¡Yo es que flipo!– y las doblaba muy bien antes de dejarlas encima de la cama.

En deferencia a mi estado de fragilidad emocional, no intentó darme un beso, cuando en circunstancias normales no habríamos tardado ni cinco segundos en trastocar la tersura perfecta de su colcha, que era como una balsa de aceite. Se conformó con comerse el pastel de carne y fingir que estaba cautivado por mi perspicaz lectura de *Inbetweeners*, en la que analicé si se ajustaba al canon televisivo que gustaría a un raro. Ni siquiera tuve que chincharlo mucho para que me dejara usar su escáner, deseosa como estaba de dejar resuelto cuanto antes el tema de las fotos.

Se quedó un rato para asegurarse de que mis manos estuvieran limpias antes de acercarse a su impoluto teclado, pero una vez convencido de que estaban limpias como una patena, y de que no era mi intención mirar su historial de búsqueda para saber qué porno le gustaba, me dejó sola y se puso a jugar a *L.A. Noire*.

Descubrí que si ponía las fotos boca abajo en el escáner, y desenfocaba la vista para verlas como manchas color carne en la pantalla del ordenador, no hacía falta que las mirase. Ya me faltaba poco cuando Michael dio un pequeño empujón con el pie en el respaldo de su silla de oficina.

—Al menos podrías dejarme ver alguna foto en la que salgas de pequeña.

—Ni hablar. Vas a quedarte con las ganas —dije, pulsando el ratón sin parar.

—Es imposible que tus padres te pusieran una ropa peor de la que llevas ahora —insistió Michael. Cuando me giré para lanzar la más asesina de mis miradas, me di cuenta de que estaba detrás de mí—. Venga, Jeane, que seguro que hay como mínimo una foto con pañales o desnuda sobre una alfombra de imitación de cordero. Es la ley.

–No éramos una familia de las que hacen esas fotos –dije. Era verdad, al menos en la época en que llegué yo–. Además, estas fotos son todas de cuando yo aún no era ni una idea.

–¿Seguro que no lo dices solo porque de pequeña lo que más te gustaba del mundo era ponerte disfraces de princesa? –dijo Michael al apoyar su barbilla en mi hombro, cosa de lo más molesta.

–¿Lo dices en serio? ¿Tú crees que podría haber sido de esas niñas? Pues para que lo sepas, tenía un disfraz casero de superheroína. Era un personaje que me inventé yo y que se llamaba la Chica Increíble –confesé.

En algún recoveco de mi piso había una caja de cartón con los cómics mal dibujados que había hecho sobre la Chica Increíble y el Perro Malo, su fiel y canino compañero.

De alguna manera tenía que divertirme sola, porque Pat y Roy eran vehementemente antitele.

Mi hurgar en el baúl de los recuerdos, y en la exitosa campaña de la Chica Increíble y el Perro Malo por librar al mundo de la verdura, se acabó de golpe por culpa de Michael, que me clavó un dedo en las costillas.

–¡Eh, que me lo debes! Piensa que tu padre se esperaba de verdad que le contase cómo iba a devolver unas becas que ni siquiera existen.

Ahora su tono era de haberse picado de verdad.

–Pero si no hay nada que ver. –Seleccioné todas las fotos que había escaneado, y en un par de clics monté un pase de diapositivas–. Estos son Pat y Roy con Bethan en el útero, Bethan, Bethan, Bethan, Pat, Roy y Bethan y…

–¡Aquí! –exclamó Michael, triunfante, señalando la siguiente diapositiva–. Jeane de bebé. Ya sabía que tenía que haber pruebas fotográficas. –Puso la cara justo al lado de la mía–. Caray, qué mofletes…

Yo lo aparté.

–No soy yo –dije escuetamente–. Es Andrew, mi… Bueno, te diría que mi hermano mayor, pero como se murió mucho antes de mi nacimiento siempre se me hace raro llamarlo así.

Michael abrió la boca, pero al final no dijo nada en todo el resto del pase, que consistía todo él en Bethan y Andrew con una serie de conjuntos horrendos de los ochenta, tan horrendos que ni siquiera yo les encontraba alguna virtud. La siguiente tanda explicaba que las fotos hubieran estado tanto tiempo metidas en un sobre sin que nadie las mirase: Andrew cada vez más pálido y frágil, esforzándose por sonreír a la cámara; después, su undécimo cumpleaños, el último, en una cama de hospital, entre globos de helio y aparatos médicos de aspecto hostil. Creo que tardó una o dos semanas en morirse, pero no tenía muy claros los detalles.

–Joder, Jeane, cuánto lo siento. Si lo llego a saber no me pongo a hacer chistes –dijo Michael, abatido. Sentí en mí su mirada fija–. ¿Tú estás bien? Me refiero a que si te sienta bien tener que ver estas fotos.

–Sí, bueno… –Me encogí de hombros–. Claro que me da pena que se muriera; es horrible, pero yo no existía. Es algo que le pasó a mi familia, aunque me parece que no lo ha superado ninguno de los tres. Quizá Bethan, sí. Aunque creo que no estaría trabajando setenta y dos horas por semana como residente de pediatría si no se le hubiera muerto su hermano de una forma rara de leucemia cuando ella tenía siete años.

—A tu padre se le ve… No sé, muy triste. ¿Siempre ha sido así?

Cualquier otra persona se habría abstenido de hacer preguntas sobre un tema tan incómodo y profundamente personal, pero era como si Michael no se enterara. En ese momento me di cuenta de que nunca había hablado con nadie sobre aquello, sobre Andrew. De vez en cuando Bethan me contaba alguna anécdota de él, pero si le empezaba a hacer preguntas –¿os peleabais?, ¿le daba miedo la oscuridad?, ¿Pat y Roy eran diferentes en esa época? Quiero decir que si antes de que se pusiera enfermo erais felices– nunca llegábamos muy lejos, porque se ponía a llorar. Aunque hubieran pasado veinte años, le entraba un llanto desgarrador, como si acabara de ocurrir el día antes.

Total, que hasta entonces yo nunca había hablado de Andrew porque siempre había tenido la sensación de que su muerte no tenía ninguna relación conmigo, aunque, bien pensado, sin él no existiría.

—Sí –acabé por contestar–, siempre ha sido así. Pat, mi madre, es igual pero más seca.

Michael se sentó al pie de su cama. Yo giré la silla para tenerlo de cara, con la corazonada de que el tema daría más de sí.

Tuve razón.

—No debía de ser muy divertido crecer en una casa donde siempre estaban todos tristes –comentó Michael como si nada.

Es posible que si me hubiera soltado toda una batería de preguntas, insinuando que mis padres me habían dejado tarada en plan Philip Larkin, me hubiera puesto a la defensiva y me hubiera irritado, y puede que hasta le hubiera dado puerta, pero no fue lo que hizo, ni lo que hice yo.

—Bueno, tampoco es que se pasaran el día llorando y diciendo lo tristes que estaban —expliqué—. Era más bien como si no estuviesen. Como si se hubieran ausentado. Que por mí perfecto, ¿eh? Soy prácticamente una chica hecha a sí misma.

—Hombre, un poco sí que me olía que creciste en una manada de lobos —dijo Michael, tanteando el terreno con una sonrisa—. Aficionados a los dulces.

—Entiéndeme, ya sé que hay un montón de gente que ha tenido una infancia peor que la mía, pero…

Dejé la frase a medias, porque hay cosas que no son fáciles de decir, ni si piensas mucho en ellas ni si pones todo el empeño del mundo en no hacerlo jamás.

Michael me dibujó círculos en la palma de la mano.

—Pero ¿qué?

Después se acercó mi mano a la boca para dar un beso donde había puesto los dedos. Me pregunté si Scarlett estaba bien de la cabeza, porque en términos de quién era mejor novio, Barney o Michael, siempre saldría ganador el segundo, en todas las categorías. En lo único que lo eclipsaba Barney era en jugar a *Guitar Hero* —en eso era una bestia, de verdad— y en desmontar mi ordenador y volver a montarlo en un fin de semana para que funcionase más deprisa, mejor y con menos zumbidos.

—A mí me lo puedes contar, Jeane. No se lo diré a nadie.

Asentí. No le faltaba razón. Por otra parte, seguro que no tenía instalado ningún aparato secreto de grabación. Bueno, yo habría dicho que no.

–El caso es que… Pues mira, que sí, que después de la muerte de Andrew deberían haberse divorciado. Parece que es muy habitual, cuando a una pareja se le muere un hijo: no es algo que los una, sino que los separa. Hay estudios y todo sobre el tema. –No me molesté en señalar que me había pasado muchas horas leyendo la bibliografía–. Pero bueno, Pat y Roy decidieron que se les pasaría el dolor teniendo otro hijo, como cuando se te muere el perro y al mes ya tienes un cachorro nuevo. Lo malo es que no les salió ningún bebé mono y simpático que volviera a dar sentido a su vida; lo que les salió fui yo, y a partir de ese momento no tuvieron más remedio que seguir juntos a la fuerza dieciocho años más.

–Ya, claro, pero dieciocho no serían, ¿no? –puntualizó Michael–. Porque tú ahora solo tienes diecisiete, y me dijiste que a los quince te fuiste a vivir con tu hermana, o sea, que debió de ser más o menos cuando se separaron tus padres…

–A eso iba –dije yo. Era una parte de la que me enorgullecía, porque era la demostración de que era una persona con más sentido común que los dos adultos que, en principio, tenían que educarme, y que tan mal lo estaban haciendo–. Ocurrió un domingo. En aquella época Bethan hacía guardias y dormía de día, Pat preparaba su máster en buen rollo y Roy le daba a la botella en su caseta del fondo del jardín. Cuando estuvo lista la comida –espaguetis a la boloñesa vegetarianos, porque según Pat la carne roja provoca cáncer en los intestinos; bueno, según ella todo provoca algún tipo de cáncer–, me di cuenta de que era la primera vez que coincidíamos todos en la misma habitación durante el fin de semana. Hay que ver cómo me enrollo, ¿no? Parezco una persiana.

–Tranquila –dijo Michael–. Ya me estoy acostumbrando a tus frases interminables. Bueno, pues eso, que estabais comiendo espaguetis vegetarianos. Y entonces, ¿qué pasó?

–Pues no gran cosa; solo que dije que por mí no tenía sentido que siguieran juntos, porque lo más probable era que mi estado mental mejorase si se separaban. Así de claro.

Michael parecía horrorizado, sobre todo al oír mi risita, aunque no fue una risita cínica; más bien fue una risita de acordarme de cuando les conté el plan tan audaz que había preparado para emanciparme legalmente de ellos.

–Ellos, lógicamente, me dijeron que era una tontería, que estaba todo bien, pero saltaba a la vista que no, y al cabo de tres meses de dura campaña conseguí que lo vieran como yo.

–¿Porque al final es más fácil seguirte la corriente que ir repitiendo que no y que no?

–Algo así –asentí. Era mi modus operandi: había observado en casi todos los casos que lo que no conseguía la razón lo conseguían la repetición y el volumen–. En fin, que se divorciaron, vendieron la casa, compraron un piso para que viviéramos juntas Bethan y yo. Pat se fue a Perú a hacer el doctorado y Roy se marchó a España para abrir un bar. Por eso cuando a Bethan le concedieron una beca de estudios en Chicago ya era demasiado tarde para cambiar la situación.

Michael seguía horrorizado. Se le veía muy compadecido, pero sin razón.

–Pobre…

Le tapé la boca con la mano.

–De pobre nada.

Me la apartó con una facilidad irritante.

–Perdona, pero suena a una infancia bastante asquerosa.

–Si tú lo dices… Yo creo que si no hubiera aprendido con tan pocos años que era la única persona de la que podía fiarme ahora no sería tan fabulosa como soy. A menos que sea una friki de nacimiento, y orgullosa de serlo. Vete tú a saber. De todos modos, traumas de infancia los tiene todo el mundo, ¿no?

Michael sacudió la cabeza.

–No, yo de eso no tengo. –Apretó los labios y buscó mentalmente algún trauma del que pudiera tener conocimiento–. Bueno, aparte de haber sido hijo único diez años, hasta que llegó Melly. Eso sí que fue un *shock*. Después de tanto tiempo siendo yo la estrella… –Se le iluminó la cara–. Supongo que lo más raro de nuestra familia es que biológicamente Melly y Alice son gemelas.

–¿Cómo puede ser, si Melly tiene siete años y Alice… cuántos, cinco?

–No me sé todos los detalles, pero después de que naciera yo mis padres tuvieron problemas, se hicieron una in vitro, congelaron algunos de los embriones sobrantes, tuvieron a Melly, descongelaron el resto de los embriones y después salió Alice.

–Sigo sin entender que por eso sean gemelas.

No sé si la intención de Michael era distraerme de mi autocompasión, pero estaba funcionando, vaya que sí.

–No, Melly tampoco lo entendió cuando mamá y papá se lo dijeron. Con tantos detalles sobre espermatozoides y óvulos la marearon aún más. Luego fue Alice la que quiso saber por qué la habían tenido dos años metida en un congelador. –Michael se aguantó la risa–. Un día las pillé sobre una silla, buscando en el congelador para ver si detrás de los palitos de pescado había más bebés en miniatura dentro de probetas.

Yo tampoco pude remediarlo y se me escapó la risa, aunque me obligué a parar con la mayor rapidez humanamente posible.

–Supongo que si es lo más parecido a un trauma infantil que conoces al menos es un trauma bonito; bueno, ese y el de que tu madre y tu padre se tomen tan a pecho la educación de sus hijos. –Me estremecí–. Eso yo no lo aguantaría, de verdad te lo digo. Prefiero el abandono bienintencionado de Pat y Roy, con diferencia.

–Me parece que estamos a punto de volver a discutir –anunció Michael, irguiéndose.

Tuve miedo de sus palabras. Normalmente me encantan las trifulcas, pero estaba demasiado exhausta para nuevas peleas.

–¿Por qué? –pregunté, recelosa.

–Pues porque resulta que ahora mismo a mi madre y su estilo hiperprotector los veo geniales. –Se le veía tan alucinado de haber tenido suerte en el tema materno que se me escapó otra risita–. ¿Dónde está la gracia, a ver?

–En ti –contesté, mientras me levantaba de la silla del ordenador para sentarme en su regazo y tumbarlo a la fuerza, dejándolo de espaldas, con los brazos sobre la cabeza, sujetos por mis manos–. Se te ve todo en la cara. Siempre sé exactamente qué piensas.

–Mentira –dijo Michael, huraño, entre esfuerzos simbólicos por liberarse. Ni siquiera lo intentaba de verdad–. Sí que tengo algún misterio.

–Qué va. Para nada. –Jadeé un poco, porque ahora Michael sí que intentaba quitarme de encima–. Tú de misterios cero patatero. Además, el misterio está sobrevalorado.

¿Que pudiera tener algún que otro problema gracias a la controladora de su madre y a sus ansias demenciales de caer bien a todo el mundo? Vale, pero en el fondo era como un libro abierto; y ni siquiera de los que contienen muchas palabras largas.

–Mira que puedes llegar a ser bruja… –gruñó al invertir las posiciones y ponerse sobre mí, haciendo que fuese yo la que se resistía–. No lo sabes todo, ¿eh? Ahora mismo, por ejemplo, no sabes lo que estoy pensando.

Pues sí, lo sabía. Ahora me inmovilizaba él con su cuerpo y era yo la que se retorcía para soltarse. De repente me quedó clarísimo en qué pensaba. No me hizo falta decir nada. Me bastó con sonreír de modo cómplice. Ah, y también sabía exactamente cuáles serían las siguientes palabras que salieran de su boca.

–Bueno, aparte de eso, seguro que no sabes en qué pienso.

–¿En cuánto te gustaría matarme en este momento concreto, y en cómo puedes haberte enrollado con una lianta como yo, y bla bla bla y bla bla bli? –dije, como si tararease.

Entonces me besó y sus besos ahuyentaron los restos de mi tristeza. Durante toda aquella espantosa velada, con sus dosis de espanto adicionales, Michael se había mostrado firme, fiable, como una roca, noviable al cien por cien. En vez de ponerlo de los nervios, debería haber pensado en alguna manera de pagarle su bondad.

Dejó de sujetarme. Ahora solo me abrazaba. Sus besos se fueron volviendo más dulces y más apasionados. Me fue imposible no besarlo con la misma pasión. Ya no podría compensarlo. En el momento, sin embargo, en el que Michael despegó su boca de la mía para poder respirar tuve la mejor idea de mi vida.

–¡Ven conmigo a Nueva York! –jadeé–. ¡Invito yo!

–¿Qué? –Intentó volver a besarme, pero se lo impedí–. Venga, dame otro beso.

–De momento nada de besos. Lo he dicho en serio. Dentro de dos semanas participaré en un congreso en Nueva York y tú me vas a acompañar como que me llamo Jeane.

–Y yo no voy como que me llamo Michael. ¿Nueva York, dentro de dos semanas? ¿Qué te pasa, que se te ha ido la pinza?

–Nunca he estado más cuerda. ¡Vente a Nueva York! ¡Será divertido!

Me estaba riendo. También Michael se reía, hasta que sacudió la cabeza.

–¡No!

–¡Sí!

–¡No!

–¡Sí! Sabes que en el fondo te apetece.

–¡No! ¡Nunca! Ni en un millón de años. Y ahora cállate y dame un beso o te vas a tu casa.

Le di un beso, pero aún no habíamos terminado la conversación. Supe que en veinticuatro horas Michael vería las cosas como yo. Les pasaba a todos.

24

—Michael, te vienes a Nueva York y se acabó. He cambiado mi asiento *business* por dos *premium economy*. ¿Qué pasa, que no vale nada mi sacrificio? ¿Sí o no? ¿O es que eres un bruto y un insensible?

Yo creía que lo de que Jeane había persuadido a sus padres de que se divorciasen solo era otra muestra de su dramatismo habitual, pero después de cinco días de acoso, agobio y terquedad me lo empecé a creer.

Yo le había dicho que imposible, que mis padres no me dejarían irme el fin de semana con ella a Nueva York ni aunque faltara poco para el Segundo Advenimiento; y en cuanto a tomarme libre un viernes de clase… Ya puestos, mejor les pedía permiso para ir a la Luna. ¡Si lo necesitaba hasta para sacar algo de la nevera!

Al decírselo a Jeane —con otras palabras, para no parecer un fracasado—, ella, como era previsible, puso cara de indignada.

—¡Pero bueno! ¿Y por qué no les mientes, como cualquier adolescente normal? Ya te daré instrucciones sobre lo que les tienes que contar. Venga, Michael, que no es tan complicado.

Siempre me había extrañado que pudiera gestionar su imperio friki llevando una vida tan caótica y desordenada; hasta que recibí un correo a bocajarro con el plan de acción.

Lista de tareas para Nueva York

1. Diles a tus padres que ese fin de semana irás a ver una universidad. Necesitas a un amigo mayor que ya esté matriculado. Haz como si te quedaras en su casa. Ya he mirado tu horario y el viernes no tienes casi nada, solo informática y matemáticas. Qué aburrido.

2. También tengo que inscribirte en el congreso. Si quieres que te diga la verdad, lo más seguro es que la mayoría de los conferenciantes sean unos muermos, pero te prometo que yo no lo seré. Haré cosas emocionantes gracias al PowerPoint y el vídeo.

3. Como no puedes llevar grandes cantidades de líquido en el equipaje de mano, la gomina la tendrás que facturar en la maleta, aunque estaría mejor que pudieras prescindir de ella por un fin de semana. No tengo muy claro que triunfe en Nueva York esa especie de cresta de gallo tan rara, allí la suelen llevar lesbianas de mediana edad. Dicho sea sin ánimo de ofender, ¿eh?

4. Para el billete necesito tu número de pasaporte. Ah, y el tipo de comida que quieres. Yo he pensado en meter caña y decantarme por la opción *kosher*.

5. Tendrás que pinchar en esta dirección de Internet y rellenar AHORA MISMO un formulario para el visado de entrada en Estados Unidos. Se tiene que hacer COMO MÍNIMO tres días antes de llegar. Si no, o te meten en el

primer avión de vuelta a Londres –¿te suena la palabra «caro»?– o te detienen a punta de pistola, puede que con la ayuda de unos cuantos perros feroces, y te internan en una especie de cárcel de inmigrantes, lo cual sería un coñazo de primera.

6. También tienes que llamar a tu compañía de móvil y pedirles que desconecten tu buzón de voz. Ah, y desconecta el roaming del teléfono, que si no te costará una pasta gansa. Tranquilo, que ya te lo iré recordando cada media hora hasta que lo hagas.

7. Seguro que tenías que hacer más cosas. Ya te las diré.

Ahora faltaban ocho días para que saliera el vuelo de Jeane a Nueva York y ella había redoblado sus esfuerzos. Teniendo en cuenta que antes de eso los esfuerzos en cuestión ya eran casi incesantes, haberlos redoblado significaba no parar ni un solo instante de dar la tabarra sobre Nueva York.

–¿No prefieres que vaya porque me apetezca de verdad, y no porque me hayas dado tú la lata? –le pregunté.

Estábamos al fondo del sótano de secundaria, en el armario donde se guardaba el material de escritorio. No sé de dónde sacaba Jeane la llave. Tampoco había sabido nunca que en el instituto hubiera tantos escondites para darse besos y abrazarse. En el instituto nunca pasábamos de un beso y un abrazo –o de desabrochar algún que otro botón–, pero hoy Jeane me había llevado allá abajo con un falso pretexto.

Después de solo diez minutos de besos me apartó y reanudó su maratón de incordios.

Se encaramó a un archivador roto y me echó una mirada severa.

–Mientras vayas, me da igual por qué. No entiendo que te tengas que poner tan plasta. Es tan cansino...

–Si soy tan cansino, mejor no estar tres días arrastrándome.

–No he dicho que tú seas cansino. He dicho que lo cansino es la situación. Además, técnicamente no serían cuatro días. Pero da lo mismo: tú diles a tus padres que volverás de la visita a tu viejo amigo y compañero de fútbol en su centro de educación superior el lunes a primera hora, y que irás directamente al instituto. –Levantó la barbilla con una actitud desafiante. Nunca la levantaba de ninguna otra manera–. Francamente, ¿hay algo que pueda ser más fácil?

–Una operación a corazón abierto. ¿Conoces a mi madre?

Jeane murmuró algo entre dientes y se puso de morros. Hay chicas que cuando hacen morritos te dan mucha pena. En el caso de Jeane era una simple expresión de mal humor.

–Sabes tan bien como yo que tarde o temprano te darás por vencido. A mí me convendría mucho más que fuera temprano.

Di un paso hacia la puerta.

–Una palabra más sobre Nueva York y me voy.

–Pero ¿a que en el fondo te encantaría ir conmigo a Nueva York? ¿Verdad que sí? Al menos reconócelo.

Esta vez fueron tres los pasos que di hacia la puerta.

–Ya me he cansado.

–¡Vale, vale! Te prometo no hablar de lo que sabes durante diez minutos de reloj.

—Eres incapaz de estarte diez segundos sin sacar el tema.

Al girarme vi que volvía a hacer morritos.

—Si me das un beso, no.

Dicho así, y quedando más de media hora para las clases de la tarde —después de haber engullido mi almuerzo—, me pareció mucho más divertido besar a Jeane que irme como un energúmeno.

Por una vez, sentada en el archivador, me superaba en estatura, lo cual dio pie a un ajuste interesante, porque tuve que estirarme para llegar a su boca y ella me rodeó el pecho con las piernas, adornadas con leotardos de rayas rojas y azules. Ni siquiera me importó tener clavado en la barriga uno de los tiradores del archivador.

—Mira que eres bonito —susurró Jeane.

Debería haberme apartado, molesto, porque a ningún chico le gusta que lo llamen bonito, caray, pero es que el tono de Jeane... No sé, era como nostálgico, como si lo de ser bonito la tuviera flipadísima, así que por una vez no se lo tuve en cuenta.

Se estremeció cuando le di un beso en la boca. Después le dibujé una línea en la mejilla con los labios, parándome a mordisquear el lóbulo de la oreja antes de seguir por el cuello. Jeane siempre olía muy bien, a higo, vainilla y loción para bebés; sobre todo en aquel punto donde le latía desbocado el pulso, y como tenía unas cosquillas increíbles siempre se empezaba a retorcer y a reír.

—Qué mona te pones cuando estás así —le dije.

Ella me clavó las rodillas en la caja torácica.

—Vete a la mierda. Yo de mona, nada. No aspiro a ser mona.

–Pues mala suerte, porque lo eres, así que vete acostumbrando.

–Venga, cállate ya y dame un beso.

Justo cuando me callaba y empezaba a darle un beso me pareció que oía ruido, pero no hice mucho caso, y menos habiendo logrado desabrochar el tercer botón del vestido de Jeane. Encima ella se me estaba pegando cada vez más.

Cuando sí hice caso, y mucho, fue al oír el pomo de la puerta y la voz de Barney:

–A veces se esconde aquí dentro. Tiene una reserva secreta de Haribos en una caja de papel A3. ¡Anda, si no está cerrado con llave!

Jeane y yo aún nos estábamos separando cuando irrumpió Barney, seguido de cerca por Scarlett.

–¿Pero se puede saber...? –dijeron, perfectamente al unísono, lo cual habría tenido su gracia si las piernas de Jeane no hubieran seguido alrededor de mi cuerpo, y su vestido hubiera estado abrochado, y mi chaqueta de chándal y mi jersey no hubieran estado tirados sobre un ventilador roto.

Fue el peor silencio de mi vida. Pareció durar siglos, aunque Jeane solo tardó un minuto en arreglarse el vestido, cruzarse de brazos y decir:

–Qué situación más incómoda.

Barney nos miró: primero a mí, después a Jeane y otra vez a mí.

–¿Qué pasa aquí? Mejor dicho, ¿por qué? ¿Vosotros dos? Pero qué raro...

–Tan raro tampoco –repliqué yo a la vez que alcanzaba mi jersey y me lo pasaba por la cabeza, porque Scarlett había apartado la mirada y no supe si era por habernos visto en pleno frenesí sexual con casi toda la ropa puesta o porque mi cuerpo la seguía poniendo tan nerviosa como cuando salíamos juntos–. Vamos al mismo instituto, vivimos en la misma zona y tenemos más o menos la misma edad. Son muchas cosas en común.

–Tú y yo no tenemos nada en común –intervino Jeane, aplastando el último trocito de mi ego que quedaba intacto, a pesar de todos sus esfuerzos por destrozarlo–. Michael me considera una friki mandona y mal vestida, y yo a él un guaperas sin sustancia. Lo que estamos haciendo no quiere decir nada. Como alguno de vosotros se lo diga a alguien… –Hizo una pausa–. ¿Te acuerdas de las dos veces que te he hecho llorar en clase de lengua, Scar?

Scarlett asintió. Seguía sin haber recuperado el don del habla. En cuanto a mi ego, ya estaba oficialmente muerto, sin cura posible. Pero qué bruja era…

–Pues te puedo hacer llorar así todos los días hasta que acabes el instituto. No es que quiera, pero como me entere de que corre la voz de que tengo algo que ver con Michael, será lo que haga. Aunque solo oiga que nos nombran en la misma frase. ¿Te ha quedado claro?

–Como si se lo fuera a creer alguien –dijo Scarlett sin aliento–. Yo lo he visto con mis propios ojos, y mi cerebro… Nada, que no lo puedo asimilar.

No podíamos asimilarlo ninguno de los cuatro. Barney miraba a Jeane con mala cara, por haber sido cruel con Scarlett. Scarlett miraba a Jeane con mala cara, porque acababa de ser amenazada, y yo miraba a Jeane con mala cara por su absoluta falta de respeto hacia mí. ¿Ya he dicho lo bruja que es?

Jeane no miraba a nadie con mala cara. Columpiaba las piernas como si reflexionase profundamente. De repente, levantó la cara, dio un grito y saltó al suelo.

—¡Eres un genio, Barney! —exclamó, mientras se arrodillaba para buscar algo entre las cajas polvorientas—. Ya no me acordaba de los Haribos que tengo aquí escondidos. Me he saltado la comida y estoy muerta de hambre. —Sacó una bolsa de chuches—. Lo que no sé es cómo se me ocurrió comprar un Milky Mix. No es lo mejor que han hecho los de Haribo.

Típico de Jeane: distraer, salir por la tangente, hacerse la loca. Así los demás se olvidaban de por qué estaban enfadados con ella. De hecho, Scarlett ya había metido la mano en la bolsa de Milky Mix que le ofrecía.

Me eché a reír. Jeane me exasperaba y no es que me cayera siempre muy simpática, pero era la única parte de mi vida que nunca se ajustaba a lo previsto. Fue entonces cuando supe que me iría con ella a Nueva York, no por agotamiento, sino por diversión. Se le daba francamente bien, a Jeane, divertirme.

—No sé de qué te ríes —refunfuñó Barney, que seguía molesto con ella—. No tiene ninguna gracia.

Me pregunté si aún sentía algo por Jeane. Probablemente no, porque tiró de la mano de Scarlett y se la llevó hacia la puerta.

—Como pongas ni que sea un poco triste a Scar te enterarás —amenazó, como si no fuera Barney.

—Tranquilo, Barns, que ya me sé cuidar —dijo Scarlett, algo que obviamente no era verdad—. De todos modos, no pienso decir nada; no porque tenga miedo, sino porque no quiero pensar nunca más en lo que he visto.

Dicho lo cual se marcharon y Jeane y yo nos quedamos solos. Ella masticaba con ahínco sus Haribos, que no podían sustituir a un bocadillo. Levantó una mano en señal de que cuando hubiera acabado querría decir algo.

—No te considero un simple guaperas —dijo finalmente—. Sé que eres más que eso, pero no se lo podía decir a Barney y Scarlett. Habría complicado aún más las cosas. Mejor que se crean que solo son nuestras hormonas.

—Vaya, así que un poco de sustancia sí que tengo, ¿no? —pregunté, más que nada porque era lo más parecido a una disculpa que se le podía sacar a Jeane, y estaba decidido a prolongarla al máximo.

—¿No es lo que acabo de decir? —Enseñó el pulgar y el índice, ligeramente separados—. Calculo que más o menos esto.

—Estilo al menos sí que tengo —dije para provocarla—. Por cierto, ha llamado Pippi Calzaslargas y quiere que le devuelvas su ADN.

Jeane se puso la mano a la altura del corazón e hizo una mueca.

—Ay. Punto uno: no tengo ni el más repuñetero parecido con Pippi Calzaslargas. Punto dos: ¿un tío que se compra toda la ropa en tiendas que apestan a perfume del malo hasta en la calle, y que no venden ni una talla para personas normales, se burla de mi forma de vestir? Sinceramente, no lo veo muy claro.

—Lamento que sufras tanto por mi ropa. Probablemente sea mejor que en Nueva York sigamos fingiendo que no nos conocemos; así, si nos encontramos a alguno de tus conocidos, no te haré quedar mal.

–Ah, bueno, diré que eres un primo deficiente, o algo así –dijo Jeane para tranquilizarme.

Esperé a que rebobinase mis palabras, las reprodujese por segunda vez y pusiera cara de tonta, con los ojos como platos.

Jeane Smith sin palabras. ¡Pero qué bueno soy, por Dios!

Su dedo tembló al señalarse a sí misma y señalarme luego a mí.

–Sí, Jeane: nos vamos tú y yo a Nueva York –dije despacio y en voz alta, como si no fuera muy lista, ni el inglés fuera su lengua materna.

Su expresión facial, a medio camino entre lo jubiloso y lo ceñudo, fue una de las cosas más divertidas que había visto en mi vida. Me eché a reír por segunda vez.

Y me seguí riendo hasta que Jeane me dio un pisotón.

25

Llegué a preguntarme si se rajaría en el último momento, o se lo confesaría todo a sus padres, pero el viernes a las dos del mediodía Michael estaba a mi lado en el vuelo de Virgin desde Heathrow a JFK. Después de los consejos de seguridad, cuando el avión circulaba por la pista, se giró hacia mí y me enseñó los dientes con una sonrisa que hizo dar un vuelco a mi corazón, aunque mi corazón no tenga por costumbre ese tipo de chorradas.

–¡Dios mío, me voy a Nueva York! –exclamó–. Hasta este momento parecía irreal, pero ahora que estamos a punto de despegar me empiezo a emocionar en serio.

–Aleluya –dije yo–. Porque todo este tema lo que ha hecho más que nada es estresarte.

–Ya… Bueno, la que me estresaba eras tú, que has estado mandándome listitas hasta después de que te hubiera dicho que vendría. –Michael sacó un papel arrugado del bolsillo de sus vaqueros–. Piensa que el número de calcetines que necesito para cuatro días lo podría haber calculado yo solito.

Algo de razón tenía, pero yo estaba acostumbrada a que mis colegas fueran más raros que un perro verde.

–No lo puedo evitar, controlo todos los detalles. Así sé que no es mi culpa si sale algo mal.

–Tú lo llamas controlar los detalles, y yo ser una mandona.

–Para gustos colores, amigo mío.

Esperé que en Nueva York no me siguiera chinchando todo el rato, pero entonces me dio un golpecito en el brazo y me obsequió con otra de sus preciosas sonrisas.

–Oye, mira, lo que quiero decir es que gracias. Por haberme pedido que viniera. Tendremos que buscar una tienda de chuches, para que te lo pueda pagar en gominolas. Es lo mínimo que puedo hacer.

–No hace falta –me apresuré a contestar, aunque por dentro ya estuviera incorporando Dylan's Candy Bar al detallado itinerario que ya había organizado–. Este viaje es la manera de darte las gracias por haberme ayudado con todo aquel rollo familiar.

–Bueno, da igual.

–Eso digo yo.

El avión pegó un salto cuando se despegó del suelo. Por muchas veces que hubiera volado seguía sin poder relajarme hasta tener la certeza de que nos sustentásemos debidamente en el aire, y de que no nos mataríamos por una brusca caída en picado. Estaba tan tensa que hasta que se oyó la señal, e hice el gesto de desabrocharme el cinturón, ni siquiera me di cuenta de que Michael apretaba mi mano desde hacía un buen rato.

Estuvimos unas siete horas sobrevolando el Atlántico. Michael se vio tres películas. Yo comí Haribos y trabajé en mi presentación. Quería dar la impresión de improvisar la conferencia, pero en realidad la habría ensayado tantas veces que me la sabría de memoria, y ni siquiera tendría que mirar los apuntes. Le echaría unos cuantos «ah» y un par de «mmm», porque a nadie le gusta una sabelotodo de diecisiete años, y al principio probablemente se me atropellaran las frases por culpa de los nervios, pero a partir de un momento mis planes eran ser graciosa y perspicaz, la voz de mi generación, lo cual, teniendo en cuenta las tristes dificultades expresivas de mi generación, no era difícil.

Desembarcamos y cruzamos pasillos kilométricos hasta ponernos en la cola del control de pasaportes. Fue entonces cuando Michael se empezó a poner nervioso por la idea de que le escaneasen las huellas dactilares y le hiciesen una foto.

—Pero ¿por qué?

—Para estar seguros de que no seas miembro de al-Qaeda ni estés en ninguna lista de vetados –susurré.

—¡Qué dices! –contestó él con otro susurro–. ¿Se quedan nuestros datos?

—Hombre, claro. –Yo no tenía ni idea, pero en ese momento Michael tuvo un escalofrío y se hizo la luz–. Te prometo que no llamarán a tus padres por teléfono para decirles que has entrado en Estados Unidos.

—Eso ya lo sé –dijo él de mal humor. Después suspiró–. Por un lado lo sé, pero por otro lado, como nunca les he dicho una mentira de estas proporciones a mis padres, me espero todo tipo de venganzas.

—Ni te estás drogando, ni bebes por beber, ni practicas la violencia gratuita, o sea, que aquí la venganza no pinta nada –dije yo cuando llegamos al principio de la cola y un agente de aduanas nos señaló un reservado.

Arrastré a Michael–. Irá todo bien. Ahora cállate y deja que hable yo.

Tardamos otra hora en recoger nuestro equipaje, salir por el «Nada que declarar» y sentarnos en la parte trasera del típico taxi amarillo de Nueva York. Me habría sido imposible ir al hotel en metro sin acabar dando un rodeo por el Bronx.

Faltaba poco para las seis, y cuando recorríamos la gran mancha urbana de Queens ya era casi de noche. Después nos acercamos al East River, y al mirar por la ventana, al otro lado del río, vimos la isla de Manhattan con todas sus luces encendidas, brillante como un espejismo futurista en el horizonte.

–Hala –musitó Michael–. Nueva York. Se ve mágico.

No era tan mágico tener que soportar el tráfico de la hora punta, pero al final nuestro taxi se abrió camino por las calles estrechas del Meatpacking District, el barrio de moda, hasta frenar a las puertas del hotel Gansevoort. Aún no había tenido tiempo de pagar al taxista cuando uno de los botones empezó a sacar nuestro equipaje del maletero. Nos hicieron pasar al interior, todo cristal y acero tubular, con un tipo de lujo elegante y moderno que era a la vez emocionante y terrorífico, sobre todo porque Michael llevaba una cazadora de piel, una chaqueta de chándal con capucha y unos vaqueros, y yo unos pantalones cortos de golf sobre leotardos rosas y un anorak de falsa piel de leopardo.

El recepcionista, que parecía un modelo de GQ, no parpadeó; nos dio una suite junior y un montón de papelujos relativos al congreso, un fajo de mensajes telefónicos y la llave de la habitación. Cinco minutos después estábamos en el salón de nuestra suite, mirando con los ojos muy abiertos la enorme tele de plasma, el ventilador, las Marylin de Andy Warhol y las vistas. ¡Qué vistas! Rascacielos y luces de neón perdiéndose en el infinito.

–Madre mía, madre mía, madre mía… –Michael no podía decir nada más–. Madre mía, pero madre mía de verdad.

–Tu madre no ha tenido nada que ver con esto –dije yo.

Me miró con una sorpresa y una admiración con las que nunca me había mirado nadie.

–Jeane, ¿este congreso es algo gordo de verdad? –Hizo unos gestos para referirse al lujo que nos rodeaba–. ¿En serio que eres todo un personaje?

–Bueno, sé muchas cosas, y se me da bien hablar y teorizar sobre el tema –expliqué, porque tampoco era cuestión de darle la vara con que me consideraban una innovadora, el signo de los tiempos condensado en una chica, la reina de lo atípico, que era como me habían descrito los organizadores del congreso en su material de promoción.

–Mira, no pasa de ser gente que hace cosas nuevas en sus campos. Tienes a unos de Palo Alto que se dedican a las redes sociales, varios diseñadores de moda, un artista gráfico de Tokio, uno que es una bestia en gastronomía molecular, un tío de ciencias… Hablamos del futuro a un público de ejecutivos e inversores. Yo saldré al final, en plan nota refrescante, representando a la juventud.

Michael sacudió la cabeza.

–No he acabado de entenderte, la verdad. O sea, que todo esto lo pagan los del congreso…

–¡Sí, claro! ¿Qué te crees, que voy a trabajar varias semanas en una presentación por puro altruismo? Anda, como que no iban a pagarme…

–Te pagan aparte de los vuelos, del hotel y…

Dejó la frase a medias, derrumbándose en un sillón de piel.

No era el momento de decirle que me pagaban diez mil libras de las nuestras, de las inglesas, y que eso en el mundo de los congresos se consideraba una ganga. Lo habría dejado alucinado. Además, hablar de dinero era una vulgaridad. Por lo tanto, lo único que hice fue arrodillarme ante él y ponerle las manos en las rodillas.

–¿Estás cansado? –pregunté–. En Inglaterra casi es medianoche.

–Estoy demasiado flipado para pensar en acostarme.

–¿Tienes hambre?

Sacudió la cabeza.

–Me han estado cebando durante todo el vuelo.

–Vale, no quieres ni dormir ni comer. Si nos quedamos aquí te pasarás todo el tiempo murmurando «madre mía», o sea, que más vale que salgamos a ver Nueva York.

Me esperaba alguna protesta, porque Michael parecía tan desubicado que era como si estuviese en la Luna, pero en su rostro apareció lentamente una sonrisa.

–¿Podemos ir en metro? ¿Y podemos comprarnos un *pretzel* gigante en un puesto callejero? ¡Ah, y quiero hacer una foto del Empire State iluminado! Aunque no se la pueda enseñar a nadie, porque nadie sabe que estoy aquí…

–Es todo factible –confirmé mientras me levantaba para que Michael pudiese salir del sillón, pero me retuvo la mano y se la acercó a la boca para darme un beso en los nudillos.

–Gracias por todo, Jeane, en serio –dijo con solemnidad.

–Bueno, bueno, no seas tan cursi –me quejé, apartando la mano–. Venga, en marcha. Y ponte una chaqueta como Dios manda, que fuera hace frío.

Vimos todo lo que se podía ver en Nueva York en cinco horas. Llevé a Michael en metro hasta la terminal de South Street para tomar el *ferry* gratuito a Staten Island y ver de camino la isla de Ellis y la Estatua de la Libertad; y luego de vuelta a Manhattan.

Luego fuimos en metro a Herald Square y Macy's. Le enseñé Old Navy, mucho más barato que sus amados Abercrombie & Fitch. Michael estaba tan emocionado con su *pretzel* extragigante que le dio igual que me equivocase sistemáticamente en el metro: de sentido, línea o andén. Cuesta mucho orientarse en Nueva York. Ya, ya sé que es una cuadrícula, pero yo solo me muevo de derecha e izquierda, no de este a oeste, y como Google Maps me consumía la batería del iPhone nos metimos en un taxi y nos fuimos a Chinatown para tomar *dim sum* servidos por camareros de una mala educación portentosa.

–Son aún más maleducados que los camareros de Londres –declaró encantado Michael, mientras abríamos nuestras galletas de la suerte. Se rio entre dientes al leer su mensaje–. Nunca sé decir si es que tienen un sentido muy profundo o los elige al azar un algoritmo de generación automática de mensajes para galletas de la suerte.

–Déjamelo ver.

Me pasó un trocito diminuto de papel que proclamaba: «Toparás sin querer con el camino a la felicidad».

–Bueno, teniendo en cuenta que estás sentado en un bar de *dim sum* de Chinatown, en Nueva York, y que yo te veo bastante feliz, puede que en algo sí que acierte –dije como si no tuviera importancia, aunque por dentro me llenó de orgullo: toda la felicidad actual de Michael era gracias a mí. Lo había hecho feliz, cosa en la que no solía destacar demasiado. Se me daban francamente bien todo tipo de cosas, pero no hacer feliz a la gente.

–¿En el tuyo que pone? –preguntó Michael.

Desenrollé el papelito, y aunque lo hubiese elegido al azar un algoritmo de generación de mensajes para galletas de la suerte mi corazón dio un salto al verlo, como cuando sueñas que te caes: «No llores, que la vida es dolor».

–Pone «tu destino es ser grande» –mentí, aunque en el fondo no era falso, porque ese era mi destino: ser grande. ¿Cuál iba a ser? Formé una bola con mi suerte y pedí por señas la cuenta al camarero.

–Eh, oye, que yo te he enseñado lo mío. ¿No piensas enseñarme el tuyo? –se quejó Michael, mientras yo intentaba que me viera alguien.

Todos los camareros se esmeraban en ignorarme. Al final no tuve más remedio que ponerme de pie y agitar los brazos, gritando:

–¿Me pueden traer la cuenta, por favor?

Ya era supertarde, casi medianoche, es decir, las cinco de la mañana en Londres. Michael ponía voz de cascarrabias, como siempre que lo hacía estar despierto mucho después de la hora en que solía acostarse.

Cuando estaba cansado y refunfuñón solo había una manera de ponerlo de buen humor. Bajé las pestañas y lo miré.

—El mío te lo enseñaré cuando lleguemos al hotel –dije.

Se animó enseguida, porque no me refería a nada que estuviera dentro de una galleta de la suerte.

26

Al despertarme a las ocho y media, Jeane ya estaba levantada, escribiendo como loca en el portátil. Tenía a su lado tres tazas de café vacías, y parecía que no hubiera dejado nada de picar en todo el minibar.

–¿Cuánto tiempo llevas así? –pregunté mientras me incorporaba con esfuerzo.

Ella casi no apartó la vista de la pantalla.

–Un rato –masculló–. He quedado dentro de media hora con el coordinador del congreso y el técnico para repasar los detalles de mi presentación, y me está saliendo todo mal.

Aún llevaba su camiseta de las Bikini Kill y sus pantalones cortos de pijama con puntitos. Su pelo, sometido la semana antes a un tinte de color lavanda, parecía haber pasado por un túnel de viento. Aparte de eso tenía los ojos hinchados y rojos, como si hubiera decidido que no necesitaba dormir, aunque cuando no lo hacía se pusiera de lo más impertinente. Después tomaba toneladas de café y se hiperactivaba. Iba a ser un día muy largo.

–¿Te puedo ayudar de alguna manera?

–Un momento –dijo. Tecleó más deprisa aún que antes. Bruscamente se paró y frunció el ceño–. ¿Podrías llamar al servicio de habitaciones y pedirles que suban un barreño de café muy cargado y las pastas con más azúcar que tengan?

La noche anterior me había explicado que estaba todo incluido, desde los taxis a la habitación de hotel y lo que había en el minibar, sin olvidar el servicio de habitaciones –«siempre que no nos volvamos locos y empecemos a pedir... No sé, seis botellas de champán francés, caviar, bogavante...»–, pero aun así me sentí incómodo. La mujer que me atendió era muy amable, pero no me habría extrañado que me soltara: «Tienes dieciocho años. No pienso dejar que uses el servicio de habitaciones. ¡Menuda tontería!».

Jeane no se dio cuenta. De hecho no se dio cuenta de nada hasta que trajeron el café y las pastas. Entonces sí que me sonrió. Y cuando le ayudé a arreglar una de las diapositivas del PowerPoint, que no iba como ella quería, hasta me dio un abrazo.

–Bueno, ya estoy –dijo mientras guardaba el documento cinco veces, por si acaso. Se puso uno de los albornoces que te daba el hotel–. Voy a hacer la prueba de sonido. Tardaré más o menos una hora, ¿vale?

–¿Te piensas presentar en bata?

Jeane, que ya iba hacia la puerta, con el portátil debajo del brazo, me miró como si el insensato fuera yo.

–Pues sí. Aún falta una hora y media para que empiece el congreso, y no tengo mucho tiempo para cambiarme.

Dio un portazo. Tardó en volver lo que yo en estar de mal humor, despejarme con media hora de ducha a tope de presión –una de las mejores experiencias de mi vida–, amargarme y buscar por Internet sitios de *brunch*. Justo cuando culminaba el largo proceso de ponerme cada pelo en su sitio volvió Jeane con una cara de ferocidad que nunca le había visto, lo cual ya era decir.

–¿Cómo te ha ido? –pregunté con diligencia, aunque estuviera seguro de que estaba a punto de despotricar, y lo temiese: Jeane se podía pasar horas despotricando a diestro y siniestro. Yo, por mi parte, me moría de hambre. Habría sido mucho mejor dejar que se lavara y se vistiera. La dejaría despotricar media hora durante el *brunch*.

Levantó la mano.

–Ni lo preguntes.

–Eh, que tan mal no puede haber ido –insistí alegremente, pero ella se limitó a poner los ojos en blanco y encerrarse en el baño de un portazo.

Estuvo dentro una eternidad, así que tuve tiempo de sobra para comprender hasta qué punto el viaje había sido mala idea: no solo por la red de mentiras que me había visto obligado a tejer para llegar adonde estaba, sino por encontrarme a merced de los cambios bruscos de humor de una chica que dedicaba el setenta y cinco por ciento del tiempo que pasábamos juntos a discutir conmigo.

No podía hacer lo mismo que en casa cuando Jeane me ponía de los nervios, es decir, dejarla a su bola mientras vigilaba su cuenta de Twitter hasta estar seguro de que se le hubiera pasado el ataque. Estaba encerrado con ella.

Vaya, hombre.

Una hora más tarde, al salir del baño, Jeane seguía sin abrir la boca. Se había vuelto a poner el albornoz, pero llevaba el pelo lavanda recogido y se había maquillado a tope, con purpurina y todo, pintalabios rojísimo y el rímel muy marcado. No me hizo ningún caso al empezar a hurgar en su maleta, que aún no había deshecho, en busca de algo fosforito y desconjuntado que ponerse.

–¿Te apetece un *brunch*? –pregunté.

Ya sabía que contestaría que no, pero tenía ganas de recordarle que aún estaba en la habitación, respirando el mismo oxígeno que ella.

–No puedo. Tengo que estar en la sesión matinal del congreso –murmuró–. Ya te lo había dicho.

–Pues no, mira.

–Bueno, pero te lo podrías haber imaginado. Es que, si no voy, no sería de muy buena educación. –Levantó la vista de la maleta para fulminarme con mayor eficacia–. De todas formas, no hace falta que vengas. Si quieres puedes salir y perderte en el metro intentando encontrar el Empire State. A mí me da igual.

–Oye, que ya he entendido que estás nerviosa, ¿vale? A mí me pasa lo mismo cuando estoy a punto de participar en un debate del…

–Esto no se parece en nada a debatir sobre la pena de muerte con los hijos e hijas de la bazofia capitalista del instituto pijo de la otra punta del barrio. Además, no estoy nerviosa. He dado cientos, cientos de conferencias. –Me apuntó vagamente con el dedo–. Mira, vete ya, que me estás poniendo nerviosa.

–¿Que yo te estoy poniendo nerviosa? No sé ni por qué has querido que viniera contigo a Nueva York.

–¡Yo tampoco! –Hizo una mueca que le retorció toda la cara, como si le provocase unos dolores atroces–. ¡Vete! ¡Ya!

Me fui, y no me lo pasé precisamente mal. Fue emocionante. Tenía toda Nueva York para mí solo, era igual que en el cine: vapor saliendo por las alcantarillas, calles que se alargaban hasta el horizonte... Era un día frío y despejado, lleno de reflejos en los rascacielos, con taxis que pegaban bocinazos, y toda la gente con la que me cruzaba tenía acento americano, incluido el personal del Starbucks donde me tomé un capuchino y un muffin.

Encima el metro era muy fácil, superfácil. La planta de Nueva York es cuadriculada. La mayoría de las líneas iban hacia la parte alta o la parte baja, con algunas transversales. Era sencillo. Lo podía entender hasta el más tonto. Fui a Central Park, que venía a ser un parque grande. Luego subí hasta el MoMA, el Museo de Arte Moderno, porque me pareció que algo cultural tenía que hacer, aunque me pasé la mayoría del tiempo en la tienda de regalos. Después tomé el metro a Dylan's Candy Bar, porque en Internet decían que era la mejor tienda de chuches de Nueva York.

Le debía gominolas a Jeane; no es que se las mereciera, pero estaba impaciente por ver su cara de arrepentimiento al farfullar una disculpa cuando le diera todo un tarro de gominolas recubiertas de chocolate. Lo que más me habría gustado, sin embargo, era tener conmigo a Melly y Alice, porque habrían hecho tropezar a todo el mundo y se les habrían salido los ojos de las órbitas.

Me arruiné comprando un cargamento de piruletas, dispensadores Pez, ositos de goma y barras de chocolate Wonka, porque las dos estaban obsesionadas con *Charlie y la fábrica de chocolate*. Mi paga dependía de los recados y los trabajos de administración que hiciera para mis padres. Tendría que hacer horas extras para los regalos navideños. Yo no cobraba por pegar rollos como los que pegaba Jeane sobre cualquier tontería.

Como era la hora de comer, decidí volver al hotel, dejar las cosas y ver si quedaba algo del desayuno de Jeane. Estaba sin blanca, no tenía dinero ni para ir a un Burger King. Por desgracia, cuando volví a nuestra suite vi que era zona libre de pastas, y aunque hubieran repuesto el minibar prefería morirme antes que hacer mella en la factura de Jeane. Total, lo más probable era que durmiese en el sofá…

Como no sabía qué hacer, bajé sin prisas a la recepción y me puse a seguir las señales que llevaban a la sala de reuniones. No me paró nadie, así que entré en una pequeña antesala donde había un bufé con todo montado. ¡Bingo!

Me acerqué tranquilamente, como si los congresos fueran mi pan de cada día. Primero busqué un plato y lo empecé a llenar rápidamente de sushi. Después me agencié una botella de coca-cola; justo cuando me disponía a refugiarme en mi suite se acercó una mujer, caminando deprisa. Iba toda de negro, con un corte de pelo severo acorde con su expresión.

No me quedaba más remedio que desempolvar mi cantonés y hacer como si no entendiera nada, pero ella ya estaba consultando su iPad.

–¿Eres el invitado de Jeane, Michael Lee? ¿Sabes que ya te has perdido la sesión matinal?

–Ah, pues no, no lo sabía.

–Y también te has perdido el descanso de la hora de comer –me siguió acusando–. Y estás a punto de perderte el principio del programa de la tarde.

Ya me empujaba hacia la sala de reuniones, presionando la base de mi espalda con una mano de acero. Solo se fue cuando estuve sentado, aunque al cabo de un minuto, como si se oliera mis planes de huida, reapareció, dejó en mis manos una carpeta brillante y una bolsa de neopreno y se quedó justo al lado de la puerta. Al menos se estaba calentito y había conseguido quedarme con el sushi. Cuando aquella mala bestia se cansara de clavarme miradas asesinas podría dormir un poco.

Sin embargo, resultó que las conferencias sobre «¡El futuro ya está AQUÍ!» eran la mar de interesantes. ¿Quién se lo iba a imaginar? Yo no.

Primero un hombre y una mujer de una agencia internacional de tendencias, los dos con las mismas gafas de empollón, explicaron su sistema para rastrear tendencias y usar la información para ayudar a las empresas a crear nuevos productos. Pongamos que uno de los observadores de la agencia se encontraba a unos chavales que habían montado su propio club en la zona este de Londres, iban vestidos en plan gángster de los años cuarenta y vendían medias de nailon en el mercado negro. Luego en Berlín igual había unos chicos vestidos como los jóvenes de la Alemania de la misma época que estaban obsesionados con el jazz americano y se negaban a ingresar en las juventudes hitlerianas. En Tokio, por último, tal vez algún DJ mezclase arreglos viejos de Benny Goodman con breakbeats. Pues nada: juntaban toda aquella información, se la enseñaban a sus clientes y dos años después ya tenías los centros comerciales llenos de ropa con influencia de los cuarenta y carteles sobre el racionamiento.

El siguiente fue un científico que podría haberse puesto en plan *28 días después*, porque hablaba de unos supervirus que daban pánico, unos virus mutantes resistentes a los fármacos, y pasó un montón de fotos de gente con la cara destrozada, pero no, lo único que hizo fue soltar un rollo insoportable. En vista de que la tremenda de los pelos aún me miraba, ni siquiera me atreví a parpadear demasiado despacio, por si se pensaba que estaba durmiendo y se acercaba a pegarme cuatro gritos. Le mandé a Jeane un mensaje de buena suerte al móvil, más que nada para matar el tiempo y demostrarle que no estaba enfadado. Ella me contestó enseguida:

Da mala suerte desearle buena suerte a alguien.
Lo sabe todo el mundo.

Cómo la odié en ese momento…

Pensar en todos mis motivos para odiar a Jeane fue una buenísima manera de pasar la siguiente media hora, hasta que saltaron al escenario dos tíos con el pelo igual que yo, vaqueros y camiseta. Trabajaban en California, en Palo Alto, también lo llamaban Silicon Valley. Era donde habían empezado Google, Facebook y Twitter. Se pusieron a hablar del producto de inteligencia artificial en el que estaban trabajando, y entonces sí que me erguí y empecé a prestar atención. Hasta tomé algunos apuntes mientras describían la utilidad de aquella técnica en todo tipo de campos, desde los videojuegos a la microcirugía.

Estaban tan metidos en el tema, y lo hacían sonar tan guay –aparte de que tuvieran un rocódromo en medio de su oficina–, que tuve ganas de dejarlo todo, tomar un avión a San Francisco e implorar que me dejasen prepararles el té todos los días.

Bajaron del escenario en plan tranqui. Entonces volvió el presentador.

–Hasta ahora hemos visto una serie de casos en los que el futuro ya está aquí –dijo–. Acabaremos con una joven increíble, tan adelantada al futuro que se la ha descrito como «el signo de los tiempos condensado en una adolescente».

No supe si inclinarme o dejarme caer en el asiento mientras seguían desgranando elogios sobre Jeane. Era lógico que se lo tuviera tan creído.

–Jeane nos va a hablar del futuro que dibujarán los otros chicos de su edad, los Eco Boomers de la Generación Y. Durante uno de los descansos he estado chateando con ella y le he pedido que se describiera con una sola frase. Me ha contestado: «Al *Guardian* le parezco una iconoclasta, a mi medio millón de seguidores en Twitter les parece que tendría que pasar más tiempo poniendo enlaces de vídeos de YouTube con cachorritos monos, y a mi novio le parezco una estúpida». El presentador quedó a la espera de que se apagasen las risas. El que no se reía era yo. Estaba mortificado. Ni la había llamado nunca estúpida ni le había dado permiso para decir que era su novio. Encima todo aquello lo filmaba una cámara. ¿Y si acababa en Internet, y me reconocía alguien, y al sumar dos y dos no solo obtenía cuatro, sino la prueba de que yo era el novio de Jeane?

Cuando se me pasó la rabia, Jeane ya estaba sobre el escenario. Se me pusieron los pelos de punta. Ya me había acostumbrando a sus pintas, pero fue como verla por primera vez, y oí que se reían de ella, de verdad que lo oí. Tampoco me extrañó. Llevaba su vestido verde azulado de la fiesta del instituto, rollo vintage, ridículo –nada menos que de «punto salomón», según me había dicho–. También llevaba un mantón de fiesta negro con lentejuelas, unas botas enormes de motorista y un turbante en la cabeza; pero no un turbante como llevan los indios normales, sino un tocado de terciopelo rojo como el que se podría poner una vieja de esas pijas rematadas bajo los efectos del Alzheimer. Me pareció imposible estar saliendo con algo así.

Jeane estaba casi al borde de la tarima, haciendo cosas muy raras con los pies, tropezando con sus propias botas y cruzando tanto los tobillos que el riesgo de caerse al suelo era más que real. Inclinaba la cabeza, y no parecía a punto de hacer nada más allá de alucinar en silencio.

En un momento dado levantó la cabeza y sonrió un poco.

–Tranquilos, ¿eh? –dijo con un tono cómplice–. El noventa y nueve coma nueve de los adolescentes no van vestidos como yo. Ellos se lo pierden.

Esta vez la gente se rio con ella, no de ella. Volvió a sonreír y puso la primera diapositiva.

GENERACIÓN YNDOLENTE
Lo más seguro es que no se televise la revolución,
a menos que te suscribas a los canales de pago,
pero seguro que encuentro a un millón de personas
que la sigan en Facebook y le den al «Me gusta».

–Pues eso, bienvenidos a la generación Y. No saquen los brazos del coche, por favor, ni den de comer a los animales. Me llamo Jeane y voy a ser su guía, la persona que les explicará qué es ese animal tan raro al que llaman adolescente: lo que piensa, lo que sueña, sus pasiones, sus ambiciones, y por qué son un buen argumento para que se reinstaure la mili obligatoria.

»Y es que la generación Y es todo lo que temen ustedes que sea: encarnan sus peores pesadillas.

»Son perezosos, apáticos y poco originales. Tienen miedo a las innovaciones y también a la diferencia. Les dan miedo de verdad.

»Beben para emborracharse. Confunden el sexo con la intimidad. Está clarísimo que no sabrían enumerar las capitales de más de cinco países. Y sí, creen de verdad que Justin Bieber es el Segundo Advenimiento.

»Solo el cincuenta por ciento de la generación Y tiene más de dos libros. Escuchan música, pero se la bajan de Internet porque sale gratis. Su grito de guerra es: lo quieres, pues llévatelo y ya está.

»Señoras y señores, esa es mi generación, y está requetejodida.

EL ADOLESCENTE HA MUERTO. VIVA EL PREVEINTIPICO
Ropa de Gucci y descapotables:
la generación Y lo quiere todo, y YA.

»A mi generación no la han educado padres de verdad, sino *Sexo en Nueva York* y *Gran hermano*.

»Quieren marcas y logos; preferiblemente Louis Vuitton y Chanel, pero se conforman con Abercrombie & Fitch y Hollister siempre y cuando nos vendan un estilo de vida basado en la nostalgia de un mundo que no hemos conocido.

»Pero lo que más quiere la generación Y, por encima incluso de un iPhone, es ser famosa, famosa de verdad, en plan alfombra roja, en plan que te conozcan solo con decir tu nombre. Cada uno de sus componentes sabe que es un copo de nieve único, especial, y que se merece toda la parafernalia de la fama; es decir, ropa gratis, cochazos, saltarse las colas de los clubes caros y que te lleven directamente a la zona VIP, donde te espera todo el champán que seas capaz de beber.

»Les da igual cómo hacerse famosos. Ya saldrán, o en el mejor de los casos se casarán, con algún futbolista, o ganarán *Factor X*, o algún programa de modelos de la tele. Todo el mundo les dice que son alucinantes, que tienen talento, que son guapos, y oye, que si aquel pendón de *Gran Hermano,* la de los pelos, la que bebe tanto, puede hacerse megafamosa, ¿por qué no les va a pasar lo mismo?

»Recapitulemos. Generación Y. Superficiales. Narcisistas. Egocéntricos. Parafraseando a Oscar Wilde, la generación Y sabe el precio de todo, pero no sabe el valor de nada.

ADICTOS AL ESTRÉS
Por qué estar quemado es lo más in

»Pero el caso es que la generación Y lo tiene bastante crudo, menos los que acaben en brazos de la fama, que es muy tramposa. Es la primera generación que ganará menos que sus padres, y la primera de la que no se esperará que prospere yendo a la universidad, porque ¿qué sentido tiene endeudarse por miles de libras o de dólares para pagar la matrícula cuando hay tan pocas posibilidades de encontrar trabajo cuando salgas?

»Total, que no nos engañemos: ¿quién no querría un camino fácil hasta la fama y la riqueza si la alternativa es trabajar en un *call center* o preguntarle a la gente si quiere ketchup con la hamburguesa?

¿SE HA ACABADO LA REBELDÍA ADOLESCENTE?

»En absoluto. He dicho que los adolescentes no van vestidos como yo. Tampoco piensan como yo, pero es que yo voy por delante. En dos años he conseguido hacerme famosa. Me metí en Twitter cuando los únicos que lo usaban eran un hombre y su perro, y fui la primera de mi instituto que se puso mallas con sandalias, o sea, que estoy convencida de que lo que os estoy diciendo ya ha empezado a infiltrarse lentamente en los cerebros de los de mi edad y acabará pasando durante los próximos dos años.

»Si lo pienso yo es que pasará.

»Y lo que pienso es que poco a poco vamos a ir rechazando vuestra cultura consumista y de mercado de masas. Os rechazamos porque queréis apropiaros de nuestra juventud. No queremos que os compréis la ropa en las mismas tiendas que nosotros. No queremos ver los mismos programas que vosotros por la tele. ¡Y qué poco nos gusta que nuestras madres nos digan lo bueno que está el de *Crepúsculo!* Pero claro, como ya no existe la cultura adolescente, porque ya está todo hecho, la verdad es que nos resulta dificilísimo encontrar nuestra identidad.

»Hace mucho, mucho tiempo existía un mundillo *underground* de chavales que tocaban música, se dedicaban al arte, tenían locales, hacían lo que les gustaba y languidecían en el anonimato porque podían pasar años antes de que llamaran la atención de alguien importante. En cambio, ahora tenemos Internet, y en cinco minutos ya hay twitpics de cualquier novedad, y ya lo han comentado en los blogs más in, y a final de mes sale en la portada del periódico.

»Por eso empecé lo de Rarita y adorable. Era un blog dedicado a todas las cosas raras y fabulosas que me gustaban a mí, sin orden ni concierto, pero se convirtió rápidamente en toda una declaración de intenciones, en mi argumento de venta exclusivo, mi llamada a las armas. Es verdad que se está convirtiendo en una marca de estilo, y es verdad que gano dinero buscando y difundiendo tendencias callejeras, pero el núcleo ético en el que se basa mi blog no consiste en otra cosa que en ensalzar una cultura adolescente que no esté creada por las grandes compañías con el objetivo de vendernos un montón de chorradas que ni necesitamos ni queremos.

»Rarita y adorable defiende que hay que arrancarle el logo a la ropa, o taparlo con rotulador.

»Intercambiamos por correo cartas y recopilaciones en CD.

»Y en vez de atiborrarnos con vuestros Dunkin Donuts, que son carísimos, venderemos pasteles por la calle.

»No queremos vuestra moda fugaz y que explota a los trabajadores. Aprenderemos a hacernos nuestra propia ropa.

»No queremos música que esté manchada por los dedos de poderosos directivos. Si no podemos hacerla nosotros, redescubriremos el placer de los discos viejos que no llegaron al gran público.

»Pero lo principal es que no queremos los futuros tristes y estrechos que nos tienen reservados el Gobierno y nuestros padres. A nosotros nos gustan nuestros propios sueños.

»Rarita y adorable no soy solo yo. Es una red orgánica, flexible y espontánea de gente que ve la vida de la misma manera, y que aunque nos pisen por cómo pensamos, por nuestro aspecto y por no tener miedo a nuestros sentimientos, miramos hacia arriba, a las estrellas.

GENERACIÓN Y POR QUÉ NO
Mañana es hoy

»Pero ya está bien de hablar de mí. Me pagan para hablar de mi generación, y la verdad es que he estado un poco dura, así que a pesar de que cada mañana, al entrar en el instituto, me desespere y tenga ganas de zarandear a los demás, gritarles a la cara y hacerles sentir algo a la fuerza, a veces me enorgullezco de formar parte de la generación Y.

»Hace un par de años que en el Reino Unido se hacen recortes en la sanidad, la educación y muchísimas más cosas que perjudican a los miembros más vulnerables y necesitados de nuestra sociedad. Primero me enfadaba mucho. Colgué posts indignados en mi blog, y hasta salí en un debate radiofónico de la BBC y me puse muy borde con un ministro. Después se planeó una manifestación a lo grande. Repartí panfletos por todo el instituto, aunque en el fondo no sabía por qué me tomaba tantas molestias, porque la política les parecía a todos lo más aburrido del mundo.

»El día de la manifestación fui a clase, y a las doce, en plena hora de economía, me levanté y le dije al señor Latymer, el profesor, que me iba del instituto para manifestarme en el centro contra el atentado a mis derechos. Para ser sincera, podría haberme esperado hasta el timbre de la hora de comer, pero las mujeres calladas casi nunca hacen historia.

»Justo cuando me marchaba levantaron la mano dos chicos que nunca me habían dirigido la palabra y dijeron que ellos también se venían a la manifestación. Poco a poco se fue levantando toda la clase, en plan "Espartaco soy yo", y salió conmigo. Como al mismo tiempo mandaban mensajes por el móvil, cuando llegamos al patio éramos cientos. Yo pensé que solo era una excusa para ir al Starbucks, pero qué va: estaban cabreadísimos por que les arrebatasen sus derechos a la educación y la sanidad gratuitas. Acabaron viniéndose todos al centro conmigo y se atrevieron a insultar a gritos a la poli; un punto más a su favor.

»Total, que fueron, se manifestaron, se hicieron fotos y las colgaron en Facebook. Casi nos acorrala la poli. El día siguiente volvieron a ignorarme y yo a mirarlos por encima del hombro, pero fue un pequeño paso para la generación Y.

»Ahora, en plena crisis, con unas perspectivas cada vez más negras, estoy entusiasmada. Miro hacia atrás para ver cómo será nuestro futuro: en los momentos de dificultades económicas, de duras medidas por parte del Gobierno, de guerras sin sentido, de paro galopante, fue cuando surgieron el pop art, el punk, el hip hop, los grafitis, el acid house y el riot.

»Fueron épocas de arte, música y libros tan perfectos que te daban ganas de rezar: porque cuando falta todo lo demás, solo nos queda la imaginación.

»Por eso os digo una cosa: aún no me atrevo a dar por perdida a la generación Y, y vosotros tampoco deberíais, porque creo que vamos a crecer perfectamente. Sí, aunque me duela reconocerlo los jóvenes están bien.

»Al decir esto pensaba levantar el puño, pero ahora me parece que podría dar una impresión un poco cursi, así que lo único que haré será cruzar los brazos en la espalda para que os deis cuenta de que ya he terminado.

27

Aplausos.

La gente aplaudía, pero todo mi cuerpo seguía dolorido y en tensión, porque también podían ser simples aplausos de «menos mal que ya ha cortado el rollo la tía rara esta y nos podemos ir al bar».

Sin embargo, seguían aplaudiendo. Algunos se habían empezado a levantar, no para irse, sino para aplaudir más fuerte, y cuando hice el esfuerzo de enfocar la vista todos me parecieron bastante contentos. Creo que es lo que se llama una ovación con el público en pie.

Que sí, Jeane, que sí, que sigues en forma. ¿Alguien lo dudaba?

Después Jean-Paul, el presentador, subió al escenario y tuve que someterme a las preguntas del público, que se resumían todas en una sola cosa: ¿cómo podemos vender nuestros productos a tu generación? Como si no se hubieran enterado de nada...

Al final, un modernillo con pinta de estirado comentó que en realidad yo no era una adolescente típica, y contesté:

—¡No me digas! —Me di cuenta de que seguramente no había sido una respuesta con mucho tacto—. Es que de eso se trata: vivo entre ellos, pero no formo parte de ellos. Por suerte.

Y se acabó. Jean-Paul estaba contento. Hasta Oona, la cascarrabias que había organizado el congreso, parecía contenta. Cuando entré en la sala de al lado, tuve que hacerme fotos con los otros oradores e hilvanar frases completas a pesar de que la tensión y la adrenalina se estuvieran retirando poco a poco, dejándome incapaz de hacer otra cosa que no fuera gruñir y quizá babear un poco.

Mientras un científico de lo más plasta me soltaba un rollo plasta sobre ciencia, miré al fondo de la sala y vi que Oona estaba metiendo por la puerta a Michael. No pareció muy contento de verme. Yo me encogí de hombros e hice una mueca, queriendo decir que mi conducta de antes de la conferencia no se me podía reprochar porque había tenido un estrés tremendo.

Debía de estar perfeccionando sus dotes telepáticas, porque empezó a sonreír. Aún sonrió más al acercarse, pero lo fuerte vino luego: me levantó y me empezó a dar vueltas, aunque yo le diera puñetazos en la espalda, amenazando con matarlo.

–Has estado alucinante –gritó al dejarme en el suelo–. En serio. Todo eso de que la generación Y es una mierda, de que lo único que quieren es ser famosos y de que Dios nos pille confesados el día que venga una guerra, no me ha gustado nada. Cuando te has puesto a hablar por enésima vez de camisetas con logo la verdad es que he empezado a cabrearme, pero luego has hecho un giro de ciento ochenta grados con eso de que no podrán relegarnos y de que vamos a acabar con el capitalismo, y me he emocionado un poco.

–¿De verdad? –pregunté, no muy segura–. Pues no es exactamente lo que he dicho…

–De verdad de verdad. ¿Y sabes una cosa?

Michael me agarró las manos y me las sacudió ligeramente. Ahora que se me había pasado la angustia por la conferencia, su entusiasmo, su efusividad, su absoluto beneplácito, se me contagiaron como liendres, hasta que también me puse a sonreír y entrelacé mis dedos con los suyos.

–No. ¿Qué?

–¡Que yo también salí del instituto y estuve en aquella manifestación! Lo había pensado; lo que pasa es que no me atrevía, pero cuando vi por el pasillo a los de cuarto de ESO me fui de mates y me siguió la mitad de la clase. –Michael estaba radiante–. Nunca había entendido que nos decidiéramos todos de golpe a ir a la manifestación. Me debería haber imaginado que estabas tú detrás. Llevaba tu sello.

–En honor a la verdad, yo creo que fue más bien una especie de histeria colectiva, del tipo…

–Venga, por favor, que sabes perfectamente que la modestia no es lo tuyo. –Michael resopló–. El caso es que fue una maravilla. Hubo un momento en que alguien me dejó pegar gritos por un megáfono. Fue una de las mejores experiencias de mi vida; como si tuviera voz y voto en mi futuro, ¿sabes?

Lo sabía, sí. Michael me dio otro abrazo, muy fuerte esta vez.

—Cuando estabas allá arriba, sobre el escenario –me dijo en plena oreja–, casi reviento de orgullo.

—Lo habrías dejado todo perdido –dije yo, medio asfixiada por un enorme nudo en la garganta.

No supe por qué me parecía más importante que Michael estuviera orgulloso de mí que la ovación de todo el público en pie, o que un editor del *New York Times* hubiera pedido permiso para publicar citas de mi presentación, o que Jean-Paul y Oona me hubieran preguntado cómo tenía la agenda para un congreso en Tokio. ¡Tokio! Pero Michael estaba orgulloso de mí y me miraba sin dejar de sonreír, y aún me apretaba la mano; fue como si no importara nada más. Bueno, sí, una cosa.

—Oye, perdona que haya estado tan bruja esta mañana.

Asintió con la cabeza.

—¿Qué, piensas admitir que estabas nerviosa?

De tanto enlazar nuestras manos ya se me había hecho trizas la coraza, pero era cuestión de principios.

—Nerviosa no, estresada.

—Bueno, da igual, es lo mismo.

—No es lo mismo. La energía de cuando te estresas no se parece nada a la de estar nerviosa –insistí–. Bueno, el caso es que lo siento. También preferiría no tener que arrastrarte a la fiesta de final de congreso, en uno de los bares de arriba. Seguro que es un rollo impresionante y que no nos podremos escapar hasta después de una hora.

Michael sonrió, burlón.

—¿Barra libre y comida gratis en un bar de diseño a reventar de modernillos, para que nos riamos de ellos? Me apunto.

Tres horas más tarde estábamos sentados en un banco de piel, en un rincón de un bar que en realidad era un jardín acristalado. Tenía el suelo de pizarra, sillas de hierro forjado pintadas de negro, azul y morado y unas lámparas rojas enormes que colgaban del techo.

Yo me había quitado las botas para poder sentarme en el suelo sobre las piernas cruzadas, y había hecho el descubrimiento de que las vieiras envueltas en beicon japonés eran mi nuevo plato favorito. Las estaba acompañando con un cóctel que se llamaba Peachy Lychee y que en principio llevaba vodka, aunque yo no lo notaba, aguardiente de melocotón y zumo de lichi. Estaba para repetir.

Cuando no me ponía morada ni bebía, apoyaba la cabeza en el hombro de Michael y nos hacíamos fotos con mi iPhone.

–En esta ni siquiera pareces tú –le dije al pasarlas con el dedo–. Solo se te ve el agujero izquierdo de la nariz, y la boca. Lástima, porque yo salgo genial.

–Pues si la quieres colgar en tu Twitter, por mí bien –dijo Michael afablemente.

Seguía de un humor no bueno, buenísimo, y llevábamos al menos una hora sin discutir, todo un récord personal. Michael había propuesto que nos diéramos un paseo, pero yo había alegado que si te quedas sentado en el mismo sitio tarde o temprano se acerca toda la gente con quien quieres hablar; y es verdad que al final se acercaron Adam y Kai, dos tíos de San Francisco que se dedicaban a algo sobre inteligencia artificial, con un capital de inicio de cientos de miles de dólares. Mientras yo encadenaba Peachy Lychees los tres hablaron sobre el genoma y el ADN humanos, y sobre *Grand Theft Auto*, y como no me interesaba la conversación me distraje haciendo fotos de canapés japoneses y colgándolas en Twitter. Luego, Adam y Kai le propusieron a Michael una beca en Palo Alto el verano siguiente. Desde entonces, para Michael yo no podía hacer nada mal.

Hay que decir que Michael le había estado dando al sake, aunque supiera rancio. Dudo que alguno de los dos estuviera en su sano juicio, porque veníamos de mucha tensión, y del hiperbuen humor que se te pone al disiparse la tensión, y habíamos bebido mucho alcohol. Entre visita y visita a nuestra mesa se habían multiplicado los arrumacos y piquitos, y puede que hasta un poco de pegarse el lote. Todo ello contribuía a que mi juicio se estuviera nublando como el cielo de un día frío y lluvioso de noviembre. No lo digo por nada, ¿eh?

Lo que estaba diciendo, en ese momento, era esto:

–¿Entonces no te molesta que cuelgue en Twitter esta foto?

–¿Qué más da? –Michael hizo un gesto lánguido con la mano, en señal de lo poco que le importaba–. Yo creo que la mayoría de la gente está en Facebook, no en Twitter.

Pronto caerían sobre Twitter las hordas de extrarradio, con sus K Rsa y sus M Prto, pero yo estaba casi segura de que en el instituto no había nadie que me siguiera por Twitter; además, solo se trataba de una foto en la que salía monísima junto a un agujero de la nariz de Michael y su boca. La colgué en Twitter. Después Michael, para no ser menos, hizo cuatro cosas con su BlackBerry prehistórica. Ya podíamos seguir pegándonos el lote hasta que los camareros trajesen más vieiras envueltas en beicon.

28

Dudo que Jeane durmiese de verdad durante alguna de las otras seis veces en las que dormimos juntos. Siempre tenía la vista clavada en algún tipo de aparato electrónico, mientras yo me quedaba dormido; y horas después, al regresar a la superficie, siempre me la encontraba consultando su blog.

En cambio, el domingo por la mañana, cuando me desperté a las ocho, dormía como un tronco. Vaya si dormía: de lado, con la manta bien apretada. Como se había acostado sin desmaquillarse, la almohada estaba llena de purpurina y manchas negras. Hacía ruiditos por la nariz. Nunca la había visto tan quieta, y no tuve el valor de despertarla.

Aunque su discurso hubiera estado salpicado de algunos dardos increíblemente venenosos, por lo general había dado en el blanco. Encima me había presentado a los dos tipos de la nueva empresa de inteligencia artificial de San Francisco y les había exigido una beca para mí. Por otra parte, se había pasado toda la noche metiéndose en el cuerpo unos cócteles asquerosos con sabor a melocotón, cuyo principal ingrediente era el vodka. Yo había pasado del sake a los refrescos para poder tenerla vigilada, pero ella había resultado ser una borracha dulce y feliz, y lo mínimo que se podía hacer era dejar que durmiese la mona.

Me levanté, me duché y me vestí. Como Jeane seguía sin dar señas de despertarse, salí sin ruido de la habitación y di un paseo por el Meatpacking District. Las tiendas estaban cerradas; había un barrendero que limpiaba las aceras de los restos del sábado noche, y aunque la temperatura fuese polar, y yo sintiese el viento a través de mi camiseta, mi camisa y mi chándal, los restaurantes estaban montando mesas fuera, y ya se formaban colas para el primer turno.

Entré en un bar para comprarle a Jeane algo bien dulce y un triple expreso con mis últimos dólares, antes de refugiarme de nuevo en el calor de nuestra suite. Cuando cerré la puerta de la habitación, los párpados de Jeane temblaron y se abrieron, y ella se incorporó despacio. Aún llevaba el vestido de fiesta de graduación, porque durante la noche ni siquiera habíamos pasado de besarnos. A menos que me hubiera quedado dormido antes de que se pusiera interesante... Podía ser la explicación de su mala cara.

No, solo era un bostezo.

–¿Qué hora es? –preguntó con voz ronca.

–Casi las diez –contesté yo.

Se dejó caer otra vez sobre la almohada con un gemido de cansancio.

–Llevo un rato levantado, pero no quería despertarte.

Farfulló algo ininteligible, aunque vi palpitar su nariz. Lo más raro fue que una de sus manos avanzaba a tientas hacia mi café, mientras la otra alcanzaba su iPhone.

Ni siquiera traté de hablar con ella antes de que se metiera el chute de cafeína y consultase su correo electrónico. Para entonces ya estaba incorporada y vagamente alerta, capaz de mantener contacto visual.

—Vale, pues venga, vámonos al Bronx para tomar el *brunch* —dijo—. ¿Vamos en taxi?

—¿Y no podríamos tomarlo aquí cerca? He visto un sitio chulo a un par de cuadras.

Hacía demasiado frío para grandes excursiones. Además, no estaba muy seguro de a qué hora teníamos que estar en el aeropuerto. Jeane, sin embargo, no hizo más que resoplar.

—¿Cuadras? ¡Pero si hablas como un americano, tío! —Otro bufido—. Ayer por la noche te dije que sería penoso hacer un viaje tan largo y no salir de Manhattan aparte de la ida y vuelta al aeropuerto, y estuviste de acuerdo.

—No lo recuerdo.

—Bueno, es que habías bebido mucho sake, y cuando te hablé de lo increíbles que son las tiendas de segunda mano de Brooklyn ya te estabas durmiendo. De hecho dijiste: «Cállate, que estoy intentando dormir».

Yo no lo recordaba exactamente así.

—Solo bebí dos sakes.

—Mmm… Ya. Y unas cuatro botellas de cerveza —dijo Jeane mientras bajaba de la cama, aunque no parecía molesta porque me hubiera dormido mientras me explicaba algo, ni porque me hubiera emborrachado. Bueno, emborracharse era un decir, porque en realidad no lo había hecho, y además, ya se sabe que la cerveza americana casi no lleva alcohol.

Jeane se había puesto a caminar por la cama, pero en vez de saltar desde el borde, como tenía por costumbre —era incapaz de bajar como una persona normal—, se paró y abrió mucho los ojos.

—¿Qué es eso? —preguntó, señalando el escritorio—. ¿Has estado jugando al Trolley Dash* o qué?

Seguí su mirada y vi mis bolsas de Dylan's Candy Bar amontonadas en la mesa.

—No, solo he comprado chuches, como una persona normal.

Se puso la mano en el pecho.

—¿Son todas para mí?

—Es que no había Haribos…

—Pero ¿qué clase de sitio es ese?

—Bueno, al menos he conseguido lo que querría una persona obsesionada con las gominolas.

Vi que Jeane intentaba arquear una ceja sin conseguirlo. Al final se contentó con una sonrisita.

—No sé por qué lo dices así, como si mi obsesión tuviera algo malo; y no es que sea buena, es que es buenísima.

—Se te pudrirán los dientes.

—Si me los lavo y les paso hilo dental un par de veces al día, no.

A veces con Jeane no se podía discutir. Por otro lado, aunque no tuviera un buen despertar, aún le duraba el buen humor de los triunfos del día anterior, así que preferí no insistir.

---

* Juego consistente en pasearse por un supermercado y comprar determinados artículos en un tiempo limitado. *(N. del T.)*

—Bueno, la cuestión es que es casi todo para ti, y el resto para Alice y Melly... ¡Mierda!

—¿Por qué dices mierda? —Jeane se sentó de un salto y dio unas palmadas a su lado—. ¿Qué pasa?

—Pues que no puedo darles chuches compradas en Nueva York, ¿no? —Me senté y me dejé frotar la espalda. La mano de Jeane pasaba todo el rato por el mismo sitio, como si quisiera darme cuerda. Aun así le agradecí el esfuerzo—. En principio no estoy en Nueva York, estoy en Manchester.

Se quedó un segundo callada.

—Pues les dices que en Manchester había una tienda de chuches americanas alucinante y que es donde se lo compraste. Si es que mientes más mal...

No le faltaba razón.

—Bueno, no pasa nada, ya mientes tú por los dos.

Me sonrió de oreja a oreja.

—Pues sí, es verdad. Encima me has comprado gominolas. Si no tuviera aliento de recién despierta, y de café, ni tantas ganas de ir al baño, te daba un beso ahora mismo.

Cuando llegamos al *diner* de Greenpoint, donde Jeane había decidido que nos tomásemos el *brunch*, ya era la una pasada, porque se estuvo más de una hora acicalándose, y después perdió el tiempo suplicándome que me cambiase.

—Pero si los vaqueros pitillo ya no los lleva nadie, Michael —suplicó—. Y menos con camisa de cuadros escoceses. El *revival* grunge ya ha pasado.

No quise hacerle caso. Cuando llegamos al Café Colette de Greenpoint, con fama de ser lo más in de todo Williamsburg –un barrio mucho más *cool,* a su vez, que Manhattan–, prácticamente no había ningún tío que no llevase vaqueros estrechos y camisa de cuadros escoceses. Aparte de eso parecía que les hubiesen cortado el pelo con unas tijeras oxidadas de jardín; total, que la ventaja era mía.

Había cola en la puerta. Yo habría preferido buscar otro sitio, pero Jeane insistió en que esperásemos. También insistió en invitar al *brunch,* y pagó el taxi. Se me hizo raro, aunque después le reembolsasen todos los gastos. Bueno, más que raro, como si no estuviéramos al mismo nivel. Es verdad que a veces Jeane daba la sensación de no vivir ni en el mismo planeta que yo, pero en Londres íbamos al mismo instituto, nos movíamos por las mismas calles y nos saqueábamos mutuamente la nevera. En cambio, en Nueva York era como si todo el poder lo tuviera ella. Yo ya me daba cuenta de que debería haber sido más avanzado en esas cosas, y tomarme con más calma sus superpoderes, pero aunque me esforzase no podía.

–Eh, que no dejas que siga la cola –me dijo de repente.

Me di cuenta de que ya estábamos dentro del local, y de que solo quedaba un grupo delante de nosotros.

Mientras nos acompañaban hasta una de las mesas para dos pegadas a la pared del fondo, empezó a sonar el móvil de Jeane. Yo miré a mi alrededor, interesado por la clientela y por la barra, de esas grandes y antiguas, pero Jeane no despegaba la vista del teléfono.

–En los últimos diez minutos he recibido unos cincuenta correos –murmuró–. Y eso el día de descanso.

Miré una carta con ganas de explorar las opciones del *brunch*. Tal vez fuera mi oportunidad de probar el beicon con jarabe de arce. En ese momento, sin embargo, Jeane levantó la vista del teléfono y gritó como si le doliera algo.

–¿Qué, qué pasa? –pregunté, mientras la miraban con mala cara las dos chicas de la mesa de al lado.

Ella miró por todo el bar como una loca hasta que señaló el expositor de prensa de la entrada.

–El *New York Times* –dijo con la voz cazallera de una fumadora empedernida, de las de dos paquetes al día–. ¿Tienen el *New York Times*?

Teniendo en cuenta que ella lo pagaba básicamente todo, lo mínimo era levantarse e ir a buscar el periódico.

Me lo arrebató sin darme ni las gracias, y empezó a pasar las páginas.

–Rollos. Más rollos. Economía a la baja. Cobertura sanitaria universal y tal y cual. No puede ser. Alucino. Pellízcame.

La verdad es que era tentador, pero lo que hice fue inclinarme e intentar ver el periódico al revés. No costaba mucho, porque la foto invertida de Jeane el día antes en el escenario se reconocía enseguida.

–*Smells Like Jeane Spirit** –dije, leyendo en voz alta el titular–. «Esta es la adolescente inglesa que ha convertido lo raro en marca de tendencia.»

---

* Juego de palabras con el título de la famosa canción de Nirvana, *Smells Like Teen Spirit. (N. del T.)*

Jeane parpadeó despacio y se puso las manos en las mejillas, rojas como dos tomates.

–Vaya –dijo–. Vaya. Guau. Al final del congreso les mandé mi discurso por correo electrónico, pero no creía que lo publicasen tan pronto. Ni así, como artículo independiente.

–El *New York Times* –dije yo lentamente. Me alegraba por ella, de verdad, pero no me salió voz de contento–. ¿Y eso es muy gordo?

–Cambia toda la partida. –Jeane miró su foto como en éxtasis, como si nunca se hubiera visto la cara.

Yo ni siquiera entendí la expresión. Sonaba a las chorradas que decían en *El aprendiz* justo antes de que los expulsaran. Jeane, sin embargo, no estaba pendiente de mi respuesta, sino que pasaba los dedos por la página. Solo apartó la vista –lo suyo le costó– cuando vinieron a tomarnos nota. Entonces se dignó a mirar la carta.

Estuvo media hora sin dirigirme la palabra. Yo no sabía que fuera capaz de estar callada tanto tiempo. Se quedó sentada con sus pantalones cortos de golf a cuadros, su camiseta de los Thundercats y su jersey naranja, y en vez de desayunar como es debido se fue comiendo la *baguette* cargada de Nutella y queso para untar que tenía en la mano, a la vez que contestaba el correo electrónico con la otra.

Yo había dejado de existir. De hecho, empecé a preguntarme si me había vuelto invisible, hasta que sonó mi teléfono. Al menos aún había alguien que quería hablar conmigo, aunque fuera nada menos que mi madre.

A decir verdad fue un alivio tener una excusa para levantarme de la mesa. Con tanto acento americano cerca no podía responder sin salir del local.

–Vuelvo en cinco minutos –le dije a Jeane, que no levantó la vista, ni movió la cabeza, ni dio ninguna otra señal de ser consciente de que aún estaba con ella.

29

Aluciné de que Michael se levantara y nada, adiós muy buenas. Era el día más importante de mi vida, lo más increíble que me había pasado; en los últimos dos años había tenido la suerte de que me pasasen varias cosas increíbles, pero no se podían comparar. Era increíble. Aun así, Michael no se tomó ni la molestia de decir «Felicidades», o «Muy bien, tía».

Estaba de morros desde que habíamos llegado a Greenpoint. Sabía que habría preferido quedarse en Manhattan y hacer alguna turistada hortera, en plan ir a tomar el *brunch* a Four Seasons, por decir algo, pero el recorrido turístico ya lo había hecho conmigo durante la primera noche en Nueva York, y después de un día de tanto estrés –el más estresante de mi vida– lo que me apetecía era medio día de paseo por Brooklyn, haciendo fotos de gente con pinta interesante y mirando las tiendas de segunda mano. ¡Qué se le iba a hacer!

A veces Michael era atento, delicado, el delegado de clase de mi vida, y otras un gilipollas total. Encima no volvió en cinco minutos, así que después de veinte minutos a solas, y de repetir café más veces de la cuenta –porque seguía habiendo gente esperando, y todos me miraban sin disimular–, pagué la cuenta y me encontré a Michael fuera apoyado en un muro, hablando por teléfono.

Me puse a su lado con los brazos en jarras hasta que levantó la vista.

–Mi madre –articuló con los labios–. Sabe que estoy en Nueva York.

Vaya, hombre. O sea, que no estaba en Manchester, sino en Nueva York. Le echarían un sermón aburridísimo sobre ser responsable, no decir mentiras y dar ejemplo a sus hermanas pequeñas. Tampoco era para morirse. Un poco de perspectiva. La verdad es que le hacía buena falta.

No tuve ocasión de decírselo porque seguía hablando por teléfono, muy serio, diciendo sin parar que lo sentía y haciendo como si se le hubiera caído el mundo encima. Y no era así.

Al final colgó, se incorporó despacio y se quedó con los hombros encorvados debajo de la chaqueta de chándal.

–En qué lío me he metido –dijo, como desamparado–. ¿Ayer por la noche colgaste una foto de los dos en Twitter?

–¿Qué? –repliqué yo. No había entrado en Twitter en toda la mañana. Me habían tenido demasiado ocupada los correos a Oona, desesperada por asegurarse mi presencia en el congreso de Tokio–. Sí, claro, voy a ser tan tonta como para tuitear una foto de los dos, y encima en Nueva York… ¿Qué sentido tendría?

–Eso digo yo: ¿qué sentido tendría? –replicó Michael, antes de embarcarse en una historia enrevesada sobre que Sanjit, el amigo de la universidad de Manchester en cuyo piso se había quedado supuestamente a dormir, tenía una hermana de la misma edad que Melly, y que la muy tonta había pasado la noche fuera, y cuando la madre de Michael la había pasado a recoger, pegándose un tremendo madrugón, y había preguntado por Sanjit, la madre de este último le había contado que estaba en Leeds, de visita en casa de los padres de su novia.

A esas horas aún no era de día en Nueva York, así que los padres de Michael, al no poder localizarlo, habían buscado en Internet y no sé cómo pero habían encontrado la supuesta foto.

Saqué mi móvil y entré en Twitter para ver la famosa foto. Empecé a recordarlo todo al ver una imagen borrosa de mí misma junto a un agujero de la nariz de Michael y su boca sensual. Bueno, todo no, pero sí algunas cosas.

–¡Eh, que estaba borracha! ¡Si ni siquiera escribí bien Gansevoort! ¡Además, me diste permiso para subir la foto! ¡Oh! ¡Oh! La ha retuiteado algún cretino. ¿A quién se le ocurre?

–¡Y yo qué sé! –me soltó Michael–. ¿Y tú por qué tuiteas todo lo que te pasa?

Cliqué sin hacerle ni caso para ver quién lo había retuiteado. Era uno de mis seguidores, @tresdelicias.

 tresdelicias está que vicia
Mi novia y mi agujero izquierdo de la nariz RT @raritayadorable ¡NYC, chicos! En el Gansevort con ML. ¡Peachy Lychees a tutiplén!

Tardé nada menos que cinco segundos en relacionarlo. @tresdelicias poseía un conocimiento enciclopédico de los pasteles chinos, se identificaba exageradamente con las divagaciones imaginarias de Jean-Paul Sartre, tenía una madre demasiado mandona, siempre sabía cuándo estaba depre, aunque mis tuits fingiesen lo contrario, y me enviaba enlaces de perros practicando deportes extremos.

El Tresdelicias de los demonios era Michael. Pues se iba a enterar.

–¡Tú! ¡Eres tú! –farfullé, agitando mi móvil en sus narices–. Qué, te has divertido riéndote de mí, ¿eh?

–¿Pero qué dices? –Michael me agarró la muñeca, para inmovilizarla y ver qué había delante–. Ah...

–Ni se te ocurra negarlo. –Solté la mano, y el teléfono–. ¡Si me habías dicho que ni siquiera tenías cuenta en Twitter!

Cambió de postura, incómodo.

–Bueno, en realidad lo que dije fue que no le veía mucho la gracia.

–Pues a mí me parece que se la ves perfectamente. ¿Te has divertido engañándome? ¿Se lo has contado a todos tus amigos, para que os riáis con la tomadura de pelo? ¿Y por haberme bajado los humos?

–No es eso –protestó Michael con la cara roja. Se estiró el cuello de la camisa como si se asfixiara. Ojalá–. Cuando empezamos a hablar por Twitter casi ni te conocía.

–Me conocías bastante para perseguirme con lo de Barney y Scarlett. También me conocías bastante al liarte conmigo, aunque se te olvidó comentarlo cuando nos tuiteábamos –le escupí–. Es una invasión total de mi intimidad.

–Mentira. Es un foro público. Además era Internet, no la realidad. En Internet no se es la misma persona que en la realidad, y...

–¡Pues yo sí! Soy la mejor versión de mí misma. Y mira, Internet es como mi mundo de color de rosa. Hago un acto de fe y pienso que la gente con quien me relaciono es tan sincera como yo.

–¡Qué tontería! De eso ya habíamos hablado. La gente en Internet siempre se hace pasar por lo que no es. Se fabrica un personaje, como si dijéramos.

–Pues entonces ¿tú quién eres? ¿La persona con quien me he tuiteado, y que ha resultado ser un mentiroso como una...?

–Yo en Twitter no he mentido nunca...

–¿O eres Michael Lee, el siniestro ciberacosador que ha estado usando toda la información que yo colgaba *online* para sus fines maléficos? –pregunté. Por una vez no me estaba poniendo más dramática de la cuenta. Me estaba poniendo nerviosa la idea de que Michael hubiera leído mis tuits en busca de pistas, intentando rastrear mis puntos débiles. Si se hubiera quitado antes el disfraz, es posible que no hubiera influido en lo que nos tuiteábamos, en los tuits que lanzaba yo al espacio, pero nunca lo sabría. No me había dado la oportunidad.

–Si no quieres que la gente encuentre algo, no lo deberías poner en Internet –se empecinó en decir Michael en vez de deshacerse en disculpas, hincarse de rodillas e implorar mi perdón–. No entiendo qué tiene de malo. Pero si lo colgaste tú, para que lo vieran los demás. No te digo que no haya hecho mal en no sincerarme, pero...

–¡Ni pero ni nada! No se trata de que hayas tuiteado conmigo haciéndote pasar por otro. Yo te he contado cosas que nunca colgaría en Internet. Te he hecho confidencias, he confiado en ti. –No pude seguir. Se me empezaba a notar el llanto en la voz, pese a mi determinación de no llorar. No, no iba a ser de esas. No iba a llorar por ningún chico–. Y en todo este tiempo has sido un embustero como una catedral.

–Jeane, estás exagerando –dijo Michael con una voz tensa y sufrida, como si no tuviera importancia, cuando sí la tenía; en realidad mi reacción era proporcionadísima–. Y ahora mismo preferiría que no me gritases. Por si no te habías fijado, estoy metido en una situación bastante grave.

Di una patada en el suelo.

–Tu situación no tiene nada de grave, Michael –dije con voz sibilante–. Lo peor que te puede pasar es que tus padres te dejen sin paga y te prohíban ir a Nueva York en tres años. ¡Joder, que eres adulto! ¡Tienes responsabilidad legal! ¿Por qué no empiezas a portarte como corresponde? Puede que entonces podamos seguir hablando sobre mí.

Ni siquiera se enfadó. Solo se quedó pensativo, como si no se hubiese dado cuenta de mi pena y de mi sufrimiento.

–Es sobre lo único que hablamos.

–Ah, perdona que me emocione por haber salido en el *New York Times*. Perdona si te avergüenzo. Mira, lo que te pasa es que no soportas que no me conforme con estudiar para la selectividad y concentrarme en elegir universidad, como todos tus amigos adolescentes aburridos.

¡No eres capaz ni de alegrarte de que salga en el *New York Times!*

–Pues claro que me alegro, pero ya has sacado el tema como mínimo cincuenta veces y empieza a ser un poco pesadito. –El suspiro de Michael interrumpió del todo mi ímpetu, y eso que aún no había pasado del calentamiento–. Además, tampoco entiendo a qué viene tanto bombo. Tú siempre sales en los periódicos. Eres su primer recurso cuando necesitan a una adolescente gritona y que se pone a sí misma por las nubes.

Di otra patada en el suelo, agitando los brazos para más eficacia.

–Soy mucho más que eso. Tú espera. Si quiero, puedo salir por la tele. Hay tres productores que me están suplicando que los vaya a ver, y una editorial que me ha encargado un libro. Además, ¿qué tiene de malo que escriba una sección en un periódico? Tengo mucho que decir, y lo diré de parte de los raros, los frikis, los empollones y los desposeídos, porque no nos queremos dejar atrapar por el sistema. Queremos las cosas a nuestra manera, y ni nada ni nadie, ni siquiera…

–¡Jeane, basta, haz el favor de callarte! –gritó de golpe Michael. Fue un grito de verdad. Hasta entonces la única en gritar había sido yo–. En el fondo lo que haces no tiene ninguna importancia. Vale, está guay que hayas conseguido tantas cosas, pero te guste o no falta poco para la selectividad, y pronto no querrás vestirte como te vistes y te darás cuenta de que tienes que ir un poco más discreta, porque la única manera de que entres en la universidad, o de que consigas un trabajo de verdad, o amigos de verdad, es que pares de una vez con todas esas tonterías de rarita y adorable.

No dije nada, porque no conseguí mover la boca ni que me salieran las palabras. Le había enseñado a Michael partes de mi vida que nunca había enseñado a nadie y él no solo me traicionaba violando mi Twitter con una falsa identidad, sino que me lo echaba en cara como si fuera su cumpleaños y yo le hubiese regalado unos pantalones sucios encontrados debajo de mi cama. No tenía nada que ver con lo de Barney. Vale que a Barney me lo había llevado a hacer roller derby, y le había hecho escuchar a Kitty, Daisy & Lewis, pero nunca le había enseñado las profundidades de mi alma.

—No es ninguna tontería —dije tensa, mientras el viento me hacía tiritar—. Es como soy. No importa nada más. Ni la selectividad, ni ir a la universidad, ni encontrar trabajo. Mi trabajo es esto. Es lo que me define. Si mañana me muriese, al menos habría hecho algo en la vida. Dejaría algo para que los demás supiesen que he existido. Rarita y adorable es lo único que tengo.

—No, no es lo único que tienes —dijo Michael, dando los tres pasos que lo situaron justo enfrente de mí. Intentaba poner una mirada penetrante, como si fuera muy listo—. Mira, hemos sido dos capullos y hemos dicho cosas que no deberíamos haber dicho, pero me sigues teniendo a mí. Yo no me pienso ir.

Increíble. No lo entendía. No me entendía para nada. Era una tontería pensar que lo hubiera hecho alguna vez.

—Yo a ti no te tengo. Tampoco te quiero, y menos después de lo que has hecho. No necesito a un novio que dé validez a mi existencia, porque ya se la doy yo sola.

—Si pasaras de esas cosas, no sería todo tan difícil –dijo Michael con fuerza, como si lo tuviera muy pensado–. Y puede que si no te esforzaras tanto en ser diferente y en ser una inadaptada, no me diera vergüenza que me viesen contigo. Te podría facilitar la vida.

—¡Qué cantidad de chorradas hetero-normativas!

—No sé ni lo que quiere decir.

—Quiere decir que no pienso renunciar a mis sueños solo para salir de secundaria en tu película. ¿Quieres que te explique tu problema? Que por una vez en la vida no consigues ser el centro de atención, y no lo soportas. ¿A que no?

—Pues tu problema es que no aguantas ser normal, porque cuando te quitas esa ropa tan fea, y no dices esas palabras tan largas ni sueltas esos rollos de pirada que te crees que te hacen diferente, la verdad es que no queda gran cosa, solo una chica con un trastorno grave de personalidad.

Todos los modernillos y los padres guays con vástagos de nombres tan absurdos como Demeter y Minnesota que hacían cola con un frío polar se nos habían quedado mirando; nos veían pegar gritos, y la verdad es que en ese momento no sentí nada especial. Solo era una chica tonta, con ropa tonta y desconjuntada, que le gritaba a un chico con quien tampoco pegaba.

Michael Lee solo era eso, un chico. Tenía que quitarle cualquier tipo de poder que creyera tener sobre mí, y rebajarlo para que se sintiese tan pequeño como me sentía yo.

—¿Por qué no te vuelves con tus papás, para que te puedan quitar los privilegios de la tele y te manden a la cama sin cenar?

–¿Y tú por qué no vuelves a ese nido de infecciones donde vives y comes hasta reventar, creación absurda de los medios? –me soltó Michael.

Me dio una rabia de muerte, pero de muerte, dejarlo con la última palabra, pero había un taxi libre y la única manera de avisarlo era cruzar la calle corriendo y matarme –también de muerte literal– en el intento de pararlo.

Me habría gustado no tener que verle la cara nunca más, pero al volver al hotel me di cuenta de que no podía abandonarlo. Ni siquiera estaba segura de que Michael tuviera dinero para el metro. Encima los billetes de avión los tenía yo, así que no me quedó más remedio que mandarle un mensaje al móvil para quedar en JFK.

Cuando llegué, con mi maleta a cuestas, lo vi esperando en el check-in de premium economy. Lo odiaba de verdad, en serio, pero mi corazón dio un pequeño salto de felicidad porque aún no se había acostumbrado a odiarlo. Mi cabeza era de un material mucho más fuerte.

Me miró avergonzado mientras levantaba su maleta del carrito.

–Oye, Jeane, que… Ya sé que debería haberte dicho lo de Twitter, pero fui dejando pasar el tiempo y se me hacía cada vez más cuesta arriba… –empezó a decir.

Yo, sin embargo, lo ignoré para ir al mostrador. Sabía que no podía bajar la guardia. Tenía muchas horas de vuelo por delante, y a solas se viaja más deprisa.

–No queremos ir juntos para nada –le dije a la persona del mostrador–. Si hace falta, pagaré para subir de clase.

–Increíble –siseó Michael.

No podía montar ninguna escena, porque estábamos en un aeropuerto y se lo llevarían por sospechoso de terrorismo. Total, que en un pispás me acompañaron a la seguridad de la sala business, y aunque en el embarque –que hice yo primero– se cruzaron un momento nuestras miradas, tardé poco tiempo en ocupar mi propia suite, con una mesa grande que me permitía encender el portátil y empezar a hacer listas y planes. Rarita y adorable estaba a punto de subir de nivel. No pensaba dejarme enturbiar por los envidiosos.

30

♥ Michael Lee ha cambiado su situación sentimental de Es complicado a Soltero.

raritayadorable_ Jeane Smith
Descanso un poco de Twitter para organizar una
serie de cosas megaflipantes. Pero no dudéis en
mandarme TwitPics de perritos monos.

Querido Michael:

Según lo acordado, aquí tienes el horario del mes que viene. Volveremos a hablar del tema durante las Navidades, cuando hayas tenido tiempo de reflexionar sobre las malas decisiones que has tomado últimamente.

Mamá y papá

Lunes a viernes

7:30: Dar de comer al gato. Ayudar a poner y recoger el desayuno.

8:30-16:45: Irás directamente al instituto y no abandonarás el edificio. Si tienes alguna hora libre, estudiarás en la biblioteca. A la salida del instituto vendrás directamente a casa.*

17:00: Ayudar a Melly y Alice con los deberes, empezar a preparar la cena y dar de comer al gato.

19:00: Poner el lavavajillas y estudiar en la mesa de la cocina. Según lo convenido, no podrás ver la tele ni usar la videoconsola o el iPod, y te hemos quitado la tarjeta AirPort del portátil.

Si no tienes deberes, puedes hacer trabajo administrativo para papá.

22:30: ¡Apagar la luz!

- Lunes – consejo de alumnos
- Martes – entrenamiento de fútbol
- Miércoles – club de debate
- Viernes – entrenamiento de fútbol

* Hemos dado muchas vueltas al tema de las actividades extraescolares, pero al final hemos decidido mantenerlas para no perjudicar tu solicitud de ingreso en la universidad.

Sábado

7:30: Dar de comer al gato. Ayudar a poner y recoger el desayuno.

9:00-12:00: Estudiar.

12:00-13:00: Comer.

14:00-17:00: Partido de fútbol.

18:00-19:00: Cenar. Recoger la mesa.

19:00-22:00: Puedes ver un DVD con nosotros o leer un libro. Tú eliges.

23:00: ¡Apagar la luz!

Domingo

7:30: Dar de comer al gato. Ayudar a poner y recoger el desayuno.

9:00-16:00: Salida familiar.

17:00: Ayudar a papá a preparar la merienda-cena de los domingos.

19:00: Recoger la mesa.

20:00: Organizar las cosas para el instituto.

21:00-22:00: Estudiar o leer.

23:00: ¡Apagar la luz!

Para: bethan.smith@cch.org
De: jcastillo@qvhschool.ac.uk
7 de diciembre de 2013

Estimada señora Smith:

El motivo de este mensaje es Jeane Smith. Según nuestro archivo, es usted la tutora de su hermana menor, aunque según me ha explicado la anterior tutora de Jeane, la señora Ferguson, en estos momentos trabaja usted en Estados Unidos, y tanto su padre como su madre residen en el extranjero. Aun así, debo informarle de que Jeane ha faltado al instituto en las últimas tres semanas y no ha entregado los deberes correspondientes al mismo período.

Hemos hecho todo lo posible por ponernos en contacto con ella a través del teléfono y el correo electrónico, pero en vista del peligro que corre su futuro en el instituto y sus planes de pasar las pruebas de selectividad el año que viene, no me queda más remedio que ponerme en contacto con usted y pedirle que informe a Jeane sobre la posible gravedad de sus actos.

A pesar de que la conducta de Jeane ha dado pie a conflictos de cierta gravedad, su historial académico es excelente, y espero que el instituto pueda brindarle el apoyo y las soluciones necesarias para que reanude sus estudios. Sería para mí una gran satisfacción poder hablar de ello con usted por teléfono, si es tan amable de llamarme.

Cuando hable con su hermana, ¿podría pedirle que se ponga en contacto conmigo o con la señora Ferguson, a fin de que podamos concertar una entrevista y resolver los problemas que pueda estar sufriendo Jeane?

A la espera de tener noticias suyas y de poder colaborar con usted en la consecución de un desenlace positivo, se despide atentamente

Jane Castillo
Vicedirectora

Michael! Kto c**o t han kstigado? T echamos d menos! Heidi x

Largo y aburrido de contar. = me dan tiempo libre x buena conducta en Navidad. Michael

Y k pasó? Dicen k djaste embarazada a la Friki!!!!!! K os escapasteis a NY!!!! T la tirabas? H x

J & yo solo éramos colegas xo está como 1 cabra. Venga ya! K manía con propagar rumores. M

Fijo! Son unos nvidiosos! Ya lo arreglaré. Pro stas castigado? K ridículo. Tienes 18.

He pedido Cambridge & me pillaron bebiendo. K ridi!

Ni ablas con nosotros en el insti. T echa de menos tdo el mundo. No solo yo. Pero yo más!!!! Ya se me ocurrirá algo especial para los 2 cuando estés libre. H xxxxx

Bno me tngo k ir. Ns vms mñn en el insti. M

Vale. xoxo. H

¡MOLA, TÍO! ¡LA ENTRADA MÁS HIPERMEGARRARA DE LA HISTORIA DEL BLOGGING!

¡Hola! *Ciao! Buon giorno! Guten Tag!* ¡Insertad el saludo en el idioma que queráis!

¿Bueno, qué, cómo habéis estado?

Los rumores sobre mi muerte prematura eran muy exagerados. Sigo viva, y aproximadamente tropecientos millones de veces más rara que la última vez que hablamos, porque… redoble de tambor, maestro… ¡Raritaydorable se vuelve multiplataforma y global, y llega directamente a vuestros hogares!

Siempre podría haber seguido blogueando, vlogueando y tuiteando al azar sobre las cosas que me molan durante los pocos momentos que me quedan cuando no estudio para la selectividad, pero la verdad, ¿qué sentido tiene estar metida en un aula con veintinueve antirraros sin alma y de mirada mortecina con quienes no tengo nada en común salvo mi edad? Ninguno, y menos si puedo usar mi tiempo y mi energía para difundir el mensaje de que los frikis heredarán la tierra.

Por eso me he pasado el último mes yendo a tantas reuniones, ahora me da urticaria ver una bandeja de pastitas de hojaldre o un portafolio, pero ha valido la pena, aunque ya no pueda comer nunca más un *pain au chocolat.* Abrochaos los cinturones, que os voy a hacer una visita guiada.

Rarita y adorable – el programa de televisión

El año que viene rodaré una serie documental para Channel 4. Investigaré qué significa ser un marginado en este mundo loco, consumista y estandarizado en el que no tenemos más remedio que vivir. Pasaré por el campamento de rock para chicas de Molly Montgomery —la de las Duckie, mi ídolo de toda la vida—. Iré a Tokio en busca de una caja de Kit Kats de té verde y estaré con la fotógrafa callejera Keiko Ono, una diosa de las de verdad. Viajaremos a Suecia, Brasil, Estados Unidos, e iremos incluso a China, si conseguimos superar la burocracia.

Rarita y adorable – el libro

También he firmado un contrato para publicar dos libros que irán sobre vampiros. ¡Ja! ¡Que te lo crees tú! Ahora bien, dos libros sí que escribiré. El primero se titulará Rarita y adorable: *cómo me convertí en la reina de los frikis,* y será una mezcla de manifiesto, autobiografía y perorata. Llevará fotos, recetas y un cómic. El segundo libro no tengo ni idea de qué irá, pero no se lo digáis a la editorial.

Rarita y adorable – la columna

El *Guardian* me publicará ochocientas palabras cada viernes. Pontificaré sobre cómo han conquistado el mundo los cupcakes, sobre si los cachorros son la nueva especie dominante, si los recortes en la educación son una estratagema ideológica para que no levantemos cabeza y... pues sobre todas mis excusas favoritas para pontificar.

Rarita y adorable – la web

Sí, ya tengo web, pero esta vez será de las de verdad, con dinero detrás, para no tener que quedarse sentado y mirar durante horas y horas mi DustCam. Tengo tantos amigos increíbles con talentos increíbles que **raritayadorable.com** será un punto de encuentro donde podrán –podréis, espero– demostrar lo alucinantes que son. Llevará artículos, vídeos y perritos, y estará lleno de amor y de ironía.

Rarita y adorable – la gira

El año que viene participaré en muchos actos públicos; y cuando digo muchos es muchos. Algunos serán congresos académicos, pero también colaboraré con una ONG para montar talleres de autoestima y emancipación en institutos y clubes juveniles. ¡Me muero de ganas!, pero también me da un poco de miedo.

Pues nada, ya lo sabéis. Me corroe la sensación de que es posible que me esté vendiendo, pero a mi modo de ver es bueno que se exprese alguien como yo. Puede que me equivoque, pero creo que tengo cosas importantes que decir, y que la gente necesita oírlas, y que algo valdrá poder robarles una hora de pantalla o un libro a los exconcursantes de *Gran Hermano*.

Bueno, que esto ya parece un mitin. Seguro que en algún rincón de Internet hay un clip de un perrito que hace algo monísimo. Me siento en la obligación de encontrarlo.

Que os vaya bien.

Jeane x

31

Ni siquiera había empezado a buscar nuevos vídeos de perritos cuando se encendió mi icono de Skype y conecté maquinalmente mi webcam. Después me levanté de la silla y me puse en cuclillas debajo de la mesa, por si era alguien con quien no me apetecía hablar, hasta que oí una voz conocida:

–¿Dónde estás, Jeane?

¡Era Bethan! Me levanté con tanta rapidez que me di un golpe en la cabeza. Luego me senté, frotándome el chichón de la sien. No tenía tiempo para conmociones cerebrales.

–¡Mírate, con tu bata de médico, como recién salida del plató de *Anatomía de Grey!* –dije, contenta.

Bethan estaba sentada al borde del sofá de la sala de estar de su piso de Chicago. Se la veía cansada, con todo el pelo rubio sujeto en un moño, pero me hizo un saludito tonto con la mano y me sonrió con cara de lela, así que le devolví ambas cosas y tuve la sensación de estar de nuevo en casa.

–Sé que aún estás viva porque acabo de leer tu blog –dijo con mordacidad–. ¡Menos mal!

–Es que siempre que intentaba llamarte por Skype estabas curando a niños enfermos –le recordé–. Además, querer vivir en otro continente lo complica todo mucho.

–Es verdad –reconoció ella–. Los niños pequeños tienen la irritante manía de caerse de los árboles y de pillar enfermedades. De todos modos, también te han intentado localizar mamá y papá, y he recibido correos electrónicos de tu tutora y de la vicedirectora de tu instituto. ¿Qué pasa? No puedes dejar de ir al instituto de un día para el otro.

–Bueno, en el fondo sí, y es lo que he hecho –dije con calma. Lo hecho, hecho estaba. Ya no podía remediarlo nadie–. Mira, podría pasarme dieciocho meses más en el instituto, pintando marinas a la fuerza y escribiendo redacciones sobre *El manantial,* que son dos cosas que no me enseñan nada importante para la vida. También puedo tener una influencia decisiva en las vidas ajenas. No hay color.

Bethan suspiró y se apartó el pelo que se le había escapado del moño.

–Ya, pero es que hicimos un pacto. Los cuatro acordamos que podrías vivir sola a condición de cumplir una serie de promesas, como comer tres veces al día, tener el piso ordenado e ir al instituto.

–Pero…

–Sigues teniendo la tontería esa de la DustCam, y la cantidad de tuits que escribes sobre Haribo me hace pensar que no llevas una alimentación muy sana. Ahora resulta que has decidido que no necesitas instruirte. –Volvió a suspirar–. No está bien, Jeane.

–El piso lo tengo ordenado –protesté–. ¡Mira!

Giré el portátil para que Bethan pudiera disfrutar de una panorámica de la sala de estar, que estaba limpísima. Ya estaba harta de que ciertas personas quisieran convencerme de que no vivía en el mundo real, ni podía hacer frente a sus retos, porque no era cierto. Para nada. De todos modos, como en el mundo real la gente tiene asistentas, había quedado con la de la madre de Ben para que viniera una vez por semana. Lydia era búlgara y tenía una obsesión que daba miedo con el vinagre y su capacidad de eliminar casi toda la mugre doméstica. De hecho, toda ella daba miedo, y si no se lo encontraba todo ordenado me gritaba.

–Bueno, se ve bastante bien. ¿Y lo de comer fruta y verdura fresca?

Saqué la lengua a Bethan.

–Cada cosa a su tiempo.

–Jeane, prometiste hacer la selectividad. Lo prometiste de verdad.

No había nada peor que Bethan en plan reprochadora. Ponía un tono de pena y decepción que siempre me hacía sentir fatal.

–Bethan, no te enfades conmigo –le supliqué–. Tengo unas oportunidades increíbles, y si espero hasta después de la selectividad ya no las tendré. Todas son cosas buenas. Podré viajar por el mundo, hacer cosas interesantes, vivir experiencias, escribir libros y ganar una burrada de dinero.

–¡Eres demasiado joven! Y no tienes a nadie que te cuide. Dios mío… Es todo culpa mía. Me tendría que haber quedado en Londres, y haberme dejado de becas, porque…

–¡No! La beca te la merecías. Seguiste tu sueño. Ahora seguiré yo el mío. No hay ninguna razón para sentirse mal.

–Con la de gente que se estará aprovechando de ti…

Yo quería mucho a Bethan, más que a toda la gama de productos Apple y Haribo y los mejores vestidos de segundo mano del mundo, pero me desquiciaba verla tan triste y tan seria.

–De mí no se aprovecha nadie –le dije–. No soy tonta. He hablado con gente como mi amiga Molly, que a mi edad se dejó tomar el pelo por su discográfica. He firmado con una agencia de talentos de las más prestigiosas, y tengo contable y abogado. Hasta me he dado de alta en la Seguridad Social. Va todo perfecto, Bethan, de verdad.

–Ay, Jeane… –Parecía a punto de echarse a llorar–. Todo esto de perfecto no tiene nada. Las cosas no deberían haber salido así.

–Ha ido todo genial. La semana que viene, cuando vengas, si sigues cabreada, te dejo que me des un cachete. Si te sientes mejor, hasta puedes hacer ver que me mandas a la habitación. –Al menos sonrió, aunque fuera una sonrisa bastante tristona–. Por cierto, ¿quieres que ponga algo más en la lista de compras navideñas? ¿Otro tronco de chocolate y más tartaletas de fruta? De eso nunca te hartas. ¿Verdad que en Nochebuena solemos comernos seis tartaletas al día?

Ya que no funcionaba nada más, esperé que Bethan se animase al oír hablar de tartaletas, pero se dejó caer en su sofá beis.

–Dios mío…

–¿Por qué «Dios mío»? ¿Qué pasa, ahora tienes alergia a las tartaletas de fruta?

Bethan miró a su derecha y dijo algo que no entendí. En ese momento apareció Alex, su novio –estaba casi tan musculado como Gustav–, que quería ser neurocirujano, y se sentó a su lado.

–Qué hay, Jeane –dijo–. ¿Cómo va la vida?

–¡Hola, la salud en persona! Oye, que Bethan se ha enfadado conmigo. ¿Le puedes decir que ya está bien? Es que es un rollo.

Alex puso su mano sobre la de Bethan. Intercambiaron caricias y susurros hasta que tuve que dar golpes en el monitor con los nudillos.

Bethan respiró hondo.

–Bueno, ¿qué noticia prefieres, la buena o la mala?

Supe de inmediato que la mala noticia pesaría mucho más que la buena. Como siempre, sin excepción.

–La mala, por favor.

Me miraron los dos con cara de enfado.

–Tendrás que oír primero la buena –dijo Bethan.

–Bueno, pues lo que tú digas. Venga, dispara –dije con impaciencia.

Bethan levantó la mano. Esperé la buena noticia. Seguí esperando. Esperé un poco más.

–¿Te podrías dar un poco más de prisa, por favor?

–¡Pero mírame la mano! –exigió Bethan–. El dedo anular.

Me concentré en la pantalla. En el dedo había un anillo; posiblemente fuera un diamante, aunque también podía ser una circonita cúbica.

–Mmm... ¿Os habéis prometido?

Alex sonrió de oreja a oreja, haciendo honor a su dentista.

—El fin de semana le pedí la mano a Beth, y ella accedió a convertirme en un hombre de bien. ¿Qué te parece ser mi cuñada?

La verdad es que no lo sabía muy bien. Supongo que me alegré por ellos, aunque Alex era americano y Bethan inglesa, y cuando acabase la residencia en el hospital tendrían que decidir en qué continente iban a vivir. No es que no me gustase ser independiente y que Bethan solo pudiera controlarme por Skype, pero en principio no tenía que estar fuera para siempre.

Logré simular una sonrisa.

—¡Anda! ¡Pero qué buena noticia! Me alegro muchísimo por los dos. Alex, si no me agobias con que coma verdura estaré encantada de ofrecerte el puesto de cuñado.

Esta vez la sonrisa de Bethan casi pareció sincera.

—Hay otra cosa —dijo—. Como no hay una manera fácil de decirlo, te lo suelto así: estoy embarazada.

—¡Vaya! Pues qué bien. ¿Os casáis por eso? —pregunté sin andarme con rodeos.

—Un poco sí, pero sobre todo porque estoy enamorada de este atontado —dijo Bethan, y pasó la mano por el pelo corto de Alex, que me enseñó los dientes, encantado—. También es mejor casarse antes de que nazca el bebé porque hay que resolver todo un tema de extranjería.

Debería haberles preguntado tantas cosas... Cuándo nacería, si sabían si era niño o niña, si ya habían elegido el nombre... Pero no pude, porque estaba segura de que nada más abrir la boca diría alguna atrocidad del estilo de

«¿Para qué coño queréis tener un hijo? ¿No os preocupa que se ponga enfermo, como Andrew? ¿Y no os da miedo no quererlo, como nunca me han querido Pat y Roy a mí? Pues entonces, ¿por qué coño lo queréis tener?».

¿Cómo se lo iba a decir? Mi sonrisa empezó a resbalar. Antes de que se me cayera por completo de la cara, conseguí decir otra vez:

–Vaya...

–Qué *shock*, ¿verdad? –me preguntó amablemente Bethan.

Asentí.

–Sí, la verdad es que aún lo estoy procesando. ¿Y eso era la mala noticia?

–¡Pero Jeane! ¡Cómo se puede ser tan cáustica! –Nunca había oído una risotada tan digna de ese nombre como la que soltó Alex–. Pues claro que no es una mala noticia. Estamos los dos entusiasmados. Lo que pasa es que en la vida siempre hay una de cal y otra de arena. Mi madre está muy enferma.

–Ah, lo siento. –Lo dije en serio–. Y... no se... ¿se curará?

La sonrisa de Alex se borró. Sacudió la cabeza.

–Le quedan unos tres meses de vida, aunque está decidida a ver a su primer nieto.

A veces la vida da asco. No basta con que algunas cosas de la vida puedan ser buenas de verdad, en plan que te toque la lotería; siempre tiene que pasar algo igual de malo, por si se te ocurriera propasarte.

–Lo siento muchísimo. Qué injusto, ¿verdad?

–Pues sí –convino Alex.

Miró a Bethan. Ella lo miró a él, y al girar la cabeza hacia mí la vi llorar.

—Ya sé que es horrible, pero lo del bebé es genial —le dije—. Quédate con eso.

—Mira, Jeane, no puedo ir en Navidad —soltó de golpe—. Imposible. Será la última que pase Alex con su madre, y nos tenemos que casar muy, muy deprisa, y con todos los preparativos, y yo haciendo guardias de doce horas... ¡No me odies, por favor!

—Qué va. No te odiaría nunca —la tranquilicé—. No podrías hacer nada para que te odiase.

—¿Ni siquiera si te digo que hemos intentado comprarte un billete de avión para Chicago, aunque fuera con escala en Canadá, pero que está todo completo? —Bethan sollozó—. ¿Pasarás las Navidades con papá? ¡Por favor! No soporto la idea de que las pases sola.

—¡Uf! ¡Prefiero pasar las Navidades sola que con Roy y Sandra! ¡Seguro que reservan en Garfunkel's para la comida del 25! —grité.

Ni siquiera era una broma, pero Bethan se rio y lloró al mismo tiempo.

—Jeane, lo siento, te lo juro, pero lo más probable es que la boda sea en enero y...

—Pues entonces nos vemos en enero. Ah, y para que lo sepas, seguro que me encanta cualquier vestido horrible de dama de honor que me elijas, de esos de raso morado. Mientras no me hagas llevar nada de buen gusto... —Hice como si tuviera escalofríos. Bethan y Alex se rieron—. Por mí no te preocupes, porque siempre puedo presentarme sin avisar en la comida navideña de Ben, y si no mi amiga Tabitha siempre tiene un plato caliente para casos desesperados. En serio, que no pasa nada.

—Me siento fatal.

—Bethan, por favor, que es un rollo cuando te flagelas —dije con cinismo.

Sentí acumularse en mi interior la decepción y la amargura, que me tuve que tragar como si fueran bilis. Hasta entonces no había visto el momento de esperar a Bethan en la zona de llegadas de Heathrow, y de poder abrazarla muy, muy fuerte, y de tenerla solo para mí durante una semana entera. Nunca más la volvería a tener para mí sola. Ocuparía el tercer puesto de la lista, por detrás de Alex y el recién nacido.

—No llores tanto, que seguro que no es bueno para el bebé. Saldrá con tendencias depresivas.

—Cállate —dijo ella entre sollozos.

Al final consiguió dominar las lágrimas, y antes de que tuvieran que colgar hablamos unos minutos del estupendo regalo que me compraría Bethan para Navidad, y de que mejor que en la boda no pusieran una de esas tartas de fruta tan sosas y aburridas, porque en el fondo no le gustan a nadie.

Cuando llegó la hora de buscar perritos en YouTube, o cualquier cosa que me hiciera sonreír, supe que había acertado al renunciar a todo por mi sueño. Con Rarita y adorable formaba parte de algo. Sin Rarita y adorable no tenía nada ni a nadie.

32

Por fin, el 24 por la mañana, después de haber preparado en total unas doscientas treinta y dos tazas de té a
mis padres como parte de mi castigo, y una semana después de ir a Cambridge –no quería echar las campanas al
vuelo, pero el profesor de la entrevista final me había
dado la mano diciendo que esperaba verme en septiembre–, me hicieron un regalo navideño adelantado.

Volvieron a instalarme el wifi –no me atreví a decirles
que había pirateado el router– y me devolvieron ceremoniosamente la PS3, así como el iPod, la tele y las llaves del
coche.

Volvía a ser libre. Por otra parte, tenía tres horas para
acabar de comprar los regalos navideños antes de quedar
a comer con la pandilla.

–Si vas a conducir, no bebas, por favor –me dijo papá
al despedirme en el recibidor con toda la familia.

–Iré en autobús. No habrá dónde aparcar –dije.

–Y no te olvides de comprar papel de aluminio –me
recordó mamá.

Ya había vuelto todo a la normalidad. Los primeros
quince días habían sido de no hablar si no me dirigían ellos
la palabra, pero al acercarse la entrevista en Cambridge

mis padres no habían tenido más remedio que ensayar conmigo las preguntas de la entrevista, y preguntarme si sabía quién me iba a entrevistar, y si tenía que comprarme algún libro de él para ir bien preparado y tal y cual.

Aquella noche mi madre me dio un beso y mi padre sonrió al ver que Alice y Melly se agarraban a mis piernas.

–¿Llevas nuestra lista? –me preguntó Melly por enésima vez–. Percy Pig, no Peppa Pig. Es muy importante, Michael.

–Vuelve a tiempo para el especial de Navidad de los Teleñecos. Haremos cupcakes especiales de los Teleñecos –añadió Alice.

Mamá se estremeció al pensar en cómo dejarían la cocina. Yo no dejé de sonreír en todo el trayecto hasta la parada de autobús.

Como era chico, no chica, y casi todos los regalos los había comprado por Internet cuando «me dejaban», acabé en tres horas, una de ellas la pasé en Claire's, recibiendo codazos, rodillazos y puñetazos de preadolescentes que habían esnifado demasiada purpurina. Me presenté cargado de bolsas en el gastropub regentado por el padre de Ant.

Justo cuando me abría camino por la multitud vi a Heidi, que me echó los brazos al cuello.

–¡Michael! ¡Cómo me alegro de que hayas podido venir! –dijo. Luego me dio un beso. En la boca, claro. Obviamente había llegado a la conclusión de que mi discurso de «gracias, pero no» en el concierto de las Duckie solo había sido una manera de hacerme el duro–. ¡Pero cuántas bolsas! ¿Llevas alguna cosita para mí?

Logré quitármela de encima antes de que me estrangulase.

—Dependerá de si me has tocado en el amigo invisible, ¿no?

Puso morritos, y me di cuenta de que estaba a punto de colgarse de mi brazo, pero fui habilidoso y me aparté. Después vi nuestra mesa y dejé que Heidi se arriesgara a matarse al seguirme con sus taconazos de vértigo.

—Te he guardado un sitio —dijo, pero como había una silla vacía al lado de Scarlett me lancé hacia ella y puse los ojos en blanco al mirarlos a los dos, Scarlett y Barney.

Durante mis semanas a régimen de «ve directamente al instituto, es una orden», que sigo pensando que fue exagerado, porque tampoco es que se hubiera muerto nadie, y mi madre ya tiene aburridas a todas sus amigas con el tema de que mi beca en Palo Alto estaba confirmada al noventa y nueve por ciento, solo había podido ver a mis amigos a la hora de comer. Pero había estado sobre todo con Barney y Scarlett.

Como ellos ya sabían lo mío con Jeane, no me pusieron al borde de la desesperación con un bombardeo de preguntas, ni pidiéndome que confirmase los rumores de que Jeane estaba embarazada/había emigrado/estaba expulsada. A pesar de que Scarlett se muriese de ganas de saber la verdad y me mirase con cara de auténtica perplejidad, en cuanto abría la boca —tras fruncir el ceño y bizquear—, Barney le lanzaba una mirada asesina o le daba un codazo. Una vez hasta le había tirado un ganchito de queso al oír que decía: «Bueno, entonces tú y Jeane…».

En cualquier caso, una vez que estuvo claro que Jeane no volvería al instituto, y que yo estaba más que harto de que todo el mundo quisiera hablar de ella, y que no es que hubiéramos acabado mal, es que había sido la peor ruptura de toda la historia de las rupturas, Barney y Scarlett me apoyaron con discreción, en plan mantenimiento. Desde que estaba con Barney, Scarlett no era ni la mitad de quejica que antes, ni se sacudía tanto la melena. En cuanto a Barney, pues francamente, creo que se portó como un colega de los de verdad. Hacía chistes y hablábamos de ordenadores y de *Star Wars* mientras Scarlett se pintaba las uñas. Yo creo que Jeane y yo habíamos sacado lo peor de ellos, pero juntos eran mucho, mucho más que la suma de sus partes.

Esta vez sonrieron los dos, y Scarlett se embarcó en una larga historia sobre que su prima había dejado un trabajo a tiempo parcial en Claire's porque se le había perforado el tímpano de tanto oír chillidos. Barney me pidió un consejo informático, mientras Heidi seguía poniendo morritos al otro lado de la mesa y juntando las tetas con los codos para que se le marcara el canalillo.

Al final, cuando estuvimos todos, pedimos, y empezamos con el amigo invisible. A mí me tocó Mads, lo cual era un rollo, porque en principio no podíamos gastar más de cinco libras, y a Mads no le iba lo barato. Le gustaba decir: «Aunque solo pueda permitirme Topshop, en sueños me visto de Chanel».

Como había tenido que ir a Cath Kidston para recoger el regalo de mi madre, le había comprado a Mads unos clips de perritos para el pelo. Eran monos. A todas las chicas les gusta lo mono. Punto pelota. Bueno, a todas las que no se empecinan en imponer al resto del mundo su idea retorcida de lo mono.

Comprendí mi error en cuanto Mads abrió el regalo. En el fondo, tampoco le iba lo mono, a menos que llevase el logo de Chanel. Se le borró la sonrisa de impaciencia. Después la rehizo, el doble de ancha pero con la mitad de alegría.

—¡Qué chulo! —exclamó, con el mismo tono que al decir «¡qué asco!» al probar el Bloody Mary de Dan—. Chulísimo. —Nos miró a todos con los ojos entornados—. Bueno, a ver, ¿quién ha sido mi amigo invisible?

Levanté tímidamente la mano.

—Si no te gustan, se los doy a una de mis hermanas y te quedas el dinero.

—No seas tonto —dijo Mads, acercándose los clips al corazón como si se los fuese a arrebatar—. Sí que me gustan. Son muy… Mmm…, curiosos.

—Es verdad —dijo Dan. Sonrió con ironía—. Es el tipo de regalo de Navidad que le podrías hacer a Jeane Smith si estuvieras liado con ella, que se ve que no.

—Qué gilipollas —dije, porque lo era—. Haz el favor de atribuirme un poco de buen gusto. Ni me enrollo con ella ni me he enrollado nunca.

—Al menos ahora —murmuró Dan.

Apreté los puños pero no reaccioné. Si empezaba a largarle insultos y a enfadarme, Dan obtendría la reacción deseada, y todos se pensarían que tenía algo que esconder. Por lo tanto, esperé y dejé pasar bastante tiempo para que se me ocurriese una respuesta asesina.

—A ver si es que estás obsesionado con mi vida sexual porque tú estás en el dique seco…

—¡Eh, que mi vida sexual no tiene nada de malo!

—¿Pelársela cada hora cuenta como vida sexual? —preguntó Ant con tono perezoso.

Todos suspiramos. Yo creía que era un tema zanjado, pero me equivocaba.

—Venga, Michael, reconoce de una vez que salías con ella —dijo Mads—. Y que es verdad que te fuiste con ella a Nueva York, y que está claro al ciento diez por cien que en Halloween, durante la fiesta de después del concierto de las Duckie, os estuvisteis besando, porque la hermana mayor del mejor amigo de mi primo sale con los técnicos de las Duckie y dijo que os vio juntos, y que en el Flickr del grupo había fotos de ti y de Jeane haciendo el gesto de los cuernos con Molly y Jane.

—No pienso reconocer nada, porque no es verdad —insistí.

Parece mentira, pero Dan dio una palmada de júbilo. Mentalmente tiene diez años.

—¡Ajá! ¡Dos negativos dan un positivo!

—Mentira. Además…

—¿Pero está embarazada de verdad? No entiendo ni que alguien quiera acostarse con ella. ¡Puaj! No me cuadra. ¿Por qué ha dejado el instituto? —preguntó Heidi de mal humor—. Yo creo que la han expulsado. Eso fijo. En serio. Es lo que me han dicho.

—No está embarazada —dijo Scarlett con dureza—. Se ha ido del instituto porque…, porque… ¿Qué está haciendo, Barns?

—Prepararse para que los raros conquisten el mundo —respondió Barney—. Un programa para la tele, una web, un libro, conferencias y mercadillos de segunda mano.

—Barney le está ayudando a montar la web —anunció orgullosa Scarlett—. Ahora mismo está trabajando en una animación de Jeane en plan superheroína. Le ha quedado genial, y eso que Jeane sería una porquería de superheroína: demasiado mandona en situaciones de crisis.

—No me lo creo —replicó Heidi—. La han expulsado porque nunca hace los deberes y discute con los profes. Seguro que Michael nunca se liaría con ella, porque va vestida de okupa total y está gorda.

Me habría puesto a llorar de alegría al ver que se acercaban dos camareros. Después de una lluvia de pimienta negra y parmesano, la conversación pasó a otros temas del tipo quién sale con quién, quién ha roto, cómo llenaríamos el vacío vital que había dejado *Factor X,* qué regalos le tocarían a cada uno por Navidad, cuánto costaban... ¿No podríamos haber hablado de otras cosas, de cosas importantes? Tampoco hacía falta que fueran soluciones viables para acabar con el hambre en el mundo, pero sí algo con más nivel que «ese programa es un montaje total; yo no me creo ni una palabra de lo que dice el jurado».

—Arriba esos ánimos, chaval —me susurró Barney.

Me di cuenta de que estaba repantingado en la silla, con mala cara. Seguro que se me habían infiltrado en la cabeza todas aquellas chorradas de frikis, como cuando el agua, gota a gota, hace fisuras en la roca, porque de pronto estaba allí sentado pensando en lo sosos que eran mis mejores amigos, y en que todos iban vestidos de la misma manera, y en que todas las chicas dedicaban cinco agónicos minutos a fingir que no querían nada de postre hasta que decidían que no las perjudicaría tomarse algo siempre y cuando lo hiciera todo el mundo… Era todo tan previsible, tan aburrido, que tuve ganas de gritar; total, que probablemente fuera una suerte que se pusiera a sonar mi móvil.

Seguro que era mi madre, para preguntar si me acordaba del papel de aluminio, aunque en realidad quisiera comprobar que no estuviese borracho ni en el extranjero.

–Solo me he tomado una cerveza –dije, sin molestarme en mirar quién llamaba–. Y sí, sí que me acordaré de comprar el papel de aluminio.

La única respuesta fue una especie de bufido. Comprendí que no debía de ser mi madre, porque quien llamaba estaba llorando, y cuando mi madre lloraba –casi nunca– solía ser en silencio.

Me aparté el móvil de la oreja. La única información que tuvo la amabilidad de darme fue «número no identificado», porque había borrado su número. Aun así, a pesar de que estuviera llorando y no dijera nada, supe que era Jeane. Lo supe y ya está.

33

Y llegó Nochebuena, y todo fue calma y silencio.

Bueno, no, eso es mentira. De silencio nada, y de calma tampoco, sobre todo a las ocho de la mañana, al volver de toda una noche de farra en Shoreditch y tomar la decisión de entrar en el super y comprarme las provisiones navideñas antes de que se llenara de gente.

Resultó que se me habían adelantado. Pero ¿a quién se le ocurría? A punto de llegar la Nochebuena y no tenían nada mejor que hacer que levantarse, vestirse e ir de compras.

Al menos yo todavía no había pasado por la cama, y aún llevaba el vestido dorado de Lurex y tafetán que me había puesto para bailar breakbeats y dubstep en una tienda abandonada. Comprar la comida navideña de camino a casa era un rollo distinto a levantarse con el alba para hacerlas en chándal.

En fin, que la cosa estuvo cruda. Todo eran empujones. Hasta hubo una mujer con dos niños pequeños que me trató de bruja porque me había quedado con el último bote de mantequilla al brandy, y alguien me agarró por detrás del falso abrigo de piel para apartarme de las latas de bombones Roses. Había estado en conciertos punk más civilizados. Luego, claro, no encontré ni taxi ni mi bono del metro, así que tuve que ir a casa caminando, con un frío que pelaba, cuatro bolsas muy pesadas –¿cómo adivinar que pesarían tanto las chuches, los pastelitos y los nachos?– y unos zapatos cuya dueña anterior no sabía caminar.

La luz del rellano estaba estropeada. Sabiendo que el portero no volvería hasta Año Nuevo, tuve que abrirme paso en la penumbra con las bolsas y las llaves, pero al final llegué a mi casa.

Mi casa.

Tuve la sensación de haber estado fuera varios días, por no decir semanas. Mi piso solo era un espacio por el que pasaba a buscar ropa limpia, cargar el iPhone, el iPad y el MacBook y como máximo dormir un par de horas, porque el último mes había sido de vértigo.

Mis días solían empezar con una reunión-desayuno, seguida por nuevas reuniones hasta la hora de comer. Editores, agentes, ejecutivos de la tele, publicistas, gente de ventas y de marketing... Todos tenían que sentarse para «vernos las caras». Por la tarde, cuando ya estaban despiertos en América, empezaba la fase de las llamadas internacionales. Después, a veces me iba a la empresa de Internet Clerkenwell, que me estaba ayudando a montar raritayadorable.com, o a la productora del Soho que se encargaba de mi serie de documentales.

Debería haberlo odiado, pero no. Tenía su punto pasarme el día hablando con gente atenta a mis palabras. Siempre me había costado mucho encontrar a alguien fuera de Twitter que estuviera en mi onda. Ahora ya no.

Es verdad que me llevaban como mínimo diez años, pero siempre he sabido que era más madura que la gente de mi edad. Otra cosa que me encantaba era no ver a nadie con los ojos en blanco al oírme despotricar. Al contrario, me animaban a hacerlo, aunque a veces era un poco agotador tener que despotricar durante horas, y cuando no lo hacía siempre parecían todos un poco decepcionados; como si fuera una foca de circo, más o menos.

Así que al final de un largo día de despotrique siempre necesitaba un poco de distensión. Por suerte, siempre había algún plan. Al estar en época prenavideña todo eran fiestas y copas, grupos que hacían el último concierto del año, sesiones especiales en los clubes y un montón de cenas de Navidad alternativas con amigos que no estarían en Londres durante las vacaciones. Hasta a Ben se lo iban a llevar al campo, bueno, a Manchester, para pasar unas Navidades a lo grande en casa de su abuela.

Pero era Nochebuena y el tiovivo loco en el que iba montada había dejado de girar. Bueno, daba igual, porque necesitaba tiempo para recuperarme. Además, en el fondo era mejor que Bethan no hubiera podido venir, porque el día siguiente, aparte de ir a casa de Tabitha y Tom, que invitaban a todo el que quisiera ir (nota: pedir taxi), me quedaría trabajando en el borrador inicial de mi libro.

¡Cómo me iba a divertir! Igual que en los viejos tiempos. Me instalaría en pijama en el sofá a comer cosas saturadas de azúcar, ver todos los musicales de la tele y despachar cien mil palabras sobre Jeane Smith, su vida y época, y sobre que el mundo sería mil veces mejor si todos se pareciesen un poco más a mí. Toma ya.

Aunque ya no hubiera más reuniones ni fiestas, seguiría estando muy ocupada. Lo importante era eso, estar ocupada, porque si no, si no me concentraba, empezaba a divagar, y siempre divagaba hacia el mismo sitio, hacia donde no quería que fuera mi cerebro.

La clave era estar ocupada. Por eso, aunque prácticamente no hubiera dormido nada, decidí no acostarme, sino trabajar. Si me acostaba, me despertaría pasadas unas horas y me pasaría el resto de la noche en vela, y aunque no me diera reparo estar sola en casa, ni me faltasen cosas que hacer ni que comer, pasarse la madrugada del 25 de diciembre despierto es algo que a cualquiera lo pone un poco depre. A menos que estén esperando a Papá Noel. Bueno, no sé.

Lo raro es que en el piso ya no me sentía en casa. Estaba todo tan ordenado... A Lydia, la asistenta, le había dado un ataque después de la primera sesión, y me había obligado a comprarme unas estanterías de nombres ridículos, fingiendo no entenderme cuando protesté contra la ikeaización del ámbito doméstico. También fingió no entenderme cuando le dije que no nos íbamos a llevar bien y que, en el fondo, quizá no necesitase a una asistenta. Lo ordenaba todo. Era una máquina limpiando. Incluso metió mano en el cajón de los calcetines –cosa que yo nunca había tenido hasta que ella decidió que tenía que haber un cajón para cada tipo de ropa– y me los emparejó sin dejarse ni uno.

Cuando saqué la compra, me di cuenta de que Lydia había tocado hasta los Haribos, que ahora formaban pulcras filas dentro de la nevera. Por desgracia, no se había dado cuenta de que no quedaba leche, ni me la había comprado. Sin embargo, no tuve fuerzas para volver a salir y escuchar de nuevo los berridos de los posesos del carrito.

Lo único que hice fue quitarme la ropa y disfrutar dejándola tirada por el dormitorio, porque Lydia se había ido a Bulgaria, su país, y no volvería hasta el 3 de enero. Me puse el pijama y me senté a escribir.

Tardé un poco en pillar el ritmo, pero una vez enfrascada en mi trabajo solo me levanté para prepararme otro café o ir al baño –también me había olvidado de comprar papel de váter, cosa que resolví improvisando con un paquete de pañuelitos de Hello Kitty que encontré en un bolso–. Bueno, pues eso, que escribí tres capítulos sobre mis primeros años, adornando todo lo relacionado con Pat y Roy, porque ya había sido bastante aburrido tenerlos como padres. Hacérselo leer a los demás habría sido el colmo.

Justo cuando acababa de evocar las asombrosas aventuras de la Chica Increíble y el Perro Malo me di cuenta de que tenía que forzar la vista delante del portátil, porque ya no era de día y la habitación se había quedado a oscuras. Tenía una contractura en la mano derecha y otra en el cuello, por estar tanto tiempo inclinada delante del teclado. Encima me sentía de lo más pringosa, como cuando no duermes en toda la noche, se hacen las cuatro de la tarde y aún no te has duchado.

Me sentiría muchísimo mejor con una buena ducha, y a poder ser una comida casera en el estómago. Al menos, casera en el sentido de que la hubieran hecho en mi tailandés habitual. Siempre eran muy simpáticos y campechanos, incluso por teléfono. Sin embargo, pesaron más mis ansias de estar limpia que la necesidad de llenarme la boca de Pad Thai de gambas.

Entré en el cuarto de baño dando tumbos y me di cuenta de que también me había olvidado de comprar champú, aunque estaba segura de tener unas cuantas botellitas robadas de varios baños de hotel. Los buscaría mientras esperaba a que se calentase el agua. Lo malo es que al mover la puerta de la ducha se tambaleó de una manera alarmante y se quedó atascada, dejando un hueco tan pequeño que no me dejaba entrar en el cubículo, ni siquiera estrujándome al máximo.

Debía de ser cosa de Lydia, porque, aparte de meterse donde no la llamaban con lo de mis hábitos higiénicos, siempre rompía cosas al correr de un lado a otro del piso con un trapo mojado y la aspiradora a rastras.

Al principio, la enormidad de no poder entrar en la ducha casi me pareció excesiva, pero era una chorrada. ¡Coño, que solo era una puerta de ducha! No pensaba dejarme vencer por ella. Recurriría al sentido común, y si me fallaba, a la fuerza bruta.

Empecé por echar un poco de gel en la base de la puerta, para que resbalase, pero no sirvió de nada. Después intenté cerrar la puerta, pero no hubo manera. Acto seguido, respirando hondo, tensé todos los músculos y la empujé con todas mis fuerzas. No solo la empujé, sino que se puede decir que la levanté; en realidad no sé muy bien qué hice, pero el caso es que la puerta se despegó del raíl de abajo y me di cuenta de que pesaba un montón, joder cómo pesaba. Intenté ponerla en su sitio sin que se me cayera encima o se cargase la mitad de las baldosas, pero nada, no podía. La tenía sujeta con tal fuerza que me doblé una uña, y cuando se me escapó la puerta de las manos tuve que emplear todo mi cuerpo solo para evitar que se cayera al suelo.

—Podría ser peor —murmuré en voz alta.

En efecto. No se había roto nada, aunque me escocían las manos de una manera que no habría podido describir.

En fin, que ahora no me podía duchar porque la puerta de la ducha estaba apoyada dentro del cubículo. Podría haberle pedido al portero que subiese, pero estaba en Escocia, y Gustav y Harry, en Australia, y Ben, en Manchester, y Barney con Scarlett. ¿Qué sentido tenía que me ayudase tanta gente a montar una marca de tendencias y tener medio millón de seguidores en Twitter, si en Nochebuena no podía ni ducharme, y no había nadie que me recordase que comprara leche, champú y papel de váter, porque estaba sola?

Era la única responsable.

Y aunque no fuera lo mismo estar sola que sentirse sola, la sensación era la misma: horrible. Nochebuena era como un domingo por la tarde, pero elevado a tropecientos mil. Encima, al día siguiente era Navidad, y aún sería peor estar y sentirse sola. Para colmo de males, probablemente hubiera esperado demasiado para reservar un taxi que me llevase a casa de Tabitha.

Me di cuenta de que estaba llorando, aunque por regla general no fuera de las que lloraban. No le veía sentido. Llorando no se conseguía nada. Era inútil y solo servía para que me sintiera peor.

Me sentía tan desamparada que busqué el teléfono con la intención de llamar a la única persona en quien había procurado no pensar, porque en caso contrario no podría haber pensado en nada más. Ahora nos odiábamos y llevábamos varias semanas sin hablarnos, pero supe con seguridad absoluta que si le pedía que viniese, para poner remedio a aquella soledad y arreglarme la puerta de la puta ducha, vendría.

Por mí.

34

–¿Qué tal? –pregunté, sin hostilidad pero tampoco como si nos llevásemos de maravilla y ella pudiera llamarme por teléfono siempre que estuviera un poco baja de ánimos.

–Perdona –farfulló–. Eres el último a quien quería llamar, pero es que lo he intentado con todos los demás y solo quedas tú. ¡Eres el único!

Habría que haber sido de cemento para no sentir algo cuando se te pone a llorar a moco tendido una persona con quien has pasado algunos de tus mejores y peores momentos, y no sabes por qué.

–¿Qué pasa? ¿Va todo bien?

–No. No va nada bien, y no sé qué hacer.

Acabó la frase con un gemido. A partir de ese momento, ya no pudo hablar porque lloraba demasiado.

–¿Quieres que vaya? –pregunté.

Se lo dije al aire, porque Jeane había colgado. Sin pensármelo dos veces, porque si me paraba a pensarlo seguro que me quedaba y me pedía un café, me levanté.

–Tengo que irme. Una urgencia de papel de aluminio –dije, sacando mi cartera–. ¿Lo dejamos en veinte por lo que me toca y la propina?

Todas las respuestas fueron en la misma línea, la de «no te vayas», con algún que otro «pues te compras el puto papel de aluminio en la tienda de veinticuatro horas», pero no era tan fácil. Con Jeane nunca.

Era raro volver a caminar por su calle, estar delante de su puerta, llamar al timbre y berrear por el interfono:

—¿Jeane? Soy yo.

No contestó, pero me abrió. Cuando bajé del ascensor me la encontré esperando en el rellano, a oscuras, sin ninguna otra luz que la que salía por la puerta abierta de su piso.

Ya no me acordaba de que fuera tan bajita. Llevaba un pantalón de pijama morado, con estampado de gatos negros y sensuales de tebeo, y un jersey enorme y peludo. Tenía el pelo blanco, que no le favorecía, y la cara roja e hinchada como si llevara llorando una eternidad. No me gusta nada cuando lloran las chicas. Es muy injusto.

—No esperaba que vinieses —dijo con voz estrangulada, como si no le saliera aire del esófago—. No hacía falta.

—Bueno, es que por el tono de voz parecía que hubiera pasado alguna desgracia. Además, no deberías abrirle la puerta a cualquiera. Podría ser un asesino violador homicida.

Jeane se sorbió los mocos.

—¿Asesino y homicida no vendría a ser lo mismo? En el sentido de que no puede haber un asesino que no sea homicida.

—Sí que puede: cuando han matado a alguien sin querer, como en un crimen pasional o algo por el estilo.

Jeane asintió con un gesto de cansancio, como si no tuviera fuerzas para entrar en detalles. Fue cuando me di cuenta de que pasaba algo muy grave, porque para ella debatir y entrar en detalles era tan natural como respirar. Por otra parte, tenía una pinta tremenda. No la asociada a su aspecto físico, ni a haberse teñido el pelo de un color que le sentaba mal, ni a vestirse como una payasa; era tremenda en otro sentido.

Su cara, al menos en las partes que no estaban rojas ni con manchas, tenía el color de la cera. No estaba erguida, sino caída de hombros y con los brazos muy apretados al cuerpo. Llevaba escrita la palabra derrota. No lo entendí, porque por lo que decían le iba todo de fábula. Estaba conquistando el mundo.

–He hecho mal en llamarte –dijo–, porque es muy incómodo que estés aquí; me gritarás por ser una exagerada, y la verdad es que ahora mismo no estoy para gritos.

–Tú explícame por qué has llamado y ya decidiré si exageras o no.

Jeane hizo un dibujo en la alfombra del rellano con el pie.

–Lo más probable es que sí.

Su ausencia no me había ablandado, sino exasperado, y mucho.

–¡Jeane!

–Vale, vale –refunfuñó.

Entré en el piso detrás de ella, un poco asustado. Muy horrible tenía que ser para haberle quitado todo su mal genio. Tal vez se hubieran presentado Roy y Sandra con una felicitación, y Jeane les hubiera aplastado el cráneo con un pasapurés.

–Lo veo todo muy ordenado –comenté al echar un vistazo al salón–. Pero mucho. ¿Cómo puede ser?

–Es que ahora tengo asistenta –dijo–. Es búlgara y me grita. Me obligó a comprar una aspiradora nueva y siempre rompe cosas. Me rompió mi tazón favorito y mi segundo mejor teclado, porque lo limpió con un trapo húmedo, y hoy le ha hecho algo a la puerta de la ducha. No se movía y al final se ha soltado.

–¿Que se ha soltado el qué? –pregunté, porque la verdad es que me había perdido.

–La puerta de la ducha –dijo Jeane, que al llevarme al cuarto de baño rompió otra vez a llorar.

No entraré en detalles técnicos, pero la cabina de ducha de Jeane era de las de dos puertas con guía, es decir, que para entrar se deslizaba una de las dos hojas por detrás de la otra. Eso cuando una de las dos no estaba apoyada en la otra.

–Tampoco es para llorar –le dije.

Ella, sin embargo, sacudió la cabeza y se volvió a encoger contra el lavabo como si yo estuviera a punto de darle una bofetada y decirle que no fuera tan histérica; cosa que no pensaba hacer, aunque se me pasó por la cabeza durante un segundo.

Lo que hice fue asomarme a la cabina de la ducha para echar un vistazo a las guías de abajo y las de arriba. Después miré la parte superior y la inferior de la puerta abandonada.

–¿Ves esta parte más fina? Pues se mete en el surco de la guía.

–No me digas, Sherlock.

Ayudarme no me ayudaría, estaba claro.

Respiré hondo, tensé los músculos y levanté la puerta de la ducha. No pasó nada. Lo intenté otra vez, y es posible que consiguiera levantarla un centímetro de su punto de apoyo.

—¿Cómo narices has conseguido mover esto? ¡Coño, si pesa una tonelada!

Ahora Jeane lloraba más que antes. Era verdad: exageraba.

—Voy al lado, a ver si están Gustav y Harry. Yo solo no puedo, imposible. —Jeane dijo algo, pero lo distorsionaban demasiado los mocos para que se pudiera descifrar—. ¿Qué? ¿Qué intentas decir?

—¡Que no están! Se han ido a Australia, a ver a la familia de Harry; y el portero está en Escocia, y todos los del edificio se han marchado o son muy viejos, aparte de la mujer de abajo, que me odia porque dice que doy portazos. Encima la familia de Ben está en Manchester, y Barney aún es más enclenque que yo, y todo el mundo está ocupado con alguna chorrada navideña, y en principio tenía que venir Bethan para las fiestas, pero no viene porque está embarazada y se va a casar, y como se está muriendo la madre de su novio se ha tenido que quedar en Chicago. —Tenía la cara muy roja. Más que roja. Habría que inventar un nuevo tono de rojo para describir el color de su cara. Respiró profunda, entrecortadamente—. No podía llamar a nadie más, y todos tienen familia, algún sitio adonde ir y cosas que hacer, menos yo, que no tengo a nadie. Estoy sola, y es Nochebuena, y después de ocho horas trabajando ni siquiera me puedo duchar, joder, porque se ha roto la puta puerta de la ducha y a nadie le importa.

—A mí sí que me importa, Jeane —dije.

No lo dije solo obligado por las circunstancias. En aquel momento, al ver cómo temblaba y lloraba, y al oír su tono de voz, de una desesperación que no había oído nunca en nadie, me importó. ¿Cómo no me iba a importar?

—Mentira —dijo ella, y se puso a llorar aún más.

No me gustaba nada verla así. Jeane era dura, fuerte, capaz de engatusar a la gente para que la acompañase a Nueva York, o le encargase programas de televisión y libros. No podía derrotarla una puerta de ducha estropeada. Valía más que eso.

Intenté hablar y darle ánimos, pero no la vi muy convencida. Cuando quise darle un abrazo se apartó, y como no sabía cómo consolarla, ni volver a encajar la puerta en la guía, hice lo único que podía hacer.

Llamé a mi casa.

Cuando llegó mi padre, Jeane seguía llorando y estaba hecha un ovillo de tristeza en el suelo del baño, para complicar aún más las cosas.

Yo le había explicado a mi madre por teléfono que Jeane sufría algún tipo de crisis psicótica, aunque mi madre había dicho que eso no justificaba haberme saltado el castigo. A lo que yo le dije que ni había bebido demasiado ni ellos habían concretado que ver a Jeane supusiera una infracción de mi libertad condicional.

Por suerte, una crisis de cupcakes hizo que mi madre le pasara el teléfono a mi padre, que ahora estaba en el baño de Jeane, acuclillado junto a ella con un paño húmedo.

—Te encontrarás mucho mejor cuando te hayas limpiado la cara —dijo con el mismo tono que cuando Alice se caía de la bici, o cuando a Melly le daba una rabieta por los deberes de ortografía.

Esta vez también funcionó. De la bola en forma de Jeane salió una mano pequeña que agarró el paño, y los sollozos se convirtieron en hipo. Al final se sentó y se apartó el pelo de la cara.

Verla habría derretido el corazón más duro y pétreo. Hasta mi madre habría dejado de llamarla «la chica esa» y le habría preparado una taza de té. En cambio, papá se limitó a quitarse el abrigo, colgarlo en el toallero y arremangarse.

—Venga, Michael, que empiece la batalla contra la puerta de ducha.

Tardamos casi una hora en reconocer entre nosotros, y ante Jeane, quien desde el principio había dudado de nuestras posibilidades, que la puerta no volvería a la posición que le correspondía.

—Parece demasiado grande para caber en el surco —dijo papá con aire pensativo—. Lo siento mucho.

—No pasa nada —dijo Jeane, como era de esperar—. De todos modos gracias por intentarlo.

Se hizo un silencio incómodo, porque nosotros ya habíamos hecho —o no hecho— nuestro trabajo, y ya no había ninguna razón para quedarse.

—¿Estarás bien, Jeane? —pregunté.

Creía que me iba a decir que sí, que «muy bien, por mí no te preocupes», pero lo único que hizo fue tragar saliva.

—Mira, con la puerta así no te puedes quedar —dijo papá con firmeza, como si la puerta suelta pudiese atacar a Jeane mientras dormía—. Faltan diez minutos para que se me acabe el ticket del parquímetro. Venga, corre, prepara tu maleta.

–Imposible –dijo Jeane, consternada, que era mucho mejor que catatónica–. No puedo presentarme así, sin que me inviten.

–Te estoy invitando –dijo papá con calma–. Venga, vamos.

A mí no me entusiasmaba mucho el giro de la situación, pero la idea de dejar a Jeane sola, hecha un ovillo lloroso en el suelo del baño, tampoco era demasiado atractiva.

–Hay cupcakes y el especial navideño de los Teleñecos –le dije, en plan pelota–. A ti te encantan los Teleñecos.

–Sí –reconoció.

Se giró despacio en busca del cepillo de dientes.

35

–Siento mucho presentarme así –dije cuando abrió la puerta la madre de Michael y me vio al otro lado, como un paquete abandonado sin una triste nota de «Disculpe, no le hemos encontrado en casa». Michael y su padre se habían ido a la tienda, dejándome a mi suerte con un jovial «tranquila, que ya hemos avisado por teléfono». Pero no estaba tranquila, en absoluto–. Y también siento mucho lo de Nueva York.

Ella me miró un buen rato con dureza. Yo prefería al padre de Michael. Era un hombre tan zen que siempre tenías la sensación de que se te contagiaba un poco de su chi interior. En cambio, su madre me erizaba los pelos de la nuca.

–Será mejor que pases –dijo.

Normalmente no me preocupaba mi aspecto, pero esta vez me habría gustado no llevar la parte de abajo del pijama de gatos, el anorak de falsa piel de leopardo y las zapatillas de conejitos. También me habría gustado no tener la cara tan hinchada de llorar; la sentía como un saco de boxeo recién utilizado.

Vacilé. Ella suspiró.

–Entra aire frío.

No tuve más remedio que cruzar la puerta. Bueno, sí lo tenía, pero no me apetecía volver a casa en zapatillas.

–Lo siento todo mucho, de verdad –repetí.

Tanto, tanto no estaba segura de sentirlo, pero la idea de volver a mi piso vacío fue más fuerte que yo. Estaba harta de mi propia compañía. De hecho, en esos momentos casi no me conocía, porque nunca había sido de las que lloraban horas y horas. Mis últimas lágrimas se remontaban al día final del campamento rockero de verano, cuando todos nos pusimos a cantar espontáneamente *Born This Way*: lágrimas de felicidad que habían tardado en desaparecer lo que mi mano en secarme las mejillas antes de que me viera alguien. Nunca había llorado durante horas, eso seguro, y menos por un accidente doméstico irritante, pero no de extrema gravedad.

Ahora bien, tenía que admitir que quizá el motivo de mi crisis no se redujese a la ducha. Yo creo que la puerta de la ducha fue una metáfora, como quien dice: representaba todo lo malo. Había cosas buenas, vale, pero también había muchas cosas malas, que llegaban muy hondo y te dolían. Por eso, estar en Nochebuena en el recibidor de Michael, en pijama y con mi bolsa en la mano, mientras su madre me miraba como si le hubiera manchado la moqueta con caca de perro, seguía siendo mejor que estar en casa.

–No pensemos en lo sucedido hace unas semanas –dijo–. Eso es agua pasada. Ahora lo que toca es un baño caliente y una taza de té.

Asentí con la cabeza y seguí a la señora Lee a la cocina, donde puso agua a calentar. Me preparé mentalmente para veinte minutos de té, conversación forzada y algunas miradas asesinas, pero entonces se abrió la puerta de la sala de estar y se asomaron dos cabecitas.

–¡Ah, eres tú!

De repente tuve encima a las dos hermanas pequeñas de Michael, que irrumpieron en la cocina.

–¡Nos hemos puesto guapas por si nos encontramos a Papá Noel!

–¡Le hemos hecho cupcakes de los Teleñecos!

–¿Por qué tienes el pelo blanco? ¿Te han pegado un susto muy grande?

–¡Tengo unas zapatillas de conejo iguales que las tuyas! ¡Me las voy a poner para que seamos gemelas de zapatillas!

–Como es Nochebuena, cenaremos salchichas con judías y patatas chips, y nos dejarán comer delante de la tele.

–¡*Los Teleñecos en Cuentos de Navidad!* ¡Es nuestra peli favorita de siempre!

–¡Aparte de *Toy Story 2*! ¿A ti te gusta la de los Teleñecos?

Hablaban así, con voz aguda y un signo de exclamación al principio y al final de cada frase. Era gracioso y extenuante.

–Pues claro que me gusta –dije. Por increíble que parezca, la madre de Michael, que pelaba patatas, me miró y me sonrió–. Es un clásico.

Después nos enzarzamos en un acalorado debate acerca de los Teleñecos favoritos de cada una, porque no les gustó que yo eligiese a Gonzo. Justo cuando ambas defendían las virtudes de Peggy aparecieron Michael y su padre con una caja de botellas de cerveza y un par de bolsas de la compra que sonaban a cristal.

Michael me saludó con la cabeza, un poco frío.

–¿Qué, estás bien?

–Sí –dije.

Mientras tanto, sus padres bromeaban sobre el tiempo que podrían aguantar antes de descorchar el vino, y Melly y Alice discutían tontamente sobre el número de cupcakes que eran capaces de comerse sin vomitar. Cuando Michael pasó el brazo al lado de su madre para empezar a guardar las cervezas en la nevera, ella se lo acarició. Fue un gesto breve y fugaz en el que Michael ni siquiera se fijó, pero yo me sentí más marginada que nunca, pese a haberlo estado toda la vida.

–¿Jeane se queda a cenar? –preguntó Melly de sopetón.

–Sí –respondió con firmeza la señora Lee–. Se queda a dormir.

Melly y Alice se sonrieron, malévolas.

–Cuando la novia del hermano de Katya se queda a pasar la noche, duermen en la misma cama –anunció Melly entre abundantes codazos y risitas–. ¿Jeane dormirá en la misma que Mi…?

–¡No! –Me salió del alma–. Ni en sueños.

–Jeane no es mi novia –replicó Michael–. Además, es de mala educación hacer preguntas personales.

–Bueno, pero tú no me has dejado acabar de hacer mi pregunta personal, o sea, que en realidad no he sido maleducada.

–Además, antes sí que erais novios –dijo Melly, mirando de reojo a sus padres, que estaban discutiendo sobre la grasa de oca–. Es lo que dijo mamá cuando os escapasteis a Nueva York. Luego Michael, los días que estuvo castigado, se puso de un humor malísimo, pero malísimo. Dijo que era por su entrevista en Cambridge, pero de eso hace siglos, y ha seguido estando de un humor fatal.

Era todo muy interesante. Yo a Michael no lo había echado nada de menos, o no me lo había permitido. Con tanto trabajo, y con lo de no haber ido más al instituto para no tener que ver sus pómulos, ni sus ojos almendrados, ni su boquita de piñón, que en ese momento era como una raya tensa, ni la agilidad de su cuerpo espigado... Es muy fácil no echar de menos a alguien cuando no está presente en tu vida. En cambio, él quizá me hubiera echado de menos. Un poquito. A menos que aún le durase el enfado y el rencor por las cosas horribles que le dije en Nueva York. Encima, al aterrizar en Heathrow, había intentado ayudarme con el equipaje y yo lo había mandado a la mierda. De eso era difícil recuperarse.

—Lo más seguro, Melly, es que si he estado de un humor fatal haya sido por lo pesadas, pesadísimas, que son mis dos hermanas —dijo él.

Se pusieron de morros, indignadas.

—Eres malo y cruel. Te escupiré en los cupcakes —amenazó Alice justo cuando la señora Lee salía de la nevera.

—Conozco a dos niñas que podrían irse a la cama sin cenar y sin cupcakes —dijo con severidad.

Era un poco difícil ir de pobre de mí al lado de dos niñas hechas unos basiliscos, una de cinco años y la otra de siete. ¿Que Michael no quería ni mirarme? Pues bueno, a aguantarse. Me bañaría, cenaría algo y me iría a mi casa.

La única razón de que no me fuera a casa es que me quedé dormida a mitad de la peli de los Teleñecos. Estaba a reventar de comida y de té, y compartía un gran sillón con Melly y Alice, encajadas cada una en un lado. Sin darme cuenta, pasé de estar mirando la juerga de Peggy y el señor Ebenezer Scrooge a que me despertase la señora Lee y me acostase en el cuarto de invitados. Incluso me arropó. Nunca me habían arropado desde..., pues la verdad es que no recuerdo haber sido arropada nunca.

Por la noche vinieron a mi habitación Melly y Alice. Se habían levantado al creer oír ruido de renos. Después se habían comido todas las monedas de chocolate de sus calcetines y habían pensado que quizá me apeteciera ver dibujos animados. Empecé a contarles un cuento sobre Sammy, la ardilla rockera. Al final se durmieron; mejor, porque yo estaba perdidísima con lo de Sammy.

Y así fue como al señor y a la señora Lee no los despertaron sus hijas a las cinco de la mañana del día de Navidad, sino que pudieron continuar en su cama hasta las ocho y media. A esas alturas no quedaba ni rastro del resentimiento que pudiera haber seguido albergando la señora Lee contra la horrible secuestradora de su hijo.

No sé si fue por haber dormido trece horas casi ininterrumpidas, por la llorera del día anterior o por la oportunidad de recargar las pilas, pero el caso es que tenía muchas ganas de levantarme y de irme. No quería ser una intrusa en sus tradiciones familiares. Encima Michael fue incapaz de mirarme o de decirme gran cosa más allá de pasarme el azúcar sin que se lo pidiese, consciente como era de que necesitaba al menos tres cucharadas para mi café.

–Si quieres quedarte, nosotros encantados –dijo Shen. Kathy (me pareció que ahora tenía que llamarla Kathy, no «señora Lee») asintió con la cabeza–. Con la cantidad de comida que tenemos en casa nos durará hasta Semana Santa.

–Es que más tarde tengo que ir a casa de mi amiga Tabitha –expliqué–. Le dije que le ayudaría a hacer rollitos de salchicha.

Teniendo en cuenta que hasta las tostadas se me resistían, mi aportación a los rollitos de salchicha sería como simple observadora, pero al menos así parecía que participase en la Navidad de alguien. Además, Kathy ya tenía el pavo en el horno, Shen pelaba patatas y Michael estaba haciendo algo con una montaña de coles de Bruselas, es decir, que solo habría sido una molestia.

–¿O sea, que comes en su casa? –preguntó Kathy.

Resoplé. No me pude aguantar, porque Tabitha jamás se levantaba cuando técnicamente aún fuera por la mañana, y ya me había dicho que su comida navideña sería a base de lo que ella y Tom pudieran encontrar en el Lidl media hora antes de que cerrasen para Nochebuena.

–Bueno, a comer no, a cenar temprano, y como no he llamado un taxi tendré que ir en bici hasta Battersea y…

–Pues entonces tienes que quedarte a comer –dijo Kathy con firmeza–. No se hable más.

–Pero es que…

–Creía que era un tema zanjado. Si quieres ayudar, puedes ir a entretener a Melly y Alice para que no sigan viniendo cada dos minutos a preguntar cuándo abriremos los regalos.

Pero qué bien se le daban a Kathy Lee el tono duro y el brillo férreo en la mirada... No entendí que tuviera tantas ganas de que me quedase, pero ya me había puesto la mano en el hombro y me estaba guiando hacia el salón. Antes de ello, sin embargo, vi la mueca de Michael, como si la continuidad de mi presencia en su vida, nada menos que en su propia casa, le estuviese causando enormes sufrimientos físicos.

Yo no quería quedarme. No solo porque estar en la misma habitación que Michael fuera como que me arrancasen las uñas de las manos y los pies, los dientes y los pelos de la nariz, despacio y uno por uno, sino porque todo aquel numerito de familia feliz era más fuerte que yo. Bueno, numerito no: era una familia feliz de verdad.

Mientras abrían los regalos, tuve la prudencia de aprovechar para darme un baño, para que no fuera violento que ni yo les diera nada ni viceversa. Sin embargo, cuando volví a bajar, Melly y Alice insistieron en que me quedase unas alas de hada y una pizarra mágica de su pack, a lo que se sumó una caja de bombones y una vela con olor a vainilla, porque Kathy y Shen eran el tipo de padres que siempre tienen algún regalo guardado por si hay invitados de última hora. En cuanto a Michael, lo único que recibí de él fue una mirada de agobio cuando ayudé a poner la mesa.

Fue la típica comida navideña de toda la vida. Tiramos serpentinas, nos pusimos sombreritos de papel y soltamos chistes malos. Hubo cierta discusión sobre quién se comía la última salchicha, y la salsa casera de arándanos se acabó bastante deprisa, porque las niñas se la echaban por todo el plato.

Tradiciones navideñas de las de verdad, vaya, pero al pensarlo me di cuenta de que no eran las mías. Aparte del año pasado, cuando sí que había venido Bethan y habíamos preparado una cena navideña pequeña pero con todo lo necesario, y nos habíamos pasado el día viendo musicales de la Metro, nuestras tradiciones navideñas familiares eran una birria.

Pat y Roy nos despertaban muy pronto, pero no para abrir los regalos, sino porque el día de Navidad se comía a las doce en punto. Después me tocaba a mí recoger la mesa, mientras ellos se llevaban a Bethan a poner flores en la tumba de Andrew, que estaba en un cementerio muy verde de Buckinghamshire, con un cerezo y un banco de madera ecológica al lado de su tumba. Nunca me preguntaron si quería acompañarlos. Me quedaba sola con un montón de platos sucios y una caja de chocolatinas.

Cuando volvían, Roy se iba a su cabaña y Pat se acostaba con un dolor de cabeza espantoso. Bethan se quedaba conmigo, pero solía acabar llorando. La tradición navideña de nuestra familia no iba más allá. Pensé que sería la primera vez que la tumba de Andrew se quedaba sin visitas en Navidad –el año anterior había ido Bethan en coche el día 26–, y me deprimió más que ver formular un deseo a cada miembro de la familia Lee al tomarse la primera cucharada del pudin de Navidad.

Todo el mundo decía que ahora la familia eran los amigos. Lo había escrito yo misma en mi blog, pero allí, en el comedor de los Lee, rodeada de confeti, mientras Melly y Alice nos obsequiaban con una vehemente interpretación a dúo de *Jingle Bells*, supe que estaba totalmente equivocada.

Los amigos no tenían por qué ser la nueva familia. La familia tenía que ser la familia, y los amigos, se añadían a la trama de la vida familiar. Los únicos que necesitaban el sustitutivo de las amistades eran los que no tenían familia, o tenían una que daba asco. Bien pensado, también estaban los que no tenían ni familia ni amigos.

No quería pasar entre desconocidos mi comida navideña de treinta años después. Ni siquiera la de un año después. Lo que quería era sentir un amor de proporciones monstruosas, pero me había convertido en una persona tan impresentable que me sería imposible encontrar alguna vez a una persona que me correspondiese.

Pero que nadie se crea que mis sentimientos tenían algo que ver con que delante de mí estuviera sentado Michael Lee, que no me miraba ni me dirigía la palabra; yo a él tampoco. La verdad es que ya no estaba ni enfadada, aunque siguiera un poco molesta por lo de Twitter y lo de que Michael no supiera asimilar mi éxito. Empecé a preguntarme, sin embargo, si el problema, más que asimilar mi éxito, no sería que Michael no sabía asimilarme a mí, porque la verdad es que era mucho asimilar.

Suspiré y Kathy me miró. No fue una de sus miradas de antes, las de «Cómo me gustaría que no hubieran prohibido los castigos físicos en los institutos», sino una de las nuevas, las de «Oh, pobrecita Jeane».

–¿Todo bien? –preguntó con la cabeza un poco ladeada, en señal de apoyo.

¡Oh, no! Y yo me alegraba de que me apoyase. Estaba casi irreconocible.

–Todo genial –dije, con falso entusiasmo en cantidades industriales.

Menos mal que sonó mi teléfono, salvándome de tener que entrar en detalles sobre lo genial que era todo. Era un mensaje de Tabitha.

¡Estamos despiertos! Ven deprisa. Tengo un rollo de cocina que te pide a gritos. Tabitha xxx

Mi honda crisis de fe tenía una explicación muy fácil: había pasado demasiado tiempo con los Lee. Por eso anhelaba de repente todas aquellas chorradas familiares. ¿Cómo se podía anhelar lo que nunca se había tenido? No servía de nada. Me sentiría mucho mejor cuando volviera a estar entre los míos.

Kathy y Shen, e incluso Melly y Alice, se resistieron a dejar que me fuera. Michael farfulló algo y se fue a poner el lavavajillas mientras yo me despedía con la inquebrantable promesa de llamarlos por la noche para decirles que había llegado bien a casa. Ah, y si tenía ganas de quedarme unos días, ningún problema, aunque el 26 llegaba la tía de Kathy, que era muy mayor y, según Melly y Alice, «huele a pipí, en serio».

Hasta dijeron algo de llevarme en coche a casa, pero yo insistí de modo reiterado y algo enérgico en que me apetecía caminar, y al final, finalmente, por fin, se abrió la puerta de la casa y quedé en libertad.

36

Eran las seis y media de la tarde del 25, y yo dudaba entre comerme otra tartaleta de frutas, vomitar o quedarme en coma alimenticio.

Estaba tumbado en el suelo del salón, con la espalda apoyada en el sofá donde mis padres se hacían carantoñas, pese a habérseles dicho muchas veces que parasen, porque los arrumacos paternos eran repulsivos. En un lado tenía a Melly acurrucada, y en el otro a Alice. Estábamos viendo el especial de Navidad de *Doctor Who*. Ninguno de los cinco se había quitado el sombrerito de papel. Yo había escondido las tres últimas patatas al horno en el fondo de la nevera, para comérmelas más tarde.

Pero cómo me gusta la Navidad, pensé. En ese momento sonó mi nuevo iPhone.

Era un mensaje de Jeane. Solo de verlo se me pasó de golpe toda la alegría y temí sinceramente vomitar. La sensación de recibir un mensaje de Jeane era como si en una tienda te estuviera siguiendo todo el rato el guardia de seguridad. Fue como un mal presagio. Pese a no haber hecho nada malo –al menos que yo supiera, aunque con Jeane no se podía estar seguro–, me sentí culpable de inmediato.

Era verdad que se pasaba todo el puñetero día con que si yo esto, que si yo lo otro, que si yo plim, que si yo plam, pero había empezado a darme cuenta de que el motivo de su egocentrismo era que en su vida no había nadie más con quien pudiera relacionarse. No era normal que tuviera que enfrentarse a las averías domésticas –yo no sabía ni poner la lavadora–, ni que pasara la Nochebuena sola. Y mira, sí, es verdad que hice mal en ocultar mi identidad en Twitter. Ay… Supongo que tampoco estuvo bien no admitir que estaba celoso de que hiciera cosas tan increíbles cuando yo no sabía ni poner la lavadora.

Nada de lo cual facilitaba el hecho de tenerla en mi casa, haciéndoles la pelota a mis padres y a mis hermanas pequeñas y poniéndose en plan lánguido y frágil. Yo aún estaba cabreado con su comportamiento en Nueva York, pero como no tenía ganas de seguir estándolo decidí abrir el mensaje –aunque pudiera haberlo dejado sin leer y haber seguido viendo *Doctor Who*– y mandarle una respuesta amigable, aunque no demasiado.

Eh, Michael,
No te he dicho ni una vez que Feliz Navidad. Pues eso: Feliz Navidad etc. ¿Qué, he conseguido que te confíes con mi inesperada felicitación y que te sientas aparentemente seguro? Como ya me imagino que no, será mejor que lo suelte de una vez.

La verdad es que estoy en mi casa. Al final no hubo cena navideña en casa de Tab, porque el loco de Glen y su colega Phil, que es alcohólico, se pegaron por unos falsos After Eight del Lidl, y Tab y Tom se los tuvieron que llevar a

Urgencias. El caso es que SÍ que me encantaría pasar unos días en tu casa. Como me lo han ofrecido tus padres tantas veces, y está TAN Y TAN superado lo de Nueva York entre tu madre y yo, y Melly y Alice son como mis gemelas espirituales…

No es ninguna estratagema para volver a conquistar tu benevolencia ni tus favores, dicho sea de paso. Sé que lo nuestro se ha acabado. De hecho, cuando estábamos juntos ya sabíamos que no podía durar. No pasa nada. Lo acepto. Hasta acepto que estés como estés, porque sé que soy imposible. Me doy cuenta, Michael, como sé que tú a mí no me aceptas. Te cuesta hasta mirarme o hablar conmigo. Eso sí, te agradezco que vinieras a mi casa cuando perdí los papeles con lo de la puerta de la ducha.

Si la idea de tenerme dos o tres días en tu casa te resulta demasiado incómoda, dilo, por favor, que lo entenderé. Bueno, al menos haré el ESFUERZO de entenderlo. (Mis planes para el año que viene son trabajar a tope la empatía.)

Dime si podrías aguantarme en tu casa, por favor. Te prometo portarme lo mejor que sepa, aunque no sea decir gran cosa.

Jeane

Tenía razón: era imposible. Imposible decirle que no, porque Jeane tenía diecisiete años, estaba sola, era Navidad y a pesar de mis dudas de que alguna vez llegara a desenfadarme del todo con ella no se merecía estar sola en Navidad.

Giré la cabeza e hice una mueca al ver que mis padres se daban besitos.

–¿Podéis parar? –Agité mi móvil–. He recibido un mensaje de Jeane. Se ha cancelado su cena navideña, y pregunta si puede venir y quedarse un par de días.

Si mi padre hubiera soltado un suspiro, o mi madre hubiera dicho «pero si solo se lo dije por educación», me habría parecido perfecto, pero mi madre ya se estaba levantando.

–Voy a comprobar que tenga toallas limpias. ¿La vas tú a recoger, cariño?

No supe muy bien a qué cariño se refería, pero mi padre ya había empezado a incorporarse en el sofá, y Melly y Alice preguntaban si podían acompañarlo, porque «tenemos muchas ganas de ver la puerta de la ducha; ¿se habrá cambiado el pelo de color?». Aun en el caso de que a mí me molestase –la verdad es que un poco sí–, estaba en inferioridad numérica total. Le escribí un correo a Jeane.

Vale. Dentro de poco pasarán a buscarte mi padre, Molly y Alice. Espero que te guste el pavo frío, porque será lo único que comamos en los próximos días.

Una hora más tarde Jeane estaba en casa, con una cesta de la tienda de tés Fortnum & Mason, regalo de su agente que le regaló a su vez a mis padres, y un montón de baratijas de colores para las niñas –siempre recibía montañas y montañas de baratijas de colores de empresas que querían salir en su blog–: clips para el pelo con robots de juguete y montones de chuches que fueron recibidos con gritos ensordecedores de alegría. Para mí no había nada, pero cuando Melly y Alice la acompañaron ceremoniosamente al cuarto de invitados para que deshiciera el equipaje, miré mi iPhone, que llevaba consultando cada cinco minutos desde que lo había configurado, y me encontré un mensaje de iTunes en el que se me informaba de que Jeane me había mandado una tarjeta regalo de cien libras.

Me he dado cuenta sin querer de que al final de tu mensaje ponía enviado desde mi iPhone. Esta puede ser una buena manera de empezar tu colección de apps.

Pese a no disponer de más de una hora para hacer la maleta, había dedicado una parte del tiempo a escribirme una lista larga y detallada de todas las aplicaciones que tenía que descargarme sí o sí.

Pero no *Angry Birds*. Tan previsible no seas, por favor.

No es que la perdonase como por arte de magia, ni que quisiera volver a algo que nunca habría tenido que empezar, pero si de algo no se la podía acusar era de poco generosa. Incluso cuando discutíamos en la esquina de Greenpoint, incluso al insultarme, no me había recordado ni una vez que sin ella jamás habría pisado aquella esquina de Greenpoint.

Al pensar en Nueva York, me acordé de que había comprado una tonelada de chuches en Dylan's Candy Bar, y de que Jeane me las había metido en la maleta al hacerme el equipaje. Se las podía dar como regalo navideño. Lo que no sabía era cuándo podría ser un buen momento.

La primera noche volvió a quedarse frita tempranísimo, y el día 26 estuvo más interesada en ayudar a mi madre a preparar unos enormes bocadillos de pavo llenos de salsa, pepinillos y otros condimentos. Cuando llegó la tía abuela Mary, y Alice se negó en redondo a aproximarse a ella –algo totalmente justificado, porque olía como si la hubieran dejado debajo de la lluvia–, Jeane se llevó a las dos niñas al parque con sus patinetes nuevos.

Luego, al volver, hizo migas con la tía abuela Mary, gracias a su tinte rosa de pelo, y una vez que la tía abuela volvió a ser trasladada a Ealing, y que mi madre gastó un ambientador entero en el sofá donde había estado sentada, ella, las niñas y Jeane se lo apropiaron y empezaron a ver musicales: musicales antiguos, de los de verdad, en glorioso tecnicolor, de esos llenos de canciones y números de baile que hablan de salir de noche por el centro y cantar bajo la lluvia. Fue horrible. Normalmente Melly y Alice contaban como una sola persona, y los sexos estaban representados por igual, pero con Jeane en casa se modificó el reparto de poderes. Mi padre se retiró a su estudio para ver un documental sobre la lepra, mientras yo, tirado en la cama, jugaba a *Angry Birds* hasta que se me cansó la vista.

Total, que ni Jeane se interpuso en mi camino ni yo en el suyo, hasta que por la mañana Melly y Alice se fueron a un cumpleaños de esos de todo el día y mis padres se atrevieron a ir de rebajas para comprarse una lavadora nueva.

–La otra noche te llené el depósito –dijo mi padre cuando acabamos de desayunar–. ¿Por qué no te vas con Jeane a algún sitio?

–Ah, no, no hace falta –dijo Jeane con la boca llena de pan con mermelada. Se había dejado peinar por Melly y Alice, y ahora tenía al menos veinte horquillas y lazos–. Ya me entretendré un par de horas con lo que sea.

–Estaría bien que hicieseis algo juntos –dijo mi madre, mirándome fijamente–. Y también estaría muy bien que parases un poco de jugar a esa cosa de los cerdos y los pájaros, la que hace tanto ruido.

Miré a Jeane, y ella a mí, inexpresivamente. Después nos giramos los dos hacia mi madre, cuya cara estaba en modo «mi palabra es la ley». Media hora después nos habíamos subido a mi coche.

–¿Bueno, qué, adónde quieres ir? –pregunté educadamente, porque con lo bien que se llevaba con mi madre, buena me esperaba si me ponía en plan grosero; no es que pensara serlo, pero era todo muy raro.

También Jeane estaba rara. Llevaba treinta y seis horas sin echarle a nadie un sermón sobre grupos de chicas totalmente desconocidos, ni sobre lo genial, divino casi, que era Haribo. Por mi parte, no tenía ganas de hablar de lo que había pasado entre nosotros, ni de lo que iba a pasar entre nosotros, porque nos habríamos puesto a discutir. En suma, que no supe qué decirle.

–No hace falta que me lleves a ninguna parte –dijo ella, cruzándose de brazos–. Si quieres, me dejas en un bar, me quedo un par de horas y no se entera nadie.

En ese caso, tendría que buscarme yo otro bar para el mismo par de horas, por si mis padres volvían pronto, y eso era una tontería.

–Un rato juntos sí podemos estar.

–Sí, deberíamos poder, pero será difícil, porque como no me hablas… –dijo Jeane sin alterarse.

–La que no me habla eres tú –contesté.

Habría preferido que no se me notase tanto el mal humor en la voz.

–No pensaba que quisieras que te hablase.

Yo ya no sabía qué quería, salvo no enredarme en uno de los nudos dialécticos de Jeane.

–Voy a arrancar. ¿Adónde vamos?

–Supongo que podríamos ir a ver el mar. La playa en invierno está preciosa, aunque lo más seguro es que nos lo encontremos todo cerrado –pensó en voz alta Jeane.

Como era inevitable, empezó a hacer algo con su iPhone. Luego pasó al GPS que había heredado yo de mi padre después de que él recibiera uno nuevo y más chulo para Navidad.

–¿Esto cómo funciona? ¿Solo tengo que introducir un código postal?

–Sí. –Aparté la vista de la carretera el tiempo suficiente para toquetear la pantalla. Después vi que Jeane tecleaba un código postal–. ¿Dónde vamos?

Frunció el ceño.

–Te lo diré cuando lleguemos. No será la excursión más divertida de la historia, pero podría ser el regalo que me hagas por Navidad.

–¡No te he comprado nada porque no sabía que mis padres te fueran a adoptar de un día para el otro! Aún tengo las chuches que compré en Nueva York. Esperaba la oportunidad de dártelas.

–No lo he dicho para molestarte. Además, sí que pedí permiso antes de presentarme.

–¿Y qué querías, que te dijera que no? –Le eché un vistazo. Cruzaba los brazos con fuerza y movía los labios en silencio. Juro que estaba contando hasta diez, para no empezar a gritarme–. Oye, que no me importa que duermas en casa, de verdad. Lo que no entiendo es que te apetezca. Y si quieres que te diga la verdad, me asusté con la escena de la puerta de la ducha.

–Sí, la escena de la puerta de la ducha fue toda una revelación –dijo Jeane, sin ayudarme mucho.

Después me empezó a preguntar por Cambridge, y si aceptaría la beca en San Francisco. Cuando el GPS me indicó que tomase la siguiente salida de la autopista me di cuenta de que habíamos logrado no discutir en una hora.

Jeane pidió que parásemos en una estación de servicio. Después volvió al coche con una bolsa de Haribo Starmix y un ramo de flores.

–¿Son para mi madre?

–No –dijo.

Esperé a que me hiciera más preguntas, pero se limitó a mirar el trayecto en el GPS. Faltaban pocos kilómetros para el punto de llegada. Yo aún quería saber adónde íbamos, pero Jeane no parecía tener ganas de decírmelo.

«Tome el siguiente giro a la izquierda. Ha llegado usted a su destino», me informó el GPS cuando entré en un cementerio.

Según el letrero, era un «jardín de la memoria», pero lo vi muy parecido a un cementerio.

–¿Qué hacemos aquí? ¿Es donde están enterrados tus abuelos?

Jeane sacudió la cabeza.

–Andrew. Ya te lo conté. –Se desabrochó el cinturón–. Aunque ahora que estamos aquí me acabo de dar cuenta de que no tengo ni idea de dónde está su tumba. Tenemos que buscar un banco y un cerezo silvestre. ¿Tú sabrías reconocer un cerezo silvestre?

Hacía un frío polar y soplaba un viento húmedo y feroz. Fuimos examinando las lápidas, mientras el suelo hacía un ruido de ventosa bajo nuestros pies. Las habían desperdigado sin formar líneas rectas. Supongo que estaba bien que cada tumba tuviera su propio espacio, que no estuvieran todas juntas, pero no dejaba de ser deprimente pasearse por un cementerio, por mucha conciencia ecológica que hubiera detrás.

Al final encontramos la tumba que buscábamos, después de dar toda la vuelta y cuando ya estábamos a punto de volver al coche. Yo me quedé a un lado, mientras Jeane se agachaba para pasar la manga de su anorak de piel falsa por la lápida.

ANDREW SMITH
1983-1994
Hijo querido, hermano amado, te fuiste demasiado pronto.
Que descanses con los ángeles,
nuestro niño valiente y hermoso.

Debajo del árbol, que podía ser un cerezo silvestre, había un banco. Me senté mientras Jeane retiraba un ramo seco de un jarrón de la base de la tumba y colocaba sus flores. Después se quedó mucho tiempo en cuclillas, cosa que para sus rodillas debió de ser atroz, y al final se incorporó despacio y se acercó.

–El otro día pensé que era la primera vez que nadie visitaba su tumba en Navidad –dijo al sentarse a mi lado.

Hacía aún más frío que antes, un frío húmedo, insidioso, que parecía meterse por mis huesos. Como Jeane tiritaba le pasé un brazo por la espalda, no en plan toqueteo, sino en plan boy scouts que se arriman para entrar en calor al separarse del resto de la tropa durante una excursión. Ella se acurrucó inmediatamente contra mí.

–Este año la única que podía venir era yo.

–¿Te da pena? –pregunté por curiosidad, porque más que triste la veía pensativa.

–NO es que sea un sitio divertido, pero si la intención es que la gente se pueda sentir cerca de los que han perdido es bonito. –Arrugó la nariz–. Aunque en el fondo tampoco me parece imprescindible hacer una excursión hasta aquí para acordarse de alguien. O están muertos y se acabó, o si hay algún tipo de vida después de la muerte siempre te acompañarán. –Señaló la tumba con la cabeza–. Lo que hay allí no es él, son sus huesos.

–Ay, Jeane, Jeane, Jeane… –dije. De verdad que no se me ocurría nada más–. ¿Hay algo que no funciona?

–La verdad es que sí, pero pienso arreglarlo –dijo ella–. Porque no quiero morirme sin que nadie venga a ver mi tumba.

–Tú no te vas a morir –dije, intentando que sonara a broma, aunque empezaba a preocuparme que Jeane pudiera tener tendencias suicidas o algo así.

–Pues claro que no me voy a morir –dijo ella, recuperando una pizca de su mordacidad habitual, lo cual fue un alivio–. Si no me atropella un autobús, pienso quedarme mucho, mucho tiempo, pero no quiero que mi vida sea larga y solitaria, y por el camino que voy, solitaria sí lo será. No, peor: estaré sola.

—No estarás sola. Tienes un montón de amigos que…

—Conocidos de Internet —me recordó con ironía—. No me quieren ni mis padres.

—¡Qué va! ¡Sí que te quieren! Son tu padre y tu madre. Te tienen que querer.

—Que me tengan que querer no significa que lo hagan —dijo Jeane—. Y sí, es verdad que tengo amigos, pero el día de Navidad lo he pasado con tu familia, que casi no me conoce, y la única invitación que tenía se canceló por culpa de una pelea entre un hombre mayor que perdió la cabeza por pasarse con las drogas y su amigo pervertido y alcohólico. No está bien. Y la noche antes, cuando se rompió la puerta de la ducha, pensé: tengo diecisiete años y estoy sola. Es demasiada responsabilidad. Me engaño diciéndome que estoy perfectamente, y que lo llevo todo bien, pero mi vida es una fachada frágil que se apoya en Haribos y barras de pegamento. Cuando necesitaba ayuda de verdad, no tuve a quién llamar.

—Me llamaste a mí —le dije—. ¿Qué pasa, que era el último plato?

—El ultimísimo, pero creo que en lo más profundo de mí supe que vendrías, aunque ahora mismo me odies.

La estreché con más fuerza.

—No te odio. No es que seas la persona que más me gusta del mundo, pero igual poco a poco me vuelve la afición.

—O la infección.

—No eres tan mala —dije. Jeane levantó la vista y me sonrió, burlona—. Además, solo te centras en lo malo porque es Navidad, y estar hecho polvo en Navidad es una manera especial y muy fuerte de estar hecho polvo. Te están pasando muchas cosas buenas. El programa de la tele, el libro, la web... Así aprenderé a no llamarte «creación absurda de los medios». –Respiré hondo–. Que por cierto, lo siento, como todo lo que dije.

Jeane se mordió el labio y fijó la vista en el suelo.

–Ah, pues gracias por pedir perdón. Yo también siento haberte dicho... Bueno, haberte gritado todos esos insultos, pero es que lo de fingir que no me conocías en Twitter no me gustó nada.

Cambié un poco de postura con la esperanza de que Jeane lo interpretase como que me ponía más cómodo, no como que me retorcía de vergüenza.

–Ya lo sé, pero si quieres que te diga la verdad no lo empecé para tomarte el pelo. Además, eras mucho más simpática conmigo en Twitter que en la vida real. Después, cuando empezamos a vernos y todo eso, seguiste siendo mucho más simpática en Twitter que en la vida real; menos rara, y más adorable. Es lo que te dije en el aeropuerto de Nueva York: dejé que se alargara tanto que al final ya no podía decirte que éramos amigos de Twitter.

Tardó mucho en decir algo. Ni siquiera estuve seguro de que hubiera entendido lo que intentaba decirle. Al final, sin embargo, soltó un «mmm» y casi una risita.

–Supongo que con eso me puedo identificar –dijo–. Con lo de ser más adorable que rara. Por eso voy a dejarlo. He decidido no seguir con lo de Rarita y adorable; ni con el libro, ni con el programa de la tele, ni con nada. Devolveré el dinero o algo así.

–Pero ¿qué coño dices? ¿Te has vuelto loca?

–Ya no quiero ser Rarita y adorable. No quiero ser ninguna friki. Quiero ser como todos, en vez de hacer como si molase excluirse y pensar que todos los demás se equivocan, porque les gustan las mismas cosas y se visten de la misma manera. Supuestamente, echo sermones sobre lo guay que es ser uno mismo, pero lo que quiero decir, en realidad, es que solo es guay ser como quiero yo que seas. ¿Y yo qué sé? Yo no sé nada.

–Tú sabes un montón de cosas, Jeane. Tu discurso en el congreso fue alucinante. Delante de mí había una mujer que se puso a llorar.

–Bueno, tendría sus razones –respondió Jeane. Hizo un esfuerzo por estar erguida y no apoyarse más en mí. Sin el calor de nuestros cuerpos en contacto tuve frío–. Soy tan hostil que ahuyento a los demás hasta cuando los quiero tener cerca. Como a ti. ¿Qué más da que te peines de una manera tan tonta, y que pagues demasiado por la ropa que te pones para dártelas de interesante?

–¿Qué acababas de decir? Eso que de que ya no ibas a hacer juicios mordaces sobre la gente porque no se vistan como le parece bien a Jeane… –dije con aspereza.

Ella se puso de morros, indignada, pero no se levantó. Creo que se estaba contagiando de Melly y Alice.

–Por eso lo decía: porque a pesar de que tu estilo sea lamentable la verdad es que eres capaz de pensar por ti mismo y sabes la tira de cosas interesantes sobre ordenadores, Hong Kong y la inteligencia artificial, y tus padres son guays, e hiciste bien en no querer mentirles; pero yo siempre veo las cosas desde mi punto de vista, que es un punto de vista muy parcial. Solo quiero formar parte del mundo en vez de mirarlo siempre con desprecio. Y es lo que voy a hacer.

Estuve atento a lo que dijo. Hasta estuve de acuerdo con algunas cosas. Jeane siempre estaba dale que te pego con lo superficial que era la gente y lo mal que hacía en condenar a quien veía raro o diferente, cuando el caso es que yo nunca había conocido a nadie que juzgase tanto como ella. Ahora bien, en su caso era cierto: Jeane era rara, y diferente, y en ausencia absoluta de testigos tendría que reconocer que era lo que más me gustaba de ella, lo raro, lo distinto.

–Yo no me precipitaría –fue el consejo que le di–. Está claro que ahora mismo estás un poco dolida, pero puedes seguir con Rarita y adorable, yendo a rastrillos y el resto de chorradas.

–No, no puedo. Está mal hecho. Yo no soy así. Ya no quiero comprarme la ropa en mercadillos. Me la quiero comprar en Topshop.

No me pude aguantar: se me escapó la risa, porque no había nadie como Jeane para ponerse graciosa sin querer cuando intentaba estar lo más seria del mundo. No me sorprendió mucho que me pegara; eso sí, se disculpó porque «ya no pienso pegar a nadie porque no esté de acuerdo conmigo; a partir de ahora seré tan sociable que nunca estará nadie en desacuerdo conmigo».

Aún me hizo reír más. Me levanté.

–No puedes cambiar tu manera de ser. Lo de discutir lo llevas en el ADN.

–Tú espera –murmuró con mala cara, mientras se levantaba y me seguía hacia el coche–. A ver si ahora, en el camino de vuelta, podemos parar en algún sitio para que me compre unos vaqueros.

Siempre me había parecido que lo más raro de Jeane, que ya era decir, era que no tuviera ni un solo par de vaqueros.

–Yo iría poco a poco –dije al llegar al coche–. Empieza por unos de colores. ¿Naranjas, por ejemplo?

–Azules –dijo ella con firmeza–. También necesito tinte para el pelo.

Se me siguió escapando la risa cada vez que creía tenerla dominada, hasta que Jeane no tuvo más remedio que sentarse encima de las manos para evitar la tentación de pegarme.

37

¡ESO ES TODO, AMIGOS!

¿Verdad que siempre digo que Rarita y adorable va de que cada cual siga su propio camino, y de hacerle tururú – nunca he sabido el porqué de la expresión– a las tendencias dominantes, tanto en la ropa que se lleva como en la música que se oye, o en lo que se piensa?

Sabéis lo que digo, ¿no?

Pues lo retiro. Hasta la última palabra, coma, punto y coma y punto y aparte.

Denuncio la rareza. La rareza y yo hemos roto. Hemos resuelto divorciarnos por diferencias irreconciliables.

¿La rareza te hacer ser automáticamente mejor persona? ¿Que te toque un tío raro llena tu vida de perritos y arcoíris, y de felicidad instantánea? ¿La rareza te ayuda a no pasar frío por la noche, te prepara galletas o te consuela cuando estás baja de ánimos? No, y al decir que está muy bien ser diferente me he hecho, y os he hecho, un flaco favor. Puede estar bien y puede no estarlo, por ejemplo cuando te obsesionas tanto –el «te» hace referencia a mí– con ser diferente y no encajar en la sociedad que ahuyentas a cualquier persona que se acerque a ti.

Ya me diréis si tiene algún sentido que tus tuits los siga medio millón de personas y ser la reina adolescente de la blogosfera, si luego, en Navidad, te encuentras sola y acabas recurriendo a unos desconocidos, como me ha pasado a mí.

Al final ha acabado todo bien. Eran unos desconocidos muy hospitalarios, pero me he visto obligada a examinarme a fondo, a mí y a mi futuro, y me ha quedado claro que la última parada del trayecto era ser una vieja loca con mil gatos asilvestrados y ningún contacto humano salvo con el repartidor de comida a domicilio.

Y yo no quiero un futuro así, la verdad. Por eso cierro el chiringuito.

¡Abajo la rareza, proclamo! Brindemos por el lado oscuro. Ahora, que muy oscuro no parece. La sensación que tengo es de ir hacia la luz.

Total, que aquí se despide una servidora, Jeane.

Corto y cierro.

Final del mensaje.

38

Así que resultó que ser normal era fantástico. En serio. Y muy fácil. ¿Por qué no me lo había dicho nunca nadie?

Para empezar, me teñí el pelo de castaño, para decepción de Melly y Alice, que llegaron a amenazar con echarme de su club, el Club Melly y Alice, en el que había ingresado con gran pompa. Guardé todos mis vestidos chillones de poliéster y todos mis leotardos fosforito y me pasé por Hollister, Abercrombie & Fitch y American Apparel para comprarme ropa ajustada azul marino, gris y negra, colores que en definitiva no tenían nada de malo, porque iban con todo. Empecé a comer tres veces al día, en algunos casos incluso verdura, a acostarme a una hora normal y a levantarme nueve horas después. Hasta borré de mi iPod todos los grupos chillones, de chicas y de chicos, y todas las bandas sonoras que no conocía nadie, y me puse a escuchar las listas de éxitos. También me desenchufé de Internet. Ni blogs ni tuits. Vaya, que vivía el presente. Me limitaba a ser. Y sin tantas actividades de Rarita y adorable me quedaba mucho tiempo libre. ¡Un montón! Casi no sabía ni qué hacer.

Una cosa que hice fue llevarme al cine a Melly y Alice. En principio, queríamos ver la última de Pixar, pero como no quedaban entradas vimos una de princesas. La verdad es que fue bastante duro, no lo negaré, porque la película era una porquería, y en vez de redactar desde mi asiento un post devastador sobre cómo se les imponen ideas anticuadas de género y sexualidad a las niñas pequeñas, y sobre que hay que reivindicar el rosa como color sin relación con princesas ni con hadas antes de perderlo para siempre, lo único que pude hacer fue quedarme en la butaca y esforzarme por que no se me disparase la tensión. De todos modos, acabó bien, porque al final de la película Melly y Alice pensaban lo mismo: que la princesa protagonista era tonta, y que en vez de cantar canciones ñoñas hasta que viniera el príncipe a salvarla debería haberse puesto a salvo por sí sola.

Pues sí, la normalidad era el camino. Me encantó disponer de tanto tiempo para ponerme cremas en la cara y ver *realities* de MTV sin parar. Hasta hice mis pinitos –muy supervisados– como cocinera en vez de calentar en el microondas restos de comida a domicilio.

Era otra Jeane: una Jeane normal, por decirlo de alguna manera.

–No podrás seguir siempre así –me dijo Michael el cuarto día de mi emocionante vida nueva como chica normal y del montón–. Te vendrás abajo. Me extrañaría mucho que aguantases una semana más.

–De venirme abajo nada. Me encanta mi nuevo yo –contesté.

Habíamos terminado de cenar y estábamos poniendo juntos el lavavajillas. Por fin se había acabado el pavo. Ahora tocaba pelearse con un jamón enorme que no había sido cocinado el día de Navidad por falta de espacio en el horno.

No estoy del todo segura, pero juraría que oí murmurar a Michael:

—Pues a mí tu nuevo yo no me parece nada del otro mundo. —Sin embargo, cuando se incorporó después de redistribuir los cubiertos tirados al lavavajillas por una servidora, su sonrisa era de lo más insulsa—. Lo único que digo es que ser normal no es algo que se pueda fingir. O se es o no se es, y tú no lo eres.

—En eso te equivocas. Mira: después de un tiempo de hacerme la normal ya no será fingir, será mi forma de ser.

—Lo que pasa es que a ninguna otra persona se le ocurriría hacerse la normal. El resto de la gente es normal y ya está.

Michael repitió su sonrisa burlona, porque todo aquello le parecía un chiste, no una gran transformación vital. Siempre lo pillaba mirándome de una manera rara y expectante, como si esperase que me quitara la ropa nueva, que debajo de ella hubiera un mono fluorescente de licra y que me pusiera a gritar con todas mis fuerzas: «¡Te lo has creído!».

Teniendo en cuenta que siempre se había quejado de mi forma de vestir, y que siempre le habían cabreado mis sermones sobre política sexual o sobre la historia de Haribo, lo previsible habría sido que… pues que lo atrajera un poco más mi nuevo yo, no sé. Ahora que ya no había ninguna razón para avergonzarse de ir conmigo, y que yo no perdería tropecientos mil millones de puntos por salir con Michael, lo más lógico era que volviéramos.

Ahora me sobraba tiempo libre para dedicárselo a un novio. Si salía con Michael Lee, si nos veían de la mano en público, todos se darían cuenta de que era una chica de lo más normal, con una pareja de lo más normal. Circulen, que no hay nada que ver. La única pega es que ahora que me hacía la normal tenía que admitir que físicamente no valía gran cosa, mientras que Michael seguía siendo guapo y exótico, y según mis últimas noticias aún era delantero centro del equipo de fútbol y presidente del consejo de alumnos; vaya, que en circunstancias normales distaba mucho de quedar a mi alcance.

Fue un recordatorio sumamente oportuno de que no siempre estaría tan chupado ser normal.

—Bueno, a ver si queda claro: a la fiesta de hoy, la de Nochevieja, no vamos juntos —dijo Michael, por si había alguna necesidad de puntualizarlo—. Al menos como pareja. Como colegas sí. Así podré presentarte como Dios manda a todos mis amigos, esos a los que llevas años mirando por encima del hombro, y tú podrás empezar a socializar.

Conté hasta diez. Llevaba unos días contando muchas veces hasta diez.

—Vale, pues me voy a cambiar. Creo que ya estoy preparada para salir de casa en vaqueros.

Dos horas después estaba preparada para salir. O ir a la fiesta de Año Nuevo de Ant, el amigo de Michael. Llevaba el pelo castaño recién alisado. Mi maquillaje era suave, de buen gusto, y me había puesto dos capas de rímel marrón —algo que no sabía ni que existiera— para que no se me vieran los ojos tan pequeños. Llevaba un top negro, los vaqueros azules ceñidos y unos zapatos de ante con tacón. Nada de corsés con imperdibles en los sitios más raros. Ni de brillantina. Ni de estampados de leopardo. Iría como el resto de las chicas. Solo había una pega.

—No pensaba que la ropa vaquera rozase tanto la piel —le dije a Michael mientras cojeaba a su lado. La verdad es que con zapatos de tacón sin dar de sí por su anterior dueña, ni donados para un rastrillo, me dolían mucho los pies—. Jeane con *jeans*. Quedaría genial como una entrada de fotos en mi blog, si aún me dedicara a eso.

—Yo creo que hay un montón de gente normal con blogs —dijo Michael al quitarme de las manos un *tupper* enorme. Como demostración de lo simpática y agradable que era, había preparado palitos de queso para compartirlos en la fiesta. Ah, y Kathy me había apagado la tele después de seis capítulos seguidos de *America's Next Top Model*—. Aunque supongo que cuando estés cerca de un ordenador igual recaes y empiezas a soltar un rollo sobre que llevar vaqueros forma parte de una conspiración mundial para que los lleve todo el mundo y tenga exactamente el mismo look.

—¡Vete a la mierda! —repliqué antes de poder evitarlo.

—No creía que la Jeane normal fuera tan hostil. Me habré equivocado —dijo Michael. Nunca me había hecho la vida tan imposible, ni siquiera cuando dormíamos juntos y el resto del tiempo nos hacíamos la vida imposible—. Me parece que será mejor que te saques la hostilidad del cuerpo antes de llegar a la fiesta.

Yo estaba impaciente por llegar, pero solo porque al caminar por suelos duros me dolían más los pies. En cuanto estuvimos en casa de Ant, y pude pisar una moqueta mullida, ya fue más soportable y me pude preparar para el suplicio que se avecinaba. No sabía muy bien qué esperar, aparte de que al entrar con Michael·Lee se parase la música y se girasen todos a mirarnos fijamente, pero no fue así, para nada.

Nadie me hizo ni caso. ¡Ni caso!

En cambio, a Michael le llovían los saludos, como si acabara de volver de la primera línea de combate de una guerra sin cuartel en un país extranjero. Hacía pocas horas que había visto a sus amigos, mientras yo horneaba mis palitos de queso y exponía ante un selecto comité, compuesto por Melly y Alice, los motivos por los que debía seguir formando parte del Club Melly y Alice, pero todo eran «¡qué pasa, tío!» y «¿cómo es que has tardado tanto?».

–A Jeane ya la conocéis, del instituto –repetía Michael, pero todos sacudían la cabeza o decían «ah, sí, Jeane» como si no tuvieran ni idea de quién era.

Fui a la cocina para dejar los palitos de queso. Cuando miré a mi alrededor, Michael no estaba. Seguro que se moría de ganas de intercambiar comentarios insinuantes y saliva con Heidi/Hilda/comosellamase, la que le mandaba unos cincuenta mensajes al día con el móvil.

Me situé con un vaso de cartón con vino blanco junto a la chimenea del salón, un sitio de primera, porque no le estorbaba el baile a nadie, pero al mismo tiempo podía ver entrar a todo el mundo y darles la bienvenida con una sonrisa, como diciendo: «Eh, mirad lo accesible y sonriente que estoy. Venid a saludarme». Lo que pasa es que nadie vino a saludarme, excepto el pelma de Hardeep, que lleva al menos cuatro años en la misma clase de economía que yo.

—Hardy, que soy Jeane —dije varias veces, pero él siguió soltándome un rollo sobre fútbol y no sé qué chorradas.

Yo era consciente de que le podía hacer callar en diez segundos, pero tuve que quedarme como estaba, sin cambiar de sonrisa, hasta que dijo:

—Bueno, Jeane, me alegro de haber hablado contigo. Voy a por otra cerveza.

Estuve media hora más al lado de la chimenea. Por muy solitaria que pudiera haber sido mi vida anterior, al menos nunca había estado tan cerca de semejante pandilla de imbéciles, aparte de en el instituto. Hasta vi a dos chicos que se reían haciendo pedorretas. Tristísimo.

Al final, cuando noté que me empezaba a hervir la sangre y que no servía de gran cosa contar hasta diez, me tambaleé hacia la cocina, esquivando a una chica que lloraba, consolada por sus amigas —«es un gilipollas que piensa con la polla»—, y abrí la puerta para salir al jardín.

Hacía un frío que pelaba. Me quedé tiritando en la terraza, mientras se me encogía la piel. La temperatura era tan gélida que ni un solo fumador se atrevía a desafiar a los elementos, así que me pude desahogar. Si no me oía nadie no contaba.

—POR FAVOOOR, ¿cómo puede ser que los de mi generación sean tan memos y tan burros, y que no tengan ni una idea original en la cabeza? ¿Cómo? ¿Cómo, por favor? Ah, por cierto, Hardeep, si me mirases a la cara, y no a las tetas que no tengo, te habrías dado cuenta de que la que tienes delante es Jeane. ¡Sí, Jeane! La Jeane que una vez te dio en la cabeza con el libro de economía cuando dijiste que para ser mujer y dirigir una compañía del FTSE 500 había que tener muchos huevos. ¡Y por cierto, Hardeep, la única razón de que no creas en el cambio climático es que eres demasiado tonto para entenderlo!

Me encontré un poco mejor, pero solo un poco. Mi cuerpo aún pedía desfogarse mucho más.

–Otra cosa, compañeros de clase: frotarse contra las nalgas de un miembro del sexo contrario no es bailar. Técnicamente es una agresión sexual, y…

–¿Jeane? ¿Eres Jeane?

Me tocaron suavemente el hombro, y estuve a punto de gritar. También estuve a punto de caer redonda cuando me giré y vi detrás de mí a Scarlett con unas cuantas amigas. Creo que eran del instituto, pero la verdad es que a esas alturas todo el mundo me parecía igual.

–¡Eres tú!

–¿Quién querías que fuese? –le solté, totalmente metida en mi modo «grrr». Ella retrocedió. Levanté la mano–. ¡Un momento! –Conté hasta diez, hasta veinte, hasta treinta…–. Vale, vale, perdona. Hola, Scarlett. ¿Qué tal? Me encanta lo que te has hecho en el pelo.

–¿Te has drogado? ¿Han puesto algo en el ponche? –preguntó ella, temblorosa. Agitó una mano delante de mi cara–. ¿Qué te has hecho?

–No me he hecho nada. Bueno, sí, arreglarme un poco –dije–. Ya no voy del rollo raro. Ahora soy como los demás.

–¿Sí? ¿Estás segura?

Desde que salía con Barney estaba muy respondona. Y Barney nunca había sido respondón hasta salir conmigo. Mi influencia llegaba muy lejos. Por eso había tenido que cortar con mis costumbres perniciosas, antes de que todos se volvieran respondones.

–Sí. –Hice como si posara–. Saluda a la nueva Jeane. Jeane versión dos punto cero, si quieres decirlo así.

Scarlett y sus amigas se miraron. Fue una mirada con un toque de burla.

–No sé si acaba de molarme mucho la nueva Jeane –dijo Scarlett, despectiva–. Creo que prefería a la de antes.

–A la de antes la odiabas –le recordé.

–Qué va, no la odiaba… No la odio. Bueno, vale, con la Jeane de antes te morías de miedo, pero tampoco estaba tan mal.

–Sí que estaba mal, y mucho –insistí.

–Solo hasta que te conocí de verdad y me enseñaste a la guerrera feminista que llevo dentro.

Suspiré.

–Ya, pero tú solo eres una persona, Scar: la única que no odiaba a conciencia a la Jeane anterior.

–No, la única no –dijo una de sus amigas–. A todo el mundo le encantaba que estuvieras en clase, porque discutías con los profes cuando se pasaban de la raya.

Se estaba llenando la terraza. Un grupo de fumadores decidió hacer frente a las condiciones árticas, y Barney salió en busca de Scarlett. El resultado fue un pequeño corro que me rodeaba, moviendo la cabeza y hablando; pero no hablaban conmigo, con una Jeane nueva y simpática, sino de cuánto les gustaba la de antes, la Jeane rara y que guardaba las distancias.

Me señaló un chico a quien estuve segura de no conocer.

–¿Por qué esta nueva imagen? Para mí ver qué te habías puesto era el mejor momento de la mañana.

–Sí, es verdad; yo, si no te veía en el instituto antes de la campana, entraba en tu blog para ver el modelo del día –dijo otro.

–¿Y tu Twitter? Antes de que me hubiera tomado la primera taza de café ya habías mandado cincuenta tuits y habías colgado varios enlaces. ¿Cuándo volverás a tuitear? Siempre encuentras los mejores enlaces, como el del gatito encima del robot aspirador.

Estaban jugando conmigo. Al verme tan dócil y apocada, se creían que podían tomarme el pelo.

–Resulta que sé que solo soy un fenómeno de Twitter en Japón y en Estados Unidos. Ah, y en algunas partes de Escandinavia.

Barney intentaba dar una calada a un porro, pero no le salía muy bien. Al final renunció y me dijo con tono muy sufrido:

–Jeane, ¿cómo es posible que no sepas que en tercero de la ESO hay un grupo conocido como las Jeanettes porque se visten todas como tú, con la única diferencia de que sus madres no les dejan teñirse el pelo de gris?

Sacudí la cabeza.

–Justamente por eso he tenido que cambiar, para no seguir siendo una especie de espectáculo de circo que divierte a los demás.

Aunque parezca mentira, Scarlett pasó un brazo por detrás de mis hombros y me los apretó en señal de consuelo.

–Tú no eres ningún espectáculo de circo. Solo eres… excéntrica. A veces, en clase, cuando te empezabas a enrollar sobre algo que yo no entendía, pensaba que era un poco como ir al instituto con una versión más joven de Lady Gaga, aunque por lo que no pasaste fue por ir en ropa interior.

Yo no quería estar al margen; quería ser uno de ellos, pero formaban un semicírculo alrededor de mí y aunque me mirasen seguían sin aceptarme. Ya no se me ocurría nada para convencerlos.

Fue un alivio que saliera Michael por la puerta de atrás.

–¿Qué hace todo el mundo aquí? Ant está a punto de poner el *SingStar*.

–Apóyame un poco, Michael –le pedí–. ¿Les puedes decir a tus amigos que he renunciado a ir de rara por la vida?

–Ya lo hemos hablado cien veces. –Suspiró–. Lo de ser un coñazo repelente y mal vestido es tu forma de ser, no una tendencia que hayas adoptado. No es algo a lo que puedas renunciar.

–Sí que puedo. Abandono mi rareza. No la quiero, porque llegará el día en que ya no sea una chica rara, sino una vieja loca que se viste con ropa estrambótica y grita a los niños pequeños que la empujan en la parada del autobús.

–No, si ya les gritas ahora.

–Bueno, pero tengo que empezar a adaptarme antes de que sea demasiado tarde. ¡Mirad, llevo vaqueros! –grité, dando palmadas en mis muslos.

–No te quedan bien –dijo Michael.

Estuve segura de que se iba a reír de mí por enésima vez, pero no; lo que hizo delante de todos, de sus amigos, que lo consideraban lo más enrollado del mundo –más que nada porque sus criterios sobre lo enrollado eran de un reductivismo tremendo, la verdad–, fue darme un beso.

Fue un beso tan largo y tan intenso que habría sido de mala educación total no devolvérselo. Después de cinco minutos supongo que se aclimataron todos a la imagen de Michael Lee dando un beso a Jeane Smith, porque vi vagamente que empezaban a quejarse del frío y se iban metiendo en la casa.

Cuando nos quedamos solos, pudimos empezar a besarnos de verdad.

–Me parece mentira lo que voy a decir, pero echo mucho de menos a la Jeane de antes –dijo Michael cuando nos separamos y nos sentamos muy juntos en el banco del jardín–. Eres rara, Jeane. Acéptalo.

–¿Pero verdad que la Jeane de antes no era muy agradable? –pregunté.

Me arrepentí enseguida, porque no esperaba grandes declaraciones, francamente.

–Tenía sus momentos –concluyó Michael. Nos quedamos un rato callados, hasta que a él le entró la risa floja–. Los que están destrozados son sus miles de fans.

–¿Qué? ¿Te refieres al medio millón de seguidores de Twitter que ni siquiera me conocen?

–Conocerte no sé, pero te echan de menos –dijo Michael–. Internet está de luto por la inesperada defunción de Rarita y adorable.

–No intentes animarme a base de chistes, no funciona –dije.

Me resultaba insoportable volver a hablar de lo mismo, sobre todo cuando se había vuelto a abrir la posibilidad de besar a Michael, algo que echaba mucho, muchísimo de menos.

Me incliné para besarlo de nuevo, pero él no me hizo caso y se sacó el iPhone del bolsillo trasero. Lo miraba cada cinco segundos. Qué pesado. Ni yo consultaba el móvil con aquella frecuencia.

–¡Mira! –me ordenó, poniéndolo ante mis narices–. ¡Mira! A más de diez mil personas les ha gustado una página titulada «Que vuelva Rarita y adorable y que Jeane Smith sea reinstaurada como la reina de Internet».

Quise decir algo sarcástico, pero la verdad es que no se me ocurría nada. Había sido bastante mono.

–Bueno, pero eso no quiere decir nada.

Michael me dio un codazo.

–Venga, abre tu correo, o mira en Twitter, o métete en YouTube, que seguro que durante las Navidades han salido nuevos vídeos de perritos. ¿A que te apetece?

–Michael, pareces un camello guarrindongo que me intenta dar gratis las primeras piedras de crack –repliqué–. Empezaré queriendo entrar cinco segundos en mi Twitter y sin darme cuenta me habré enzarzado en un debate tremendo sobre la maldad inherente de los huevos fritos Haribo y me estaré peleando con un exconcursante de *Gran Hermano*.

Entré en Twitter sin dejar de hablar, mientras Michael, que miraba encima de mi hombro, me veía leer las respuestas.

@raritayadorable ¿Dónde estás? Tengo mono de enlaces de perritos.

@raritayadorable Vuelve, Jeane. El mundo sin ti es muy frío y solitario.

@raritayadorable Soy raro, luego existo. ¿No lo decías tú siempre? ¡No nos abandones!

@raritayadorable Puede que tus tuits no tuvieran mucho sentido, pero me hacían sentir menos solo.

Y así a montones, hasta que no hubo manera de que se cargaran más respuestas por exceso de tuits. Lo más raro es que desde que le había dado la espalda a la rareza mis seguidores habían aumentado en más de diez mil, aunque podía tener algo que ver con un artículo del *Guardian* sobre mí y lo que llamaban «síndrome del blogger quemado».

–¿Lo ves? No soy el único que añora a la Jeane de antes –dijo Michael. Me pasó la mano por el pelo–. Echo de menos tus horribles experimentos con el tinte. Aquella ropa con olor de vieja. Echo de menos tu…

Me aparté, porque sus caricias me estaban descomponiendo, y quería estar entera.

–Se agradece que me echen de menos, pero no es la gente de verdad. Es Internet, y no la realidad.

–Ya lo sé –dijo Michael para consolarme, como si solo me siguiera la corriente–, pero estás en plena racha. Abre el correo, ya que estamos.

No le faltaba razón. No me haría daño. Además, tal vez hubiera algún mensaje de Bethan, o de un ministro del Gobierno nigeriano que pedía mis datos bancarios para hacerme una transferencia de un millón de libras.

En mi bandeja de entrada había más de treinta mil nuevos mensajes. De hecho, tardé cinco minutos en abrir el correo, porque la bandeja estaba llena. ¿Quién se lo podía imaginar?

Como no sabía por dónde empezar, miré en mi carpeta de Amigos, que era adonde iban los mensajes de las personas a quienes conocía en la vida real. Había correos de Bethan, Tabitha y Tom, y hasta de Glen el Loco. Scarlett, Barney, la señora Ferguson, Gustav y Harry, Ben, la madre de Ben, las Duckie al completo y uno de Molly que empezaba así:

Oh, Jeane, hermana honoraria mía, no sé por qué lo estás pasando mal, pero quiero ayudarte. Sube a un tren para Brighton, donde te estarán esperando té, una tarta, todos los capítulos de *Es mi vida* y un abrazo grande y muy baboso.

No lloraba, de verdad que no. Era el frío, que empañaba mis ojos. Por eso Michael secaba las lágrimas de mis mejillas. Digo lágrimas, pero no pasaban de tres.

Acto seguido, sin embargo, empecé a abrir mensajes al azar de remitentes desconocidos; gente que no era de la vida real, sino de Internet.

Tengo catorce años y antes no tenía amigos, porque soy rara. Me pasaba todo el tiempo sentada en mi cuarto, planificando mi vida cuando tuviera edad para irme de casa y buscar a gente como yo.

Pero luego te encontré. Leí tu blog y comprendí que no tiene nada de malo desentonar, que no pasa nada por ser rara y un poco friki, sino que mi rareza era algo especial. Después te seguí en Twitter, me contestaste, seguí a otros que te seguían y que se me parecían un poco, y al final hice lo que me decían todos que no hiciese: ¡conocer a gente de Internet en la vida real! He encontrado amigos que me aceptan como soy y que son un poco raros, como yo. Quedamos para ir a mercadillos y tenemos un Tumblr común, pero más que nada nos reímos y ya no nos sentimos solos, y todo gracias a ti.

Oye, Jeane,
No sé si te acordarás de mí, pero nos conocimos el verano pasado en el campamento de rock de Molly Montgomery. Diste una conferencia impresionante sobre emancipación y autoestima. Nos hiciste repetir los peores insultos que nos hubieran dicho y reivindicarlos a base de escribirlos en nuestro cuerpo con rotuladores, como si fueran tatuajes.

Mi palabra era «gorda». Te mando una foto de un tatuaje muy bonito que me he hecho en Navidad.

Ahora ya no considero que gorda sea un insulto, sino una poderosa afirmación de quién soy, para que sepan los envidiosos que no pueden contra mí.

Solo quería decirte que me has ayudado un montón, y que en el campamento se enamoraron todas como locas de ti.

¡Jeane!
Leí tu blog sobre el roller derby y me animó a ir a una
sesión de entrenamiento con el grupo de mi barrio.

Ahora estoy orgullosa de pertenecer a los Brawlers de
Blackpool. Nos encantas. Ven a Blackpool, que saldremos
a tomarnos unas patatas y a montarnos en las atracciones.

Querida Jeane,
Cada vez que cuelgas una entrada en tu blog cambias la
vida de alguien. Te lo juro.

A mí me la cambiaste.

Tenía mensajes y más mensajes de personas a quienes no había visto nunca; gente a quien nunca había mandado un solo tuit, ni mencionado en un blog, pero que tenían algo en común: su insistencia en considerarme su amiga, aunque nunca hubiéramos estado en la misma habitación. Y en considerarse amigos míos. En que si de algo servía Internet era para que nos encontrásemos los que éramos así, que Rarita y adorable era el GPS que los guiaba hacia el resto de los raros, frikis, marginados y solitarios, y que no estábamos solos. Juntos éramos fuertes. Por si no bastara para convencerme, me ofrecían habitaciones y cestas de muffins. Hasta había alguien que quería regalarme un perrito de verdad.

—Bueno, supongo que es para pensárselo –dije despacio. Mi ronquera se debía a un esfuerzo sobrehumano por no echarme a llorar–. ¿Qué dijiste de que la mayoría de mis conocidos de Internet eran tíos raros y maduros que viven con su madre, o *spams* que solo...?

—Vale, reconozco que me pude equivocar —murmuró Michael. Después me lanzó una de sus miradas penetrantes. Yo estaba segura de que las practicaba en el espejo mientras se arreglaba el pelo durante horas—. Puede que me haya equivocado en muchas cosas.

Parpadeé.

—Perdona, pero no lo he oído bien. ¿Has dicho que te has equivocado?

El codazo de Michael fue tan fuerte que casi me caí del banco.

—He dicho que «puede» que me haya equivocado. De todas formas, tú también te has equivocado, y tropecientas mil veces peor.

Me pareció increíble volver a discutir con Michael Lee. Lo había echado tanto de menos. Aun más que sus besos.

—Vale, pero tú eras uno de los muchos que siempre me decías que no ser tan diferente me facilitaría mucho la vida.

—Los vaqueros ajustados te los has puesto sola —replicó Michael—. Pero ¿sabes una cosa? Que tu experimento de ser una chica normal acaba de demostrarme que no me gustan las chicas normales. A mí me gustan las que son diferentes y me hacen ver el mundo como nunca lo había visto. Además, tú no le gustas solo a un grupete de frikis de Internet, que sigo pensando que lo más probable es que sean tíos raros de mediana edad que viven con su madre; también le gustas a personas reales, del mundo real. Como, por ejemplo, Melly y Alice.

—A mí me encantan Melly y Alice. Pienso criarlas a mi semejanza —dije. Michael se estremeció al pensarlo—. Y con tu madre creo que hemos llegado a un entendimiento, ¿no?

Se volvió a estremecer.

–Algo dijo de que te iba a pedir que vengas a vivir con nosotros.

Esta vez fui yo la que se estremeció.

–Bueno, tan graves no creo que estén las cosas. –Lo miré de reojo–. Pero, en fin, podría estar bien ir a cenar un par de noches por semana, y quedarme a dormir de vez en cuando. Eso si no estoy ocupada con lo de Rarita y adorable... Suponiendo que me meta otra vez en lo de Rarita y adorable, claro –añadí, aunque estuviera cantado: lo deseaba con todo mi ser.

–Lo he estado pensando –dijo Michael–. Si te pones otra vez con lo de Rarita y adorable, y tienes el apoyo de un buen hombre, que por cierto soy yo, ¡buf! Calculo que lo más probable es que conquistes el mundo en menos de seis meses.

Algo de razón tenía. Yo siempre había sido de las que se ponían metas, pero podía conseguir muchas más cosas si no perdía tanto tiempo en enfadarme.

–Bueno, está claro que el mundo hay que cambiarlo, ¿no? Y mientras no tengas ideas raras, tipo ser el poder en la sombra, quizá se nos ocurra algún apaño –le dije.

Tuve una sensación extraña, como de ganas de correr por el jardín e incluso de intentar hacer la voltereta lateral. También tuve ganas de reírme en voz alta y de que Michael me levantase y me diera vueltas en el aire muy, muy deprisa hasta hacerme vomitar. No estuve segura del todo, pero creo que lo que sentí fue una felicidad sin límites, una alegría desbocada.

–Pues entonces, ¿cómo? ¿En plan compañero silencioso, más bien? –propuso Michael. Fingí pensármelo hasta que puso cara de estar algo molesto–. Venga, Jeane. ¿No te he demostrado esta última semana que a quien quería era a la Jeane rarita y libre? La *free*-ki. Puedes escribir todo un blog sobre el tema. Hasta puedes colgar una foto mía, si te parece asumible la vergüenza de salir con un chico de pelo ridículo y que se pone ropa de marca. Yo por ti sería capaz prácticamente de todo.

Entorné los ojos. Menos mal que ese truquito lo seguía dominando.

–¿Todo?

–Prácticamente. Los viajes al extranjero sin autorización paterna puede que sigan siendo un poco complicados. También me seguiré vistiendo como quiera, y me seguiré peinando como siempre, de cine –dijo–. Aparte de eso…, sí, todo.

Era lo que quería oír. Me levanté y le apreté la mano.

–¡Genial! Pues entonces llévame a tu casa para que pueda quitarme los vaqueros, porque noto que cada segundo que los llevo desgasta mis poderes.

Y lo hizo.

FREE–KIS: ¡AL FIN LIBRES!

¡He vuelto! Ya estoy otra vez en el planeta de los raros. ¿Me habéis echado de menos? Eso espero, porque yo a mí sí, y a vosotros también. Me he equivocado, ¿vale? Y aunque odie equivocarme, soy tan incapaz de no ser rara como de no respirar, o no comerme una bolsa de Haribos al día, o ver un gatito abandonado en la acera y no hacerle una foto para colgarla en Twitter.

Lo que pasa es que necesitaba fastidiarla a lo grande, en plan dramático; echarlo todo por la borda, para darme cuenta de que lo que creé con Rarita y adorable ha adquirido vida propia. Cuando empecé mi blog, fue porque no podía hablar con nadie más del fabuloso nuevo grupo que había descubierto, ni de lo estupendo que era mi vestido nuevo, ni poner a prueba mi teoría de que los gatos son malos y quieren controlarnos con mensajes subliminales astutamente disfrazados de maullidos monos.

Cuando empecé, no creía encontrar ni a tres personas que estuviesen en mi onda, y al final os encontré a todos vosotros; sí, a ti también, el del fondo. Aun así me convencí de que estaba sola y de que mis conocidos de Internet solo eran eso, gente de Internet, y en ningún caso amigos.

Mi definición de amigo correspondía a alguien a quien se pudiera llamar por teléfono a las tres de la mañana para decirle que no puedes dormir porque tu vida cuelga de una chincheta, y que en cinco minutos se presentaría en tu puerta con una tarrina de helado y un CD recopilado expresamente para ti. Según esa definición, yo no tenía nada que se pareciera a un amigo.

Por eso tuve una crisis TREMEBUNDA e intenté dar la espalda a la rareza. Hasta me teñí el pelo de castaño y me compré unos vaqueros. Quería ser una más, pero fue un desastre. También aburridísimo. He estado en un agujero, amigos míos, y si he salido ha sido gracias a entender que había personas que querían estar cerca de mí, aunque yo creyera que ahuyentaba a todo el mundo. Incluso compañeros del instituto. Ya me diréis si eso no es raro.

Los principales responsables sois vosotros. Espero que sigamos llevándonos bien, porque yo sola no puedo hacer Rarita y adorable, y creo que es demasiado importante como para quedarse inactivo en un rincón polvoriento de Internet. No todos estamos dispuestos a ajustarnos a las estrechas definiciones de lo que significa ser chica o chico, adolescente, gay o hetero. Si lo sé es porque os conozco.

Tenemos la suerte de habernos encontrado. Rarita y adorable da voz a los que estaban sentados en su cuarto, o en el banquillo, o a quienes les costaba mucho el mero hecho de adaptarse. Pero ¿sabéis qué os digo? Que no hace falta que os adaptéis. No hace falta que seáis nada que no queráis ser de verdad. A veces se nos olvida que no existen leyes que digan que hay que ser como esperan que seamos los demás.

La rareza no es algo que se elija. Es algo que se es. En vez de dividir el mundo en dos bandos, me he dado cuenta de que todos tenemos dentro alguna parte rara.

Vaya, que he vuelto, y soy rara al cien por cien. No sé ser de ninguna otra manera. De todos modos, aparte de ser rara me esforzaré por ser simpática, para que me queráis más de lo que os parecía posible.

A eso me comprometo. Rara a tope. Siempre.

Jeane x

la friki

Agradecimientos

A Samantha Smith, Kate Agar y al personal de Atom por hacerme sentir tan cómoda en mi nueva casa de literatura para adolescentes. A mi agente, la maravillosa y sabia Karolina Sutton, a Caroline Saunders y a todos los de Curtis Brown.

Quiero dar las gracias a Hannah Middleton por su generosidad al pujar en la subasta de Authors for Japan a cambio de la oportunidad de que un personaje llevara su nombre, y a Keris Stainton, por haber organizado la subasta.

También agradezco a Lauren Laverne, Emma Jackson y Marie Nixon haber estado en Kenickie durante su adolescencia, y haber aportado la banda sonora de este libro. Gracias, por último, a la señorita Hill, mi profesora de lengua y de literatura, que me ayudó a aprobar el examen final de secundaria y siempre me perdonó ser una chica gritona y escandalosa porque vio algo en mí que yo no veía.

Entrevista a Sarra Manning

–Jeane no podía ser más especial; ¿el personaje se basa en alguien real?

–Tiene algunas cosas de mí, sobre todo porque, de adolescente, yo sentía mucha rabia y le ladraba a cualquiera que me molestara, igual que Jeane. Tenía opiniones muy tajantes y vestía de una manera muy poco convencional. Recuerdo que me costaba muchísimo encontrar accesorios como, por ejemplo, esmalte de uñas azul.

El personaje de Jeane nació cuando me puse a pensar en esas cosas, en cómo me sentía y en cómo sería yo si fuera una adolescente hoy, pero también me inspiró una bloguera llamada Tavi Gevinson, que edita la revista *Rookie* (es fabulosa), y el libro de mi amiga Caitlin Moran *Cómo ser una mujer*. Conozco a Caitlin desde que tiene dieciocho años, y a Lauren Laverne y a todos los miembros de su grupo de música, The Kenickie Girls, también desde que son adolescentes. Todas ellas me inspiraron. Al final, llegué a la conclusión de que una chica adolescente tiene mucho poder y muchas chicas no se dan cuenta, pero si aprenden usarlo y a canalizarlo es maravilloso. El resultado fue una chica que es muy consciente de todo y sabe usar muy bien ese poder.

–¿Hacías muchos experimentos con tu pelo y tu look como hace Jeane en la novela?

¡Muchísimos! El accidente con el tinte está inspirado en algo que me sucedió con una amiga. Resulta que un día se presenta mi mejor amiga, que tenía el pelo teñido de un negro precioso y, con una imprudencia total, decidimos que podríamos teñirlo fácilmente de rubio platino. La historia acabó como en el libro: le pusimos el decolorante y lo dejamos un rato, ¡cuando se quitó la toalla para lavarlo, era de color naranja fosforescente! Yo lloraba de la risa. Era un domingo por la tarde, y ella me decía: «¡Corre a la farmacia y tráeme un tinte!». Pero todo salió bien, porque el color se volvió un poco como de yogur de melocotón y, al final, le encantó. Durante mi adolescencia, me teñí el pelo de azul, de rosa... Salía al jardín gritando de lo mucho que me escocía el tinte... Mi madre se desesperaba.

La que se montó el día que teñí al perro de naranja con un poco de tinte que me sobró... Creo que si no haces esas cosas cuando eres adolescente, no las haces nunca. Ay, mi pobre madre... Me daba dinero para que me comprara unos zapatos para ir al colegio, o algo así, y yo volvía con un sombrerito de los años cuarenta. ¡De lo más práctico!

–Jeane y Michael son diametralmente opuestos. ¿Por qué crees que se sienten atraídos el uno por el otro hasta el punto de no poder dejar de besarse?

–Cuando estás en el instituto, todo el mundo tiene una fachada. Todo el mundo quiere hacerse pasar por algo que no es, y tengo la impresión de que a menudo ignoramos a cierta gente, porque cuando somos jóvenes somos muy territoriales. Pensamos «esta es la música que me gusta, es mi música». Cuando, en realidad, todo el mundo está viviendo la misma experiencia. Al final, fue aquello de que los polos opuestos se atraen. Jeane tiene una vida familiar caótica, que apenas podría llamarse vida familiar, y aunque critica mucho esa idea de la familia tradicional, en realidad siente envidia de la familia afectuosa de la que viene Michael, aunque nunca lo admitiría.

Y respecto a Michael, es un chico tan popular que vive con mucha presión, no solo por parte de sus padres, la suya es una presión autoimpuesta. Así que alguien como Jeane, tan liberada, que solo vive el momento, que no espera a terminar la universidad para empezar a vivir, resulta muy liberador. Una persona a quien no le importa lo que piensen de ella es una cosa muy nueva para él. Creo que no se trata solo de en qué se diferencian, sino también en qué se parecen.

–Pero es lo que les diferencia lo que les causa más problemas, de hecho a veces incluso llegan a odiarse.

–Lo que pasa es que Jeane juzga mucho a los demás. Quiere que la gente sea diferente, pero tienen que encajar dentro de su idea de qué es ser diferente. Es algo que mucha gente supera cuando crece. Por ejemplo, yo ahora tengo amigos con quienes nunca me habría relacionado siendo adolescente, y es ese descubrimiento el que Jeane hace en el libro: en principio, ella va en contra de todo lo que Michael representa, pero aún así le gusta a rabiar.

–Jeane es un personaje muy fuerte. ¿Cuáles son tus personajes literarios femeninos favoritos?

-Me encanta Elizabeth Bennett por lo moderna que es. La novela que protagoniza se escribió hace trescientos años, pero tanto ella como el resto de personajes de *Orgullo y prejuicio* son perfectamente reconocibles en nuestra época. Lo lees y piensas: ¡Por favor!, si es como mi vecino, o como la pesada de mi hermana. Mis heroínas no son solamente literarias, también muchas son personajes de la televisión. Buffy Cazavampiros ha sido una influencia enorme. Es muy fuerte y poderosa, pero aún está en el instituto y la tratan como a una apestada, mientras ella está salvando el mundo. ¡Me encantan las chicas normales que viven cosas extraordinarias!

–¿Cómo empezaste a escribir?

–Tuve la suerte de saber desde siempre que quería ser escritora, así que no dejé que nadie me distrajera de esa meta. Cuando era adolescente escribía para fanzines, y dejé los estudios antes de la selectividad para asistir a clases de periodismo en la universidad. Fue muy difícil hacer la transición de estudiar a escribir de verdad, así que lo que hice fue escribir para todo aquel que quisiera publicarme. No me pagaban mucho, pero seguí peleando hasta que al final conseguí un trabajo en una revista para adolescentes, y ahí empezó todo.

Escribí mi primera novela porque estaba escribiendo una columna, «Diario de un flechazo», para la revista *Seventeen*, y después de las negativas de muchos agentes, un editor se puso en contacto conmigo por si quería publicarlo en forma de libro. Todo empezó en ese momento.

–¿Cuáles son tus próximos proyectos?

–Estoy terminando un libro para adultos. Cuando lo acabe, empezaré a escribir mi próxima novela juvenil. Me apetece mucho. Puede que también escriba algo para la televisión, aunque la verdad, como paso la mayor parte del tiempo delante del ordenador en pijama, comiendo galletas, es una sensación extraña ver que la cosa marcha y los libros se publican.

(Entrevista realizada en Londres por SugarScape)